suhrkamp taschenbuch 777

Ignácio de Loyola Brandão wurde 1936 in einem Dorf der Provinz São Paulo geboren. Er arbeitet als Journalist und Drehbuchautor in São Paulo. *Kein Land wie dieses. Aufzeichnungen.* ist 1986 in der edition suhrkamp (es 1236) erschienen.

Null ist der Wert des Einzelnen in einem Staat, der legalisierten Terror zur Tagespolitik macht. Stellvertretend für die Geschichte vieler berichtet Loyola Brandão die Geschichte Josés, eines familienflüchtigen einstigen Jurastudenten, der in die Großstadt gegangen war, um dort dem Sinn seines Lebens zu begegnen. Statt dessen fand er Gelegenheitsarbeiten – als Rattenfänger im Kino, als Agent und Werbemann in einer Monstrositätenschau –, die ihm ein Überleben, ein »Rattendasein« ermöglichen. Durch ein Heiratsvermittlungsbüro lernt er Rosa kennen und nimmt sie zu seiner Frau. Der Haß des auch in der ehelichen Gemeinschaft Einsamen gegen Staat und Gesellschaft wächst unaufhaltsam. Der Willkür, die sie über das ohnmächtige Individuum verhängen, setzt José kriminelle Handlungen entgegen: Einbrüche, Überfälle, Morde, stellvertretende, vorwegnehmende Aktionen, denn der Verzweifelnde sucht sich selbst zu vernichten. José gerät in Kontakt mit terroristischen Gruppen. Schließlich wird er in einem Versteck entdeckt, gefangengenommen, gefoltert und aus einem Flugzeug über einer Sandwüste abgeworfen.

Gesetzeserlasse, Zeitungsnotizen, faits divers aus der ganzen Welt, Zitate aus der Weltliteratur, aus Manifesten, freie Assoziationen der Hauptpersonen werden von Loyola Brandão zu einem fast surrealistischen Bild lateinamerikanischer Wirklichkeit zusammengesetzt.

Ignácio de Loyola Brandão

Null

Prähistorischer Roman

Übersetzung aus dem Brasilianischen
mit einem Nachwort
von Curt Meyer-Clasen

Suhrkamp

Titel der Originalausgabe: *Zero. Romance pré-historico*

Umschlagfoto: Bernard Hermann

suhrkamp taschenbuch 777
Erste Auflage 1982

Druck: Nomos Verlagsgesellschaft, Baden-Baden
Printed in Germany
Umschlag nach Entwürfen von
Willy Fleckhaus und Rolf Staudt

3 4 5 6 7 8 – 96 95 94 93 92 91

Für Bia, Daniel und André

»Die Angst wird alles haben
fast alles
und wir alle
ein jeder auf seinem Weg
fast alle
werden Ratten werden
Ja
Ratten«

»Das wenig originelle Gedicht
der Angst«
Alexandre O'Neill

In einem Land Latindia-Amerikas, morgen

José vertilgt Ratten in einem Flohkino. Er ist ein Durchschnittsmensch, 28 Jahre, der ißt, schläft, pißt, geht, rennt, lacht, weint, sich amüsiert, sich betrübt, vögelt, auf beiden Augen gut sieht, bisweilen Kopfschmerzen hat, aber Aspirin schluckt, regelmäßig Bücher und Zeitungen liest, immer ins Kino geht, weder eine Uhr noch Schnürschuhe trägt, Junggeselle ist und leicht hinkt, wenn er positiven oder negativen Erregungen ausgesetzt ist.

Augenblicklich läßt José sich von einer Erklärung des Papstes beeindrucken, wonach Weihnachten Gefahr laufe, ein weltliches Fest zu werden.

Jede Ratte hat ihren Preis

Neun Uhr, José schlüpft in seinen Overall, zieht die Gummistiefel an und stellt den aus Plastiktrommeln und -röhren bestehenden Apparat auf. Er bedient die Kur-

Namen: Kosmos oder Universum.

Merkmale: Enthält die Himmels-»Körper« und den Raum, in dem sie sich befinden. Insgesamt enthalten sie 10^{76} (10 hoch 76) Protone.

Gewicht: in Gramm: 10^{56}.

Grösse: nach Einstein soll das gesamte Universum einen Durchmesser von 8 Millionen Lichtjahren haben.

Alter: (vermutlich) 10 bis 12 Billionen Jahre.

Formation: die Himmels-»Körper« sind hauptsächlich die Sterne, die Planeten, die mit ihren Satelliten um die Sterne kreisen, die Kometen und Materien, die in Abständen zwischen den Sternen erscheinen.

bel und erzeugt gelblichen Rauch, der in die Löcher dringt. Die Ratten kommen herausgelaufen und fallen um. Tot. Er sammelt sie in einen Sack und wirft diesen auf die unbebaute Várzea do Glicério.

José hat eine tägliche Rattenquote. Er weiß, daß er an dem Tag, da er alle Tiere vertilgt hat, seine Stellung verliert. Eines Tages waren keine Ratten mehr übrig. José ging zur Várzea do Glicério, zahlte zwei Straßenjungen 50 Centavos, und jeder brachte ihm drei Ratten. Auf diese Weise konnte José seinen Arbeitsplatz behalten.

Durchschnittsalter eines Sterns: 10.000 Millionen Jahre.

Menge der Sterne: Jede Galaxie enthält im Durchschnitt 100.000 Millionen Sterne.

Lebensform: 1 Planet in jeder Gruppe von 1.000 scheint günstige Lebensbedingungen zu bieten.

Grösse unserer Galaxie: Länge – 100.000 Lichtjahre; Breite – 30.000 Lichtjahre; Dichte – 15.000 Lichtjahre.

Geschwindigkeit unserer Galaxie: 150 bis 330 Kilometer pro Sekunde.

Die Sonne: wiegt 330.000-mal mehr als die Erde.

Die Erde: wiegt . . . . . 6.000.000.000.000.000.000.000 Tonnen.

José: wiegt 70 Kilo oder Kilogramm.

Liebevolle Erinnerung

Er war zehn Jahre alt, an einem Festabend ging er in Cholas Haus, Holzfeuer im Hinterhof, Zeit der Äthersprüher, Schwärmer, Feuerkerzen, Raketen, Knallfrösche, Sprühsterne, aber keiner der Jungen hatte Geld, sie bauten nur Holzfeuer. Hinter Cholas Haus standen alle ums Feuer herum, und

Chola hielt eine Schnur, daran war eine Ratte gebunden, und Chola warf die Ratte ins Feuer, das Tierchen piepste und geriet in Brand, Chola gab Leine, und die Ratte floh aus der Glut.

Freie Assoziation

Während der Vater arme Huren verteidigte und die Mutter mit Schrubber und Putzpulver Obszönitäten von den Mauern der Stadt abwusch, sammelte sie und eine ganze Gruppe Briefmarken für die katholischen Missionen in Afrika und José las zu Hause die »Christliche Familie« und »Kleiner Missionar« und die guten Familien der Stadt setzten keinen Fuß ins Büro des Vaters und auch du mein Sohn kannst da nicht hingehen und er ging auch nie hin

Mexikaner der Seifenfabrik

Seit sechs Monaten zogen Mexikaner in den Stadtteil. Es waren mehr als vierzig und sie schliefen im leeren Schuppen. José war in den Schuppen gegangen. Eine alte Seifenfabrik, da standen noch die Kessel, riesig, halbvoll mit einer schwarzen Masse. Fettgeruch. Hier hatten die ersten Mexikaner eine Werkstatt für Polstermöbel und Reparatur von Transistoren eröffnet. Sie unterhielten sich in verständlichem Spanisch, und ihre Kinderschar, dunkle, ölige Haut, streunte in den Straßen und bettelte um Almosen, um Essen und Süßigkeiten. Darunter ein dreizehnjähriges Mädchen, das es bereits tat (sie vögelte gerne mit zusammengepreßten Beinen). Es ging immer in die Pension und tat es im Zimmer, selbst wenn die anderen zusahen (sie waren zu fünft im Pensionszimmer). José hatte sie aufgefordert, doch ins Kino zu kommen und dort zu vögeln. Sie kam aber nicht mit. José wollte es im Kino treiben, weil er in der Pension in der oberen Koje schlief und Angst hatte, hinunterzufallen.

Schwarze Augen

Als José um die Ecke bog, sah er die Schwarze. Sie blickte ihn unverwandt an. Sie war uralt, man konnte es an den Falten um ihre Augen sehen, die wie Säcke waren. Ihr Blick war lebhaft und machte José befangen. Eine Sekunde war die Straße gelb (Das ist mein leerer Magen, dem fehlt ein Schnaps).

Vorstellung von Átila, Josés Freund

Átila studierte in derselben Stadt, in der José geboren worden war. Er erhielt keine Lehrstelle. Ein Inspektor forderte eine Gebühr von ihm, dann würde er diese leichter bekommen. Átila schiß auf sein Diplom und schmiß es der Schulbehörde vor die Tür.[1] Dann arbeitete er als Vulkaniseur. Lernte Carola an dem Tag kennen, als eine Plakatwand vor der Reifenwerkstatt aufgestellt wurde. Sie war das Modell der Reklame. Seinen Spitznamen verdankt Átila der Gewohnheit, wenn er betrunken ist, in den Lokalen alles kurz und klein zu schlagen.

Arbeiter erhitzen ihre Kochgeschirre

In der Pension wäscht er sich im Wassertank (morgens schließt die Hauswirtin das Badezimmer ab, damit die heiße Dusche nicht benutzt wird) mit Kernseife. Kaffee gibt es in der Bar an der Ecke. Arbeiter erhitzen ihre Kochgeschirre auf einem Gemeinschaftsbrenner. Sie blicken starr vor sich hin. Bauvorhaben: Die Stadt ist verriegelt von Bretterzäunen. Telefon- und Wasserleitungen, Kanalisationsröhren, Lichtanlagen. In den Straßen ein Loch neben dem anderen. Die Busse schleichen durch den stockenden Verkehr. Langsam weichen die Kopfschmerzen, die José jeden Morgen bekommt. Das Kino machte um halb elf Uhr auf. Tag für Tag dieselben Zuschauer. Sie wollten sich nicht den Film ansehen. Sie wollten schlafen. Sie hatten die Nacht in Kneipen verbummelt. Leute,

1 Hinterher bereute er es.

die aus den Absteigequartieren kamen, von den Bänken der städtischen Anlagen, aus dem Sankt-Peters-Park, aus dem Knast, aus Bordellen. Geruch nach Alkohol, Marihuana, Dreck, Arbeitslosigkeit, Verwahrlosung. Sie verschliefen ein, zwei Filmvorstellungen, wachten drei Stunden später für die Fünf-Minuten-Pause auf. Schliefen weiter bis ans Ende des Tages. Átila hat seinen reservierten Platz.

You came, I was alone

José wollte immer Sänger werden. Ein amerikanischer. Wie Ray Charles, Nat King Cole, Paul Anka, Frankie Laine, Billy Eckistine. Seit seinem fünfzehnten Jahr verspürte er Lust, in die Vereinigten Staaten zu gehen, zu singen, berühmt zu werden, Autogramme zu verteilen, ausgefallene Anzüge zu tragen. Tagaus tagein singt er *Temptation, You came, I was alone.*

Um mich aus mir herauszuholen

Átila raucht nur Marihuana, wenn ihm ganz mulmig ist. »Um mich aus mir herauszuholen.« Er und seine Freundin, eine Brünette namens Carola, für Josés Geschmack zu mager. Átila mochte magere Frauen. Er war wahnsinnig verknallt in Carola. Sie: schüchtern, still. Sie besaß eine Bar, die ihr am Tetanus verstorbener Mann ihr hinterlassen hatte. Kleine Bar in einem Schulhof, die sich mit dem Verkauf von Guaraná über Wasser hielt, von Koka, von Milchkaffee, Goiabada mit Käse, Bonbons, Weiche-Marias, Zuckergebäck, Kürbisgelee, Kokosnußmilch, Sandwiches. Carola verbrachte dort den ganzen Tag. Átila erzählte José, warum er in Carola so verknallt war. Sie trieben es nie von vorne, nie.[1]

Das Leben der Prediger (Avant-Vorspann)

. Also los. Er liest fabelhaft aus der Hand.
. Morgen.

1 Carola existiert nur auf Werbefotos. Reine Erfindung Átilas.

. Die Polizei ist hinter ihm her, vielleicht ist er morgen schon fort.

. Gelogen.

. Also los.

? Warum gehst du nicht allein.

. Scheiße nochmal, du weißt doch, daß ich nichts allein tue.

? (Wird die Polizei die Prediger ausweisen.)

Der Ring der heiligen Barbara

Rosa war sieben Jahre alt. Sie spielte auf einem leeren Grundstück. Im Stadtteil Salinas. Trat auf einen schwarzen Stein, schnitt sich tief in den Fuß. Der Stein war durchsichtig. Rosas Vater ließ einen Ring daraus machen. Sobald sie den Ring angestreift hatte und auf die Straße ging, fand sie Geld auf dem Gehsteig. »Zieh ihn nie mehr vom Finger, das bringt Glück«, sagte die Mutter. Alle Welt ging dazu über, Steine auf dem leeren Grundstück zu suchen. Dort hatte vor fünfzig Jahren ein Sklavenhaus gestanden.

Sperrstunde

Bei der gegenwärtigen Repression will niemand mehr das Haus verlassen, die Straßen sind leer, alle Erlaubnisscheine, nach 21.34 Uhr auszugehen, wurden eingezogen.

Der Brunnen der Einsamkeit

José wurde aufgefordert, auszusagen. Der Pensionsbesitzer hatte sich unter Berufung auf sein Elend in den Brunnen gestürzt. Er hatte seine Frau aufgefordert, mitzumachen, aber sie hatte sich geweigert und gesagt: »Geh allein.« Die Polizei hegte einen Verdacht. In einer einzigen Nacht hatten sich drei Personen unter Berufung auf ihr Elend in Brunnen gestürzt. Ein Psychologe erklärte: »Psychose. Normal. Verbrechen werden wohl nicht vorliegen, schließlich hatten die Verstorbenen tatsächlich im Elend gelebt.«

Der Wundertäter

Frankil, größter Fakir des Landes, wird versuchen, den Weltmeistertitel im Fasten für uns zu gewinnen und 111 Tage nicht essen. Kommt und spornt Frankil an, uns noch eine Weltmeisterschaft zu schenken.

Gelbes Flugblatt

Er zahlte 1 Cruzeiro (Sohneinerhündin einen Cruzeiro um hinterher zu essen), durchschritt einen grünen Plastikvorhang. Der Sarg stand in einer gekalkten Diele. Plakate, Fotos, Zeitungsausschnitte, Kreppapierwimpel. Ein Fernsehkameramann filmte den Rekord; ein fetter Fotograf in zerlumpter Aufmachung knipste.

Tage ohne zu essen: 55
fehlen noch: 56

Näselnde Tango- und Boleroplatten. Der Fakir, auf Nägeln liegend. Blaugelbe Bänder, in einer Ecke eine kleine Flagge, Schlangen schlängelten sich über den sich kasteienden Körper, die Gestalt übte die Imitatio Christi. José kratzte mit den Fingernägeln über das Glas. Der Fakir schien zu schlafen, oder er ließ sich nichts anmerken.

Ein dürrer Hecht, Glatzkopf, breites Lächeln, kam mit einem Fotografen und zwei weiteren Typen herein, die Notizblocks in der Hand hielten. Frankil öffnete die Augen, schien den Knochendürren zu erkennen, stellte ein Hungerleiderlächeln zur Schau, machte mit dem Daumen OK. Der Knochendürre fing ein Gespräch mit José an.

. Hör zu, ich werde einen Film über Fakire und Hunger

machen. Ich möchte von dir wissen, was du von der Sache hier hältst. Ich werde das mitschneiden, verstehst du.

. Sie können mitschneiden.

Gilda Valença sang *Coimbra*. José stellte sich in Positur, der Fotograf fotografierte.

. Sie können anfangen.

? Wie heißen Sie.

. José Gonçalves.

? Beruf.

. Ich mache im Kino sauber.

? Warum kommen Sie hierher.

. Ich wollte den Mann sehen.

? Kommen Sie immer zu solchen Sachen.

. Immer. Ich komme jeden Tag.

? Jeden Tag.

. Jeden.

? Macht Ihnen das Spaß.

. Ich finde den Kerl idiotisch.

? Warum kommen Sie dann.

Der Fakir blickte auf. Der Knochendürre bat darum, das Interview filmen zu dürfen. José verzerrte den Mund, als wolle er ausspucken. Er hatte Mundfäule, die ihm Beschwerden verursachte. Sie war chronisch, niemand hatte ein Heilmittel dafür entdeckt. Sie filmten, und der Lautsprecher spielte *Ave Maria Lola*. Ein Männchen mit Brille und blauen Augen trat auf, begleitet von einem mickrigen kleinen Ding, gleichfalls mit blauen Augen: Glora, Striptease-Königin vom Santana-Theater.

José sah, daß der Fakir aufmerkte. Er zog ein Sandwich aus der Tasche. Kaute und blickte, der Fakir schaute ihn an. José aß, verdrehte den Mund. Der Direktor filmte. Glora erhob Einspruch: »Nicht doch, Fernando, laß ihn das nicht machen.« José zeigte dem Fakir das Sandwich. Er schluckte das letzte Stück hinunter. Blickte stur in die Kamera. Und wandte den Kopf, als er das Zeichen bemerkte. Oben auf dem Sarg waren zwei gelbe Ritzen, die einen unvollständigen Winkel bildeten, darin ein Halbkreis.

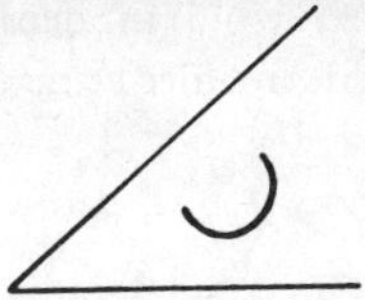

Das Zeichen wurde mitgeschnitten. Noch draußen, in der Sonne, sah José weiterhin die gelben Ritzen. Auf beiden Straßenseiten, versteckt hinter den Fenstern, schossen zwei Männer mit Fernzielrohrgewehren, während das Volk vorbeiging.

KKKRRRREEEEEUUUUUUUUUU, plam

Schau da die Alte

GRrrrraaaaammmmmmmm (der Kerl trat aufs Gas, um zu fliehen)

Faß ihn, faß ihn

WRRRROUUUUUUMMMMMMMMM

Bring die Alte ins Hospital. Der Gottverdammte.

? Hat jemand das Nummernschild gelesen.

Ah, aaaaaaaaaaaaaaaaaaa.

Ige-Sha stöhnte. Teufel, Satan, er will nicht, daß ich den Itá von Xangô habe. Aaaaaaaaaa.

Sie stand auf, sie fühlte nichts. So war sie, die Dämonen schlugen auf sie ein, gerbten ihr das Fell, sie konnte nicht in die Stadt gehen, jedes Mal blieb sie zerschlagen auf der Strecke. Sie hatte solche Angst vor ihnen, aaaaaaaaa, wie weh das tut. Die Töchter hatten es ihr verboten, aber ich bin stärker als die, aaaaaaaaaaaaaaaaaaaa.

Lebewohl, Lebewohl

Nachdem seine Bibliothek von der Regierung 1 vollständig beschlagnahmt und verbrannt worden war, nahm der Soziologe und Erforscher der Ursprünge der nationalen Unterentwicklung, Carlos Antunes, die Einladung von Yale an, um an der berühmten nordamerikanischen Universität Vorlesungen zu halten. Er wird wohl in den nächsten zehn Tagen reisen, sofern seine Rechtsanwälte seinen Paß freibekommen.

Die Türen

Jag, jag jii, looco, rorrocola, baby, baby, love me baby, tak, tag tak, hupe, hupe, mein Schatz, ich liebe dich, ich bin ein schwarzer Kater, Herr Richter, halt, mein Schatz, la, luuun, da, ich, ooooo, Lebenspillen des Doktor Roß, tun der Leber gut und geben uns einen Stoß, schikitan, bum, bum, I want to hold your hand, Beatles, Scheiße, ich hab vergessen, mit Átila über die Zigeunerinnen zu sprechen, gibt mir einen gebratenen Kürbis, Zitrone, ein kleines Guaraná, die Tagesplatte: Kichererbsensuppe, der Chinese ging hopps, weil er Fleischpastetchen mit Dieselöl backte, Schallplatten-Ausverkauf, der Rest gehe zur Hölle, mein Liebchen, halte unsere Liebe warm, täglich sensationellere Romanserien im Kanal 9, verdammt, dieser Laden hat vielleicht eine schicke Verkäuferin, paß auf, wenn ich wiederkomme, so tue, als kaufe ich, was für Beine die Brünette mit den roten Schuhen hat (Odette, unsere Portugiesischlehrerin im Gymnasium, trug rote Schuhe, die war prima, wo mag sie jetzt sein? sofern sie noch auf der Welt ist, wir liefen ihr auf der Treppe nach, und alle Welt war neidisch auf Schlappschwanz, der auf einem städtischen Ball mit ihr tanzte), larali, grofrgst hgtfyuj, 7869504, bum, bum, geh zu. Die Beine. Der Minirock und die langen, runden Beine. Mitten in der Menge. Sie ging vorbei, die Männer drehten sich um, sie lief im Zickzack. José hinterher. Sie bog um die Ecke, er blieb stehen. (Sie kommt wieder, ich bin sicher, daß sie wiederkommt, ich will es, *ich will es ganz stark in mir*, und sie wird wiederkommen.) Es ist bei anderen Malen so gewesen. Er hat sie einmal gesehen und war sicher, daß er sie wiedersehen würde. Und er sah sie auch, immer. Wie jetzt die Kleine im Lederminirock und in roten Sandalen. Sie kam wieder, blickte zerstreut oder dachte, warum sie denn umdrehte. Und während er das Mädchen beobachtete, lachte die Alte neben ihm. Die Alte lachte (wie uralt muß die sein,

Mensch!) und sagte *Nee, nee, noch ist sie nicht dein!* (Wieso mein? Mein was? Die alte Verrückte kennt mich doch gar nicht.) (Sehr komisch) Er dachte weiter nach (Diese Sonne, plötzlich so gelb). (Wie viele Kranke es in der Stadt gibt!) Krüppel, Blinde, Leute ohne Arm, ohne Hand, ohne Füße, Füße nach innen, Füße nach außen, Einäugige, Schiefmäuler, ohne Nasen, Bucklige – und immer laufen haufenweise Kinder hinter ihnen her und streichen ihnen über den Rücken, um Glück zu haben – Zwerge, ohne Ohren, Krummhälse, Frauen mit Elefantiasis, gewaltigen Beinen, Brüsten wie Säcke, so daß sie vornüber gebeugt gehen, Aussätzige, Leute voller Ausschläge, Schorf, Gesichter, die eine einzige Wunde waren, fleckige Gesichter, wunde Köpfe. José rannte auf dem Gehsteig, prallte gegen Fußgänger (Ich will nicht hier bleiben, werde verrückt dabei!). Landete in einer Sackgasse mit Mechanikerwerkstätten, menschenleer, voller Autowracks. Die Wracks blinkten in der Sonne (gelb). Windschutzscheiben fehlten, zersplitterte Fensterscheiben, schwarze Löcher gähnten wie zahnlose Münder, oder noch mit allen Zähnen, herausgerissene Scheinwerfer (Augen), seitlich, Vorderseite und Heck eingedrückt, herausgerissen, motorenlose Kühlerhauben. Aufeinandergetürmte alte Autos, die ein buntgewürfeltes abgetakeltes Blechgebäude bildeten. José betrat einen mit Quecksilberdampflampen beleuchteten Vorraum. In dem Vorraum war eine Türe neben der anderen – Autotüren. Er probierte eine nach der anderen. Öffnete und schloß sie. Bis zur letzten. (Ich schloß das Buch, ich las die Geschichte nie zu Ende, ich wollte nicht, daß das Mädchen hereinkäme, sie durfte nicht hereinkommen. So schrieb ich eine andere Geschichte, in der sie vor der letzten stehenblieb und dort starb, voller Verlangen, betrogener Hoffnung, aber geängstigt.) Mit der Hand auf der Klinke faßte José einen Entschluß.

WIRD ER DIE LETZTE TÜRE ÖFFNEN? WAS EXISTIERT HINTER IHR?

Wieder ein Banküberfall in Vila Clemência.
Verletzte: 1
Diebstahl: 14.000 Dollars
Gesamtzahl der bisher überfallenen Banken: 64
Gesamtsumme des gestohlenen Geldes: 12.546.786
Gesamtzahl der Verletzten: 56
Gesamtzahl der verhafteten Bankräuber: 4
Gesamtzahl der Todesfälle: 13

Sieben Punkte

1 – José hat nicht nachgeprüft, ob seine Anstellung als Rattenvertilger im Kino noch besteht. Er hat keine Lust mehr. Er hat zu nichts Lust.

2 – Er findet, daß es keinen Sinn hat. Es lohnt nicht. Er hat etwas Geld, um zu leben. Morgen oder übermorgen geht er vielleicht ins Kino.

3 – Gegebenenfalls entschuldigt er sich beim Geschäftsführer und sagt, er sei krank gewesen.

4 – Sie können mir die versäumten Tage abziehen (Vorgesetzte tun das liebend gerne). Ich werde nicht mehr fehlen, ich schwöre es, Gott ist mein Zeuge.

5 – Nur ein wenig kriechen. Sie finden, daß das Kriechen ist. Aber das ist es nicht. Es ist, ihnen etwas vormachen. Sie sind wie besoffen, wenn jemand kriecht.

6 – Herrlich, im Bett liegen zu bleiben und nachzudenken. Ich möchte mir im Leben nicht die geringste Sorge machen müssen.

7 – Heute morgen ist die Polizei gekommen und hat den Kerl vom Zimmer gegenüber verhaftet. Er war kein Verbrecher, nichts dergleichen. Student. Die Sache war politisch. Sie haben sein Zimmer kurz und klein geschlagen, seine Kleider zerrissen, Bücher, haben in den Schränken geschnüffelt.

»Entweder wir vereinigen uns, oder die Welt explodiert in einer Welle der Zügellosigkeit, der Sünde, der Immoralität.« Der Präsident sprach auf einem Platz der Hauptstadt. Vor ihm Tausende von aufmerksamen Menschen. Ein jeder trug eine brennende Fackel in der Hand, und der Präsident hatte eine phantastische Vision: ein Feuer das erleuchtete / aber ihm zufolge verzehrte das Feuer; in jener Nacht sollte eine Reform der Gebräuche und Gesetze beginnen/. Die Mikrofone trugen die Stimme des Präsidenten auf alle Plätze des Landes, in alle Häuser. Unter dem Baldachin war ein Podium, auf dem die hohen Würdenträger der Kirche saßen, die Minister, die Richter der Obersten Gerichtshöfe, die Generalstaatsanwälte, der Oberkommandierende der Repressionsmilizen, die Beauftragten von Ordnung und Moral, die Kreuzfahrer, die Templer, die Verteidiger der Familien, die Rächer. Ein jeder vertrat Hunderte von Vereinigungen und Verbänden und Organisationen, die sich im Land bildeten zur Verteidigung der guten Sitten, der Familie, des guten Verhaltens, der Freiheit, des Besitzes. Diese Hunderte von Gesellschaften vertraten Millionen von Menschen. »Laßt uns zu einem großen Feldzug aufbrechen, zu einer Riesenbewegung, damit die Mode wieder maßvoll werde, damit die Röcke wieder bis zu den Knöcheln reichen, damit die liederlichen Zeitschriften verbrannt werden, damit der Kraftausdruck aus unserer so geliebten und so schönen Sprache verschwinde, damit die jungen Menschen ein anständiges und ehrbares Leben führen, damit der Ausdruck Prostitution ein für allemal aus unserem glückseligen Vaterland ausgemerzt werde, damit es keine Pillen mehr gebe und wir alle im Hinblick auf seine künftige Größe nach Kräften Nachkommen zeugen. Dafür ändern wir alles, ändern unsere Gesetze, um die Gesellschaft zu schützen und folglich euch zu schützen. Unsere weisen Rechtsgelehrten haben soeben eine neue Konstitution entworfen, die durchweg auf bewährten Schriftsätzen der alten Zeiten fußt, den alten Zeiten der Menschheit. Unsere Gesetze beruhen auf dem Sachsen- und dem Schwabenspiegel, einem großen gesetzgebenden Repositorium der Menschheit. Wir wollen sie anwenden, damit auch unsere Zeiten in die Geschichte als die Veredelung des Menschen eingehen und nicht als sein Ende, seine vollständige Fäulnis, als seine Verneinung.« Das Volk klatschte Beifall und hob die Arme.

In meinem Notizheft blätternd

Und mit José – nach seinen eigenen Worten – passiert folgendes: Heute, als ich schiß, war mein Kot hell, sehr hell. Weißt du, was das bedeutet? Das heißt, daß ich inwendig sauber werde. An dem Tag, an dem er weiß wird, werde ich im Stand der vollen Gnade sein. Ich überschritt die Straße, um meinen Omnibus zu nehmen. Ich mußte auf der Verkehrsinsel stehenbleiben. Auf dem Fußboden lag eine gelbe langstielige Rose. Sie war schön, ich blickte sie lange an. Ich weiß nicht warum, es war nichts als eine auf die Verkehrsinsel der Avenida geworfene Rose um halb sieben Uhr abends, stockender Verkehr, Werbeplakate verkündeten, daß diese Zeitschrift kostenlos eine plastische Operation finanzieren wird, gewinnen Sie ein Haus, eine vollständige Garderobe, schauen Sie sich an, wer die elegantesten Frauen sind, ein Millionär stürzt sich aus dem zehnten Stock. Der Stiel der Rose gabelte sich in zwei Seitentrieben. Ich verpaßte den Omnibus wegen der Rose. Die Rose, Rose, Rose auf der Verkehrsinsel (dachte ich). Die Leute denken die ganze Zeit Dummheiten. Ich denke gerne Sachen ohne Sinn. Hundert Meter weiter nahm der Bus die Kurve schlecht, prallte gegen eine Verkehrsampel, überschlug sich. Er sah aus wie ein sich wälzender Elefant. Leute kamen dabei um. Ich weiß nicht, ob ich dabei umgekommen wäre, weil ich nicht weiß, wo ich gesessen hätte. Ich glaube, ich hätte mich gerettet. Galaxien, Astronauten, Astronarta, Astronarta. Das Volk blickt zum Himmel auf: ? Ist das ein Stern oder der Sputnik, ist das Apollo Acht oder Neun. Die Busse kommen und fahren die Menschen fort, sieben Uhr abends; fahren sie heim zum

Abendtisch mit Reis und Bohnen, Tomaten und Zwiebeln; fahren sie heim zur Fernsehserie. Dabei vergißt das Volk den Himmel, die Satelliten, die Raketen, die Astronauten (nur deren Frauen denken in bestimmten Augenblicken an sie). Ich aber habe immer diese Kopfschmerzen. ? Ob es Aneurysma ist. Neulich habe ich eine Reportage über Aneurysma gelesen, darin hieß es, man kann es haben, ohne es zu wissen, plötzlich entsteht es und man kratzt ab. Wer weiß, ob ich es habe, aber ich werde nicht zum Arzt gehen, soll es entstehen, so bringt es mich nicht aus der Ruhe. Die kleine Mexikanerin wollte es mit mir nicht tun. Wieder nicht. Seit zwei Monaten schon will sie es nicht. Sagte, es sei wegen ihrer Mutter, die krank ist. Sie darf nichts tun, solange ihre Mutter krank ist. Das ist so eine Gewohnheit von denen. Muß so sein. Die Mexikaner sind komisch, man sieht sie viel hier im Stadtteil. Es sind Nordöstler, die spanisch sprechen. Sie sind dabei, sich im Hochbau Arbeit zu besorgen. Ich will im Laden eine Versammlung mit den Angestellten veranstalten, welche die Kleine vernascht haben. Jeder stiftet etwas Geld, wir bestellen den Arzt, der heilt ihre Mutter, alle haben wieder ihren Spaß. ? Soll ich's sagen. Nicht sagen. Zu blöd. Etwas mehr ... etwas mehrrr ... Das hört man hier herum den liebenlangen Tag. Etwas mehr. Ich sage: Entschuldigung, ich habe nie die kleine Mexikanerin vernascht. Allein, bin allein. Ich denke an sie, und nicht zu knapp. So sehr mag ich sie. Sie hat zu mir gesagt:

. Wenn ich schwanger werde, nehme ich mir das Kind nicht weg. Und ich will nicht schwanger werden von einem Klumpfuß.

Hat sie alles in ihrer Sprache gesagt. Tochtereinerhure! 1,2,3,4,5,6,7,8,9,10,11,12,13,14,15,16,17,18,19. Ich zähle und zähle und denke, warum macht 1 und 1 zwei. Der Kerl, der das erfunden hat! ? Warum heißt die 1 nicht 2 und die 2 heißt nicht 9. Daa würde ich addieren: 2 und 2 macht 9. Aber jetzt geht das nicht mehr. Die ganze Welt denkt gleich, hat's hingenommen, daß es so sein muß. Wenn mir einer käme wie ich zum Beispiel und mir bewiese, daß die 1 nicht 1 ist, sondern 3, das würde einen Spektakel geben. Die wären imstande und würden mich verhaften, die verhaften ja, wen sie wollen. Man braucht nur in die Zeitungen hineinschauen, dann weiß man Bescheid. Ich werde wütend auf die Leute, die sich das mir nichts dir nichts gefallen lassen, die Sache ist wie sie ist, warum sich aufregen. In Wirklichkeit werde ich nicht wütend, ich werde verwirrt, ich seh nicht mehr durch. Manchmal ist eine Sache für mich vier und nicht sieben, wie die sagen, aber die können's nicht so sehen wie ich es sehe, daß die Sache vier ist. Ich fühle in mir drinnen die Sprache der Dinge, die zu mir sagen: Ich bin nicht dies, ich bin das. Und ich muß an die Dinge glauben, ob sie Steine sind oder Holzstücke, Plastik, Eisen, Papier, Blumen, was auch immer.

Und hier verabschiede ich mich in der Hoffnung auf Ihre Aufmerksamkeit für die nächsten Seiten. Ich hoffe, Ihnen gefallen zu haben. Empfehlen Sie mich Ihrer Familie und all Ihren Angehörigen.

DREHRESTAURANT

/»Mein Land hat Palmen, auf denen die Drossel singt, die Vögel, die hier zwitschern, zwitschern nicht wie's dorten klingt.«/
(? Ob die kleine Mexikanerin kommt. ? Ob sie es mit jemand treibt. Es ist an der Zeit. Ich müßte jetzt eine Kleine wie die vernaschen, eine adrette, mollige, appetitliche. Wie appetitlich sie ist!)

In unserer Stadt ist es genau sieben Uhr.

Puratek verkündet: in dreißig Sekunden unsere nächste Attraktion: Nachrichten.
(Wozu wissen, was hier herum passiert. Es passiert nur Blödsinn. Man hat längst die Nase voll. Voll bis zum Rand. ? Warum haben sie nichts über meine Verhaftung gesagt. Ich habe beim Sender reklamiert, die Kerle haben mich nicht mal beachtet. Haben mich angeglotzt, haben wohl gemeint, ich sei durchgedreht. Aber ich weiß schon, was ich tun werde.)

Kaltes Wasser in der Badewanne, er hat sich unter die Dusche gestellt, hat sich mit Kernseife abgeschrubbt, welche die Tante aus dem Hinterland geschickt hat. Schrubbte, bis die Haut brannte. An dem Tag, als er kroch, um seine Stellung nicht zu verlieren, mußte er sein längstes Bad nehmen. Blieb Stunden im Badezimmer, die Witwe kam, um nachzusehen, ob er mittlerweile nicht gestorben war. Als sie sah, daß er am Leben war, reklamierte sie das viele Wasser, das er verbrauchte. Sie schrie und schrie. Es nutzte nichts, er konnte nicht herausgehen, er mußte das Wasser auf dem Leib lassen. Er bekam Lust, wie Marat zu leben, in der Badewanne und sich unablässig abzukühlen. Aber Marat hatte eine Frau, die für ihn sorgte. Jedenfalls hatte er im Film eine. Brot, große Tasse Kaffee, schwarz. Die Mexikaner trinken Zuckerrohrschnaps und erzählen Begebenheiten aus Mexiko. Einer von ihnen schwört, er sei ein Enkel von Pancho Vila. Eines Tages wird er heimgehen und die Macht übernehmen. Er ist zahnlos, man versteht nicht, was er sagt, er repariert Radios und Fernseher, versteht was von Transistoren, hat Kundschaft im gesamten Viertel. Der Mexikaner sitzt den ganzen Tag auf einem Sack Kartoffeln und qualmt Zigaretten (der Ladenbesitzer behauptet, es sei Marihuana, wegen des Geruchs) und kaut Blätter, ohne auszuspucken. Hat nie mit José gesprochen, scheint ihn aber zu mögen. José hat Angst. Wäre es nicht der einzige Ort in der Umgebung, wo man morgens Kaffee trinken kann, würde José den den Laden nicht betreten. (Die

400 Kilometer von hier zetert Dona Osvaldina und sagt zu ihrem Mann, nächstens ruft sie die Polizei, diese Nachbarn sind einfach unerträglich. Jetzt schütten sie schmutziges Wasser in ihren Hof, und das gibt Pfützen, das gibt die Moskitos und Gestank. Dona Osvaldina wohnt auf einem Hof, 5 Hektar groß. Der Hof des Nachbarn hat 7,5 Hektar und ist voller Bäume.

Leute machen mir Angst. Ich meine immer, einer wird mich angreifen. Ich lebe immer auf der Lauer, um mich zu verteidigen. Wenn einer in meiner Nähe plötzlich den Arm hebt, erschrecke ich. Ich bin höflich gegen die anderen, selbst wenn ich's nicht sein will, denn ich finde: ? Und wenn dem anderen meine Art nicht gefällt und er über mich herfällt. Wenn ich abends nach Hause komme, erwarte ich jemand im Flur hinter der Tür oder daß jemand in meinem Bett liegt und sagt, daß es nicht mehr meines ist.)

José hörte einen Prediger. Es hörte niemand zu, aber er predigte. Um elf Uhr vormittags. Buch in der Hand, schwarzer speckiger Anzug, Sabbel vor dem Mund, goldgefaßte, mit Leukoplast festgeklebte Brille.

? Wie stehts. ? Hast du deine Stellung aufgegeben.

Átila kommt.

. Man hat sie für mich aufgegeben.

? Warum.

. Ich mußte ein paar Tage wegbleiben. Als ich zurückkam, war bereits ein anderer da und vertilgte die Ratten. ? Willst du was Komisches hören. Sie haben in der Pension einen Studenten verhaftet. Die Leute vermuten, daß er gar kein Student ist. Sie sagen, der Typ habe Zusammenkünfte von Terroristen organisiert. ? Blödsinn, verstehst du. ? Was heißt hier Terroristen. Und noch dazu dort. ? Hast du jemals gesehen, daß ein Typ die Regierung stürzen will mit Zusammenkünften in einer Scheißpension wie der.

. Was weiß ich! Heute knisterts. Überall schmeißen sie Bomben. Irgendwann fliegt die Stadt in die Luft. Ich kicke schon keine Blechdosen mehr rum. Meine immer, es könnte ein halbes Kilo Pulver drunter liegen. Los, gehen wir. Du mußt sehen, was für Leute dort hingehen. Und wenn wir nicht gehen, sind sie weg. Es ist an der Zeit, daß sie die Baracken abräumen.

? Wann ist es Zeit

? Was weiß ich. Die haben ihre eigenen Gesetze. Sie bleiben eine Weile, dann hauen sie ab.

Der Tisch drehte sich, und Átila fand, sein Stuhl drehe

sich langsamer, denn sein Teller war immer ein Stück voraus. Der Kabeljau roch stark nach Öl und Lorbeer.

? Ob es reicht, fertigzuessen, bevor die Rundreise zu Ende ist.

Keiner sah auf den Gefährten an seiner Seite. Jeder aß, beobachtete die Kurve der Wand, verglich sie mit dem, was auf dem Teller verblieben war. Ein Schwarzer öffnete einen Plastiksack, bevor er an den Tisch trat. Warf den Rest auf dem Teller hinein.

José gelangte nach hinten. In der Kachelwand war ein dreieckiges Loch. Er sah die Köchin oder Küchengehilfin. Oder wer das war. Eine rundliche Kleine, starke Arme, die aus den Ärmeln platzten. Sie war brünett und trug den Kopf in ein gelbes Tuch gewickelt. José verging der Appetit. Das Gesicht war gewöhnlich, die Nase sogar häßlich, ein Pickel am Kinn. Sie bewegte sich hin und her und Josés Bank glitt vornüber, sie hob sich in der Mitte des Dreiecks ab, José schaute auf das gelbe Tuch, nahm nichts anderes mehr wahr, nur dieses Gelb. Die Bank mündete in die endgültige Gerade ein.

> *Mahlzeiten für Angestellte*
>
> Tagesgerichte:
> Kabeljau auf portugiesische Art
> Kabeljau aus der Röhre
> Kabeljau mit Knoblauch und Öl
> Filet mit Pommes frites
> Gemüseomelette
> Haschee
> Früchte
> Eis
> Kaffee
> Treten sie ein – Reinlichkeit und Schnelligkeit – Das volkstümlichste Restaurant der Stadt – Niemand widersteht unseren Preisen

Isst oder isst nicht

. Ich bin beim Fakir gewesen. Er hat mir eine Idee eingegeben. Und zwar eine gute. Um Geld zu verdienen. In der Nähe des Sargs ist ein Schild. Der Fakir ist sehr stolz auf seine Ehrlichkeit, verstehst du. Drum verspricht er auch eine Mordssumme, wenn einer beweisen kann, daß er ißt. Darum gehts, wir gehen hin und beweisen es.

. Beweisen. ? Wie denn, Alterchen.

. Wir finden irgendeinen miesen Trick.

? Soso? Und seine Freunde? Wozu sind die denn da.

. Ich bin nachts dort gewesen. Es steht nur ein Polizist herum. Jede Nacht derselbe. Mensch Alter! Hab bereits zehn Contos in einer Woche ausgegeben, nur um den Kerl zu beobachten. Das Geld ist unser, du wirst's sehen.

. Sonst noch was. Bist wohl meschugge. Der Kerl ißt nicht.

. Er ißt.

. Einen Dreck ißt er.

. Hör zu: er ißt.

? Und der Polizist.

. Gib dem Polizisten etwas Geld, nur zur Probe. Er nimmt's.

Die Ankunft der Prediger

In Água Baixa hinter dem Zoo, hinter dem Buschland, ist in den Hügeln eine Reihe von Absätzen eingeschnitten, als sei es eine riesige Treppe mit zehnmeterhohen Stufen. Jede Stufe hat eine gewaltige Oberfläche und niemand weiß, warum sie gebaut worden sind. Eines Tages arbeiteten dort in aller Herrgottsfrühe Traktoren und blieben Monate, dann fuhren sie ab, es blieb kein Anschlag zurück, ob es sich um Regierungsarbeiten handelte, um eine neue Industrie (es gibt Hüttenwerke in der Gegend) oder um Parzellierung.

Das Erdreich jener Hügel besteht aus mehrfarbigen Schichten, so daß jede der Stufen hellrot, dunkelbraun, gelb oder aschenfarben ist. Um dorthin zu gelangen, schlägt man den Weg zum Zoo ein und biegt auf der Höhe eines Ladens, über dem der Name Moraes mit einem auf den Kopf gestellten *S* geschrieben ist, auf einem ungepflasterten Weg rechts ein.

In den ersten Tagen der Prediger mußte man am Laden aussteigen und zu Fuß aufsteigen. Dann, als der Verkehr zunahm, verwertete ein Betrieb alte Wagen und richtete eine heimliche Linie zum Lager ein. Átila fuhr einen dieser Busse und, da er nach Anzahl der Fahrten und Fahrgäste verdiente, lud er den Bus voll wie einen Viehwagen. Er und der Schaffner machten gemeinsame Sache und kassierten einen überhöhten Fahrpreis. Das war dem Unternehmer gleich, die Kleinbusse verbrauchten wenig Benzin, benötigten keine Instandhaltung, zahlten keine Steuern. Átila begann seinen Dienst um die Mittagsstunde und arbeitete bis zum Ende der Nacht. Die Fahrer der vier Wagen bekriegten sich untereinander und versuchten den Wagen des anderen zu sabotieren, sie schraubten Zündkerzen aus, rissen Drähte aus, saugten Benzin ab, ließen die Luft aus den Reifen. Der Bus fährt bergauf. Sitze gibt es nicht. Die Fenster haben keine Scheiben, der Anstrich ist abgesprungen. Der Bus ist ein Gerippe, das der asthmatische Motor kaum vorwärtsschleppt. Trotzdem fährt kein Wagen ab, der nicht voll besetzt ist.

Das Lager ist über die Hügelabsätze verteilt. Neun Baracken auf einem jeden, auf dem ersten hat es eine, auf dem zweiten eine andere Farbe. Bis man zum letzten, der großen braunen Baracke kommt (braun wie die Erde, zu der wir wollen, von der wir kommen [Samen], einzige Wahrheit, Mutter Erde: erläutert das Faltblättchen; Blättchen, welches das Volk zur Wahrheit der Zukunft rief). Die Menschenschlangen sind lang. Von einem Absatz zum anderen führen Holzstufen.

Die große braune Baracke hatte ein bemaltes Blechschild. Eine Neonlampe beleuchtete es. Vignetten füllten die Wörter; die Vignetten waren Zeichen. (Jedes Zeichen hat eine Bedeutung für unser Volk: erklärte ein Zigeuner.)

Jeden Buchstaben betrachtend, gewinnt José den Eindruck, als handle es sich um ägyptische Schrift, um Hieroglyphen, Dutzende sehr kleiner Zeichen bilden in ihrer Anhäufung ein neues größeres Zeichen. Bilder, um neue Bilder vermehrt, bemühen sich um eine Definition. Als sei es ein mühsam erarbeiteter chinesischer Schriftsatz. Oder ein rätselhafter Brief.

? Unser Volk. Die Ursprünge unseres Volkes verlieren sich in den Zeitläuften. ? Afrikanisch. ? Chinesisch. ? Hinduistisch. ? Russisch. ? Wer weiß es. Vielleicht ein Gemisch aus allem. Unser Volk ist ein Wandervolk. Hat der Stammeshäuptling im Fernsehen gesagt. Das war ein hochgewachsener Mann, nicht allzu alt, dunkelbraun, glattes Haar, Goldzähne, bunte Kleider, Halsketten, Blumen, Stiefel, Peitsche (das traditionelle, normale Bild des Filmzigeuners aus *Carmen*, aus den Hollywoodfilmen). Er war in allen Interview-Programmen zu sehen, er liebte Fotos, Kameramänner, Zeitungen.

»Wir haben viel von den Negern, wir haben etwas von ihrer Haut bewahrt, von ihrer Weisheit, wir empfangen ihre Lehren und Gaben und Geschicklichkeit, wir haben viele Berührungspunkte.«

Scheiben von Melone und Ananas, Kürbisgelee, Kokosnuß, Kokosmilch, Kaugummi, Kalbshaxensülze, Bratwürstchen, all das in Buden, auf Karren in der Sonne, auf Kisten, auf dem Erdboden ausgebreiteten Zeitungen, um den Hals hängenden Tabletts. Spießbraten aus fettgepolstertem Fleisch, von Rind und Katze und sonstwelchem im ringsum wuchernden Busch gejagten Viehzeug.

. Das gefällt mir verdammt gut, sagte José.

? Handlesen.

. Handlesen, die Zukunft, all die sonderbaren Sachen, die einer nicht versteht.

. Schau dir die schicken Bienen an! Guck mal in die Busse, die dort stehen. Neulich hat mir einer gesagt, die Frau des Gouverneurs sei aufgekreuzt. Nachts, heimlich. Ich sollte den letzten Bus fahren, ich wartete, daß er voll würde. Kam einer von der Militärpolizei, trieb die zusammen, die noch herumstanden. Packte sie in den Bus und hieß mich den Hügel hinunterfahren. An einer Ausweichstelle der Landstraße wartete ein Wagen mit offiziellem Nummernschild. Am nächsten Tag hieß es, es sei die Frau des Gouverneurs gewesen. Sie wollte herausfinden, ob er sie betrog. Du verstehst, die Frau überwacht ihn, einfach krankhaft. Aber das Geld stammt auch von ihr. Er war ein Habenichts, sah prima aus, heiratete sie schlankweg. Sie hat seine Karriere gemacht. Dafür verlangt sie Treue. ? Und weißt du, er hat einen Bammel vor ihr. Drum ist er treu. ? Willst du noch mehr wissen. Man hat mir erzählt, daß jedes Mal, wenn sie vögeln, er ins Bad rennt und kotzt. Sich die Galle herauskotzt, so hat er sie über.

Auf dem Schild der Baracke, zu der Átila José geführt hatte:

ES WIRD GELESEN:

Hände – Herz – Augen – Botschaften im Öl – Fußsohlen – Kaffeeflecken – Teeblätter – Man entziffert verbrannte Watte – Die Zukunft in den Abdrücken der Füße im Sand und im Gips und im Lehm und im Weizenmehl
Es wird gelesen: alle Linien des Körpers
Es wird gedeutet: die Stimme –

Entziffert werden besondere Zeichen: Narben, Verfärbungen, Warzen, Falten, Mitesser und Leberflecke

Analyse des zweiten Urins als Hinweis auf gegenwärtige und künftige Krankheiten mit Rückblick auf vergangene und deren augenblickliche Einflüsse.

. Der Kerl dort ist mehr wert als ein Check-up, sagte Átila.

. Habe meine Bedenken, du.

. Der Kerl dort ist der größte. Er ist nur bescheiden. Der ist nicht wie der Chef, der nichts als vorwärtskommen will. Der kommt nie aus seiner Baracke heraus. Nie, weder Tag noch Nacht. Der studiert, meditiert, unterhält sich mit den Leuten. Die Leute kommen zu ihm. ? Wozu ausgehen. Er kennt die Welt durch die Leute. Hättest den Anatomie-Unterricht sehen sollen, den er 'n paar Medizinstudenten neulich gab! Die Typen kamen mit hängendem Unterkiefer heraus. Er ist sogar Universitätsprofessor.

? Heilt er.

. Er heilt nicht. Er sagt nur die Sachen. Nachher sollen die Leute sich heilen oder sich Ärzte zur Heilbehandlung suchen.

? Weißt du, warum die Leute nicht geheilt werden. Weil die Ärzte nicht daran glauben und genau das Gegenteil behaupten. Und nur weil sie Ärzte sind.

. Ich wollte, er würde von meinem Fuß sprechen. ? Ob er das kann.

. Was weiß ich! ? Ach, weißt du, wer bei ihm hier meditiert hat. Die Beatles!

. Gerede, Mensch!

. Von wegen, es gibt Zeitungsfotos und Zeitungsausschnitte. Vom größten Londoner Blatt. Der Typ lügt nicht.[1]

? Warum suchen ihn dann so wenig Leute auf.

. Es sind nur die, welche er annimmt. Man muß vorher seine Kennkarte bei ihm einreichen. Dann wählt er aus, wen er empfängt. Gib mir deine.

Da waren Kreppapierflaggen bunte Tücher Lautsprecher bellten Boleros Tangos Twist zwischen Reklamen für die welche das Los warfen, aus Briefen und Händen lasen und die Zukunft auf tausenderlei Arten entdeckten.

Nach dem Mittagessen war es schwierig, auf den Hügelabsätzen herumzugehen, es war wie eine Kirmes, als sei die gesamte Stadtbevölkerung dazu eingeladen, weil die Straßen und der Buschwald unterhalb und oberhalb der Hügelabsätze voller Leute waren, Leute, die herumbummelten, aßen, schlangenweise warteten, sich zu Trauben zusammenrotteten, aufgeregt über all die Weisheit redeten, die man erfahren würde

Um drei trat José ein: die Baracke schlicht und hell, aus Segeltuch, voller Licht. Geflickte Weizenmehlsäcke bedeckten den Erdboden. José verspürte Lust, die Schuhe auszuziehen;

1 Obwohl Átila einer ist, der seine Freundinnen nur in der Fantasie erschafft, scheint er nicht so unrecht zu haben, wenn er von der Begegnung zwischen dem Menschen und den Beatles spricht. Kurz vor Epsteins Tod verschwanden die Beatles drei Tage lang und niemand wußte, wo sie steckten. Merkwürdigerweise erhielten die vier von dem Menschen den Rat, sich zu trennen, um zu überleben. Nach der Begegnung vergaßen die Beatles alle Einzelheiten des Ereignisses, denn das ist das Merkmal des Menschen: was er sagt, redet, rät, zerfließt im Unbewußten, wirkt, aber der Betreffende erinnert sich nicht mehr deutlich daran. Er fühlt nur eine Art Angst, wenn er den empfangenen Geboten zuwiderhandelt.

zog sie aus. Der Mensch stand und hatte einen stillen und guten Blick. Der Lärm drang nicht durch die Tuchbespannung der Baracke. In Josés Kopf dagegen lärmte es: Kisten wurden geöffnet, Bretter wurden entfernt, Nägel mit dem Hammer herausgerissen und die Abteilungen in einen leerstehenden Saal verwandelt, in dem sich fast alles deutlich erkennen ließ. Der Mensch legte die Hand auf seinen Kopf.

. Geschätzter Freund. Es gilt, Ihren Kopf voll und ganz zu nutzen. Es ist ein guter Kopf, bereit, viel aufzunehmen. Sie tun nichts, geschätzter Freund. Nichts für Sie, nichts für die anderen.

Der Lärm begann.

. Nichts, für nichts und wieder nichts, das Nützliche ist unnütz, das Gute ist Verschwendung. Sie müssen Sie sein. Da ist ein Ruf und Sie antworten nicht. Jenen Lärm, den José kannte.

Stärkerer Lärm. Zähne.

. Geschätzter Freund. ? Erinnern Sie sich. In dem Saal gab es viele verschlossene Türen. Sie konnten in alle eintreten bis auf eine.

. Niemand hatte es verboten.

. Aber, geschätzter Freund, Sie wußten, daß Sie jene nicht öffnen konnten. Nicht durften.

? Wie konnte ich das wissen.

. Im Seitenfach einer der Wagen lag die Mitteilung.

. Es waren aber so viele Wagen.

Seine Zähne schlugen aufeinander.

? Und das Zeichen.

? Welches Zeichen.

. Geschätzter Freund, Ihr Kopf funktioniert nur zehn Prozent. *Es gibt Zeichen,* überall, und niemand nimmt sie wahr. In allem. Öffnen Sie den Blick weit auf die Gegenwart. Und die Zukunft liegt vor Ihnen, festgenagelt, festgeheftet. Schauen Sie nicht zu Boden wie alle Welt. Wenigstens Sie nicht.

? Welches Zeichen.

. Als der Wagen *für Sie* mitten auf der Straße vorfuhr, waren die mittleren Zahlen des Nummernschilds von verschiedener Farbe. Er hatte das Schild bemalt. ? Ein Bubenstreich. Scheinbar. Es war die Nummer, die erste Nummer des Wagens, in dessen Seitenfach am Führersitz die Mitteilung lag: Sie sollten nicht die Türe öffnen, die Sie beim Hineingehen öffneten, durch die Sie hinausgehen sollten.

. Ich erinnere mich nicht, seitdem ich hineingegangen bin.

. In der richtigen Stunde werden Sie sich daran erinnern, geschätzter Freund.

? Wer hat das Zeichen gesandt.

? Wer.

Der Mensch nahm die Hände von Josés Kopf. In der Tiefe seines Gehirns verblieben versiegelte Abteilungen mit Leuchtschildern, deren Buchstaben José nicht zu lesen vermochte.

Die Erschaffung Josés nach dem Menschen

Zehn Tage waren vergangen.

Zehn Tage hatte José mit dem Menschen verbracht.

Am ersten lernte er, daß der Körper frei sein muß und befriedigt.

Am zweiten, daß der Geist herrschen muß und daß das willenskräftige Denken dies vermag.

Am dritten lernte er jeden Muskel seines Körpers kennen.

Am vierten lernte er den Himmel und die Sterne kennen, den Namen eines jeden, die sichtbaren und die nicht sichtbaren, ihre Macht, wie sie den Menschen beeinflussen; er lernte die Sonne und den Mond kennen, die Planeten, die Bahnen, die Zeichen, die Zyklen.

Am fünften reproduzierte der Mensch ihn als Riesen und projizierte ihn auf die in eine unendliche Leinwand verwandelte Decke der weißen Baracke. José sah sich selbst: Der Mensch öffnete wie ein Anatomieprofessor seinen Körper und zeigte ihn von innen. Er bestand aus Gängen, die, einer im anderen, in andere Gänge mündeten, ein Zimmer im Gang, hell, rein, erleuchtet. Zickzacklabyrinthe, Säle, Sälchen, Salons. (Wie eintönig ist ein Mensch von innen, uninteressant.) Die Reproduktion nahm die ganze Baracke ein und es war, als sei er in sich selbst (aber ich fühle mich nicht in mir selbst, ich fühle es einfach nicht, ich bin immer draußen). Und der Mensch deutete mit seiner Stablampe auf seinen Körper, auf die Durchgänge, die Arterien (Gekröse, Hypogastrium, Karotiden), Venen, Vena cava, Pfortader, Lungenvenen, Aorta, Venolen, Knochen, Klappen, Lymphsystem, Spalten, Eingeweide, Luken, Herzventrikel, Nervensystem. José verspürte Lust, durch sich hindurchzulaufen, freiweg durch Felder, die vom Magen ausgingen, auf Nierenhügel zu klettern, in den Augen jenes weiße Licht zu empfangen (weißer Blitz, jener weiße Blitz, der meine Augen traf). Dann, aufblickend, sah er eine dreieckige Öffnung, dahinter Leere, und empfand ein so starkes Lustgefühl, daß er einen Orgasmus bekam. Er verspürte Hunger, hatte aber kein Verlangen zu essen: Hunger, verspürte aber Übelkeit, wenn er ans Essen dachte. Um vierundzwanzig Uhr des fünften Tages sah er sich von innen. Das war der ihm gestellte Termin. Ohne Verbote. Um Mitternacht mußte er fortgehen (verlier beim Fortgehen nicht deinen Schuh. Niemand wird dich suchen). Aber es galt noch, Dinge zu durchlaufen, Dinge, die er brauchte. (Wie kann ich dem Menschen erzählen, daß ich mich nicht ganz gesehen habe?) Doch er schwieg und sagte beim Hinausgehen nichts.

Am sechsten lernte er die Empfindungen des Tastgefühls und seine Erkundungen kennen, den Geschmack, den Geruch, das Gesicht, das Gehör und die Wirkungen, ihrer aller beraubt zu sein.

Berühren Sie sich.

Hören Sie sich.

Sehen Sie sich.

Schmecken Sie sich.

Riechen Sie sich.

Und so wissen Sie, wer Sie sind, sagte der Mensch.

Und José küßte den Menschen dankbar auf den Mund. Nicht sinnlich, nicht leidenschaftlich, nicht ergriffen. Nur dankbar. Und der Mensch dankte für den Kuß mit einer Ohrfeige, die José taub machte.

Am siebten stand er nackt, während der Mensch die Leute hereinließ: Männer, Frauen, Kinder. José fühlte keine Scham. Die Leute machten sich nichts daraus.

Am achten mußte José vierundzwanzig Stunden stehen. Bald auf dem einen, dann auf dem anderen Fuß. Dreimal hob er sich eine halbe Stunde und stützte sich auf die Spitze der Ferse. Er wurde mit Nadeln gestochen, mit einem Rohrstock geschlagen, ging über glühende Kohlen, tauchte in heißes Wasser. Beherrschte sich. Hatte gelernt.

Am neunten wurde José mittels eines Seils an den Armen, Kopf nach oben, hochgezogen, um den Teufel zu hören; dann, Kopf nach unten, an den Füßen festgebunden, um mit Gott zu reden; dann am Gürtel, Kopf in der Mitte, um die mittleren Gottheiten zu hören. Er hörte nichts: ? Ob sie ihm nichts zu sagen hatten, ob sie vielleicht gar nicht existieren.

Am zehnten Tag ruhte der Mensch aus.

Dann, am nächsten Tag, rief er José und zog seine Kleider aus. Liebte José und ließ sich von ihm lieben, haßte José und ließ sich von ihm hassen, begehrte José und ließ sich von ihm verachten, verachtete José und ließ sich von ihm begehren. Sie wälzten sich auf dem Fußboden / schlugen sich und schrien / wie Tiere / brüllten / und heulten im Wunsch, einander zu begegnen.

STOSSGEBET: »Jesus, Maria, Josef, in eurem Frieden verlösche meine Seele.«

ABORTINSCHRIFT
(Graffito)

Scheißen ist Gesetz der Welt
Scheißen gleich ob dir's gefällt
es schiß der Herzog von Meran
es schiß der Dichter dieses Päan

Auf ihrem Gütchen möchte Dona Osvaldina, daß ihr Ehemann sich bei den Nachbarn Genugtuung verschafft. Sie ist sicher, daß sie ihr die Eier ihrer Leghornhennen wegstehlen.

Stacheldraht um den Hals

José ging mit Átila auf die Hügelabsätze. Die Prediger zogen ab. Noch eine Baracke war abzubauen. Das Volk kam nicht mehr. Ein paar Katzenfleischröster wollten noch verkaufen. José blieb auf der Stelle der weißen Baracke stehen.

(Ich weiß, wer ich bin und was ich vermag. Ich wünschte nur, er hätte diese Wut mitgenommen. Er hätte mir den Stacheldraht abgenommen, den ich um den Hals trage. Er hat mir geholfen, aber der Draht ist geblieben.)

Es war ein Tag mit tiefhängenden Wolken, und er bemerkte, daß hinter den Wolken der Himmel gelb war / ein Ei/. Er fühlte, daß er beobachtet wurde und steckte die Hände ungeschickt in die Tasche.

Didu

zwitscherte der Vogel im Busch. Zweimal.

Didu

Es war ein gelber Vogel, einem Papagei ähnlich. Auf einem Baum, sehr nah.

. Moment, den kriege ich! sagte Átila.

Didu

Der Vogel flog auf, kehrte wieder, kam zu José, ließ seinen Ruf los, flog von neuem fort.

An jenem Tag um vier Uhr nachmittags fuhr Átila mit dem letzten Bus ab. Von den Predigern, oder was diese Leute sonst sein mochten, blieben nur die Spuren der Baracken und alle Arten von Abfall. In der Nähe des Buschs, wo das Volk seine Exkremente gelassen hatte, stank es zum Herzerweichen. Kinder kamen und wühlten in dem Kot. Räudige Hunde begleiteten ihre Herren oder trieben sich einzeln umher. Es stritten sich die Kinder, die Hunde und auch die Frauen, die zum Papiersammeln gekommen waren. Die Abfallverwerter steckten die Haufen in Brand, und der Rauch stank erbärmlich.

? Und nun, Átila. Ich ohne Stellung, und du auch.

. Wir kommen zurecht. Immer mit der Ruhe, wir kommen zurecht. Darum geht's heutzutage. Eine regelrechte Stellung gibt es nicht und ich will sie auch nicht.

. Aber ich will eine. Ohne Stellung werd ich nervös. Mir wird ganz anders.

Gefahr

Am nächsten Tag in der Pension wachte José vom Lärm zweier Gefährten auf, welche die kleine Mexikanerin vernaschten. Sie stöhnte laut, einer suchte ihr den Mund zuzuhalten, während der andere drin war. Nachdem sie fertig war, fragte José, ob es möglich sei.

. Nein, es ist nicht möglich, nein.

? Wegen dem Kind.

. Ja, dem Kind, ich will keines wie du.

. Du bist eine Hurentochter. Wenn das Kind wie der Vater geboren wird, wird es hinkend geboren. ? Und wenn es wie die Mutter geboren wird.

. Die Mutter ist schön!

. Die Mutter ist eine Hure. ? Ist's nicht schlimmer, als Hure geboren zu werden.

. Nein, es ist besser. Viel besser. Heute ist's besser, Hure zu sein.

Das antwortete sie, die ihr Spanisch verlernte, ohne Portugiesisch zu lernen.

(Dieses Weibsstück würde ich umbringen. Der Mensch hat mich gelehrt, nicht zu hassen, aber ich habe es noch nicht gelernt. Ohne Haß tue ich nichts. Niemand tut etwas. Bei diesem Weibsstück fühle ich mich hinkend. Dabei hinke ich nicht mehr)

Das durch die Türritze ein-

Drama, fast Melodrama

(Zu den Klängen des Bolero *Angst* zu lesen)

Der Vater von Rosa Maria

dringende gelbliche Licht störte ihn. Er sprang aus dem Bett, lief zu der kleinen Mexikanerin hinüber und hieb auf sie ein. Sie steckte die Schläge ein, ohne einen Laut, und biß ins Kopfkissen. José hielt inne, als die Zimmergefährten aus dem Bad zurückkamen. Fielen über ihn her. Aufs Bett geworfen und festgehalten, sah er, wie die kleine Mexikanerin ihr Kopfkissen ihm aufs Gesicht preßte. Um ihn zu ersticken. Sie preßte, und ihm ging die Luft aus.

? Wird José sterben

PS: José wohnte weiterhin in der Pension, als pünktlicher Zahler genoß er die Rücksicht des Besitzers. (»Es gibt noch anständige Leute auf der Welt«)

? Zweifelt jemand daran.

. Nein, niemand.

. Wenn jemand zweifelt, bekommt er's mit mir zu tun.

Lopes, brünett, schwarzes Haar, war ein Fan des Taquariti-Sportklubs. Er nahm Rosa Maria jeden Sonntag zu den Wettkämpfen mit. Die Mutter hatte ihr ein besonderes Kleid mit den Klubfarben und zwei Abzeichen auf der Brust genäht. Auf dem Spielfeld brüllte Rosa Maria, wenn der Vater brüllte. Sie lachte, wenn der Vater lachte. Schimpfte, wenn der Vater schimpfte. Sie mochte ihn leiden, seinen Hals, seinen Geruch: Schweiß, Zigarette, Schnaps. Gras, wenn er an Trainingstagen vom Stadion zurückkehrte. Zu jener Zeit kämpfte der TSK in der zweiten Liga mit Unterstützung der Gutsbesitzer. Im Endspiel gegen den Catandu durfte die Hausmannschaft nicht verlieren. Der Catandu begann Prügel auszuteilen, das Personal des Taquariti schloß die Türen ab und ging zum Gemetzel über. Rosa Marias Kleidchen war bespritzt vom Blut des Vaters, der mit Bierflaschenscherben zerschnitten worden war. Sie war sieben Jahre alt. Und behielt keinen Schock davon zurück

Sensationell: Das Gebiss rettet José und entreisst ihn den verfluchten Händen der Ärzte

Sie trugen die Tragbahre in den Hof der Klinik. Ließen sie dort stehen. Krankenwärter, Krankenwärterinnen kamen vorbei. Elegante Männer bestiegen Autos vom letzten Typ / es waren die Ärzte, alle steinreich / Männer, welche die der Sonne des Hofs ausgesetzte Tragbahre mitsamt José keines Blickes würdigten. Bei Einbruch der Nacht begann ein kleiner Alter die Bahre in einen Gang zu schieben. Durchschritt eine Tür, einen zweiten Gang, einen riesigen Saal voller Betten, wieder einen Gang, betrat ein Zimmer, verließ es am anderen Ende, fuhr in einem Aufzug hinauf, stieß Josés Bahre in einen grünen Raum mit einem weißen Bett, einem Oberlicht im Dach, einer Reproduktion von Rembrandts »Anatomie des Dr. Tulp«. José bewußtlos. Der kleine Alte fuhr wieder hinunter. Suchte unter den Leuten der Eingangshalle.

? Ist jemand ein Verwandter des jungen Mannes der Tragbahre 13.

Alle fragten, was zum Teufel das für eine Bahre 13 sein solle. Der kleine Alte wiederholte die Frage und lief in der Eingangshalle herum. Er fand den jungen Mann, der José gebracht hatte.

? Was hat er, fragte der Alte.

? Woher soll ich das wissen Drum hab ich ihn doch hergebracht

? Hergebracht ? So mir nichts dir nichts.

? Wieso mir nichts dir nichts ? Ist denn das kein Hospital

. Das ist eine Klinik, mein Junge. Eine Klinik. Das ist ganz was anderes!

. Schön, da er einmal da ist, lassen Sie ihn da.

? Warum haben Sie ihn denn hergebracht

. Hören Sie, Alterchen! Hab ihn hergebracht, weil ich seit zwei Tagen mit ihm rumlatsche, einfach so. Kein Regierungshospital wollte ihn haben. Bin mit dem Kerl durch ganz São Maulo gelaufen. Im Stadtkrankenhaus habe ich ihn gewaltsam auf eine Bahre gelegt, die Kerle haben ihn runtergerissen und auf den Gehsteig geschmissen. Sagten, er sei tot und es habe keinen Sinn mehr. Da hab ich mein Ohr auf sein Herz gelegt, und es schlug noch. Dann bin ich gelaufen, gelaufen. Kein Bett frei, sagte ein Arzt. Das Volk ist viel zuviel krank. Die Leute übertreiben das, die Regierung sollte eingreifen. Die Ärzte hätten damit nichts zu tun, sie seien nicht dafür da. Dann bin ich hier vorbeigefahren, bin hereingekommen und hab ihn hier gelassen.

? Hat er Geld

. Hören Sie, Alterchen! Ich habe keine Ahnung. Hab gesehen, wie der Junge überfahren wurde und der Fahrer floh. Kein Mensch hat sich um ihn gekümmert. Hab eine Weile gewartet, hab ihn hochgehievt und bin mit ihm losgezottelt. Wenn Sie ihn pflegen wollen, pflegen Sie ihn. Wenn Sie's nicht wollen, tun Sie's nicht. Mir ist's scheißwurst, hab die Nase voll! Hab schon für Taxi Geld ausgegeben, das ich nicht mal besaß. Nun sind Sie an der Reihe! Klar?

. Das ist eine Verantwortung. Die übernehme ich nicht! Haben Sie verstanden, die übernehme ich nicht! Ich bin Arzt und kann keinerlei Verantwortung für Leben oder Tod von anderen Leuten übernehmen.

. Bis dann! Tschau!

Der Alte holte die Direktion der Klinik zusammen. Man beriet sich. Man beschloß: Wir werden ihn behandeln. Wenn er zu retten ist, soll er nachher seine Behandlungskosten abarbeiten.

»Behandeln Sie ihn, aber berechnen Sie die teuerste Behandlung«, sagte der Direktor der Klinik. »Auf diese Weise muß er länger bei uns arbeiten. So etwas brauchen wir. Noch ein Dutzend solcher Fälle, und wir wären fein heraus und müßten kaum mehr Gehälter auszahlen.«

José hatte einen heftigen Schlag gegen den Kopf davongetragen, er war ohnmächtig und lag im Koma. Dann und wann zeigte er eine Reaktion, bewegte einen Fuß, einen Finger, ein Bein zitterte. Er wurde künstlich ernährt. Außerdem durch den Mund mit Flüssigkeiten, Mischungen aus verschiedenen Teesorten, Kraftbrühe, Milch und geschlagenen Eiern. Zweitausend Kalorien erhielt er pro Tag.

Spritzen, eine Trepanation, Herzmassagen.

Warten auf eine Reaktion. Die Notierungen häuften sich. Blutproben, Serum, Plasma, massenhaft Medikamente, amerikanische und japanische Arzneimittel.

»Aber gebt ihm nicht zuviel«, sagte der Direktor.

José reagierte. »Dieser Kerl ist ein Monstrum an Lebenswillen«, sagte eine Krankenschwester, während sie ihm destilliertes Wasser gab und ein japanisches Medikament aufschrieb.

Er lebte, er stand auf. Erinnerte sich an eine aufgehende Tür. Erinnerte sich an den Wagen, der auf ihn zukam. (Ich hätte ausweichen können, wollte aber nicht. Ich glaube, in jener Stunde wollte ich sterben. Die Tür: es war die Tür eines Ford 51, milchfarben. Der Türgriff ging schwer auf. Aber ich trat ein. Drinnen war der Wagen. Das Rad fuhr nahe an meinem Kopf vorbei, es war eiskalt auf dem Boden.)

Blut- und Urinuntersuchung, Röntgenstrahlen. Sie haben Glück gehabt, der Unfall hat keine Spuren hinterlassen. Er hat nichts angegriffen. Übrigens, eine eiserne Gesundheit!

Eine Tür, ein Gang, der in zwei Gänge mündete. Der Gang zur Rechten bildete ein Quadrat und endete in einem Gang (dem selben?). Eine Tür, die zu einem Zimmer mit zwei Türen führte. Hohe Fenster, eine Leiter wäre nötig, um hinauszusehen. Zickzackgänge, Operationssäle, Laboratorium, ein offener Kassenschrank voller Geld, Tragbahren mit zugedeckten Patienten.

? Wo ist der Ausgang.

. Sie sind noch nicht gesund geschrieben. Wir müssen noch eine Blutprobe machen.

. Eine, nur noch eine.

. Man hat eine neue Technik erfunden. Wir wollen noch eine andere Untersuchung machen.

. Eine Röntgenuntersuchung.

. Eine Röntgenaufnahme der linken Seite.

. Der rechten Seite.

. Von oben.
. Von unten.
. Von innen.
. Durch den Mund.
$1 + 1 + 2 + 4 + 7 + 6 + 4 + 2 + 1 + 3 + 1 + 5 + 2 =$
Zusammen:

Während er die Nummer wählte, unterbrach die Telefonistin: ? Mit wem wollen Sie sprechen.

. Ich möchte mit Átila sprechen.

? Wie ist die Nummer.

? Können Sie das für mich herausfinden.

? Wie ist sein Nachname.

. Das weiß ich nicht. Hören Sie, Átila ist sein Zuname.

Ein Gang in einem anderen, ein Zimmer im Gang, alles weiß, die Ärzte, die Krankenschwestern, alles weiß. Kruzifixe an den Wänden. Das Abendmahl.

. Wir wollen eine Biopsie machen.

. Eine Peritonioskopie.

. Imunofluoreszenz.

. Auswurf(stoffe).

. Urin.

. Wassermann.

. Sie sind krank, sehr krank.

? Was habe ich denn.

. Nichts.

. Dann bin ich doch nicht krank.

. Krank ist, wer nichts hat. Wir machen uns Sorgen um Sie. Wir haben nicht entdecken können, warum Sie nichts haben.

. Ich habe nichts, weil ich nichts habe. Und habe eine eiserne Gesundheit. Mein Vater war sehr stark.

? Ihr Vater stark. Hören Sie mal, guter Freund! Wir haben entdeckt, daß er Syphilis hatte.

? Syphilis ? Mein Vater! Ihre Mutter vielleicht. Mein Vater ist ein Stier.

. War er. Dein Vater ist gestorben.

? Mein Vater gestorben ? Sind Sie wahnsinnig ? Haben Sie festgestellt, ob es wirklich mein Vater ist.

. Haben wir.

? José Gonçalves.

. Sehr richtig. Der Anwalt. Anständiges Haus. Bohemien. Großartiger Kerl, alle Leute sagten es!

. Das war mein Vater ? Aber ist er gestorben ? Wann ? War ich hier.

. Vor einem Jahr ist er gestorben. Sie haben seine Syphilis geerbt. Aber Sie haben nichts. Das ist es, was die gesamte Ärzteschaft verblüfft.

? Dann kann ich also gehen.

. Nein, Sie müssen arbeiten, um Ihre Behandlung zu bezahlen. Wir haben dir das Leben gerettet, mein Junge. Sie waren tot. Und jetzt stehen Sie auf zwei Beinen!

Eines Tages besorgte José sich ein Knäuel Schnur. Ob es Morgen war, Nachmittag oder Nacht, er wußte es nicht. Die Gänge waren mit namenlosen fluoreszierenden Lampen erleuchtet. Er band das Schnurende an seine Zimmertür und ging los. Das Knäuel lief aus, doch er war nirgends hingelangt. Mit Hilfe der Schnur fand er zurück. Immer, wenn José fliehen wollte und sein Stockwerk und den ihm von der Oberschwester auferlegten Grenzraum verließ, verirrte er sich. Man mußte ihn in sein Zimmer zurückbringen.

Eines Tages, morgens, nachmittags, nachts, hörte er hinter seinem Bett ein Geräusch. Man höhlte die Wand aus. Es war ein rhythmisches Scharren. Ein Loch entstand. Draußen war es Tag, und ein gewaltiges Gebiß fraß die Backsteine und brach das Loch heraus. Er wartete nicht, rannte hinaus, machte einen drei Meter hohen Luftsprung, rannte wieder, blickte zurück (noch immer in der Angst, eine Salzsäule zu werden). Die Klinik war ein im Bau befindliches Gebäude, auf einem Schild stand: Das Größte Hospital Latindia-Amerikas.

Wir stellen das Skelett vor: Sie werden von ihm Reden hören

Skelett wird in neuer Mission ausrücken. Zerdrückt Pervitin, vermischt es mit Dexamyl, schüttet es in eine Tasse destilliertes Wasser. Skelett spritzt es sich in die Vene.

JOSÉ ERWACHTE

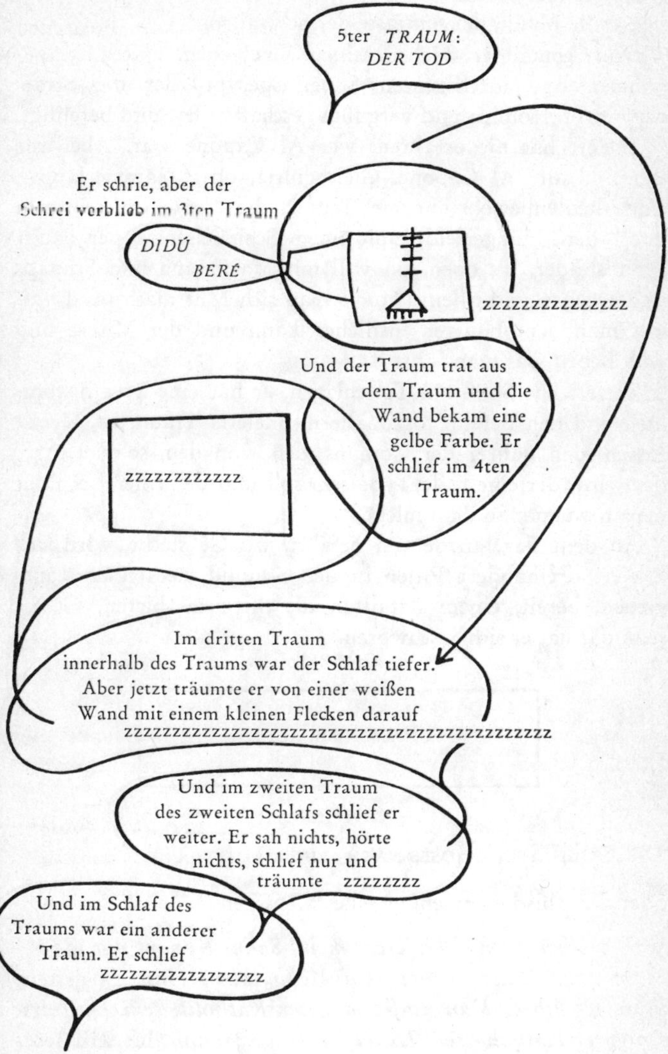

JOSÉ TRÄUMTE, DASS ER SCHLIEF

Und ist fertig: 1.50 Meter groß, 47 Kilo, zahnlos, schlechte Augen. Doch jetzt ist er das Superskelett: zum Angriff bereit, der wilde Mann, der mutigste der Schwadron.

Dort kommt er. Neben seinem Chef, dem dicken, gutgenährten und intelligenten Superinspektor, der die Strafschwadron fröhlich und vergnügt geschaffen hat und befehligt.

Skelett hat nie erfahren, wer Al Capone war. Aber für ihn sind alle Al Capone. Gleichgültig, ob es Jammerlappen sind, keulenbewehrte arme Teufel, die Leute im Dunkeln überfallen, Hungerleider mit einem Schießeisen in der Faust, Mannsbilder, bis oben hin voll mit Marihuana und Schnaps und Drogen und allem, womit man sich Mut macht und womit man dem Hunger entfliehen kann und der Misere und dem Leben, das man führt.

Skelett hat Spaß am Totschlagen, er hat eine 45er bekommen und den Befehl, loszuballern. Skeletts Traum ist, Gê zu fassen, den Führer der Comuns, den, von dem so viel geredet wird, der eine tolle Type sein soll und der einen berühmt macht, wenn man ihn umlegt.

An dem Tag, an dem er erfährt, wo Gê steckt, wird sich Skelett dreihundert Pillen in den Schlund stecken und ausziehen, bereit, einem Bataillon die Stirn zu bieten. Gê ist sein, das hat er sich geschworen.

PASSEN SIE AUF

DIE ERSCHAFFUNG JOSÉS NACH SEINER MUTTER

oder die ethische Erziehung eines Menschen

Wir wollen kommunizieren mein Sohn Komm mit deiner Mama zur Messe Nimm dein Meßbüchlein Hast du gestern brav gebeichtet Man muß ein guter Katholik sein Du wirst ein guter Katholik sein Du bist gut und fromm. Ich will Jesus in meinem Herzen tragen. (Ernste Miene, gesenkter Kopf,

Ehrerbietung: hat der Katechet gesagt: Die erste Kommunion ist der wichtigste Augenblick im Leben eines Katholiken: dann kommt nur noch der Tod.) Die Hand, welche die Hostie reicht (? Gibt es nachher Schokolade). Die Patene darunter spiegelt den Glanz wider, das Licht, welches die Hostie durchdringt. Ein weißer Blitz aus Licht und Hostie, den José schluckt, Lust, Ewigkeit, das Eis des Himmels, Jesus steigt in den Magen nieder, um anschließend die richtigen Kanäle einzuschlagen und zum Herzen zu gelangen. Messen, Gebete, Ave-Marias, Litaneien, Credos, den Rosenkranz beten, heilige Stunden, Abendsegen, die Heiligen auf den Altären, Totengeruch der Kirchen im Morgengrauen, am Nachmittag, am Abend, geöffneter und geschlossener Tabernakel, die Monstranz, die geweihte Hostie, die Predigt der sieben Worte, Bußpredigten, Kruzifixe, Kerzen, Blumen, Glocken, gloria in excelsis deo, gló ó ó ó ó ó ó ó ó ó ó ó ria, in excelsis deeeeeooo, im Weihrauchfaß brennt der Weihrauch, ora pro nobis, ora pro nobis, tantum ergo sacramentum veneremur cernui. *Meine Brüder, unser Land ist ein katholisches Land Wir sind die größte katholische Nation der Welt Daher ist unser Volk ein gutes, frommes Volk.* Kanzeln, Patres, Nonnen, Gesellschaften. *Die Marianische Kongregation wird eine Legion bilden, um die Welt zu beherrschen – sie wird Gottes Güte und Gottes Wort in alle Heime bringen – sie wird die Gefahren des Teufels abwenden.* Heute ist mein Geburtstag, Mutter, ich will nicht in die Schule gehen, ich will heute nichts tun. *Wir wollen Gott danken, mein Sohn, dafür daß du so gesund bist, so groß so gut und so fromm.* Aber mein Fuß, Mutter, Gott hat ihn krumm gemacht. ? Warum. *Um dich zu prüfen mein Sohn Nimm immer Gottes Willen hin er weiß was er tut.* Priester in schwarzen Soutanen, drohend auf den Kanzeln, unheimliche Stimmen mit Orgelhintergrund, *Gott straft – seht die Hölle neben euch – Brüder in unserem Herrn Jesus Christus. Unser Land wird vom Jüngsten Gericht verschont bleiben – es ist die katholischste Nation Amerikas Wir sind keine Protestanten wie die Amerikaner – auch nicht wie die Engländer Gelobt sei der Herr.* Sakrament der Firmung, Marienkult,

Abzeichen, blaue Bänder, Medaillen, Rosenkranz beten, Heiligenbildchen, Bildnisse, *bringen Sie Ihren Sohn zu uns, damit er Meßdiener wird, und der Herr wird Ihren Herd behüten, da Ihr Ehemann nicht genug darüber wacht, ich spreche nicht von der materiellen Seite, denn auf die achtet er gut, aber was bedeutet schon die materielle Seite, wenn Gott für alles sorgt?* Prozessionen, Fronleichnam, Karwoche, Heiligenfeste, Tag Unserer Lieben Frau, des Heiligen Herzens Jesu, sich bekreuzigen vor Kirchen und Friedhöfen, in der Mitte des Kirchenschiffs das Knie beugen, denn Das Allerheiligste ist dort im Tabernakel, *stets ein Stoßgebet aufsagen, um einen Ablaß zu gewinnen um den Himmel zu gewinnen.* Kinder, Tausende von weißgekleideten Kindern, die mit Kerzen in der Hand langsam hinter dem Traggerüst dreingehen, Christus ist gestorben, geh vor dem Sarg einher. Katecheten gehen vorüber. *Ihr Kinder, die Zukunft des Vaterlandes Gute und fromme Kinder laudate Dominum omnes gentes: et collaudate eum omnes populi. Quoniam confirmata est super nos misericordia ejus: et veritas Domini manet in aeternum.* Eilt, eilt alle dem Herrn entgegen. Menschenauflauf, schwarzgekleidete Patres, Nonnen in Schwarz und Weiß, die Diener des Allerheiligsten mit ihren roten Überwürfen, die Frauen mit gelben Bändern (Sankt Joseph), roten (Herz Jesu), blauen (Marienkinder), die Straße hinunterrasend, die Augen schließend und schreiend. Und seine Mutter, zu Boden gestürzt, halbtot vor Schande, stöhnend, stöhnend, *mein Sohn, mein Söhnchen, komm, steig herunter,* und die Kinder in Weiß schrien und lachten, und rannten zu ihm hin, ohne zurückzublicken, denn hätten sie zurückgeblickt, *sie wären in Salzsäulen verwandelt worden.* Er, José, in seiner Glorie, nackt auf dem Traggerüst, das die Männer trugen, die ganze Stadt schaute zu. Hoch lebe José, der gute, fromme, reine, nackt wie Gott ihn in die Welt gesandt hat, *nackt vor der Vertreibung.* Out, Go Home, José!

Lebewohl, Lebewohl

Dem Wissenschaftler Marcondes Reis gelang es, mit Hilfe von Freunden das Land zu verlassen. Er wandte sich an die Patrice Lumumba-Universität, wo ihm die notwendigen Bedingungen zur Fortsetzung seiner Forschungsarbeit versprochen wurden. Hier verlor Professor Marcondes Reis zunächst einmal seinen Lehrstuhl, zweimal drang die Polizei in sein Haus ein, konfiszierte alle Bücher seiner Bibliothek und bedrohte seine Söhne.

Der Präsident gab folgende Erklärung ab: »Wenn die Wissenschaft den Menschen ruiniert und korrumpiert, ist es besser, ein rückständiges Land ohne Wissenschaft zu haben.«

Das Ende der Gefahr

Im vorletzten Kapitel versuchte José, die kleine Mexikanerin zu vernaschen, noch einmal weigerte sie sich in der Meinung, er hinke noch. Jetzt wollte er sich auf sie stürzen und ließ erst davon ab, als die beiden Stubengefährten aus dem Bad zurückkamen und über ihn herfielen. Sie warfen ihn aufs Bett, hielten ihn fest, und er sah, wie die kleine Mexikanerin das Kopfkissen auf sein Gesicht preßte und ihn zu ersticken suchte. Sie preßte, und die Luft ging ihm aus.

(Wenn man stirbt, erinnert man sich an das ganze Leben, an alles. Das hat man mir immer gesagt. ? Erinnere ich mich nun, weil ich sterbe, oder weil ich meine, ich sterbe und mich zu erinnern zwinge. Ich könnte mich jetzt einfach ermorden lassen, dann wäre alles vorbei, und auch mein Traum vom elektrischen Stuhl wäre vorbei, von der Gaskammer, von der Guillotine. Aber ich will nicht so jämmerlich sterben.)

Die kleine Mexikanerin wurde es langsam müde, das Kopfkissen zu pressen, die beiden anderen sahen, daß Josés Beine noch zappelten. Sie bekamen Zweifel.

(Der Tod ist gelb und ist mies.) Die Luft ging ihm aus, ihm schien, als sei er inwendig ganz kaputt. Er verlor die Besinnung und trat ein trat ein, nachdem er daran gedacht hatte, die Türe zu öffnen. Es war die Tür eines alten Volkswagens (? Hatte jemand verboten, dort hineinzugchen Blaubart hatte zu seiner Frau gesagt: Geh nicht hinein).

Die Beleuchtung kam von Nebellicht, auch wenn kein Nebel herrschte. José marschierte los. ? Wachend ? Schlafend ? Träumend ? Wirklich auftretend

(Als ich eintrat, sah ich, daß ich auf mich zuging. Ich selber war's und versuchte, durch die Tür, durch die ich hereingekommen war, hinauszugehen. Gleichzeitig sah ich mich hineingehen. Jetzt wollte das Ich, das eintrat, dem Ich, das hinausging, sagen, es solle bleiben. Und das Ich, das hinausging, versuchte dem Ich, das eintrat, zu sagen, es solle hinausgehen. Aber keines der beiden vermochte zu sprechen. Es war, als trennte eine Glasscheibe uns beide. Das Ich, das eintrat, ging durch das Ich, das hinausging, hindurch, so daß ich nicht mehr wußte, ob ich eintrat oder hinausging und in meinem Kopf ein großes Durcheinander entstand. Da war niemand, der mir helfen konnte, und gerade jetzt brauchte ich dringend einen Menschen. Der Raum war leer, und es verging eine Weile, bis ich einen Körper bemerkte, der an Stricken von der Decke herabhing. Der Körper sank herab, ich sah eine Kleine. Schön, bildschön, mollig, wie ich sie mag. Nackt, splitterfasernackt. Sie schlief, oder sie war bewußtlos. Auf dem Fußboden lag eine Rose, und als ich die Rose aufhob, sah ich ein Blütenblatt auf dem Gesicht der Alten. Eine Alte, die gut und gern dreihundert Jahre alt war. Ich träume, das ist ja Unsinn, dieser ganze Blödsinn ist völlig sinnlos, er ist nicht wahr: das dachte ich.)

. Ah, ich hab genug!

Die kleine Mexikanerin ließ das Kopfkissen los und warf einen Blick auf den bewußtlosen José. Die beiden, die José festhielten, ließen ihn los. Die Kleine knöpfte Josés Hose auf, sah sich seinen Pimmel an und lachte:

. Gut, sehr gut.

. Was bist du für eine Kuh, du Luder.

Sie gab Josés Pimmel mit aller Kraft einen Faustschlag.

Er war im Zimmer, vor dem
Badezimmer.
Bereitwillig kam die Kusine
gelaufen.

José im Depot

José verließ die Pension und zog zu Átila in ein Appartement in der Nähe des Fußballplatzes vom Grünen Stern, der berühmtesten Mannschaft des Viertels. Jeden Sonntag sah er sich die Spiele an. Das Apartamento war das provisorische Bücherdepot eines von der Regierung geschlossenen Verlags.

José las den ganzen Tag.

70 TAGE UND NOCH HAT
NIEMAND NACHWEISEN KÖNNEN
DASS DER FAKIR ISST

2001: die Odyssee des Carlos Lopes: am 21. April 1964 fühlte der Sohn von Carlos Lopes, ein Textilarbeiter, sich elend. Er hustete viel und atmete schwer.

Der Stein in den Eingeweiden

Das Taxi hielt. Sie hörten die Schüsse. Der Fahrer sagte: muß ein Banküberfall sein oder ein Terrorist. Ein Mann mit einer Doppelbüchse erschien. Er blutete am Bein, an den Armen und an der Schulter. Rannte hin und her und das Volk ging in Deckung. Er schoß auf ein Fenster, Scheiben splitterten. Der Taxifahrer fuhr rückwärts: »Sonst gehen wir wegen diesem Idioten noch in den Eimer.« Ein Trupp Verkehrspolizisten kam und schoß. Der Mann stürzte. Die Leute umringten ihn. Der Mann schrie: »Jetzt langt's. Jetzt stimmt der Laden. Hab genug geballert. Es mußte sein. Ich mußte losknallen, Herr Wachtmeister! Ging nicht anders. Mußte einfach auf das Scheißleben losschießen. Wenn ich 'n paar umgelegt habe, ist's in Ordnung. Jetzt bin ich endlich den Stein los, der meine Eingeweide herunterzog. Ich hatte einen Stein im Bauch. Der machte mich ganz wahnsinnig. Nach dem Schießen habe ich den Stein herausgeschissen. Schauen Sie nur, wieviel Blut! Alles vom kaputten Eingeweide. Nun stimmt der Laden. Hätte ich's gewußt, ich hätte vorher losgeballert.«

90 TAGE UND NOCH HAT
NIEMAND NACHGEWIESEN
DASS DER FAKIR ISST

GEDANKE DES TAGES: Heute Jüngelchen, morgen Bandit, Dank sei Gott.

STOSSGEBET: Jesus, Maria und Josef, euch befehle ich meine Seele.

LIEBEVOLLE ERINNERUNG

Sie war sechzehn, sagte, sie sei achtzehn: Rosa Maria gewann den Wettbewerb Miss Armando Prestes. Die Mutter nähte ein weißes Kleid, Satin mit Spitzen, goldener Gürtel, rote Lackschuhe. Sprayfrisur, toupiert, der Bürgermeister überreichte ihr die Schärpe. Sie hatte dicke kurze Beine. Der Traum von Rosas Mutter, einer Witwe, war, ihre Tochter sollte die Handelsschule besuchen. Sie dachte sogar, Rosa könne ohne weiteres den ältesten Sohn des Schuleigentümers heiraten. Dann würde sie ein reiches, ehrbares Mädchen sein, gute Hausfrau, würde einen Wagen besitzen, ein Konto auf der Nationalbank, sie wäre Mitglied des Tennisklubs und / nein, nein, davon zu träumen, wäre denn doch zuviel des Guten, will überhaupt nicht daran denken / würde erreichen, daß ihr Mann Präsident des Rotary würde.

VERSÄUME NICHT DIE STAATLICHE NACHRICHTENSCHAU

José packte einen Stapel Bücher. Verkaufte ihn im Antiquariat. Ging essen. Ernährte sich von Tagesplatten, von Yoghurt, Orangen. War wild auf Streit. Hatte zehn Tage nicht mehr gestritten. Er war apathisch, fühlte sich entfremdet. Mußte ein Paar Schuhe stehlen, seine Sohlen waren durch. Blieb vor einem Schallplattengeschäft stehen, hörte eine halbe Stunde zu. Dem Verkäufer wurde es ungemütlich. Die Musik aus dem Laden vermischte sich mit Pfiffen-Bremsgeräusch-Kreischen-Gehämmer-Musik-Türeschlagen-Straßenverkäuferrufen-Füßetrappeln-Gezänk-splitternden Scheiben-Stimmen: ? Wohin gehen ? Eine Stellung suchen. Ich geh ins Hurenviertel. Er betrat ein Kino, Gong, Vorhang ging auf. Wo ich zu Hause bin, wurde vor Beginn des Filmes die Nußknacker-Suite gespielt. Wochenschau, Vorfilm, französische Wochenschau, Nachrichten in Farbe, Film. Im Saal gehen die Lichter an, Wochenschau, Vorfilm, französische Wochenschau, Nachrichten in Farbe zeigen, warum das Land sich entwickelt, Film mit Raquel Welsh. Die Lichter gehen an, Wochenschau voller Einweihungen, Vorfilm, französische Wochenschau zeigt Rockefellers Besuch in Latindia-Amerika, die Nachrichten in Farbe berichten, wie die Regierung die Erziehungsfragen löst, das Produktionsklima auf allen Gebieten, wie die Wissenschaftler, die ausgewandert waren, dank hoher Gehälter und Forschungsmöglichkeiten zurückkehren, der Film mit Raquel Welsh, sie knöpft ihre Bluse auf und der Ansatz ihrer harten Brüste erscheint. Die Lichter gehen an, unscharfe Wochenschau, Vorfilm, die französische Wochenschau zeigt Spruchbänder gegen Rockefeller, die Polizei metzelt, und Rockefeller in einem anderen Land, und die Polizei metzelt, und Rockefeller im dritten Land, Go Home, Latindia-Amerika will keine Almosen, und die Polizei metzelt, die Zeitung spricht von der hervorragenden Hilfe der Vereinigten Staaten an Latindia-Amerika und rühmt den Erfolg der Mission Rockefellers, der in unserem Land mit Ordnung und Ruhe empfangen wurde, was auf den hohen Stand der Zivilisation unseres Volkes hinweist, und Rockefeller besteigt einen geschlossenen Wagen, durchschreitet Polizeispalier, Polizeispalier, Sperrketten der Armee, Hubschrauber überfliegen die Straßen, versteckte Panzerwagen, Militärpolizei, Stoßtrupps der Ordnungskräfte und der Film mit Raquel Welsh und ihren entblößten Brüsten, und der wütende Mund, den Raquel Welsh hat (von dem Mund kriege ich einen wahnsinnigen Ständer), die Lichter gehen an, das Kino füllt sich mit Männern, müden Gesichtern, erloschenen, die begierig auf Raquel Welsh warten und die Wochenschau mit den Einweihungen ansehen müssen, den Vorfilm mit unvollständigen Striptease-Darbietungen (ah, in einer Lichtung), die französische Wochenschau, die Farbnachrichten. Bis Raquel Welsh kommt und sie wichsen.

THE END, Josés Augen brannten, Kopfschmerzen, das Kino roch schlecht. Er betrat eine Bar, Zuckerwasser / Habe einen wahnsinnigen Schrecken bekommen, wurde fast überfahren, muß mich etwas beruhigen / . Zuckerwasser stillt den Hunger, schläfert auch ein, ob er nach Hause rennen soll. Nahm den Bus, jetzt fiel ihm ein, hab kein Geld in der Tasche, ich kann hier aussteigen, schon sind drei Haltestellen vorbei, der Schaffner öffnete die hintere Tür. José wartete auf einen neuen Bus, ich hab kein Geld bei mir, kann hier aussteigen. Er wartete auf einen weiteren; noch vier Haltestellen, einen neuen; dann gelang es ihm, fünf zu überspringen, ohne auszusteigen; als noch zwei zum Apartamento fehlten, ging er den Rest zu Fuß. Machte sich's auf der Matratze über den Bücherstapeln bequem. Jetzt fiel sein Blick auf die Zeitschrift, die er im Kino mitgenommen hatte. Das Mädchen neben ihm hatte sie beim Hinausgehen liegen lassen. Es war keine Zeitschrift, eher ein dickes Faltblatt:

Nur wer nicht heiraten will,
muss unverheiratet bleiben.
Operation Begegnung.
Mehr als 100.000 haben durch
unsere Vermittlung geheiratet.
Sei nicht einsam, bleibe nicht
ledig aus Schüchternheit.
Es gibt jemand auf der Welt, der auf dich wartet.
Lass diesen jemand nicht warten.
Heiratsbüro »Das glückliche Herz«

José las ein Buch am Tag. Alle zwei oder drei Tage suchte er sich ein staubiges Paket und verkaufte es im Antiquariat. Er las Romane, Essays, Grammatiken, Lehrbücher, politische Schriften. Besorgte sich eine Stellung. In einer Firma mit Handelsvertretungen, Export und Import. In der Rua das Flores, Eisen und Werkzeuge, Drehbänke und Maschinen, Eisenwaren, Stahl.

Eine Woche mit José Gonçalves

Angestellter, Rock und Krawatte, gewichste Schuhe.

Montag:

Ich stehe um sieben auf. Putze mir die Zähne, wasche das Gesicht und rasiere mich. Átila hat einen Plastikeimer gebracht, jeden Abend füllen wir ihn in der Bar mit Wasser. Das Klosett des Depots ist ohne Wasser. In der Bar trinke ich meinen Milchkaffee und esse mein Butterbrot. Ich gehe zwei Blocks, warte auf den Bus. Steige am Platz aus. Gehe ins Büro hinauf und loche meine Karte, Schlag 8.30 Uhr. Gehe zu meinem Tisch, ziehe den Überzug von meiner Maschine, öffne die Schubladen, beginne mit der Arbeit. Die Gesichter im Aufzug, im Büro, auf der Straße, sind die gleichen, ich arbeite allein, mit einer Million Spiegel.

Dienstag:

Ich stehe um sieben auf. Putze die Zähne, wasche das Gesicht und rasiere mich. In der Bar trinke ich meinen Milchkaffee und esse mein Butterbrot. Ich gehe zwei Blocks, warte auf den Bus. Steige am Platz aus. Gehe ins Büro hinauf und loche meine Karte, Schlag 8.30 Uhr. Ich gehe zu meinem Tisch, ziehe den Überzug von der Maschine, öffne die Schubladen, nehme die Karten heraus, beginne mit der Arbeit.

Mittwoch:

Ich stehe auf. Ich gehe zwei Blocks. Steige ins Büro hinauf. Ziehe den Überzug von der Maschine. Beginne mit der Arbeit.

Donnerstag:

Ich stehe auf, gehe, betrete das Büro, arbeite.

Freitag:

Ich stehe auf, gehe, betrete, arbeite, gehe fort, schlafe.

Samstag:

Jeden Samstag schnappe ich mir eine Hure.

»ICH TRÄUMTE
DU WARST
SO SCHÖN«

ERBRECHEN UND ERBRECHEN

Carlos Lopes stieg aus dem ersten Bus. Nahm den zweiten. Sein Sohn an seinem Hals stöhnte. Sabberte. Carlos Lopes stieg aus dem dritten Bus. Ging zehn Blocks weit. Gelangte zur Poliklinik der Staatlichen Versicherungsanstalt. Geschlossen. Das Kind weinte. Carlos Lopes betrat die Bar an der Ecke. Milchkaffee. Das Kind erbrach alles auf seinen Anzug. Der Barbesitzer fragte: »Hat der Kleine keinen Durst.« Man gab ihm Wasser, der Kleine erbrach es. Es fehlte noch eine halbe Stunde bis zum Öffnen der Poliklinik.

KLAPPENTEXT

Banken, Tankstellen, Motels, Bars, Läden: niemand entgeht Überfällen. Generäle sterben in Rußland. Neger behaupten, in Cuba gäbe es Rassismus. Frankreich auf dem Weg zur extremen Rechten. Studentenkundgebungen in den USA gewalttätig bekämpft. Neger sterben in Biafra. Indien will die heiligen Kühe nicht schlachten. Nordosten wandert weiter in den Süden aus. Erschossen wird jeder wegen Subversion Verhaftete.

José, José, etwas geschieht in der
Welt und du weisst nicht was es ist

Tangos Tag und Nacht, Filme mit Valentino und Theda Bara in der Cinemathek, Clara Bow, Gloria Swanson, das Bücherdepot füllt sich mit alten 78er Platten aus dem Althandel.

Tapfere Schützen konnten die Katastrophe nicht verhüten

Dienstag morgen wurde eine Bank überfallen. Mit Maschinengewehren. Ein Japaner befehligte. Nachmittags wurde eine andere Bank überfallen. Mit Pistolen und einem Karabiner. Am Mittwoch drei Überfälle. Zwei von einem Japaner befehligt. Am Donnerstag in der Mittagspause kleiner Überfall auf eine Bankfiliale im Zentrum. Am Freitag, als Ausgleich für das Wochenende, fünf Überfälle an verschiedenen, weit auseinanderliegenden Stellen. Die Überfallenen behaupten, ein Japaner sei dabeigewesen. Millionenbeträge geraubt. Die Polizei ist sicher, daß das Geld für politische Zwecke bestimmt ist. Die Banken sind ungeschützt.

. Ich weiß von nichts, ich kenne ihn nicht. Er wohnte in seinem Zimmer, ich in meinem, wir begegneten uns nie.

. Ihr Name stand auf einer Liste von ihm.

. Ich weiß von nichts ich schwöre.

. Ich glaube, du brauchst mehr Prügel.

Der Bulle prügelte José fünf Minuten lang.

Der Bulle prügelte José fünf Minuten lang.

Der Bulle prügelte José fünf Minuten lang.

Man gab José Ammoniak zu riechen. Er erwachte.

. Wenn du nicht sofort singst, wirst du hier ziemlich lange brummen.

. Dann brumme ich eben, denn ich weiß von nichts.

. Deine Fresse ist mir nicht unbekannt. ? Warst du nicht schon mal verhaftet, wie.

. Nein, nie.

Der Bulle prügelte José wieder ein bißchen, um nicht aus der Gewohnheit zu kommen. Ging hinaus und kam wieder.

. Stimmt, Karteikarte ist keine da. Zumindest nicht hier. Werde das nachprüfen lassen.

Ging hinaus und kam wieder.

. Ich habe schon einmal ausgesagt.

? Ausgesagt, wozu.

. Der Pensionsbesitzer hat sich umgebracht, hat sich in den Brunnen gestürzt. Ich mußte über ihn reden.

. Werd ich nachprüfen lassen.

Ging hinaus, blieb eine Weile weg und kam wieder. Graues Morgendämmerlicht erschien im Fensterspalt. Der Raum wurde eine Zehntelsekunde gelblich, ein lebendiges Gelb. (Das Gelb muß etwas mit meinem Auge zu tun haben. Oder ist es Hunger)

. Komm mit.

. Name.

. José Gonçalves.

? Beruf.

. Ich arbeite im Kino.

? Schauspieler.

. Nein. Ich vertilge Ratten.

? Wie bitte ? Willst uns wohl auf den Arm nehmen.

. Ich vertilge wirklich die Ratten im Kino.

? Wohnst du schon lang in der Pension.

. Zwei Jahre.

? Hast du Walter gekannt.

. Mehr oder weniger.

. Man hat uns gesagt, daß du sein Freund warst.

. Ich kannte ihn vom Sehen.

. Ich glaube, du kanntest ihn gut.

. Ich kannte ihn vom Sehen.

? Und wenn ich dir das Gegenteil beweise.

. Wird kaum gelingen, ich kannte ihn vom Sehen.

? Willst du Prügel haben.

. Um Gottes willen, schlagen Sie mich nicht. Ich habe nichts damit zu tun.

Der Bulle prügelte José fünf Minuten lang.

. Du hast zu seiner Gruppe gehört. Du bist zu den Versammlungen in seinem Zimmer gegangen. ? Bist du gegangen oder nicht, du Lump. ? Bist du gegangen oder nicht, Scheißkommunist.

. Ich bin nicht gegangen. Bin kein Kommunist. Hab nichts damit zu tun. Lassen Sie mich gehen. Schlagen Sie mich nicht. Um Gottes willen, schlagen Sie mich nicht.

. Willst du's zugeben!

. Ich hab nichts zu gestehen. Ich habe nichts damit zu tun, weiß von nichts.

Der Bulle prügelte José fünf Minuten lang.

? Und nun. ? Willst du gestehen.

Sie traten auf die Straße. Das Gebäude des Sozialpolitischen Amts war ein häßlicher roter Backsteinbau, ein neben die Eisenbahn gesetztes geschmackloses englisches Schloß. In einem schwarzweißen Polizeiwagen fuhren sie zur Untersuchungsabteilung. José in Handschellen, stinkwütend, die Leute schauten ihm nach, schauten ihm nicht nach. Im Karteisaal sah sich der Bulle Fotos an, Karteikarten, rief Leute, um festzustellen, ob jemand José kannte. Man nahm ihm seine Kennkarte ab, stellte Nachforschungen an. Man prüfte den Prozeß des Mannes, der sich in den Brunnen gestürzt hatte.

. Ich hab den Typ schon irgendwo gesehen, sagte ein Geheimer der Untersuchungsabteilung.

Er war der Bulle, der das schärfste Auge hatte, um Leute wiederzuerkennen und sich an Dinge zu erinnern. Er sah täglich alle Zeitungen, Zeitschriften durch, schaute sich die Fotos von Verbrechen an, die Leute, die auf den Fotos neugierig die Leichen anstarrten. Er registrierte alles, sein Spitzname war *Fotograf*.

. Schön, dabehalten brauchen wir ihn nicht. Er darf nur

nicht die Stadt verlassen. Nächste Woche kommst du wieder, zur Meldung. Kannst gehen.

? Wie bitte.

. Kannst gehen.

? Und meine Sachen.

? Was für Sachen.

. Die Uhr, die Kennkarte, ein paar Papiere, die ich hatte.

. Hast nichts dergleichen gehabt.

? Wieso habe ich nicht. Die haben Sie behalten.

. Nichts haben wir behalten. Los, scher dich, bevor du ganz dableibst. Kleiner Scheißkommunist. Wir kriegen dich schon. Los los, wird's bald!

GEDANKEN DES TAGES: Die Stadt vermenschlicht sich. Mädchen bei hellichtem Tag zusammengetrieben. Diebe überfallen Frauen beim Nachmittagseinkaufen. Diebe raufen mit Dieben und bringen sich gegenseitig um. Eine Strafschwadron soll gebildet werden. Dergleichen gab es schon vor Jahren. In den heroischen Zeiten.

DER UNEIGENNÜTZIGE FREUND (Stammesbildung)

José liest, die Romane gehen zu Ende, es bleiben die politischen Schriften. Langweilig, er versteht nicht alles, aber liest weiter, er sieht gerne Wörter. Langsam wird José die Wörter müde, die summierten Buchstaben. ? Warum wollen diese Buchstaben zusammen etwas besagen. ? Und wenn ich Buchstaben wie diese zusammensetze: çlutgrf. ? Ist das ein Wort. Müde, stundenlang auf Büchern zu sitzen. Ich wollte, jemand erklärte mir die politischen Bücher. Átila wollte davon nichts wissen, machte sich nichts draus, rauchte nur den ganzen Tag, aß weichgekochte Eier und hörte Tangos. Eines Tages verschwand Átila. Ließ seine Platten zurück, ein Dutzend Eier, den Spirituskocher, Marihuana. An jenem Tag sah José vom Fenster aus drei Gauner einen Menschen überfallen und auf ihn einschlagen, während das Grammophon *El Choclo* spielte. Gleich darauf fuhr ein Streifenwagen vorbei und hieß José herunterkommen. José sagte, er habe einen bewaffneten Kerl drei Leute überfallen sehen und die drei hätten sich gewehrt. Der Kerl saß hinten im Streifenwagen und fing an zu weinen, während die Polizisten lachten / Willst wohl den Schlauberger spielen. Auf der Polizeiwache, zur Prügelbegleitung, wirst du sicher den Schlauberger spielen. Er schaltete den Transistor ein, den er gestohlen hatte (Stehlen ist leicht, wenn man nicht stehlen will. Wenn man keine Angst hat, geschnappt zu werden, wenn es gleichgültig ist, ob es klappt oder nicht). Er hatte daran gedacht, einen Fernseher zu stehlen, dann hätte er es mit Leuten zu tun, die man sehen konnte. Es war lästig, nur Radio zu hören, nicht den Sprecher zu sehen, man wußte nie, was einen erwartete. Alle würden kommen. Freunde, die das uneigennützig tun würden.

Während er auf den Fernseher wartete, hatte er sein Radio. Früher hatte er Radio gehört, das große Radiogerät in dem viereckigen lackierten Holzkasten: seine Mutter hatte ihn nicht lassen wollen, das war etwas für Erwachsene. Er hörte aber den Staatssender, da gab es die von Mädchen gesungene langgezogene Reklame P-A-L-M-O-L-I-V-E, Buchstaben für Buchstaben, dazu die sentimentalen Ratschläge. Sie saß am Radio – den ganzen Tag blätterte sie ohne Hast in Zeitschriften, Mode- und Filmjournalen über das Leben der Schauspieler – nie wurde pünktlich gegessen, sie

Carlos Lopes wartete die ganze Nacht, daß es seinem Sohn besser ginge. Sobald der Tag graute, nahm er das Kind aus dem Bett und ging zur Bushaltestelle. Es war noch zu früh, noch fuhr kein Bus. Carlos Lopes marschierte auf dem Weg los, der zwei Kilometer weiter unterhalb in die Asphaltstraße mündete, dort gab es mehr Fahrverbindungen.

kümmerte sich nicht um den Haushalt, alles war ein Durcheinander, eine Schweinerei, kümmre dich doch wenigstens um die Kinder. ? Was heißt hier Kinder. José erinnerte sich nicht, einen Bruder zu haben, aber er erinnerte sich an das, was der Vater immer sagte, kümmre dich um die Kinder. Dann mußte es doch noch jemand anderes geben. ? Aber wo war der dann, wo war sein Vater.

Seine Mutter sammelte die Fotos auf den Umschlägen der Zeitschriften, und José zerriß das Album, steckte Foto um Foto in Brand, die Filmschauspieler, die Freunde seiner Mutter; er verbrannte Tyrone Power, Linda Darnell, Douglas Fairbanks Jr., Maureen O'Hara, John Hall, Maria Montez, James Cagney, Xavier Cugat, José Iturbi, Cary Grant, George Sanders, Loraine Day, Robert Young, Susan Hayward, Bette Davis, Joan Fontaine, Olivia de Havilland, Clark Gable, Jane Powell, Ricardo Montalban, Loretta Young, Judy Garland. Verbrannt, verkrümmt, allesamt schwarze Asche, er pustete sie ins Klosett und zog die Wasserspülung. Ertränkte sie.

Das ans Ohr geklebte Radio brachte die Welt zu ihm, Reach Out I'll Be There, Herp Alpert, Aretha Franklin, Zog ein gestreiftes Hemd an und zog los, und die Nachrichten, Fußball, die Tore, 30 Sekunden bis zum nächsten Programm, Die Stunde der Nation, Warnung an Seefahrer (es gibt keine Warnung an Seefahrer), die genaue Zeit, die besten und schlechtesten Schallplatten, Merilee Rush, der Regenschirm des Finanzschutzes. Gute Menschen, die Geld anboten, Gelegenheitskäufe für Häuser, Autos, Möbel, Elektrogeräte, Kleider, Leute, die einem sagten, wohin man wie gehen soll, was man essen, trinken, welche Arznei man zu seiner Heilung einnehmen soll (Grippe Lebewohl, 700 Orangen in einem einzigen Säckchen). Dann kam der Schlaf, er küßte sein kleines Radio, dankbar für die Gesellschaft, für die Treue und Hilfe. Er küßte die Antenne, die Holzverschalung, den Wahlschalter, die Knöpfe. Er schaltete aus und schlief befriedigt ein. Zufrieden, wieder ein Tag, nichts, absolut nichts im Leben getan zu haben.

Angefaulte Treppenstufen, scheibenlose Fenster, vertrockneter Ölanstrich. Fußboden voller Löcher.

. Aber gewiß, zu Ihren Diensten.

Lächeln des Angestellten, geschwärzte Zahnbrücke, übelriechender Atem.

. Ich sah die Anzeige. Ich wollte mich erkundigen.

. Aber gewiß. Nehmen Sie Platz. Eine Minute. Ich bringe alle Unterlagen. ? Wissen Sie, wie unsere Agentur arbeitet.

. Nein.

GESUCHT WERDEN:

Schreiner. Schlosser. Maurergehilfen.

. Ich bin Schreiner.

? Argentinier.

. Nein, aus Costa Rica.

? Haben Sie Berufserfahrung.

. Ja.

Costa Rica: 51.000 km², etwa 1.500.000 Einwohner. Bananen (United Fruit), Kaffee, Kakao, Baumwolle, Reis. Währung: Colon.

Jeden Tag kommen Arbeiter auf der Suche nach einer Anstellung. Beim Arbeitsprogramm des Denkmalschutzes gibt es immer Freistellen. Es heißt (ohne bestätigt zu sein), daß fast täglich Arbeiter bei Arbeitsunfällen umkommen, und zwar wegen fehlender Sicherheitsmaßnahmen und wegen der Eile, mit der die Regierung die Arbeiten für die Zehnjahresfeier der Revolution beenden will, die das Land aus den Händen der Kommunisten befreit hat.

Der Costaricaner hat die Stellung bekommen, weil er das Minimumdrittel akzeptiert hat.

. Wenn Sie zugreifen wollen, das wär's, mein Lieber. Es ist das Gehalt für Ausländer. In letzter Zeit kommen sehr viele Ausländer in unser Land. ? Was ist denn dort los.

Minimumdrittel: eines der drei Teile des Mindestgehalts.

der Riesenadler entführt José in sein Nest auf den höchsten Punkt von Amerika.

Diese Agentur hat sich zum Ziel gesetzt, die Personen auszuwählen, die sich wirklich ein festgegründetes Heim bauen wollen und denen dies aus verschiedenen Gründen, aus Mangel an Zeit oder Gelegenheit bisher nicht gelungen ist.

Eine hektographierte Zeitschrift belehrt darüber, was die Eheschließung ist, ihre Notwendigkeit, die Grundlage der Familie, der Grundpfeiler der konstituierten Gesellschaft, die Grundlage des Glücks, die Zukunft. Ein Wettbewerb: der eleganteste Bräutigam und die schönste Braut fahren dank eines Reisepreises nach Lindóia und Poços de Caldas. Aufsätze über Geschlechtskrankheiten.

Vorschläge: Anzeigen gleichen Umfangs: Nummer, Alter, Farbe, Religion, Größe, Gewicht, Beruf, Aussehen. Möchte in Briefverkehr treten mit. Möchte in Kontakt kommen mit. Zwecks späterer Heirat. Ohne Verpflichtung.

. Zunächst müssen Sie eine Anzeige aufgeben.

? Eine von diesen.

. Ja. Von diesen, oder mit Foto.

? Wie geht das vor sich.

. Mit Foto kostet es das Doppelte. Jeden Monat, wenn sie erscheint, zahlen Sie soundsoviel.

. Ich möchte eine aufgeben. Und sehen, was passiert.

. Es wird klappen. Mitunter genügt schon eine Anzeige. Unsere Agentur arbeitet am wirksamsten. Wir haben in

789786

35 Jahre, braun, katholisch, 1.56 m, 62 Kilo, Handelsgehilfe, gut aussehend, möchte in Briefwechsel treten mit zwanzigjähriger Mulattin, gutes Aussehen, katholisch. Zwecks späterer Heirat.

zwei Jahren bereits siebentausend Eheschließungen vermittelt.

? Soll ich in der Anzeige sagen, daß ich hinke.

? Daß Sie hinken.

. Ein wenig.

. Lassen Sie mal sehen.

José machte ein paar Schritte.

. Nein, ist nicht nötig. Merkt man gar nicht. Überdies sehen Sie gut aus, gute körperliche Erscheinung. Sie müssen intelligent sein. Jawohl, Sie haben Stil.

8765789

60 Jahre, weiß, katholisch, feste moralische Grundsätze, 1.60 m, 75 Kilo, Rentner, möchte in Briefwechsel treten mit ausländischer Witwe in guten finanziellen Verhältnissen. Ohne Verpflichtung. Austausch von Fotos erwünscht.

? Wollen Sie mit Foto.

. Diese nicht. Hinterher sieht man weiter.

Der Angestellte setzte die Anzeige auf.

? Haben Sie schon Scott Fitzgerald gelesen.

. Ich habe nicht richtig verstanden.

Der Angestellte, bemüht, José zu antworten.

. Scott Fitzgerald. ? Haben Sie den schon gelesen.

. Nein, ich hatte nicht die Ehre. ? Ist er gut. Ich würde es gerne.

. Toller Kerl.

. Ah! Schön, wenn Sie gerne lesen, haben wir hier gute Bücher, eigens von unserer Agentur herausgegeben. Alles über die Ehe. Sehr gute Autoren. Professoren, Priester, Rechtsanwälte, Psychologen. ? Wollen Sie mal in unseren Katalog hineinschauen.

Alteisen

José: Schluss mit dem Lesen von all diesen Büchern / du hast schon über tausend gelesen du bist nicht mehr der José der dieses Depot betrat / reine Idiotie dieses Zeug zu lesen kompliziert nur das Leben / lass die repres-

SIVE MILIZ NICHT ERFAHREN DASS DIESE BÜCHER HIER EXISTIEREN / DU BIST SCHON EINMAL VERHÖRT WORDEN / WENN DAS NOCHMAL PASSIERT IST ES DEIN ENDE / DANN VERSCHWINDEST DU WIE SO VIELE LEUTE VERSCHWINDEN / ABER DIESE DINGE WEISST DU NICHT SIE WERDEN NICHT VERÖFFENTLICHT DIE LASSEN NICHT ZU DASS SIE VERÖFFENTLICHT WERDEN / FÜR JOSÉ / HÖR AUF DIESE BÜCHER ZU LESEN: Alteisen

Du bist Pedro

Dem Depot gegenüber ist ein Nachtlokal eröffnet worden. Das grüngelbe Neonschild erleuchtet das ganze Viertel.

? Wollen's Whisky.

. Wollen will ich schon.

. Also, welchen.

. Teuer, was.

. Komm rein, Alter, du zahlst nichts.

Pedro[1], 42 Jahre, gebeugt, brünett, ausgedörrte, faltige Haut, schon leicht schuppig, aber keine Altersfalten[2], narbenbedeckte Arme, leichter Haarausfall, schadhafte Zähne, rotes Zahnfleisch, das häufig blutet, sieht ringsum eine düstere Welt, weil er nur zwei Farben zu unterscheiden vermag: das hellste Grau und das dunkelste Grau, er hört schlecht, er sieht schlecht, alles ist ihm gleichgültig. Pedro: Erbe von Krankheiten und Hunger und Sklaverei seit unvordenklichen Zeiten[3], die Sonne geißelt Buschsteppen, dürre Erde / Überprüfen Sie die Übereinstimmung der Beobachtung mit der ärztlichen Diagnose am Schluß des Astronomen-Kapitels/.

José und Pedro:

? Na was denn. Willst Arbeiter sein. ? Wozu denn.

1 Du bist Petrus und auf diesen Felsen will ich meine Kirche bauen.

2 In bestimmten Gegenden des Nordostens gibt es das frühzeitige Altern, verursacht von Hunger, Unterernährung, Gelenkversteifung, starke Anämie und Würmer, Avitaminose.

3 Unvordenkliche Zeiten: Seit über 474 Jahren stößt man auf Indios in Siedlungen von lieblichem Grün.

. Brauche eine Anstellung, Freund. Irgendeine Anstellung.

? Und du meinst, Arbeiter sein heißt schon eine Anstellung haben. Du spinnst wohl, Kumpel.

. Jede Arbeit ist Arbeit, Alterchen. Ich brauche eine. Finde aber keine.

. Aber du hast doch was gelernt. Weißt doch was. Kannst lesen und schreiben. Hast studiert, Sohn. Bist doch nicht aufs Maul gefallen.

. Hab was gelernt, hab aber keine Arbeit ? Was nutzt es dann.

Átila und José:

. Pedro ist genial. Pedro arbeitet auf dem Bau. Hochhaus mit 178 Stockwerken. ? Weißt du, wofür das Gebäude ist: da wird die Atombombe fabriziert. Das weiß nur noch niemand. Topsecret. Drum wollen sie auch die Wissenschaftler holen, die fort sind ... die geflohen sind ... ins Ausland. Los, Pedro, zieh den Hut vom Kopf.

. Nein, laß, bin dran gewöhnt, droben auf dem Bau brennt die Sonne wie verrückt.

Er rauchte Strohzigaretten, Rattengift, und blickte den kleinen Mädchen und ihren Miniröcken und bloßen Schenkeln nach.

? Ihr Name.

. Pedro Rodrigues.

? Wo geboren.

. Im Norden.[1]

? Wann sind Sie hierher gekommen.

. Ist zehn Jahre her.

? Verheiratet.

1 Die Abwanderung aus dem Norden und Nordosten in den Süden auf der Suche nach besseren Lebensbedingungen reißt nicht ab. Die meisten Abwanderer suchen Arbeit in der Landwirtschaft, bleiben aber in der Stadt hängen, wo das Angebot an Arbeitskräften immer größer und die Nachfrage immer kleiner wird. Hoch- und Tiefbau hat einen großen Teil dieser Auswanderer angezogen, aber die Konjunktur im Baugewerbe ist seit 1965 schlagartig zurückgegangen und hat damit eine Welle der Arbeitslosigkeit eingeleitet.

. Verheiratet. Acht Kinder.
? Gehalt.
. Mindest.
? Überstunden.
. Immer wenn's welche gibt.
? Gibt's welche.
. Es reicht, um ein halbes Mindestgehalt dazu zu verdienen. Aber die Abzüge sind hoch.
? Arbeiten Ihre Kinder.
. Drei davon.
? Wo haben Sie vorher gearbeitet.
. Metallarbeiter. Immer.
? Was ist Ihre Arbeit.
. Poliermaschine.
? Gehören Sie zur Gewerkschaft.
. Gehöre ich. Mache alles mit. Bei der letzten Wahl wurde ich in den Beirat gewählt.
? An wieviel Streiks haben Sie teilgenommen.
. An fünf.
? Warum.
. Ich wollte eine Gehaltserhöhung, und eine Erhöhung kriegt man nur durch Streik. Aber jetzt ist Streiken verboten, denen ist es egal, ob die Arbeiter recht haben, sie alarmieren die Polizei und die Polizei nimmt die Leute fest. Letztes Jahr haben wir streiken wollen, und viele wurden eingelocht und haben ihre Stellung verloren und alles. Und die, welche freikamen, fanden nirgendwo mehr eine Anstellung. Ziemlich lausig, Mann!
? Lesen Sie Zeitungen.
. Ab und an. Aber es steht ja nichts drin.
? Wie orientieren Sie sich denn über die Ereignisse.
. Durchs Fernsehen. Das bringt alles.
? Interessieren Sie sich für Politik.
. Nein. Wozu denn.

/ Ende des Interviews /

Niemand erinnert sich mehr, wie sie zum Haus des Astronomen gelangten. Sie waren betrunken. Auch nicht, wie viele Tage sie blieben, weil sie nicht wußten, wann sie angekommen waren. Als sie fortgingen, wurde mit dem Abbruch des Hauses begonnen. Alle Seitenwände, Veranden, die ums Haus liefen, mit Glastüren, die auf den Garten gingen, lagen am Boden, die Beete, Rasenflächen und Baumgruppen schienen seit hundert Jahren verlassen.

? Und wo steckt wohl der Astronom.

Schilder: *Verkauf von Abbruchmaterial. Telefon: 34567289*
Wir kaufen abbruchreife Häuser

Und neue Schilder: *Hier entsteht der Gebäudekomplex Marquise von Tupi: Luxusappartements: 1 pro Stockwerk: Zahlungserleichterungen. Greifen Sie jetzt zu*

? Ob der Astronom fortgezogen ist, ob er allein in seinem Zimmerchen hoch oben im Turm gestorben ist.

José hatte einen Bärenhunger. Er war auf der Suche nach Eßbarem in die Küche gegangen, aber die Küche war vollgestopft mit staubbedeckten vermoderten Heften und Büchern. Ein offener, zerfressener Eisschrank war ein Rattennest geworden, im Tiefkühlkasten nisteten Spinnen. Er war durchs Haus gewandert, wollte Schlaf- und Wohnzimmer anschauen, aber alle Türen waren abgeschlossen mit Ausnahme einer am Ende des Gangs: ein Salon, angefüllt mit gelben Glasbildern und Spiegelwänden. So ertappte José sich dabei, wie er die Tür öffnete und eintrat und sich selbst entgegenschritt. Nur daß der andere José erloschen war, denn die Spiegel waren alt und der Silberbelag blätterte ab. Die Glasbilder waren beschriftet: Intimitäten zwischen Dona Joana und Helena; Wollust Amors im jungfräulichen Wald (und der Jungfrauen); Das Paradies; Mama, ich hab dich lieb; Begegnung des Satyrs mit dem Keuschen Mägdelein. Die Glasbilder waren zerbrochen oder herausgerissen: den Männern fehlten die Glieder, den Frauen die Brüste, es waren sonderbare, entstellte Gestalten.

Der Astronom hatte beim Vorzeigen des Sterns Atik gesagt: Sie sind gekommen und haben Dona Mocinha gesteinigt. Sie haben sich im Garten versteckt und tagelang das Haus umstellt. Nicht deswegen, was Dona Mocinha tat, sondern deswegen, was sie dachten, daß sie täte. Ohne zu wissen, daß sie rein und jungfräulich und krank war. Sie war Jungfrau, obwohl sie Großmutter war.

Anmerkung die sich als notwendig erweist

Die Wahrheit lautet denen zufolge, die Dona Mocinha gekannt haben / und es sind viele gewesen / : Sie war eine Hure, welche die größten Schweinereien im Garten des Hauses trieb. Alle Frauengestalten der Glasbilder hatten ihr Gesicht gezeigt. Und es war Dona Mocinha, die, von Brügge kommend, die Glasbilder mit Steinwürfen zertrümmerte. Aus reiner Wut auf den Vater.[1]

Aber Strassenbahnen gibt es schon lange nicht mehr

El Matador lief ohne Hemd weg, er konnte sich nicht erinnern, wo er es gelassen hatte und auch nicht, warum er es ausgezogen hatte. Er wollte nicht ins Haus zurückgehen, das vollgestopft war mit Kommoden, sonst würde er sich wiederum verirren. Und Átila wollte auf die Straße laufen und nachsehen, ob die Reklamewand der Ecke ersetzt war. In der Nacht, in der sie mit dem Astronom angekommen waren /? wann war das gewesen /, hatten die Männer mit Papier und Leim auf dem Gerüst gestanden. Vielleicht käme ein neues hübsches Mannequin, damit er sich in sie verlieben könnte. Átila war des Mädchens im schwarzen Bikini, das für die Ledermesse warb, bereits müde. Aber als er auf die Straße trat und Átila und José traf, sah er, daß er die Straße nicht kannte, nie durch sie gekommen war. Da war auch keine Reklamewand an der Ecke, da war eine andere Kleinstadt

1 Romantischer Zug einer alten Geschichte, leichter Duft des Quattrocento.

in Ruinen und Gebüsch (voller Kaffeepflanzen) und vorüberfahrende Straßenbahnen / ? Aber Straßenbahnen gibt es doch seit so vielen Jahren nicht mehr in dieser Stadt /. José meinte, sie seien nicht in dieser Stadt, sondern in einer anderen und sie müßten sich orientieren. Sie gingen wieder hinein, vielleicht waren sie durch ein anderes Portal eingetreten. Sie verirrten sich im Garten, zerstreuten sich. Sie gelangten in ein Gewächshaus, es war kein Gewächshaus, sondern eine riesige Glaskonstruktion mit einem Sternhimmel als Dach. Aber ich bin doch gestern nacht hier gewesen, dachte José. Die Sterne erster Ordnung: Sirius, Kanopus, Tolimanos, Wega, Capella, Arcturus, Rigel, Procyon, Achernar, Altair und zehn weitere: Der Astronom hatte alle aufgezählt und die Sternbilder erklärt und eine Karte gebracht im Wunsch, daß sie lernten: der Mensch wird nur dann eines Tages groß sein, wenn er die Sterne erobert. Was Átila für Unsinn hielt, weil der Mensch schon auf dem Mond war und in Kürze auf den Sternen und darum noch lange nicht groß sein würde, er würde es erst sein an dem Tag, an dem er Schluß machen würde mit dem Hunger, dann allerdings könnte man feiern.

Die Geschichte eines Matadors

Der Matador möchte Stierkämpfer sein. Und nach Spanien gehen. Er hat weder Geld noch Arbeit. Dann und wann nimmt er an einem vom Fernsehen veranstalteten Sonntags-Rodeo teil. Er stellt sich Kühen mit festgebundenem Schwanz, die von nichts wissen wollen. El Matador kam aus dem Hinterland, wo er auf der Weide mit dem Vieh umzugehen gelernt hatte. Eines Tages schloß er sich einem Zirkus an und landete in Jacó, wo er sich in eine der Töchter von Dona Tininha, stadtberühmte Mädchen, verliebte. Aber es klappte nicht, und El Matador fuhr weiter, auf der Suche nach anderen Zirkusunternehmen, anderen Stierkämpfen, und wollte unbedingt durch die Hörner eines Jungstiers sterben.

José schlenderte durchs Haus, kam durch ein großes Gewächshaus mit derart schmutzigen Dachscheiben, daß die Helligkeit wie Dämmerung wirkte. Die Topfpflanzen wuchsen wild und hatten sich ineinander verflochten. In einer Ecke stand ein Tank mit grünem Schlamm. José kam in die rotgekachelte Küche mit einem gutfunktionierenden Holzfeuerherd und eisernen Kochtöpfen. An den Wänden Borde mit Gelees in Konservengläsern: Bananen-, Orangen-, Ananas-, Mango-, Goiaba-, Jaca-, Abio-, Caju-, Brombeer-, Papaya-, Erdbeer-, Kürbis-, Feigen-, Sapoti-, Cajá-Mangogelee. Jedes Glas trug ein handbeschriftetes Etikett in runder Schönschrift. Der Astronom saß auf der hinteren Veranda, die auf den grasbedeckten Park voller wildwachsender, ineinanderverstrickter Pflanzen ging. An einer Mauerecke stand ein Tank mit grünem Schlamm. José sah den Park an einer hohen Mauer enden. Jetzt sah José das Grabmal oder was ein Grabmal inmitten des Hinterhofs zu sein schien. Da war auch ein Teich mit modrigem Wasser. Mitten im Teich eine steinerne Insel. Auf der Insel ein aus schwarzem Granit gefertigter Bau aus Rechtecken. Auf den Rechtecken Zylinder, spitze Dreiecke, Kugeln. Auf dem Zylinder in einem Glaskasten ein lebensgroßes Porträt. Das offizielle Foto des Großen Diktators, der erste des Landes, von vielen verehrt, welche die Tyrannei vergessen hatten, die Überheblichkeit, den Egoismus und das dem Land hinterlassene Erbe: seine eigene Familie, die sich stets wie Kletten an die Regierungsämter zu heften suchte. Vor dem Grabmal brannten Kerzen auf einem Wachsberg.

. Betrachte meinen Meister.

Der Astronom, ein Messer in der Hand. Als José aufsah, warf sich der Mann auf ihn. José sprang zur Seite.

. Der Meister erwartet ein Opfer. Seit Monaten habe ich ihm niemanden mehr geopfert.

? Opfer.

Der Astronom setzte sich an den Rand des Teichs und rauchte eine Strohzigarette.

. Ich finde, ich denke, ich schätze, ich glaube, daß er Blut braucht. Es heißt, ich weiß nicht, ich hab's nicht gesehen, ich habe nicht unter seinem Regime gelitten, aber es heißt, daß er Blut brauchte. Ich kann mich nicht dafür verbürgen. Wenn ich in die Enge getrieben werde, leugne ich es. Aber ich meine, daß er, wenn er Blut brauchte, es auch weiterhin braucht. Er ist nicht gestorben. Sein Körper ist gestorben, aber seine Seele lebt. Ich bin katholisch, mein Freund. Apostolisch, römisch. Ich gehorche dem Heiligen Stuhl, ich gehe jeden Sonntag zur Messe, ich kommuniziere wenigstens einmal im Jahr, ich mache meine Andachtsübungen. Der Große Diktator braucht weiterhin Blut. Das Blut derer, die an ihn glaubten, die ihm nachfolgten. Ich folgte ihm nach. Stolz gehörte ich zu seinen Polizeikadern. Eine vollkommene Organisation, mein Freund. Dort hieß es: entweder du parierst, oder du bist verraten und verkauft. Alles lief wie am Schnürchen. Ich habe erfahren, bin aber nicht sicher, kann nichts behaupten, daß er sterbend bat, man möge Opferungen zu seinen Ehren darbringen. Er war ein Gott, mein Freund. Ein gütiger, väterlicher Gott, der die Armen liebte. Er war fast ein Vater für sie. Er hat den Armen viel hinterlassen. Alles, was er besaß. Ob es ihnen übergeben wurde, weiß ich nicht, anscheinend hat die Familie die Hand drauf gelegt. Sie wissen, wie die Familien sind.

IM GEZWEIG DES PARKS VERSTECKTE LAUTSPRECHER BEGINNEN STELLEN AUS DEN REDEN DES GROSSEN DIKTATORS ZU ÜBERTRAGEN:

Wir müssen uns ernstlich um die Sicherheit des Landes sorgen. Nur die sehr armen Länder, die nichts zu verlieren haben, machen sich um ihre Sicherheit keine Sorgen. Wir werden die Gesetze neu formulieren und dem Heer vermehrte Macht verleihen, wir werden die Dauer der Wehrpflicht erhöhen, wir werden die stehenden Kampf-

truppen erhöhen, wir werden die Uniform und die Landesfahne ehren.

Der Astronom hörte mit gesenktem Kopf zu. Als bete er. Als empfange er die Stimme Gottes. Als er das Haupt hob, waren seine Augen tränenblind.

. Er war ein wunderbarer Mensch. Er hatte nicht die geringste Achtung vor dem menschlichen Schicksal. Für ihn hatte kein Mensch Rechte. Nur Pflichten. Für ihn gab es keine sinnlosen Dinge, alles war höchst einfach. Eisenhart. Er war ein Mann, mein Freund. Ein Mannsbild, das die Konventionen verachtete. Es war wunderbar, unter seinem Regime zu leben, denn es gab keine Freiheit, keine Liederlichkeit, keine Amoralität. Es heißt, ich weiß nicht, ich kann nichts darüber sagen, ich kenne die Welt da draußen nicht, ich kenne nur die von draußen, die mich besuchen. Es heißt, es gebe ein neues Regime, ein gutes, hartes, grausames. Wenn es nicht grausam ist, nicht Leiden sät, nicht das zerbricht, was der Mensch Gutes in sich trägt, dann ist es kein Regime, das Beachtung verdient.

EINE ANDERE STELLE AUS SEINEN REDEN:

Der Entwicklungszyklus beginnt. Die Vergangenheit ist noch in uns und hinderlich diesem Fortschritt. Man könnte sagen, unsere Kräfte sind so unendlich groß, daß diese Kräfte zu Schwächen werden. Am Tag, da wir diese Kräfte beherrschen werden, werden sie eine Energiequelle sein und daher, mein Volk, dürfen wir keinen Augenblick, keine Minute, keine Sekunde den Glauben an uns verlieren oder an dem Schicksal zweifeln, zu dem wir berufen sind.

Der Astronom schluchzte. Tränen liefen ihm über das gealterte Antlitz. Angesichts seines silberfarbenen Morgenrocks, der Pantoffeln an seinen Füßen, seiner tiefen Augenschatten gewann José den Eindruck, als komme der Mann von einem Kostümwettbewerb, der Jahrhunderte gedauert hatte, wo er sich mit gefiederten Transvestiten beißend und haarezerrend gebalgt und um den ersten Platz gestritten hatte. Als er vom Laufsteg herunterschritt, wirkte der Mensch müde, erschöpft / angeregt ? Welcher Lebensdrang beseelte ihn /. Die im Park verstreuten Lautsprecher spielten altmodische Walzer, und der Astronom blickte José an, das Messer in der Hand.

. Ich muß dich opfern.

? Warum mich.

. Jemand muß geopfert werden.

(José kam auf eine Idee)

? Kann es ein anderer sein.

. Es kann irgendeiner sein.

? War der Große Diktator eine Art Vater der Armen.

. Das war er, war er.

. Drum meine ich, daß er einen Armen vorzieht.

(? Was für eine Idee, José.)

. Vielleicht. Mag sein. Wer weiß.

. In meiner Gruppe ist einer Arbeiter. Der ist der ideale Typ, um geopfert zu werden.

(José, José)

. Wer weiß. Mag sein. Vielleicht.

. Natürlich zieht der Große Diktator die Opferung eines Arbeiters vor.

. Das wird er wohl. Ich akzeptiere.

(Welch schlechter Charakter dieser José)[1]

José kehrte durch den Garten zurück. Im Buschwerk lagen menschliche Gebeine versteckt. Rippen, Schenkelknochen, Schädel. Die Lautsprecher waren still, und nun sangen Plastikvögelchen mit Kleinstschallplatten im Bauch auf den Plastikästen der künstlichen Bäume.

1 In der Stunde der Not gibt es keinen guten Charakter, es sei denn in bürgerlichen und moralischen Erzählungen.

(Gloomy Sunday: es heißt, diese Melodie habe über dreißig Selbstmorde allein in New York ausgelöst: Leute stürzten sich aus den Hochhäusern: eine Scheißmusik)

Überall gab es Fahnen und Porträts des Großen Diktators. An den Türen, Fenstern, im Badezimmer, auf den Kaffeekannen. José suchte das Zimmer des Arbeiters. Nun blickte Pedro zu einem Stern auf, während der Astronom erläuterte: Das ist Kaiten aus dem Sternbild Fische. Er wurde ohnmächtig. Der Astronom blies ihn an, schlug ihn ins Gesicht, beträufelte ihn mit kaltem Wasser. Pedro rührte sich nicht. José glaubte, der Mann habe getrunken, er sei es nicht gewöhnt. Sie legten den Mann aufs Bett. Jetzt standen sie mit ihm auf der Straße. Er war noch immer bewußtlos. Du wirst sehen, er ist tot, sagte Átila, wir lassen ihn lieber hier liegen. Du wirst sehen, er ist nicht tot, und wir versuchen ihn lieber zu retten. Sie brachten Pedro zum Arzt.

Erklärungen des Arztes über den Arbeiter Pedro

Ihm fehlt es an Proteinen, Vitaminen, Mineralsalzen und Arzneimitteln gegen Infektion. Er braucht mindestens 1.300 bis 2.000 Kalorien pro Tag. Ohne das wird jeder Mensch gleichgültig und verweigert jede Art der Wahrnehmung. Die Kinder dieses Menschen sind schlimmer daran, und seine Enkel, Urenkel und die weiteren noch schlimmer. Sie siechen langsam dahin, sind körperlich und seelisch unentwickelt. Das ihnen fehlende Vitamin A wird sie erblinden lassen. Ohne Vitamin D werden sie paralytisch, rachitisch und an Kalziummangel leiden. Ohne Vitamin B reagieren die Nerven nicht. Eisenmangel wird die Bildung der roten Blutkörperchen hemmen und die Beförderung des Sauerstoffs zum Herzen vermindern: sie werden durch Erstickungstod enden. Ihre Haut wird weiß und faltig, ihre Knochen werden schwächlich sein, ihr Haar wird ausfallen. Sie werden unbeweglich sein, werden

weder lachen noch weinen,
ihre Augen werden starr
und erschrocken dreinblicken.

GRAPHISCHE DARSTELLUNG DES ARBEITERS PEDRO

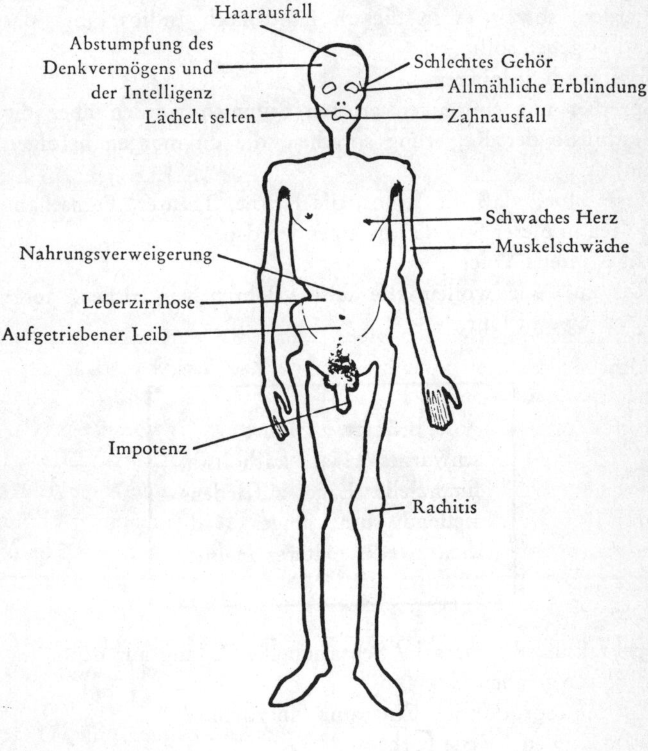

José, betrachte die Aufstellung dieser Lautsprecher. Von heute ab werden sie die Reden Deiner Regierung übermitteln. Und alle werden sie hören. Es wird unmöglich sein, José, wie das jedermann machte, sie von sieben bis acht auszuschalten. Jetzt werden diese Lautsprecher in voller Lautstärke reden und das Volk wird zuhören, auch wenn es Watte, Wachs oder Oropax in die Ohren stopft. Wisse, José, sie sind bereits in allen Städten, ja sogar in Weilern von zwei und drei Häusern aufgestellt. Sie werden in Indiosiedlungen aufgestellt werden, soweit es in diesem Land noch Indios gibt oder Indios geben sollte.

José, mach dich bereit.

Sprecher mit eintönigen ernsten Stimmen werden über die Beschlüsse der Regierung sprechen, die du morgen befolgen mußt.

Wisse, José, daß die Kinos, die Kirche, Theater, Fernsehanstalten in dieser Stunde schweigen werden.

His Master's Voice

Hör zu: Wir wollen alle unsere Uhren vergleichen, José: Schlag acht Uhr.

> José, brünett, 28 Jahre, schwarzes Haar, katholisch, finanzielle Lage zufriedenstellend, sucht junges Mädchen zwecks späterer Heirat.

Spektakulär / Kolossal / Sensationell / Bislang auf der Leinwand nie gesehen /

Eine Superproduktion Cinerama / in 70 mm /

Neue Kopien / Neue Farben /

Fabelhaftes Ensemble / Die größte Besetzung seit Bestehen des Films /

Kühne Szenen / Von der Zensur ohne Kürzungen freigegeben /
Fantastische Filmfassung / Verzieh nie einem Feind /
Die unterhaltsamste Komödie des Jahres / Mastroianni und Ursula im Kampf der Geschlechter reines XXI. Jahrhundert / Tarzan erlebt ein neues spektakuläres Abenteuer / Ein Schrei gegen die Anpassung / Wenn du glaubst du habest alles gesehen, schaue ihn dir an / Spannung, Gewalt und Liebe /,

Rosa wäre beinahe José begegnet.
José wäre beinahe Rosa begegnet.

. Zé, ich habe eine Stellung für dich.

? Eine gute.

. Eine leichte, Mensch. Einer, der soviel liest wie du, kann sowas gebrauchen.

. Schieß los.

. Bei Coca-Cola werden Leute gebraucht, die die Kappen machen.

? Kappen.

? Hast noch nie Coca-Cola getrunken, wie.

. Hab ich. Gut gekühlt.

? Na also. ? Steht auf dem Deckel nicht irgendwas drauf.

? Etwa: Edison hat die Glühlampe erfunden, ich weiß nicht in welchem Jahr.

. Steht was drauf.

. Das also sollst du machen.

. Einverstanden. ? Hör mal, hast du Scott Fitzgerald gelesen.

. Nein. Hab nie ein Buch in meinem Scheißleben gelesen und will auch keines lesen.

Schau was auf dem
Deckel von Coca-Cola steht:
Das Land wurde 1400 entdeckt,
die Unabhängigkeit kam 1748,
die Breite des Suez-Kanals,
Suez, Gasa, Soldaten des Expeditionskorps, UNO,

von einem Land zum andern,
Herr, laß mich selig wandern,
somit: einfältig, gefügig, untätig.
Ungeein:
ein Deckel mit einem Preis, ein anderer mit Kultur, mehr Kultur als Preis,
Diese Coca hat's in sich.
Waschmittel KCL, Kaufhäuser Biancamana, wo alle kaufen, Aron verteilt viele Preise, Kleider und Preise, Kleider und die Schaufenster von Läden, die auf Abzahlung verkaufen, Anzüge, Hemden, bunte Socken
/ letzte Neuheit /
oooooonnnoonnnnooonnnoooonnnnooonnnn
ooonnnnnnnooonnn
bi, bi, bi, bi, bi, bi, bi, bi, bi, bi, bi, bi, bi fonnnnn
blem, blem, blem, blem, blem, blem
buuuuuuuuuuuuuuuuuuuuuuuuuuuuuuuuuuummmm

Carlos Lopes wartete darauf, daß die Unfallstation geöffnet wurde. Seine Arme schmerzten vom Tragen des Kindes. Der Angestellte sieß die Türen auf, Carlos Lopes trat ein. Was soll das heißen, fragte der Mann. Ich warte auf den Arzt, antwortete Carlos. Sie müssen aber warten, bis ich aufmache. Wenn aber die Tür geöffnet ist, warum kann ich dann nicht herein, fragte Carlos Lopes. Weil erst geöffnet ist, wenn ich alle Türen

Die Polizei hat keinen Terroristen festgenommen, noch flogen Mücken, die Ventilatoren standen still, die Luft war schwer, das Volk war ruhig, schwere Blicke blickten. Sie waren gekommen, um den *Menschen* zu sehen. Das Fernsehen hatte den *Menschen* gebracht. Aber die Kirche hatte das Programm verboten, und um kein Geld zu verlieren, hatte das Fernsehen eine Straßenecke gemietet und stellte den *Menschen* aus. In den ersten Tagen gingen nur die hin, die aus dem Strip-

geöffnet habe. Aber diese Türe ist doch auf, sagte Carlos Lopes. Ja, bestätigte der Mann. Sie ist auf, aber es ist geschlossen. ? Sehen Sie nicht, daß geschlossen ist.

tease-Theater kamen und noch mehr sehen wollten.

GEDANKE DES TAGES: Es ist schrecklich, arm zu sein. Kaufen Sie noch heute Wechsel, Sie verdoppeln Ihr Geld von Tag zu Tag.

DIE OHNMACHT (Vorbereitung für die Bekehrung)

Vor dem Depot lärmte es, als stießen tausend Autos zusammen. José auf seinem Bücherstapel konnte (oder wollte) sich nicht rühren. Er blieb sitzen und blickte auf das hereindringende gelbliche Licht. Die gelbe Leuchtreklame (des Kabaretts) hatte eine Million Volt. Ratten rasten durch ihn hindurch, Kakerlaken, Schneideameisen und fraßen, zerrissen alles. Ohne weh zu tun. Er hatte nur die (lästige) Empfindung, zernagt zu werden, fühlte das eigene Fleisch zerpickt, zerfetzt. José merkte, daß noch etwas mehr vorging, denn alle zernagten Teile wurden durch neue, transplantatierte ersetzt. Bis er in Ohnmacht fiel, als er nur das gelbe (wahnsinnig starke) Licht wahrnahm, das die Wände seines Körpers durchdrang und einen Punkt seines Magens aufs Korn nahm.

NÄCHSTENHILFE: Wenn Sie eine garantierte Rendite für Ihre Anlagewerte wünschen, denken Sie an SPI: Wechsel, Wechsel mit monatlicher Rendite, Investment-Fonds.

Die Kirche beschloß, ein zweites Mal einzugreifen, weil sie wünschte, daß der *Mensch* als Mörder festgenommen werde. Es mißlang und verhalf ihm nur zu Ansehen. Den ganzen Tag zog sich eine Menschenschlange die Avenida hinunter. Organisation wurde nötig für Einlaß – Ende – Dauer eines jeden Besuchs – Kassenschalter – Lautsprecher – Musik – Sprecher – Mahlzeiten für die Angestellten – Ruhestunden für den *Menschen* – die Organisation von Karawanen aus dem Landesinnern – Öffentliche Gesprächsrunden – Gedenkfeiern – Reden – Geburtstagsfeste. Die Polizei sperrte zwei Häuserblocks ab, die Stadtverwaltung forderte, der *Mensch* müsse vor die Stadtgrenze umziehen, die Veranstalter widersetzten sich dem Wunsch. Es war ein Dauerfest – mit Puffmaisverkäufern – mit Verkaufsständen mit plastischen Souvenirs – mit Fotos des *Menschen* – mit Medaillen – Rosenkränzen – Halsketten – Fetzen seiner Kleider – Ansichtspostkarten – Lebensbeschreibungen – ABC mit seiner Geschichte.

Gegen Ende des ersten Monats mietete die Bar von nebenan das Hinterhaus für *Das Mädchen das sich in einen Gorilla verwandelte.* Eine Woche später kam das *Wissenschaftliche Wachsmuseum* und zeigte Syphilis – Tripper – Hämorrhoiden – die Gefahren des Rauchs in der Lunge – Krebs in verschiedenen Teilen des Körpers – Krankheiten der Augen – des Mundes – Todesfälle durch Dolchstiche – Schüsse – Explosionen – Verbrennungen.

Dann kam das *Urwaldmuseum,* ein Omnibus voll von ausgestopften Tieren.

Es kamen nacheinander

Die Mißgeburten: dreibeinige Hühner – zweiköpfige Schweine – hundeköpfige Zicklein – fischköpfige Kinder – behaarte Schlangen – dreibrüstige Frau – Mann mit Pfoten – seidenäffchenköpfige Elefanten –.

Raritätenkabinett des Lebens: Die bärtige Frau – der Rumpfmensch, der seinen Tag, von einem Tablett getragen, auf einer Säule verbringt – der Mann mit sowohl weiblichen als auch männlichen funktionsfähigen Organen – arschlose Frau – gesichtsloses Kind mit zwei Löchlein für Mund und Nase – Mann mit Augen an den Fingerspitzen – der lebende Arm mit Köpfchen und allem – der aufgerollte Kugelmensch.

Almosenmuseum.

Ausstellung der Sehenswürdigkeiten aus dem Leben des Regenwurms.

Ein lebendiger Ameisenhaufen hinter Glas.

Der Kletterhund.

Die Frau und die Mauleselin.

Der Mann der allein genießt ohne die Hand an den Pimmel zu legen und ohne eine Frau zu haben.

Hahnenkämpfe.

Kämpfe zwischen Tauben und Kälbern.

Sie kamen und mieteten Säle, Baracken, Baugrund. Sie stellten Lautsprecher auf, Plattenspieler, vollführten einen Höllenlärm. Nach einem Jahr war keiner der alten Bewohner mehr da. Die Hausbesitzer vermieteten zu Höchstpreisen. Am Ende des Jahres waren es zehn Häuserblocks mit allen Sehenswürdigkeiten der Welt – drei Gespensterzüge – Spiegelsaal – Kabaretts – heimliche Bordelle – und eine Menschenmenge vierundzwanzig Stunden am Tag. *Der Mensch* war noch der Schlager des Viertels. Die Besucherschlangen wuchsen, im Ausland wurde geworben, mehrsprachige Flugblätter wurden gedruckt.

José, Átila und der Held ziehen ab. José nimmt den Koffer mit den aus dem Depot geretteten Büchern mit, bevor die Politische Polizei eine Haussuchung macht und alles beschlagnahmt. Es sind Bücher, die er als Redakteur der Coca-Cola-Deckel benötigt. Er hat auch Guevaras *Tagebuch* gerettet, Maos *Aussprüche*, *Das Kapital* mit Kommentaren, *China im Jahre 2001* von Han Suyin.

Im Hinterzimmer der Bar ruhen sie aus. Da sind Leute, die vor dem Regenguß Unterschlupf suchen, der Fußboden ist eine Schlammlache, das Pissoir stinkt so, daß es einem die Nase zuschnürt und Übelkeit verursacht.

Dies ist der Mensch
der im Urwald eine gesamte Expedition
von Missionaren verschlang.
Isst nur frisches
Menschenfleisch
– kommt –
Die grösste Sehenswürdigkeit von Latindia-Amerika
Der Mensch der Menschen isst

Abortaufschriften:

An diesem einsamen Ort
Der Tapferste vereist
Der Stärkste stöhnt in einem fort
Der Mutigste aber scheißt.

. Mein Herr, der Computer ist perfekt und irrt nie. Er hat nie versagt. Er spendet sogar Eheglück. Er ist die Wissenschaft im Dienste des Herzens, der Empfindungen.

Und nun ließ der Angestellte mit der Zahnbrücke vor José alle statistischen Zahlen spielen. Wie viele die Ehe geschlossen hatten, wie viele verheiratet blieben, wie viele Kinder hatten.

100, 345678, 768590, 13456278, 176895, 1456.0789, ... 123456H89u

Mein Herz, ich weiß nicht warum, schlägt glücklich, wenn es dich sieht, trallalla, la, tucke ticke tucke tutucke gorogogó gorogogá ein Elefant bringt viele Leute aus dem Konzept, zwei Elefanten noch viel mehr, uuuuuu pum tatatatatatatatata, Süße, oh Süße, Striptease-Festival.

SEPTEMBER

. Wiederholen Sie das Inserat in diesem Monat.

. Gerne. Sie verlieren keine Zeit, wenn Sie warten, mein Herr. Ich glaube, der Computer hält etwas sehr Gutes für Sie bereit.

OKTOBER

. Wiederholen Sie diesen Monat.

Die Entdeckung

Als er die Hand ausstreckte, sah José, wie das Gelbe platzte. Und fühlte sich kreiseln, während er auf das Dreieck an der Wand blickte. Dahinter war eine Küche und im Dreieck ausgeschnitten die brünette Kleine mit starken ärmelprallen Armen. Ein gewöhnliches Gesicht mit häßlicher Nase. Sie hatte ein gelbes Tuch um den Kopf gewunden. Die Kleine war dieselbe wie im Drehrestaurant. Er hatte den Appetit verloren.

You are my destiny, sang Paul Anka sanft in den Lautsprechern der Agentur.[1]

(An jenem Tag begehrte ich die Kleine. Es ist lange her)[2]

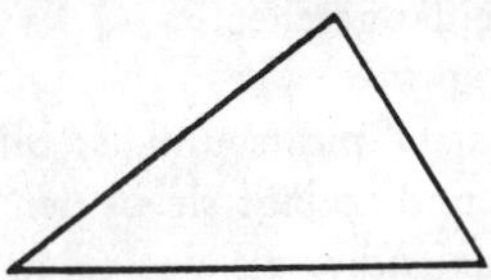

In der Agentur:

. Das ist Dona Rosa Maria, sagte der Angestellte mit der Zahnbrücke.

. Sehr angenehm, sagte José.

. Ganz meinerseits, sagte Rosa.

? Wollen wir einen Kaffee trinken.

. Ja, gerne.

. Schön, dich zu treffen.

. Das finde ich auch.

Schweigen.

1 Der Angestellte mit der Zahnbrücke legte immer diese Platte auf, um eine angenehme Atmosphäre zu schaffen.

2 Welch ein Zufall. Das sieht nach Fiktion aus, nach Literatur, nach Fotoroman.

Schweigen.
Schweigen.
(Scheiße, ich muß was sagen)
. So ist das.
. Ja, so ist das.
Schweigen.
SIE:
Brünett, ein wenig gedrungen, häßliches Gesicht, füllig, pralle Schenkel, der ganze Körper vorwärts geneigt (Fertig zum Durchziehen, denkt er).

ÁTILA UND JOSÉ

? Magst du diese Rosa wirklich.
. Ja, sehr.
. Komisch. Sie ist dicklich, aufgedonnert, Nuttengesicht.
? Hast du ihre Kleider gesehen.
? Na und.
/ »Wer liebt der sieht nichts und ist blind. Er hört wohl tausend Wahrheiten und schlägt sie in den Wind. Er sieht in der geliebten Kreatur nichts als das reine Bild der Natur«: singt Dulce Garcia /

STOSSGEBET: Mein Gott, bewahre mich in Deinem Herzen für alle Ewigkeit.

UNTERHALTUNG AM FEUER

. Alter.
. 18 Jahre.
. Besonderheit.
? Wie.
? Was hast du Besonderes.
. Ich bin 18 und sehe aus wie neunzig.
. Ach mein Freund, aus deiner Gegend sind schon zwanzig wie du hier. Wir haben schon einen Jungen von 8 ausgewählt, der wie 100 aussieht.

2

. Alter.

. 14.

. Besonderheit.

? Besonderheit worin.

? Was du vorzuzeigen hast.

. Schau her, ich hab keine Gucker. Bin ohne geboren, kann aber gehen und Sachen machen so gut wie die anderen. Kann sogar lesen.

. Gut, stell dich zu der Gruppe der Lesenden Blinden.

3

. Helfen Sie mir, junger Mann.

? Was ist denn los.

. Ich muß Geld verdienen. Seit achtundzwanzig Tagen bin ich hier unterwegs.

? Na und. ? Was ist deine Nummer.

. Ich hab weder Fuß noch Bein, aber ich laufe. Ich kann gegen jeden guten Läufer gewinnen, wenn Sie einen haben, nur mit meinem Hüpfen.

? Woher kommst du.

. Aus dem Süden.

4

. Du. ? Was machst du.

. Ich lese.

. Jeder kann lesen.

. Aber ich bin Analphabet.

? Woher kommst du.

. Norden.

5

? Du hier, Mexikaner.

? Kennen Sie mich.

. Ja, von Santana. Du hast Radios repariert.

. Ja, ja. Ahhh, Freund.

? Was suchst du.
. Arbeit.
? Was kannst du machen.
. Ich kann's zwei Monate aushalten ohne Wasser zu trinken.

6

? Ihr vier, was macht ihr.
. Wir sind nicht vier, wir sind einer.
? Seid ihr aus dem Osten.
. Ja.
. Von dort sind viele Gruppen von vier in einem gekommen. Kommt rein. Wir haben eine Marmeladenfabrik, die euresgleichen fördert.

7

? Vom Sertão.
? Woher wissen Sie das.
. Von dort sind schon acht Kugelbälle gekommen.
Der Mann trug die Fußsohlen auf dem Kopf aneinandergeklebt. Sein Körper bildete einen Kreis. Er wurde unter Vertrag genommen.
. Firestone fördert die Show. Man hat einen Lastwagen konstruiert, und ihr werdet die Räder sein.
. Schönen Dank, junger Mann. Dank. Endlich habe ich eine Arbeit gefunden und kann meine Familie ernähren, meine Kinder.
? Hast du eine Frau.
. Und sieben Kinder.
José kam in dieser Stunde auf eine Idee.

? Was ist wohl Josés Idee

Kilometerlange Schlange. José besaß zwei Hocker neben seinem Tisch. Einen mit leeren Karteikarten, einen mit ausgefüllten Karteikarten. Zwei Sekretärinnen kamen und nahmen die rotgestempelten für die Auswahl der Vorstellungen mit. Leute aus Argentinien, Bolivien, Peru, Guatemala, Kolumbien, Venezuela, Chile, Uruguay, Brasilien.

Gegen Abend schien die gelbe Sonne in den kleinen Raum voller Schlamm, Zigarettenstummel, Papier, Sägemehl, und José wurde schwindelig. Und es kam ein Nachmittag in der Stadt, als er so dahinging und eine Frau in ultrakurzem Minirock mit langen Beinen vorüberging, mit weißen, runden Beinen. Ihm wurde eiskalt. Nein, nein, das ist es noch nicht. Heute war die Schwarze an seinem Tisch vorübergegangen. Mit ihrem Muffgeruch, mit ihrem Kräutergeruch – nach Raute, Wermut, Minze, Melisse. An jenem Nachmittag hatte er die Wahrheit gesehen: Krüppel, Blinde, verzerrte Münder, Kranke, Einäugige, Aussätzige. Aber das war das Volk von innen, und nun defilierte vor ihm das Volk von außen vorbei, und das hatte er nicht von innen sehen können. Nur war es jetzt das Volk aus dem ganzen Land und aus ganz Latindia-Amerika, das da vorüberzog. Es gewöhnte sich bereits daran, Portuganisch zu sprechen, alle Welt verstand es, es war eine einzige Sprache.

Das riesige Gebiss zernagt weiterhin Gebäude – die Polizei stellt keine Nachforschungen an: Sie sagt, das sei Aufgabe der Zahnärzte – die Zahnärzte sagen, es sei wegen der Luftverschmutzung, laut Informationen von Mara – der Wissenschaftlerin – die unablässig die im ganzen Land auftauchenden seltsamen Erscheinungen untersucht

. Nein, Schatz, erst nach der Trauung.

. So ein Blödsinn.

. Überhaupt kein Blödsinn. Nimm die Hand da weg.

? Wer hat dir das gesteckt.

. Niemand, Schatz. Ich mag dich. Und wenn ich dich mag, wenn ich's mit dir mag, muß es anders sein. Es muß richtig sein.

. Blödsinn, purer Blödsinn.

? Was wirst du sonst von mir denken. Und jetzt wird es richtig. Und wenn du mich magst, dann wirst du's auch so wollen.

Wegen des Kaffeefilters

Sie haben sich vom Straßenfotografen knipsen lassen. Umarmt. Auf der Bank sitzend. Starr in die Kamera schauend. José Rosas Gesicht küssend. Der Straßenfotograf ist untröstlich: »Ich hab kein Papier mehr. Aber morgen sind sie fertig. Sie können sie hier oder bei mir zu Hause abholen.« Zu Hause händigte die Frau des Straßenfotografen ihnen einen Umschlag aus. Rosa schaute nicht einmal hinein, sie war auf dem Weg zur Schneiderin wegen ihres Brautkleides. Dann besuchte sie eine Freundin. Dann kaufte sie Steifleinen, Nähgarn, Häkelnadeln / sie wollte Läppchen für den Kaffeefilter machen /. Als sie nach Hause kam, schrieb sie Rezepte ab. Sie öffnete ihre Handtasche und sah den Umschlag. Der Mann hatte sich geirrt, vor ihr lagen Fotos von einem Mann mit ausgemergeltem Gesicht, der José nur von ferne ähnelte. Sie legte sie in ein Buch, um bei dem Fotografen vorstellig zu werden, sobald sie in seine Gegend kam.

Regierungsnachrichten:

Der Ausrufer stieg aufs Podium: Von heute an werden die Notariate nur noch Kinder registrieren, deren Namen auf der von der Regierung zur Verfügung gestellten Namensliste stehen. Andere Namen werden nicht genehmigt. Die Maßnahme beabsichtigt mit der Unsitte heidnischer Namen, mit verrückten Erfindungen, mit Vornamen Schluß zu machen, die dem Einzelnen und der Nation zur Schande gereichen. *Verordnung 6574893456Yhg.*

Immer wenn ich dich frage / wann denn, wo und wie / antwortest du mir immer / vielleicht, vielleicht, vielleicht, vielleicht, vielleicht, vielleicht.

Der gelbblauweiße Bus fährt auf der langweiligen Landstraße durch die langweilige Landschaft die langweiligen Fahrgäste: Fahrer beachte die Verkehrsampeln sie sind deine Sicherheit.

Sonntags wurde im Klub getanzt und du José saßest vor dem Klub auf der Steinbank und sahst die jungen Mädchen in den Tanzpausen an den Fenstern des Klubs stehen und konntest nicht hineingehen und erinnerst dich daher an die Stadt und die leeren Sonntagabende und spürst deinen kalten Hintern.

Überhole nicht an Kurven und Höhenzügen.

? Erinnert José sich an den zehnten Tag in der weißen Baracke des *Menschen.*

Rosa unterhält sich mit dem Typ auf der anderen Bank, weil sie nicht gerne reist, ohne sich zu unterhalten und José nicht gerne reist und sich dabei unterhält.[1] Sie hat ihr Reisegrammophon mitgenommen und die Platte von Connie Francis aufgelegt und ein Fahrgast hat sich beschwert[2] und Rosa ist eingeschnappt und hat Lockenwickler im Haar und ein Kopftuch und ein frischgewaschenes Gesicht und Hawaii-Sandalen wegen der größeren Bequemlichkeit.[3]

Achten Sie auf die Verkehrszeichen und Sie reisen sorgenfrei[4]

José und Rosa reisen ins Innere, damit José um die Hand seiner Verlobten anhalten kann. Den von unserer Gesellschaft festgelegten Normen gemäß.

1 Für ein gutes Eheleben muß gegenseitiges Verstehen vorhanden sein, sagte meine Großtante.

2 Deine Freiheit geht bis dahin, wo die des anderen beginnt.

3 Sie gehen nicht auf, sie riechen nicht.

4 Ein Satz Rosas zu José im Bus: »Liebster, schön wär's, wenn's in unserem Leben Verkehrszeichen gäbe. Es wäre alles leichter und bequemer. Man bräuchte sich nur nach ihnen zu richten.«

Grenze des Gemeindebezirks Filhoda*

Besuchen Sie in Filhoda Ihre autorisierte Ford-Filiale
Das beste Restaurant der Gegend: Jeca Tatu bietet Ihnen die beste Speisekarte
Sie betreten Filhoda: Der fortschrittlichste Gemeindebezirk des Landes
In dieser Stadt wurden sechs Präsidenten geboren
Die besten Medizin- und Rechtsfakultäten

Seien Sie willkommen – seien Sie einer der unseren
Volks 1.600
Bushaltestelle am Bahnhof
Besuchen Sie die gewaltige Kirmes zugunsten des Baus der Engel-des-Herrn-Kirche

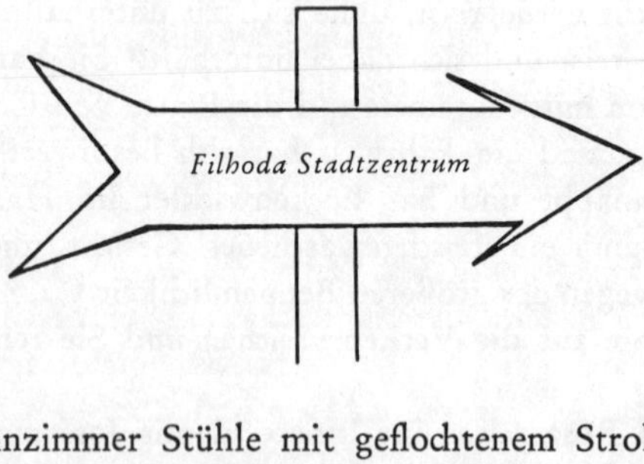

*

Im Wohnzimmer Stühle mit geflochtenem Strohsitz Kleiderständer mit Spiegeln Vater und Mutter sitzen Porträts der Großeltern der Tanten die bereits tot sind handgetöntes Foto Rosas im Kommunionkleid. Rosa im Badeanzug mit der Schärpe der Miss Armando Prestes. Christus und Unsere Liebe Frau thronend.

Der Vater mit Rock und Krawatte, die Mutter im Sonntagsstaat.

Der Vater verlangte

vollständigen Namen, Alter, Beruf, Einkommen, Bankvermögen, Besitz (Haus, Wagen, Marke des Wagens, Volks 1.600,

* Filhoda = Abkürzung von Filhodaputa = Sohnder(hure). (A. d. Ü.)

Mustang, Galaxie, Grundstück), Angaben über seine Familie, woher stammt sie, woran ist seine Mutter gestorben, raucht er, trinkt er, Gesundheitszustand, politische Einstellung, würde er meine Tochter die Pille nehmen lassen, wollen sie Kinder haben, hat er studiert, hat er an Kundgebungen teilgenommen, was hält er von der Regierung, vom Kommunismus, ist er katholisch.

José sagte die Wahrheit.

José log.

Der Alte umarmte José.

Die Mutter segnete José und Rosa.

»Mein Schwiegersohn, bald werden wir Enkelchen im Hause herumtollen sehen.«

Die Augen der Mutter, Freude. Der Vater: »Kinder sind die Freude des Heims.«

Dann erklärte der Vater: Wir sind von hier, wir wohnen in dieser Stadt seit 150 Jahren, das heißt, meine Familie ist hier seit vielen vielen Jahren ansässig, ich gehöre dem Rotary an, dem Lions, der Handelskammer, dem Tennisklub, dem Segelklub, ich besitze Mietshäuser[1], wir veranstalten Wohltätigkeitsfeste.

Die Stadt riecht nach Sex. Der Geruch liegt in den Wänden, in der Luft, in den Menschen. Ich weiß das. Ich kann nicht sagen, wie, aber ich weiß das. Rosa hat mir gesagt, ich hätte ein sonderbares, entdeckerisches, vorausahnendes Feingefühl. Eine Sensibilität, die in die Dinge eindringt. Und auch für die kommenden Dinge.

1 Die Wirklichkeit von Rosas Familie ist eine andere. Ihr Vater ist vor vielen Jahren gestorben, die Witwe ist daraufhin umgezogen und hat einen atheistischen Türkenitaliener und Barbesitzer geheiratet. Die Stadt ist um die Bar herum gewachsen, hat sich dort zur Mittelstandsgegend entwickelt, und aus der Bar ist ein vielbesuchtes Restaurant geworden. Der Türkenitaliener hat zwei Stoffläden gekauft, hat eine Getränke- und Lunchstube eröffnet, hat die Konzession für den Verkauf von Würstchen in der Hauptschule bekommen / wo er die Schüler ausbeutete /, er hat es erreicht, im Tennisklub aufgenommen zu werden. Dann ist er zum Katholizismus übergetreten, ein geachteter Bürger geworden und steht in städtischen Handelskreisen in Ansehen.

Hauptsächlich abends liegt Sex in der Luft, über den Häusern, den noch warmen Steinen, in den Grüppchen, die auf den Gehsteigen reden, auf der Fahrstraße flanieren. Vielleicht. Er ist da und klebt an den kleinen Mädchen in Miniröcken, in langen Hosen, an den Körpern, die nach Gessy riechen, nach Lux, Palmolive, Phebo, Eucalol, OK, Karneval, an den gelösten Körpern in ihren Sommerkleidern. Sie schlendern an den jungen Männern vorüber und möchten gerne und die jungen Männer möchten auch und ein verbindender Strom entsteht und die kleinen Mädchen bekommen eine Gänsehaut, wenn sie an ein Stelldichein weit hinter dem Grüppchen denken, hinter dem Friedhof, in den Spielsälen des Tennisklubs, auf den Fußwegen rings um die Stadt, am Straßenrand. Wenn sie anfassen und sich anfassen lassen. Und die erregten jungen Männer drücken auf den Gashebel und die Volkswagen heulen auf und die, welche keinen Wagen haben, stecken die Hand in die Hosentasche.

Seit Tagen bin ich hier und tue nichts als Sex sehen, fühlen, riechen, den Duft, den Schweiß, die heiße Erde. Das Spiel eines jeden Abends beobachten, die Nervosität, den Drang nach Berührung, das Fassen und Lassen, das vermehrte Begehren, das Seufzen, welches die Stadt umkreist, die vom hysterischen Gerammel umlauerte Stadt, die sich auf die Pimmel der Jungens stülpenden Mädchen, während ihre (glücklichen) Mütter Fernsehnachrichten und Fernsehfortsetzungsfilme sehen, zur Beichte gehen und von der Zukunft träumen, von Häuschen, Autos, Enkeln und dem sonntäglichen Kirchenbesuch. Meine Tochter mit dem Sohn des Herrn Doktors, eines großen Arztes meine Tochter mit dem Sohn des Ingenieurs / eines großen Ingenieurs. Und sie, die Töchter, vögeln im Busch, in den Autos, stehend an den Häuserwänden. Sie beißen – beißen einander – stöhnen – schreien und werfen sich auf den Boden.

In den heißen Nächten dieser Stadt

Flache Straßen, Karrees, Bäume, erzhäßliche, im Bau befindliche Kirche, im Bau befindliches Hotel, weißes Klubgebäude mitten auf dem Platz, Überlandbusbahnhof in Sicht-

Beton gleich neben dem Stadtmarkt, hoher, weißer, häßlicher Turm mit viereckiger Uhr, alter Bahnhof, geräuschlose Elektrobusse, stagnierendes, leeres Handelsviertel, traurige Ladenverkäufer, bankrottmachende Läden, Spuren einer zerfallenden Stadt, wie die Gesichter der Menschen, die im Vorbeigehen einander grüßen, Stadt, die einst von der Landwirtschaft gelebt hat und heute nichts ist, die keine Industrien und nicht rechtzeitig an Industrialisierung gedacht hat.

? Banken, Banken, Banken, eine nach der anderen, dutzende um dutzende, woher kommt all das Geld.

? Hat die Senhora das gesehen. Jener junge Mann hat immer an meine Tochter geschrieben. Ich habe ihn angerufen und ihm gesagt, er soll das sein lassen. Ich habe ihn sehr höflich gebeten: Bitte schreiben Sie ihr nicht mehr. Meine Tochter ist noch sehr jung, er hat immer so sonderbare Sachen geschrieben. Schlimme Sachen. Hat gesagt, heiraten sei nicht so wichtig. Das war nur eines der Dinge. Der Kleinen gefiel das. Ich hab dem Einhalt geboten. ? Wozu sind schließlich die Mütter da. Um über dem Glück ihrer Töchter zu wachen. Ich habe ihn angerufen und gesagt: Tun Sie mir den Gefallen und schreiben Sie nicht mehr an meine Tochter. Hören Sie, diese jungen Leute, die sich intelligent und entwickelt nennen, sind Hosenscheißer. Er hat sofort aufgehört. Haben Sie Worte? Wir hier so still in unserem Ländchen, und diese verkommenen Subjekte verdrehen unseren Töchtern mit Dummheiten den Kopf. Sehen es darauf ab, daß sie eines Tages aus ihrem Elternhaus fliehn. Sonst noch was, meine Tochter, sie ist fünfzehn, hat einen prächtigen Jungen zum Freund, Sohn des Direktors der Fakultät, sie wird eine gute Partie machen und glücklich sein. Dann und wann schreibt sie irgendwelche Sachen. Sagt, sie will Schriftstellerin werden. Aber ich habe sofort Schluß gemacht mit dem Unsinn, ich wache mit Argusaugen über ihrem Glück.

Die Frau und Rosas Mutter. Als junges Mädchen muß diese Frau hübsch gewesen sein, aber wie alle Frauen dieser Stadt, ich weiß nicht, ob es die trockene Luft ist, die Sonne, dieses Untätigsein, in Erwartung des Nichts, das sich morgen ereignen wird, hatte sie eine verhärtete, gespannte, erwartungsvolle Haut. Ihre Augen glänzten und ihr Glanz war böse. Sie war für mich nicht nur sie selbst, sondern das ganze Völkchen, voll verjährter Gewohnheiten, voller Haß auf jede Störung, Belästigung, voller Ablehnung jeder Veränderung gegenüber. Ich kannte diese Frau nicht, wußte aber, daß sie ihrer Tochter und dem jungen Briefschreiber böse mitgespielt hatte. Sie besaß den Gesichtsausdruck eines Menschen, der Unglück um sich verbreitet[1] und sich ein Vergnügen daraus macht, in ihrem Umkreis Unheil zu stiften. Als sie gegangen war, drehte Rosas Mutter sich um und sagte:

. Diese da. Herzensguter Mensch. Sie gehört zu der Familie, die über der Tankstelle wohnt. Du gehst immer daran vorbei. Nicht, daß ich schlecht von anderen Leuten reden will. ? Aber weißt du, was passiert ist. Sie denkt nicht mehr daran, daß sie nicht mit Kranz und Schleier heiraten konnte, weil sie schwanger war.

Ich habe sie reden lassen, ich will fort von hier, Rosa läßt es nicht zu, bleib doch noch, mein Vater mag dich gerne leiden.

José verbrachte den Nachmittag in der mit roten Lederbänden angefüllten Stadtbibliothek. Studenten schrieben aus einer Enzyklopädie ab. Drei Bibliothekarinnen waren da, er betrachtete die, die mit ihm eingetreten war. Sie war aus einem Interlagos-Bus gestiegen und trug eine riesige Brille mit blauen Gläsern. Sie war vollschlank /, dann und wann stieg sie Leitern hinauf und José sah ihre runden Waden / sie war klein, und daher verbrachte er den ganzen Nachmittag in Erregung, ohne sich von seinem Sitz zu rühren und gönnte dem Jack London, den er in der Hand hielt, keinen Blick.

? Haben Sie schon ein Buch von Scott Fitzgerald gelesen.

. Ja.

1 Eines Abends widmete eine Sängerin das Lied *Maria Maria* ihren Hörerinnen auf folgende Weise: »Noch eine Geschichte für die Mußestunden derer, die von der Liebe der Menschen wie von einem schrecklichen Laster sprechen. Dies ist mein Beitrag für die, welche sich für ihr eigenes Unglück mit fremdem Unglück entschädigen.«

? Haben Sie eines hier.

. Nein, kein einziges, sagte die kleine Brünette, die aus dem Interlagos gestiegen war.

Ihre Gesichtshaut war etwas fleckig. José wollte jetzt dableiben, vielleicht könnte er eines Tages mit der Brünetten ausgehen. Sie hieß Silvia.

José erhält einen Anruf

Vier Uhr nachmittags, regungslose Bäume, verschlossene Häuser, ein offener Wasserhahn, eine singende Frau, eine Autohupe, Husten, Hahnenkrähen. Das Telefon läutete.

? Ist das Rosas Verlobter.

. Ja.

. Hören Sie, es gibt ein paar Dinge, die Sie wissen müßten. Wollen Sie's wissen.

. Kommt drauf an.

? Kommt worauf an.

. Ich weiß nicht. ? Wer spricht denn da, wer ist das, was wollen Sie, kennen Sie mich.

. Ich bin dein Freund. Hör zu, frag Rosa etwas. Frag sie, ob sie die kleine Hütte in der Nähe der Britos kennt. Oder die Kurve von Bezerro auf dem Weg nach Matão. Frag sie nach Albertos Hof. Oder nach dem Abort im Stadtgarten um Mitternacht ... Hallo, hallo.

. Sprich.

. Frag sie nach dem Stierkampf in Betinhos Haus. Oder nach den beiden weibischen Türken, die nackt mit ihr auf der Straße tanzen wollten. Krieg' heraus, ob sie etwas vom Striptease auf dem Militärschießstand weiß. Hallo, hallo, hallo ...

. Rede weiter.

? Warum hängst du nicht ein.

. Ich will hören.

. Frag sie, ob sie sich daran erinnert, wie der Ausguß des Tennisklubs verstopft war. Er war voller Pariser. Es war das Festival der Fickereien. Vierzig Männer und vier Frauen.

Sie, die Frau des Lotterieeinnehmers, die Frau des Buchhändlers, die Frau von über der Tankstelle.

. Weiter.

. Finde heraus, ob sie sich an den Keller der Schule erinnert, als sie dort zur Schule ging und die kleinen Mädchen samt und sonders schmutzige Bücher lasen. Sieh zu, ob sie sich noch erinnert, wie sehr es ihr Spaß machte, die anderen Mädchen auf den Mund zu küssen.

. Ich werde sie fragen.

. Du Scheißhahnrei. Du verdientest eine Tracht Prügel.

. Warum versuchst du's nicht.

. Hallo, ich bin Klein-Olga. Rosa kennt mich. Aus den Künstlerzimmern des Stadttheaters. Aus der Zeit der Ballettschule. Jetzt haben sie das Theater wegen eines Schmutzgeschäftes abgerissen, drum kennen Sie nicht das düstere Bauwerk. Man ging durch das Untergeschoß hinein, verschwand in einer Künstlerloge, rauchte Marihuana und faßte den Jungens an den Pint. Dann ließ die Rosa sich von allen vor allen durchziehen. Sie schwärmte für dieses kleine Rammelfest, je mehr Pinte da waren, desto lauter schrie sie. Eines Tages – ? Wollen Sie's wirklich wissen – veranstalteten wir im Morgengrauen ein Schauspiel. Das Theater war bis auf den letzten Platz besetzt. Die Männer stiegen gegen Morgen aus ihren Betten und zogen zum Theater, zahlten einen Schein. Huren-Schau, Sie Scheißhahnrei. Und was für eine Huren-Schau! Mit allem Drum und Dran. Schimpfwörterduell zwischen den Mädchen, Fickerei, Striptease, Pisserei, Kackerei, Lutscherei, Hinterladerei, Wichserei. Das Theater roch nach kalten Bauern. Bald darauf fand dort ein Treffen der Eucharistischen Kreuzzüge statt und was sie für Muffgeruch hielten, war Kalterbauerngeruch. Kalte Bauern von fünfhundert Männern. Wissen Sie. ? Wollen Sie mehr wissen ? Wissen Sie, daß fast zehn Männer dort ihre Töchter entdeckten. ? Wissen Sie, daß es sofort den größten Skandal der Welt in den 150 Jahren Stadtgeschichte gab. Wahnsinnig der Krawall, den es gab, es gab mehr Gerede als wann die Männer gelyncht wurden.

? Gelyncht.

. Es ist lange her. Freundchen, die Leute hier sind kein Schleckhafen. Mit denen ist nicht zu spaßen.

. Ich spaße nicht.

. Hahnrei / Die Stimme klang anders / . Hör zu, jede Nacht stiegen wir über die Klubmauer und badeten nackt im Schwimmbecken. Eines Nachts zog Rosa alle Kleider aus und lief splitternackt im Garten spazieren.

? Kleiner Hahnrei, weißt du, daß sie im Kino nur im ersten Rang saß, auf dem Schoß der Jungens.

? Weißt du auch, daß sie nie einen Schlüpfer trägt.

? Na und.

? Willst du sie heiraten.

. Will ich.

. Schwulsack. Hahnrei. Tunte. Hau ab aus dieser Stadt, und zwar dalli.

José erzählt Rosa das Telefongespräch

? Und nun.

? Und nun was.

? Willst du mit mir zanken. Es ist alles wahr.

. Das ändert für mich nichts.[1]

José versteht

Sie lauerten mir kurz vor der Ecke auf unter einem dichtbelaubten Baum, nahe beim Bestattungsinstitut, im Dunkeln.

Sie stiegen aus vier Volkswagen und umringten mich. Noch halbe Kinder, ich hätte wetten mögen, keiner war zwanzig.

Ich lehnte mich an die Mauer, nervös umdrängten sie mich. Warfen einander Blicke zu.

Blickten auf die leere Straße. Einer von ihnen machte einen Schritt auf mich zu. Argwöhnisch.

1 ? Welche Erklärung kann dafür gegeben werden: Seelengröße, Neurose, erbliche Belastung, sexuelle Verirrung.

? Bist eine Tunte, was.

? Was für eine Tunte.

? Der die Rosa heiraten will.

. Werde sie heiraten, bin aber keine Tunte.

. Freundchen, wir haben dir alles erzählt. Nur eine Tunte würde sich nichts draus machen.

? Und wenn ich's nicht geglaubt habe.

. Er hat's nicht geglaubt. Leute, er hat uns nicht geglaubt. Ich bin der Sohn des Richters, der da der Neffe des Bürgermeisters. Der dort der Sohn des Staatsanwalts. Der Kleine da drüben, dem sein Vater ist Abgeordneter. Der Vetter von dem in Leehosen ist Pfarrer. Die Mutter von diesem hier ist die Vorsitzende der Löwenbändigerinnen. Und jener dort, der kleine Krumme, ist ich nicht weiß was von dem Gründer dieser ganzen Scheiße. Leute, er weiß nicht, daß *wir* hier befehlen.

(Scheiße auch das noch. Ist ja wie ein amerikanischer Film oder Roman)

? Warum kümmert ihr euch um mich.

. Du gefällst uns nicht. Darum.

. Wir geben dir 24 Stunden, um die Stadt zu verlassen.[1]

. Hör zu, du kannst diesem Scheißhaufen von deinen Freunden befehlen, mir nicht.[2]

. Ich befehle in allem. Ich und sie, wir alle machen, wozu wir Lust haben. Um uns zu unterhalten. Du bist unsere Unterhaltung.[3]

. Wir wollen es mit dir halten, wie wir es mit den kleinen Kommunisten von der Fakultät gehalten haben.

? Weißt du, was wir gemacht haben.

. Wir haben sie kurz und klein geschlagen. Einer von ihnen, ein Stöpsel von einem Neger, predigte die Agrarre-

1 Wie die Sheriffs im Far-West sagen. Oder Al Capones Banditen zu dem jungen Mann.

2 Typische Antwort des Jüngelchens.

3 Das Leben im Innern ist eintönig, arm an Unterhaltung. Es gibt nur das Kino, das Fernsehen, ein paar kleine Feste, den Klub am Sonntag.

form. Und wir haben eine Agrarreform aus ihm gemacht. Wir haben ihn gepackt und zum Landgut des Blonden Teufels geschleppt.[4]

. Es war nachts. Wir haben ihn in der Orangenpflanzung, nahe an den Bäumen, auf dem Erdboden festgebunden. Haben seinen ganzen Körper mit Ketchup beschmiert und gewartet. Am anderen Morgen war er voll von Blattameisen, die ihn auffraßen, aaaaaaaaaaahhhh, aha, ah, ah, h, h, aha.[5]

. Ah, ah, ah, ah, ah, aaaaaaaaaa

. Aha, aha, hahahahaaahahahaha

. Oh, ooooooooo, oh, ohoho, hohoohoooi

. Iuiuiuiuiuiuuuuuuuuuu, uhuhii

Sie lachten und füllten die Straße. Ohne die Augen zu schließen, löste ich mich von allem, folgte dabei den Weisungen des *Menschen* vom zweiten Tag, und dachte: Wenn sie mich schlagen, werde ich keinen Schmerz spüren. Es war das erste Mal, daß ich mich der Prüfung stellen wollte, ich wußte, daß ich die Kraft besitzen würde, um zu siegen. Ich mußte nur die Lehren des zweiten und neunten Tages vereinigen, und die Bande konnte anstellen, was sie wollte. Das war die Gelegenheit, mich auf die Probe zu stellen.

Und ich gab dem Blonden Teufel mit der Fußspitze einen Fußtritt in die Eier. Sie fielen über mich her, hielten mich fest, versetzten mir Faustschläge, Fußtritte, zerquetschten mir das Gesicht, die Brust, ich versuchte, ihre Beine festzuhalten, Fausthiebe auszuteilen, versuchte aufzustehen, wieder packten sie mich, scheißblöder Wurm, was bildest du dir ein, hau ab von hier, mit Prügeln, ein riesiges Gelb war im Himmel, ein gelbes Ei, ? aber da es noch ein Uhr morgens war, schwamm Gelb in meinem Mund.

4 Der Blonde Teufel war brünett. Ein Bulle, der die Manie hatte, nur blonde Mädchen zu vernaschen. Überdies bleichte er sich die Schamhaare und behauptete, das sei sexy, die kleinen Mädchen schwärmten dafür.

5 Der kleine Neger war der Sohn eines in der Stadt hochangesehenen protestantischen Pastors (versteht sich). Seine Kommilitonen von der Fakultät sagten, er sei das Negerlein vom Alten Pastor.

Ich haßte die Kerle, haßte, was sie waren, und sie waren nicht die Stadt, sie waren das Land, und ich haßte, weil der Haß die Liebe ist und man hassen muß und nicht lieben, man muß der Welt Gewalt antun, sie zerbrechen, wenn wir von neuem etwas Gutes, Besseres beginnen wollen. Sofern es etwas Gutes, Besseres gibt. Ich weiß nur, daß es nichts Schlechteres geben kann. Ich ließ mich mit den Fäusten bearbeiten und fühlte nichts, gar nichts. Jetzt merkte ich, daß ich vorbereitet war. Ich suchte mir den Kerl mit dem englischen Boxstil aus und wollte mich auf ihn stürzen, aber sie ließen mich nicht, schlugen auf mich ein und ein, setzten sich auf meinen Bauch.

DIE FILHODENSER HOFFEN
DASS SIE EINEN ANGENEHMEN
AUFENTHALT GEHABT HABEN
UND WÜNSCHEN DASS SIE
BALD WIEDERKOMMEN WERDEN

Städtischer Verkehrsverein

DIE POLIZEI VERSICHERT: »Niemand wird bis zum Ende des Jahrhunderts freigelassen.« (»Es muß sein«, bemerkte der Staatssekretär des Staatssicherheitsdienstes)

EINE ODYSSEE IM RAUM

Carlos Lopes wartete eine Stunde. Als ein Schalter sich öffnete:

. Mein Sohn ist krank.
. Sie müssen beweisen, daß er krank ist.
? Und der Arzt.
? Zahlen Sie Staatliche Krankenversicherung.
. Ich bin dazu verpflichtet.

. Dann tun Sie folgendes: Bringen Sie Ihren Führerschein, Ihren Wehrpaß, Ihre Angestelltenbescheinigung, die Steuerquittung der letzten sechs Monate, Kennkarte, Fotos 3x4 mit Datum, Wählerausweis zum Beweis, daß Sie bei der letzten

Wahl gewählt haben[1], polizeiliches Führungszeugnis, Leumundszeugnis, Bescheinigung des Einwohnermeldeamts, Eheleumundszeugnis, Heiratsurkunde, Taufschein, Taufschein der Kinder, Kindessteuer /, What's this thing called love /, Einkommensteuerquittung, Militärdienstbescheinigung.

Die Auswanderung

. Mein Name ist José, ich bin Kolumbianer.
. Ich heiße auch José.
. Sehr angenehm.
? Was kannst du Besonderes.
. Nichts. Ich war Landarbeiter.
? Wie kann ich dir da Arbeit geben.
. Ich weiß nicht.
José, der Kolumbianer, ging ohne Arbeit fort.

Geographiestunde (Grundstufe)

Kolumbien: 1.283.400 Quadratkilometer, Kaffee, Baumwolle und Zuckerrohr, Weizen und Mais, United Fruit, Petroleum, offizielle Währungseinheit: der Peso.

Lebewohl, Lebewohl

Der Wissenschaftler Carlos Correia, die größte Autorität des Landes auf dem Gebiet der Elektronischen Kommunikation, ist soeben in die Vereinigten Staaten abgereist, um seine Tätigkeit bei der Universität Michigan fortzusetzen. Da er hier kaum mehr als das Mindestgehalt verdient und keine Forschungsmöglichkeiten findet, hat Senhor Carlos Correia es vorgezogen, das Land zu verlassen, bis die Lage sich bessert.

1 Seit zwanzig Jahren hat es keine Wahlen im Lande mehr gegeben, Josés Wählerausweis war unausgefüllt und steckte in einer hübschen Plastikhülle mit den Landesfarben darauf.

Freie Assoziation

Odeon-Kino, Füralle, Robin Hood mit Errol Flynn, Perfume Canoe, (Dana), Pfefferminzbonbons, die kleinen Mädchen an den Busen fassen, Tim Holt, Hopalong Cassidy, Bill Elliot, Roy Rogers, Ken Maynard, Zorro, Bang-Bang, Clélia. Pam, Tapam, Rataplam. Kreeeeeeeeeeeeeeeeee, Puuuuuuuuuuu, (Furz), When beguin the beguine, Rote Fahne, Pim, Pim, Pim, Pim, Pim, Pim, Klapp, Klapp, Klopp

Leben wie ein Verrückter

José und seine Freunde: (Reflexionen)

(vor Gedanke des Tages: Schlecht mit ihr, schlechter ohne sie)
José:
(Ich, unverbesserlicher Verrückter, möchte leben, ohne an mein Leben zu denken, leben ohne aufzuhören, vor lauter Leben sterben[1], nicht das Leben leben, das ich lebe, mich treiben lassend, ohne etwas zu tun, ohne zu wissen, was ich eines Tages geträumt habe, ob ich geträumt habe, ich weiß nicht mal, was ich will)

José betrunken[2]

Regierungserklärung 1:

Volk! Vorsicht mit den Comuns!

soeben ist eine neue terroristische Sekte entdeckt worden: Die Comuns.

Wollen sie das Volk verwirren? Die öffentliche Ordnung stören, die Regierung stürzen, Anarchie säen.

Wenn sich ein Comun dir nähert: Zeige ihn an

Die Post verteilte das Flugblatt in jedem Haus. Jede Zeitung, Zeitschrift, jedes Faszikel, Buch enthielt die offizielle Proklamation. Jeden Tag sendete die Regierung in den Staatsnachrichten eine Warnung.

1 Stehender Ausdruck.

2 José bezieht nicht Stellung, weil er nicht will. Das ist sein Nachteil, er legt sich nicht fest, er läßt sich überrennen, er schreit nicht. Ich habe eine Wut auf José.

Plötzlich gehörten die Comuns zum Leben der Bevölkerung.

(Legende) Angeblich wurden sie von einem hageren, bärtigen, zigarrenrauchenden Guerrilheiro befehligt. Von seinem Volk wurde er Gê genannt: Sein wirklicher Name war Geraldo. Sein Vater war Schreiner gewesen, er hatte Medizin studiert und später alles aufgegeben.

Die Vereinigten Amerikas werden vereint siegen

Zivilpersonen und Militärs aller amerikanischen Länder haben sich in Genf mit den Europäern zur Gründung des IBURG (Internationaler Bund für die Untersuchung und Repression der Guerrilha) zusammengeschlossen. Es wurde beschlossen, daß diese gemeinsame Anstrengung notwendig ist, um die Guerrilhas zu bekämpfen, die sich im Innern von Latindia-Amerika, den Städten Nordamerikas und einigen europäischen Ländern organisieren (in Spanien beginnt diese Bewegung, in Griechenland ist sie stark, gleichfalls in Jugoslawien und der Tschechoslowakei). Der IBURG wird eine paramilitärische Organisation sein und dem IBURS (Internationaler Bund für die Untersuchung und Repression der Studenten) unterstehen, der am stärksten in den Vereinigten Staaten, in Frankreich, Italien, Polen, Ungarn, Brasilien und in unserem Land aktiv werden wird.

FREIE ASSOZIATION

Nach dem Abendessen unterhielten sich alle im Wohnzimmer, alle, die schon tot sind, Onkeln Tanten Vettern, die im Haus der Eltern verkehrten. Das Kind darf nicht bei der Unterhaltung der Großen zuhören. Das Kind soll draußen spielen. Es blieb in der Abstellkammer neben dem Bad und sah die Kusine rennen, rennen, das Zimmerchen lag im Halbdunkel, sie wuchs im Licht. Es stand atemlos, mit offenem Mund.

. Er fiel hart, ohnmächtig.

. Erschöpfung, das kann nur Erschöpfung sein. Hier muß man viel zu hart ran.

. Was heißt hier Erschöpfung, gestern hat Zé doch frei gehabt.

. Ich finde Zé sehr nervös.

. Am Sonntag hat er mit einem, der Arbeit suchte, herumgebrüllt.

. Das verstehe ich nicht. Er ist doch so gut und so friedlich. Alle Welt mag ihn leiden.

? Ist der Arzt gerufen worden.

? Wozu denn. Es war doch nur eine Ohnmacht.

. Aber es ist die zweite in diesem Monat.

. Es ist nur die Erschöpfung, sonst nichts. Er braucht Ferien. Er muß heiraten. Seit er die Braut hat, ist er sehr nervös.

Am nächsten Tag war José immer noch ohnmächtig. Man lieferte ihn in die Poliklinik ein. Man legte ihn unter das Sauerstoffzelt. Nach drei Tagen kam er zu sich. Gesund. Stand aus dem Bett auf, verabschiedete sich von den Krankenschwestern. Kehrte an seinen Selektionstisch zurück.

In seinem Kopf war eine weiße Stelle. Von Zeit zu Zeit hatte José den Eindruck, als blitze es.

In ihm war ein großer Friede. Er war dort gewesen. Es war eine bläuliche Trostlosigkeit.

Krak, Krek, Krok

Once upon a time, those were the days, tacketatiuqveg, frigndhtg, ,67859, karakarakarakarakara, trunfosnsns, splitternackte Frauen, Mist, Scheiße, Arsch. José wälzte sich im Bett, schüttelte die Arme, zog die Beine an, sang für eine Zuhörerschaft von Tausenden von Menschen auf englisch, autographierte Tausende von Schallplatten, empfing die Goldenen Schallplatten, 1,2,3,4,5,6,7,8,9, 23456789, 98765432, 54326789, und hörte den Laut, den Laut des Pissens, als sei es ein Wasserfall. Und der Laut machte José aufgeregt, er empfand den Reiz des Kommens und hörte das Pissen immer lauter, unerträglich, er war unerträglich aufgeregt.

José niedergeschlagen. Er denkt:

Ich habe zu ihr gesagt, daß es nichts ausmacht, ich habe das nicht geglaubt, was die Lausebande zu mir gesagt hat. Aber ich denke, ich glaube daran und das tut mir weh. Ich habe eine Wut auf diesen Blödsinn und denke: Das ist eine Dummheit, Zé. Eine reine Dummheit. Es gibt Schlimmeres im Leben. Ich kann nichts daran machen, ich wollte, es wäre Lüge. Es ist mir auch gleichgültig, ich mag sie nicht einmal, ich weiß nicht, warum ich heirate. Ich weiß nur, daß ich heiraten muß, mich mit ihr verbinden muß, immer mit der kleinen Dicken zusammenbleiben muß. Ich mag ihre Schenkel, ihre mollige Taille, ihre harten Brüste. Schließlich ist da etwas, was mich an Rosa fesselt. Ja, gewiß. Oder etwa nicht, ich mache eine Dummheit, ich sollte sie laufen lassen. Ich lasse sie nicht laufen, ich habe keinen Mut.

Die geistige Witwe Valentinos nachahmend

Niemand kam, um den Sarg des Randalierers zu tragen. Die Polizei fuhr ihn im Dienstwagen zum Friedhof. Es heißt, jede Nacht lege jemand eine gelbe Rose auf sein Grab: der Bandit mit der gelben Rose.

Delila

Etwas von ihrem Blut, Karikaraika, unter dem Wasserfall gelesene Detektivromane, sie besuchte ihren Großvater, der Großvater hatte einen grünen Achatkrug gekauft, big, big, big, es regnete nur bis zur Hälfte des Häuserblocks, von der Mitte bis zum Ende schien die Sonne aaaaaaaaa, er lief von der Sonne in den Regen / Witwenhochzeit /, vom Regen in die Sonne / Spanische Hochzeit /, raus aus dem Regen, Kleiner. Bum, bum, bum, bum, bum, bum, bum, bum, ta, ta, ta, ta, ta, du bist tot, spiel nicht mehr, du bist der große José, grtsugfrdf, rerer, lagguaraleri, A ist 1, B ist 2, C ist 3, D ist 4, bregtd, bregft, bregft, rfegrt, der grüne Krug existiert bis heute, zertrümmert, in jener Nacht gingen alle aus und schauten dem Flößer im Theater zu, ich blieb in dem Frontzimmer, wartete auf die Rückkehr meines Vaters, Tom Jones singt, my, my, my Delilah, alle Welt tanzte im Klub, aber José hatte einen kalten Arsch, die Mutter hatte einen kalten Arsch.

HEILIGE BESTIMMUNGEN

Fünf neue Verbote:

1) Kein Arbeiter darf Überstunden machen, um die Firma nicht zu überfordern.

2) Kein Presseorgan darf nackte oder halbnackte Frauen abbilden.

3) Niemand darf die Farben der Nationalflagge[1] für Kleider, Häuser, Autos und Sonstiges verwenden.

4) Niemand darf in der Öffentlichkeit Frauen an der Hand fassen, gleich ob Freundinnen, Bräute oder Ehefrauen. Küsse, Umarmungen und ähnliche Äußerungen werden mit Gefängnis von sechs bis zu zwölf Monaten bestraft.

5) Niemand darf Halbschuhe vom Typ Mokassin tragen. Der offiziell genehmigte Schuh ist der Schnürschuh, die erlaubten Farben sind Braun und Schwarz.

Damit haben die offiziellen Verbote die Zahl 114 erreicht: von Korn zu Korn füllt das Huhn den Kropf.

Ehetourismus

. Sobald ich verheiratet bin, gebe ich meine Stellung auf.
. Tu's nicht. Ein kleiner Zuschuß ist immer willkommen.
? Wie, eine verheiratete Frau mit einer Anstellung.

1 Landesflagge.

? Warum denn nicht.
. Das ist nicht richtig, ganz und gar nicht.
. Hör zu, Rosa. Es wäre doch Blödsinn, dein Gehalt einzubüßen. Ich verdiene ohnehin nicht viel.
. Du müßtest es aber. Wenn du heiraten willst.

Seit drei Tagen zeigte José Rosa die Schlucht.[1] Sie hatte davon gehört wie jedermann in Stadt und Land, hatte aber nie gewagt, allein dorthin zu gehen.[2] Zu jener Zeit hatte die Regierung beschlossen, das Projekt offiziell zu unterstützen, Pavillons zu bauen, Häuser streichen, Plakate drucken zu lassen[3], durchs Fernsehen zu werben und den Kinos Werbekurzfilme[4] zu empfehlen. Die Schlucht wurde organisiert, das anfängliche Chaos schwand, der Straßenschmutz wurde täglich weggeräumt, Enteignungen für die Erweiterung der Schlucht wurden vorgesehen. Nun nahm sie eine gewaltige Fläche der Stadt ein und war / noch / ein Ort, um den die Familien einen Bogen machten.[5]

Rosa lief umher und besah sich das siebenköpfige Kalb, die goldene Mauleselin, das Automobil mit Menschenfüßen, die feuerspeiende Schildkröte, den Dinosaurier[6], das Skelett des Piraten, die ärmste Frau des Landes[7], die reichste Frau

1 Da es einen Abfallschlund (niederer Dirnenbetrieb) und einen Luxusschlund (höherer Dirnenbetrieb) gab, taufte das Volk das Stadtviertel schließlich Schlucht. Der Spitznamen traf ins Schwarze, blieb haften und wurde offiziell.

2 Diese Rosa macht mir Lust, sie zu verprügeln.

3 Welcome, Bienvenu, Bienvenido.

4 Damit machten die Abenteurer der Sensationsjournale ihr Glück.

5 Natürlich machen die Familien um alles einen Bogen.

6 Einer wurde lebend in der primitivsten Gegend des Landes gefunden. Er war im Kopf eines Paters, in einem Ei. Nachdem das Ei aufgebrochen worden war, wuchs der Dinosaurier unverzüglich und wurde riesengroß. Man rechnet, daß es andere gibt, weil es viele Patres in der Gegend gibt, die Indios Religionsunterricht erteilen, ihnen die Zivilisation nahebringen, die Sünde, die Moral, ihnen Kleider, Nahrungs- und Arzneimittel bringen und die Traditionelle Eingeborenenfamilie organisieren.

7 Sie war so arm, so arm, daß sie kein Haus besaß, keine Kleider, nicht einmal einen Leib, gar nichts.

der Welt[8], die sprechenden Gemälde, die weißbeschwingte Mauleselin[9], den Korbball der armlosen Männer, den Jungen, der statt des Pimmels ein Messer trug, die marschierenden Bohnen, die dressierten Flöhe, das Wettrennen der von Lähmung beider Beine Befallenen.

Sie blieben vor dem Pavillon der Biennale stehen. Aus der ganzen Welt waren die größten Verunstaltungen der Natur zusammengeströmt, die menschlichen Abweichungen, die zoologischen Sehenswürdigkeiten, die seltsamsten Krankheiten. Das Land besaß acht Stockwerke und damit die größte Vertretung. Von allen Teilen kamen die Einschreibungen, und schon setzte das politische Gezänk ein. Die einäugigen Buckligen warfen der Regierung vor, die Hinternlosen zu protegieren, nur weil die Regierung die Vertretung der Buckligen der Subversion bezichtigte. Einige der größten Abweichungen weigerten sich, aufzutreten, und das drohte den Ruf der Biennale zu schmälern.

José und Rosa stiegen hinauf.

. Ich möchte dir einen Saal zeigen. Unheimlich.

. Und ich möchte von unserer Hochzeit sprechen.

. Es ist doch alles abgemacht.

? Wann soll es denn nun sein.

. Ich habe darüber nachgedacht. In zwei Monaten etwa.

? Noch zwei Monate.

. Ich habe so viel zu tun, hab überhaupt keine Zeit. Um zu heiraten, muß ich einige Dinge erledigen.

. Man muß ein Haus besorgen, Möbel, Kleider, die Papiere in Ordnung bringen, ein paar Anzüge für dich kaufen. Schau nur, wie du rumläufst. Hast schon zwei Monate dieselbe Lee-Hose an und dasselbe Hemd. Du brauchst jemand, der für dich sorgt, mein Schatz.

Sie gelangten zum letzten Stock hinauf, der vollständig weiß war. Sie traten in einen Gang, der in zwei Gänge

8 Sie wurde immer reicher, stellte sich dort zur Schau, und das machte sie glücklich und zufrieden.

9 Als ich die Erde brennen sah wie ein Johannisfeuer.

mündete. Der Gang zur Rechten bildete ein Viereck und endete in einen Gang (? in demselben). Eine Tür führte in einen Saal mit zwei weiteren Türen. Hohen, breiten Fenstern. Zickzackgänge, weißgedeckte Tische.

. Merkwürdig, ich mag den Ort nicht. Sieht aus wie ein Hospital. Hier werden die berühmtesten Sachen ausgestellt werden.

Rosa zählte die durchweg gleichen kleinen Säle.

1 + 1 + 2 + 4 + 7 + 6 + 4 + 2 + 1 + 3 + 1 + 5 = zählte sie im Kopf zusammen: ? Wer kann zusammenzählen.

Sie liefen geradeaus, kehrten um, sie wußte nicht, ob sie in dieselbe Richtung zurückgingen, ob in eine andere, komm, wir gehen weg von hier, Schatz, hier gibt es nichts zu sehen, gehen wir fort, ich möchte unten den Rest sehen, aber José war hypnotisiert, als sie durch einen Gang in einem anderen Gang, durch einen Raum im selben Gang liefen, die gedeckten Tische, alles weiß.

. Ich möchte, daß du Scott Fitzgerald liest.

. Ich werde ihn lesen, Schatz, ich werde alles lesen, was du willst. Um so zu sein, wie du bist.

. Ernstlich, der Bursche ist toll.

. Los, gehen wir.

? Ist es hier nicht schön. Schau, wie ruhig.

? Ruhig. Das ist eine Scheiße, wenn du dableiben willst, bleib.

. Dann geh doch.

. Ich weiß nicht, wo's hier rausgeht.

. Das ist die Sache, es ist schwer, hier rauszukommen. Man will schon. ? Aber wie.

Der Mann rollt

José ließ den Mann kommen, der, die verschränkten Füße auf dem Kopf, einen Ball bildete.

. Ich habe eine Idee. Eine Show für Sie, für Ihre Frau und Ihre beiden größeren Söhne.

? Nur für uns.

. Ja, nur für euch auf der Bühne. Schauen Sie, ich habe einen Spezialllastwagen aus leichtem Holz herstellen lassen. An die Stelle der Räder füge ich euch ein. Und damit dreht ihr eine Runde auf der Bühne. Das wird eine Sensation.[1]

Rosa beschwert sich

. Mein Schatz, das ist keine Arbeit für Leute wie wir. Ich fühle mich übel, wenn ich den Ort nur sehe. Du brauchst eine anständige Arbeit, die Zukunft hat. Wo du Karriere machen kannst und wir Sicherheit haben.

. Hmm.

. Geh hier weg, such dir was Ordentliches, wo du gut verdienst. Das hier ist für kleine Leute, ziemlich minderwertig.

? So.

. Mein Schatz, du magst mich nicht mehr, ich weiß.

Eine alte Schwarze schaute die beiden an. José hatte ein leichtes Schwindelgefühl, er fühlte einen gelben Blitz. (Ich kenn die Alte, weiß nur nicht woher.) Er zog Rosa an sich. Umarmte sie. Sie wurde erregt. Atmete schwer und rieb sich an ihm. (Heute mit dir) José küßte sie immer weiter. Rosa hatte ziemlich dicke Lippen. Er drückte ihre Brüste. Harte Brüste, die langsam weich wurden. Sie atmete schwer und sagte: Mein Schatz.

Die offiziellen Farben

Die Farben wurden bestimmt. Nach sozialen Kategorien. Die Reichsten bekamen rot, blau, rosa, lila, weinrot, bordeauxrot und alle entsprechenden Variationen. Die Variationen wurden vom Computer nach der Einkommensteuer ausgewählt. Dann kamen die weniger Reichen, der höhere, der untere Mittelstand, die untersten Klassen, hier kamen Gelb, Orangefarben, Kürbisfarben und alle entsprechenden Variationen,

1 Das war Josés Idee vor Monaten gewesen, als er den rollenden Mann gesehen hatte.

dazu Blau, Grün, Braun bis zu Schwarz, der Farbe derer, die nichts besaßen, nichts, nichts, nichts. Außer den Häuserfarben schloß der Erlaß auch die Bekleidung ein mit von Spezialisten entworfenen Modellen, die zwischen einer Militäruniform und einem Mao-Anzug, Leinen für den Sommer, Wolle für den Winter, variierten. Es gab nur zwei Modelle und dazwischen keine Wahl.

Rosa beschwert sich nicht

Eine Brust, die langsam weich wird. Sie atmete schwer und sagte: Mein Schatz. (Heute mit dir) José führte ihre Hand abwärts. (Das hätte er gerne mit dem Mädchen aus der Bibliothek getan.) Sie wollte nicht, zog seine Hand weg. Er führte sie von neuem dahin. Mach das nicht, das ist häßlich, gemein. Du magst es aber. Ich mag es, aber es ist nicht richtig. José knöpfte seine Hose auf und ließ alles heraushängen. Sie rannte weg. José nutzte die Gelegenheit und urinierte an die Wand, er hatte es nötig.

Eckensteher muß das wissen
Heb den Scheißhausdeckel hoch
Hab gepißt und hab geschissen
Laß ihn fallen auf das Loch
(Abortinschrift)

Die Rückkehr des Carlos Lopes

Wir haben Carlos Lopes nicht vergessen.

? Erinnerst du dich noch.

Der Mann, der sein Kind ins Staatliche Krankenhaus brachte. Hier ist er wieder, sensationeller denn je. Im letzten Kapitel hatte der Versicherungsbeamte eine Liste mit Dokumenten von ihm gefordert, und Carlos Lopes hatte sie besorgt.

Carlos Lopes, das Köfferchen mit den Dokumenten in der Hand, ging zum ersten Schalter und erklärte seinen Fall.

. Gehen Sie zum Schalter 7.

Carlos ging hin und erklärte seinen Fall.

. Nicht hier, Schalter 12.

. Carlos erklärte.

. Nein, Schalter 23.

Er erklärte.

. 32, dort drüben.

. Dafür ist 31 zuständig.

. Wir schließen gerade, kommen Sie morgen wieder.

Morgen, das ist heute.

. Nein, nicht hier am Schalter 31. Machen Sie mal einen Sprung rüber zu 56. Es kann dort sein.

. Die haben die Manie, alles hierher zu schicken. Gehen Sie zum 2.

? Hat man Ihnen gesagt, es sei hier. Nein, das ist Schalter 13.

. Das ist 7.

. War schon dort.

. Dann ist es 12.

. Nein, es ist 14.

. 15.

. 67.

. Im Oberstock, suchen Sie Schalter 131.

. Nein es ist 154.

. Gehen Sie hinunter, Nummer 43.

. Gehen Sie hoch, zum 108.

. 107.

. 103.

. Ah, ich weiß, hoch zu 897.

. Die Leute unten spinnen, das ist ein Fall für 567.

765, nein, ja, 435, das ist weiter oben, gehen Sie hin-

FREIE VERBINDUNG

Zu später Stunde in der Bar des Klubs, zur Karnevalszeit sangen sie *da die Zeit uns trennte* ein Schlager aus *Mondo Cane* und die Hand der Freundin in der seinen döste er ein dann gingen sie nach Hause und er küßte sie nicht zum Abschied und fuhr mit dem Zug heim, immer nahm er frühmorgens den Zug heim bis zu jenem Frühmorgen, als er dachte: ? Wozu.

auf, gehen Sie hinunter, rechterhand, 657, 6547, 23456, einen Stock tiefer, 789, daneben, 987,

zwei Stock höher, 198786, vier tiefer, suchen Sie Aristides am Schalter 3728, hier nie im Leben, dort, dort nie im Leben, hier, 433, 555, 666, 888, 999, 665, Sie waren bereits dreimal bei mir, Schluß jetzt, wie oft soll man dem Publikum das Ganze erklären, gehen Sie zum 19876789767656, ah, dieser Schalter ist geschlossen, dann gehen Sie zum 78654663425, oder auch zu 657483954637, oder zu irgendeinem, dessen Endzahl zur Serie BG 56 gehört.

Überlegung

Rosa deprimiert. Sie denkt:
»Ich habe José gesagt, es ist wahr, was die Jungens in meiner Stadt gesagt haben. Aber damit habe ich gelogen. Damals wollte ich ausprobieren, ob er mich wirklich liebt. Alles hing von seiner Antwort ab. José hüllte sich in Schweigen, und so erfuhr ich nicht, ob er verstand oder sich nichts aus mir machte. Wenn er sich nichts aus mir macht, spielt es keine Rolle, denn ich will ihn heiraten, ich bin das Alleinsein satt. Ein junges Mädchen kann nicht allein bleiben, dabei verdummt man nur, meine Mutter hat völlig recht.

Die heiligen Bestimmungen

Die Regierung wollte Schluß machen mit der Schlucht. Ihr Argument: das Volk bummelt viel zu viel.

»Die Menschen sollen zu Hause bei ihren Familien, bei Frau und Kindern bleiben.«

Heilige Bestimmung 34567659° f

Entwicklung der Schlucht

An seinem Arbeitstisch wählt José Anwärter für die Schlucht aus. Eine Schlange von einem Ende des Landes zum anderen wartet, und José notiert und sagt-ja-sagt-nein-sagt-ja-sagt-nein. Leitet in die Wege, beherrscht von einer Benommenheit, erschöpft von all den Leuten, erschöpft von den Geschichten, immun gegen sie.

? Und Sie.

. Ich möchte mich bewerben.

? So gutaussehend, so sauber und gesund.

. Genau so.

? Wo ist da der Witz.

. Ich bin ein normaler Mensch.

. Solche gibt's Tausende.

. Da irren Sie. Es gibt wenige.

José schickte den Mann zur ärztlichen Untersuchung: vollkommen gesund, kein einziger hohler Zahn. Er schickte ihn zu den Psychiatern, Psychoanalytikern und Psychologen: vollkommen in Ordnung. Er ließ sein Vorleben prüfen: anständig, ehrlich, einwandfreies Leumundszeugnis.

. So etwas wie Sie gibt es gar nicht.

? Wie bitte. Geben Sie mir eine Anstellung.

. Sie sind angestellt.

Intermission / Pause

In einer Stadt des Hinterlandes versammeln sich fünfzehn Jahre später Männer von fünfunddreißig Jahren jeden Abend im Klub und erinnern sich an die Dinge, die sie in der Jugend taten.

Dickbäuchig, grauhaarig, ihre Haut beginnt zu spannen infolge des trockenen Klimas, der heißen Luft, der Langeweile, all das trug zu ihrem rascheren Verfall bei.

. Eines muß man sagen: Der Kerl hatte Schneid, was.

. Und hat standgehalten. Und hat ihnen die Hölle heiß gemacht. Sohneinerhure, hat mir einen Fußtritt in die Eier gegeben.

. Hab ich, hab ich, Jungejunge. In jeder Woche stand mir's bis hier oben. Weiß nicht mehr, was das war.

. Dir steht's noch heute bis hier oben.

. Red doch kein Blech. Das war die Frau über der Tankstelle. Die Kuh, die auf ihre Tochter aufpaßte.

. Scheißenocheins, stimmt. Erst jetzt geht mir ein Licht auf.

? Was ist aus den Leuten geworden.

. Wurden reich, sind umgezogen.

. Aber der Kerl, Leute. Gelungener Typ.

? Ob er's geglaubt hat.

. Und ob er's geglaubt hat.

. Wenn der wüßte, armer Teufel.

. Dem haben wir eingeheizt, Mensch, was.

. Ich habe gesagt, was ich wußte.

. Einen Dreck hast du gewußt.

. Ich hab's gewußt. Pedrão hat mir erzählt, er hätte die Kleine vernascht.

. Pedrão ist am vielen Lügen verreckt.

. Ich hab nur weitergegeben, was man mir erzählt hat. Hab kein bißchen aufgeschnitten.

. Hat einer von euch die Kleine vernascht?

. Ich nicht, aber ich weiß von einem, der sie bei der Massenvögelei im Theater aufs Kreuz gelegt hat.

. Kannst mich kreuzweise, Mensch. Die Massenvögelei im Theater hat nie stattgefunden, Scheißenochmal. Reines Märchen. Die beiden Brüder haben die Geschichte erfunden. Zwei Scheißtürken, Schweinekerle, ein Hurenbock und ein Dorfdepp. Was im Theater passiert ist, war keine Massenvögelei.

? Was war es dann.

. Ich war klein, mag fünf Jahre alt gewesen sein, aber mein Vater hat es beim Abendessen erzählt. Und mein Vater würde zu Hause nichts von Massenvögeleien erzählen. Es war ein politischer Kongreß oder sonst eine Parteischeiße der Integralisten. Irgendein Typ hat Krach mit ihnen angefangen, und dann gab's Keile, sie haben ihm die Visage zermatscht und ihn in den Brunnen vom Dom geschmissen.

. Ah, das erinnere ich. Aber das ist was anderes, das ist da passiert, stimmt. Die Vögelei war frühmorgens, davon hat niemand was erfahren. Die Braut vom Hinkebein war dabei.

. Woher denn. Kein Mensch erinnert sich an die Kleine.

. Das war eine dicke, fette, blöde.

. Und reich, Alterchen. Der Portuga hatte Zaster.

. Er war Türke.

. Er war Italiener.

? War das nicht der, der die Frau vom Bürgermeister durchgezogen und sie vollgepißt hat.

. Sie hat ihn vollgepißt am Tag, als der's rausgekriegt hat. Waren zwei Fettwänste.

? Ob der Kerl die geheiratet hat.

? Wer soll das wissen.

? Ob er's ihr erzählt hat.

. Sie ist abgehauen. Und nie wieder hier aufgetaucht.

. Tolle Sache, was.

. Ich würde nur gern eines wissen. Ob es wahr ist, was die Leute von ihr sagten.

. Als ich einen fabrikneuen *Volks* gewonnen hatte, habe ich ihr nachgestellt. Sie arbeitete bei der Post. Hat mich aber abblitzen lassen. Man hat mir gesagt, sie sei mit einem Spieler liiert.

. An dem Abend war ich mal wieder hoch. War wild drauf, den Kerl umzulegen. Wäre leicht gewesen.

. Ah, ah, hättest eine schöne Scheiße fabriziert. Wir hatten schon genug auf dem Hals mit dem Negerlein vom alten Pfarrer.

? Und ist was passiert. Nichts ist passiert.

. Der Kerl war sonderbar, den hätte man erledigen müssen.

. Geh doch los, Scheißkerl! Ich wollte niemand umlegen. Will es auch heute nicht. Wollte nur meinen Spaß haben.

. Hab niemand umgebracht, wie! Wie viele Abtreibungen hat deine Frau schon hinter sich, sag: Wie viele.

. Geh zur Hurediedichgezeugt hat.

Wer wird's sein die mich mag / wer wird's sein / wer wird's sein / Wer wird's sein die mich liebt / wer wird's sein / wer wird's sein

Fünfunddreißig Jahre später treffen sich in einer Stadt des Landesinnern siebzigjährige Männer jeden Abend in einem Klub, und jeden Abend erinnern sie sich an die Dinge, die sie gemacht haben.

? Hat all das irgendeine Bedeutung.

100.000 PERSONEN BEREITS HABEN IN EINER
WOCHE DIE GRÖSSTE SELTENHEIT DER MENSCHLICHEN
NATUR GESEHEN:
EIN NORMALER MENSCH
HEREINSPAZIERT UND ANGESCHAUT!
IN EINER EXKLUSIVEN SONDERVORSTELLUNG
ZEIGT IHNEN DIE SCHLUCHT
DIESES EINZIGARTIGE WELTPHÄNOMEN.
WIR TUN ALLES, UM UNSERE KUNDSCHAFT
ZUFRIEDENZUSTELLEN.

In die Schlucht, aus der Schlucht zogen wie in den guten Tagen lange Schlangen, als sie gekommen waren, um den Kannibalen zu bestaunen. Sie brachten Freßkörbe mit, Betten, Thermosflaschen, Butterbrote. Sie kauften Fotos, Statuetten, Medaillen, mit denen sie den normalen Menschen berührten. Es war ein Vorbeizug, als gälte es, wie in der Karwoche, die Füße des toten Herrn Jesus Christus zu küssen.

EINE NEUE LEIDENSCHAFT ÁTILAS

. Zé, genial, Zé. So eine Biene![1]

? Welche.

. Die vom *Holiday On Ice.* Hab heute früh ein Plakat gestohlen. Schau.

Es war eine Plakatwand von zehn Meter Länge auf fünf Meter Breite, in Stücke aufgeteilt.

. Ich habe zwei Stunden gebraucht, um das Stück zusammenzusetzen, in dem die Kleine zu sehen ist. Schau, wie toll sie ist.

1 Schlecht übersetzter Untertitel des Films. Niemand sagt: So eine Biene!

Eine Blondine mit Federn auf dem Kopf und Schlittschuhen an den Füßen. Die Arme erhoben wie ein Star.

? Wieder ein Schwarm, Átila.

. Schön, schön, meine bildschöne Amerikanerin. Weltmeisterin, Weltmeisterin.

Er wälzte sich auf dem Plakat.

. Aber das ist noch lange nichts, Zé. Die hier mag mich auch.

? Wie bitte.

. Als ich das Plakat sah und auf sie flog, beschloß ich, hinzugehen. Spielte den Reporter, suchte sie auf, quatschte sie mit meinem miesen Englisch an, you champion, beautiful talk about your life, Schätzchen, come on. Rollte richtig die Wörter, sie lachte, sagte, ich spräche ein sehr gutes Englisch, besser als ihr Portugiesisch. Dann kam der Dolmetscher, ich interviewte das Mädchen, sagte, die Reportage würde am Tag der Erstaufführung erscheinen. Ging am nächsten Tag wieder hin, und am darauffolgenden, und sie trat bei der Erstaufführung auf, ich schickte ihr eine Rose in einem Eiswürfel, dazu ein Kärtchen: To my queen of the Schlittschuhe. Zé, sie wird dir gefallen. Sie kennt den Scott Fitzgerald.

? Sie kennt ihn.

. Am ersten Abend führte ich sie zum Abendessen aus. Ich wußte nicht, was ich sagen sollte, fragte: Kennen Sie den Scott Fitzgerald. Sie sagte ja. Sie hatte alles gelesen. Hat Titel von Büchern genannt, ich bluffte, sie erzählte. Sie ist ganz wild auf den Scott.

. Grüß sie schön von mir.

? Weißt du was, Zé. Da ist eine Sache. Ich hab was entdeckt. Hör zu, ich mag sie lieber auf dem Plakat. Viel lieber. Sie ist hübscher darauf, netter, fröhlicher, ich kann mit ihr reden, was ich will, und zwar auf Portugiesisch. Auf dem Plakat ist sie genial, schön, still. So hab ich mich in sie verliebt, und so will ich, daß sie bleibt.

Carlos Lopes stieg Treppen hinauf, nahm Aufzüge, durchschritt Vorräume voller Bänke voller Leute der staatlichen Anstalten, er sprach an Schaltern vor, fragte, bat, rannte. Im Verlauf von zwei Jahren vergaß er alles, ging nicht mehr nach Hause, vergaß seine Arbeit, das Leben, wollte sein Kind auf dem Arm retten. Seine Leibwäsche scheuerte sich durch, sein Hemd ging in Fetzen, seine Sohlen traten sich durch, sein dünner Anzug zerschliß. Aber Carlos Lopes war vor allem unbeugsam. Er hatte Hoffnung und wußte, daß er den richtigen Schalter finden würde.

. No 177.
. No 178.
. No 175.
. No 179.
. No 174.
. No 1774.

Er täuschte sich in den Nummern, kehrte zu 174 zurück.

. No 777.
. Sie sind vor fünf Minuten hier gewesen. Gehen Sie zu 1111.
. Das ist 11111.

Am 1111 schickte man ihn zu 2222.

. Nein, das ist 3333.

Carlos Lopes läßt sich nicht entmutigen. Er ist unerschütterlich. Er glaubt an die menschliche Natur, er hofft auf eine neue Zukunft. Von Triumphvisionen gewiegt, steigt er die Treppen hinauf. Er will seinen Schalter, er will seinen Sohn retten. Er schreit, und es ist ein stolzer Schrei des Glaubens. Der Schalter, der Schal-

Freie Assoziation

Ich habe dir die Platte

vom Jorge geschenkt

und

wir mochten uns aber

du wolltest einen mit

Geld und ein bequemes

Leben du sagtest

duu-uu

? Warum gingst du fort

? Weil es aus ist

Brenda Lee singt:

If you go away

ter muß sich auftun, sich ihm auftun, öffne uns deine Fensterklappen! Gib im Kampfgetöse, daß ich deine Stimme höre!

Eines Morgens, im rötlichen Geblitz des Morgenrots, stieg ein nackter Mann die Treppenstufen des Instituts hinauf.

In der Hand trug er ein kleines weißes Gerippe.

. Schalter 9.

? Ist er tot. Dann ist es Schalter 7.

. So ein Wahnsinn, Tote zu mir zu schicken. Schalter 14. Möge ich in diesem Institut Brüder finden und keine feindseligen Tyrannen!

. 12.

. 1.

. 22.

. Hier ist es. Lassen Sie sehen.

Erst in Kriegen und höchsten Schrecken sollt ihr uns kämpfen und siegen sehen.

? Den Kleinen sehen.

. Nein, Ihre Unterlagen.

Er schob das volle Köfferchen hinein, der Beamte prüfte die Papiere.

. Da gibt es ein Problem.

? Welches.

. Sie haben keinerlei Ansprüche mehr.

? Warum.

. Sie haben vor zwei Jahren Ihren Arbeitsplatz verlassen.

. Ich mußte mich um den Kleinen kümmern.

? Aber ist der Kleine nicht tot.

. Er war aber lebendig.

. Sie haben ihn getötet.

. Nein, es hat so lange gedauert.

. Sie haben ihn getötet. Haben Ihr Kind getötet.

Er ließ die Polizei rufen und Carlos Lopes verhaften. Er

wird am 7. Dezember vor Gericht gestellt werden und hat geringe Aussicht, nicht zu lebenslänglicher Haft verurteilt zu werden.

Freie Assoziation

Das Gitter und dahinter der Priester, Rosa hat an Priester immer wie an Gefangene gedacht. Sie hörte nur jene Stimme, die aus den Tiefen zu tönen schien, aus einem Ort, wo man *alles* sah, was sie tat / »Nein Mutter, ich gehe nicht, ich mag nicht, ich will nicht«, aber sie ging, und ging nicht, sie floh, sie ging auf den Marktplatz, auf das Gelände, wo die Jungens Drachen steigen ließen /

Der Priester: Nein, ich erteile dir keine Absolution.

(Ich mache mir wenig draus)

Ich kann es nicht, meine Tochter.

(Ich mache mir was draus)

Die Unzucht ist eine große Sünde, nur die verheiratete Frau darf es tun, um Kinder zu bekommen.

(? Und wenn meine Mutter es erfährt)

Darum hat Gott solche Menschen dem Schmutz überlassen, wegen der Lüsternheiten ihrer Herzen, weil sie ihre Körper miteinander entehret hatten.

(? Und wenn sie es in der Schule erfahren)

? Wißt ihr denn nicht, daß euer Leib der Tabernakel des Heiligen Geistes ist.

Flieht vor der Unreinheit.

Geh und kehre geläutert wieder. Dann wirst du die Absolution empfangen.

Gespräch im Taxi

. Mein Schatz, bevor wir heiraten, möchte ich, daß du dich einer vorehelichen Untersuchung unterziehst. Und nimm auch einen Vorbereitungskurs bei Pater Adamastor. Das ist ein sehr guter Kurs, den alle machen, alle rechtlich gesinnten Männer, drum möchte ich, daß du dort hingehst. Die Eheschließung ist eine ernste Angelegenheit, man muß sie ernst nehmen. Versprich mir, Schatz, daß du es machst, versprich es mir.

ROSA MACHT EIN GESCHENK:

Höchste Geldprämie: 200 Millionen. 01187.506te Ziehung. 9.tes Zwanzigstel. Das Los besteht aus 20 Zwanzigsteln. Reihe B. Staatliche Lotterie. Es laufen zwei Reihen, A und B, von je 50.000 Losen, beide Reihen gehören zusammen und werden am selben Tag in derselben Auslosung entschieden. Schadhaft oder zerrissen eingereichte prämierte Lose werden nicht ausbezahlt. Die Prämien verfallen drei Monate nach Ziehung. Gesetzes-Erlaß No 204.27[1]

WER WILL, KANN

Der Staatssekretär für den Staatssicherheitsdienst ist im Fernsehen aufgetreten und hat die Bevölkerung um Mitarbeit bei der Bekämpfung der Überfallwelle aufgefordert. »Sie müssen reagieren, Sie dürfen nicht passiv bleiben, Sie müssen sich die Gesichter der Banditen einprägen, Anzeige erstatten, der Polizei helfen, der Überfallwelle Einhalt zu gebieten, der Prostitution, dem Schmuggel, dem Rauschgifthandel. Wir wollen aus jedem Staatsbürger einen Polizisten machen.«

1 Rosa sagte: »Ich habe kein Geld, um dir ein Geschenk zu machen. Ich schenke dir ein Lotterielos, wenn du Glück hast, gewinnst du, das ist mein Geschenk, ein Haufen Geld für dich. Wenn nicht, mag es als Andenken gelten.« Da nämlich José keine Anstellung gefunden hat, ist er in die Schlucht zurückgekehrt, wo Átila und ihr neuer Kumpan, der Held, die Stellung hielten. Eines Nachmittags heiratete José, ohne irgend jemanden, nicht einmal uns, zu benachrichtigen. Das fiel ihm plötzlich so ein, er bekam es mit der Angst, dachte aber, jetzt oder nie. Fand, er mochte Rosa, halb ja, halb nein, wollte aber sehen, was dabei heraussprängе. Seit einem Tag war José verheiratet.

Wer soll daraus klug werden?

Ihr erinnert euch an Rosas Hin-und-Her wegen der Geschichten aus Filhoda, ihrer Geburtsstadt? Ich wollte es vorher nicht erzählen, muß aber klarstellen, daß José Zweifel hat. Er weiß nämlich nicht, ob es wahr, ob es gelogen ist. Wenn es wahr wäre, wüßte er nicht, ob er mit Rosa zanken oder es hinnehmen soll. Und wenn es gelogen ist? Denn sie hat gesagt, daß es wahr ist. José zweifelt nach wie vor, findet es aber stimulierend, die Menschen nicht genau zu kennen.

Panero auf der Linie von Hermann Kahn

SÜDAMERIKA IST EIN WILDER WESTEN

Robert Panero, Planifikateur des Hudson-Instituts, hat gestern bei seinem Vortrag im Copacabana-Palace-Hotel erklärt, innerhalb der Länder Südamerikas existierten drei verschiedene Länder:

– Das Land A oder die Stadtgebiete (nimmt weniger als 5 % der Gesamtfläche ein) mit Städten des XX. Jahrhunderts und allen Tendenzen moderner Städte: Hang zum Luxus, mächtige Gebäude, Preise über den Genfer Marktpreisen, und sogar Psychiater.

– Das Land B oder das landwirtschaftliche Gebiet (nimmt weniger als 30 % der Gesamtfläche ein), das sich augenblicklich aus dem Feudalismus löst und noch in Funktion von Land A lebt. Wenn in diesem Land ein Kind sich den Arm bricht, wird es wahrscheinlich mit einem mangelhaften Arm aufwachsen, weil niemand weiß, welcher Pflege das Kind bedarf.

– Das Land C ist ein *Wild-West*, ein anderer Planet. Der Held der Gegend ist der Pilot, der die Zeitungen bringt. Panero hat gestern die These vertreten, daß Brasilien die Führung des Kontinents übernehmen könne und daß der Bau von Stauseen im Amazonas-Gebiet das Gebot der Stunde sei. Überdies findet er, daß einer der Faktoren, welche eine wirksamere Entwicklung Lateinamerikas hindern, die veraltete Moral ist.

– Alles bleibt beim alten. Die Dinge verändern sich, doch Lateinamerika nicht. Hier wirkt sich der Regionalismus als abwertender Faktor aus. In Wahrheit sind die Länder sogar ihren eigenen Bürgern unbekannt, weil es keinen internen Tourismus gibt.

Seite 13, 14 und 15

Die Hochzeitsreise ist etwas Wunderbares

In der Stadt Filhoda
herrscht
ein alter Glaube,
daß der Ehemann,
wenn er seine Frau wirklich liebt,
sie in der ersten Nacht
durchsichtig sieht.

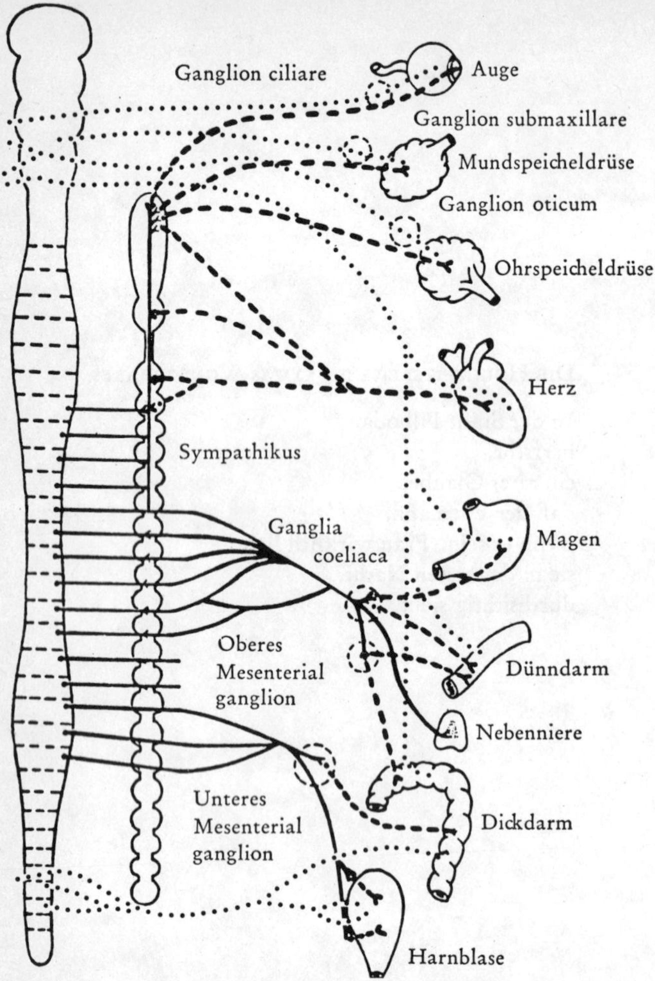

José berührt Rosa, sie will es, mag es und macht einen Rückzieher. Genau so wie *Der Mensch* José von innen gesehen hatte, sieht José auch Rosa. Herz, Magen, Lunge, Eingeweide, Drüsen, Nebenniere, Harnblase, Gedärm. Rosa nackt, José erregt sich. José nackt, Rosa erregt sich.

Sie umfassen sich, pressen sich aneinander. Sie denkt: Jetzt darf ich. Jetzt ist er mein Mann. Vorher war es schlecht. Sehr schlecht. Aber genießen darf ich nicht. Die Frau darf das nicht.

. Schätzchen, machen wir's schön. Ich möchte, daß du genießt, richtig genießt.

Rosa ist stumm, sie weiß, daß sie nicht darf. Wer darf, muß, ist der Ehemann, der Mann, der Herr, der Gebieter, der Meister.[1] Sie muß ihm gehören, damit er sie nach Herzenslust genießen kann.

So richtig, mein Schatz, nur ich und du.

Und Rosa denkt: (ich hab's schon vorher genug gemacht, hab einen Tag richtig genossen, das war falsch, es hätte meinem Ehemann gehören müssen, drum bin ich vertrocknet, jetzt ist José mein Mann und will, daß ich ihm gehöre.[2] Er kann mich gebrauchen, ich bin dafür da).

. Was für eine schöne, weiche Haut.

Hände auf den Schenkeln, José wahnsinnig vor Begierde, er fühlt die Zellschichten der Haut: das System: Epidermis: die Epithelschicht (variable Dicke), genährt von der Lymphe: die Lederhaut, Zwischengewebe, Strukturen, Haare, Haarwurzeln, Haarwurzelkanal, Talgdrüsen, Fett, Schweißdrüsen, Gefäßknäuel, Poren, Schweiß, Nägel, Hornepithel, Zwischenzellengewebe, Wurzel, Körper, Mutterboden.

Die gestreichelte Haut, Rosa zittert, beginnt zu begehren, versucht das Verlangen, die Begierde zu verhüten, die heftige Spannung, die abwärts zieht, und Josés Schwanz vor der Tür, hart, sie will gefickt werden, will lecken (Aber das werde ich nie tun, das gehört sich nicht für eine verheiratete Frau).

José saugt an ihren Brüsten, Rosa stöhnt, sie möchte, daß José mehr saugt, alles, seine behende Zunge am Arschloch,

1 Die Primitivität der latindioamerikanischen Frau besteht in ihrer Abhängigkeit von religionsethischen, sozialen und politischen Traditionen, von Konservatismus und Puritanismus.

2 Sie ging zur Beichte, und der Priester erteilte ihr nicht die Absolution.

? Warum nicht ? Was verbarg Rosa wohl ? Sollte die Geschichte aus dem Landesinnern wahr sein.

rosafarben, samtene Haut, schwarze Härchen und das Rötliche in der Mitte, José wild darauf, sie in den Arsch zu vögeln.

Rosa entzieht sich ihm, sie rückt vor und zurück, macht mit und verhält sich, öffnet und verschließt sich wie ein Guerrilheiro, der angreift und zurückweicht, sich zeigt und sich verbirgt. Sie haben die Decken auf den Fußboden geworfen, José brüllt, schreit, stöhnt, beißt.

(Ich möchte seinen Pimmel, möchte ihn küssen)

Weibliche Geschlechtsorgane

Äußeres Organ oder Weibliche Scham
Venushügel – Große und kleine Schamlippen:
Schleimhaut – Klitoris –
Scheidenvorhof; Harnröhre und Scheidenausgang
Innere oder Zeugungsorgane
Scheide: Schleimhaut, Jungfernhäutchen, bartholinische Drüsen – Gleitflüssigkeit
Gebärmutter: Gebärmutterkörper, im Boden durch Bänder aufgehängt
Eierstöcke

Ficke, ficke, ficke, Hure die dich gezeugt hat, Ständer des Schwanzes, hinein ins Loch, honigsüß

(Sag was, Schatz, sag irgendeinen Unsinn, sprich doch, sprich, der Mann kann reden, was er will, ich möchte auch, Scheißenochmal)

»Der Ehemann gewähre der Ehefrau, was ihr gebührt«

Rosa schob die Hand vor und zog sie zurück. Zehnmal schob sie sie vor und zog sie zehnmal zurück. Da unten war der Pint. Groß, rot, glatte Eichel, oben feuchte Öffnung. Die Hand hielt inne, sie streichelte Josés Bauch und wich zurück, packte seine Ohren, stöhnte, hörte ihr eigenes Stöhnen und hielt inne, sie durfte es nicht, während José ein Festival der Bewegung war, wie ein Pferd auf schwerer Rennbahn lief, der Schweiß rann, sein Körper glühte.

Josés Zunge arbeitete, er fühlte, daß Rosa es brauchte,

wollte, darum bat, sie wurde naß, »der im Ausgang der Vagina befindliche Schleim stammt aus den im Cervix uteri liegenden Drüsen. Das Epithel der Schleimhaut ist eine Plattenschicht, deren oberflächliche Zellen eine gewisse Verhornung aufweisen.«

(? Aber warum macht sie nicht mit)

Sein Kopf vergräbt sich zwischen ihren Beinen, Ort starken Geruchs, die Schenkel pressen seine Ohren, fleischige Möse, Rosa stöhnt, so, so mag ich's, ja, mehr, meeeeehhhhrr, dabei darf ich nicht sprechen, sowas macht man nicht mit dem Ehemann, den man geheiratet hat. José steigt aus dem Tal (Wie grün-schwarz-rot-braun ist mein Tal mit dem kleinen rinnenden Scheißbach in der Mitte) und dorthinein pflanzt er seinen Pimmel, hart, und Rosa schluckt alles mit wackelndem Hintern und José kommt und geht, stößt zu, ein Baggerpint, er gräbt wie ein Mann einen Brunnen gräbt auf der Suche nach Wasser, und Rosa sieht Feuer über ihrem Kopf, gelbes Feuer, das ihre Zehnspitzen verzehrt, es steigt durch die Beine hoch und sie achtet auf das Feuer, vergißt den Genuß, der Genuß hatte heftig eingesetzt und war verflogen, sie merkte kaum das Ausschachten ihres Tals, kein Vergnügen, keinen Schmerz, nichts.

»Die Erektion ist nicht ein einfaches örtliches Ereignis im Bereich des Geschlechtsorgans, sondern ein äußerst komplizierter Vorgang, bei dem verschiedene Drüsen sowie das nervöse und kavernöse System beteiligt sind. Die erste unerläßliche Bedingung für eine Erektion ist der erotisierende Impuls an die Hirnrinde durch Sexualhormone, die in den Sexualdrüsen erzeugt werden. Im Vorgang der Erektion sind die erektiven Nerven wichtig, die, vom Erektionszentrum der Sexualorgane ausgehend, in den Venen, insbesondere in den Venen des Corpus cavernosum enden.[1] Normalerweise sind diese Venen verengt; durch die von den erektiven Nerven hervorgerufene Erregung erweitern sie sich, und das Blut fließt in die Kammern des Corpus cavernosum und bewirkt dadurch die Schwel-

1 Rosa hat Fritz Kahn gelesen. Ihre Mutter hat ihr das Buch gegeben.

lung des Gliedes.« Der (geschwollene) Pint dringt ein und ist wieder draußen. Rosa öffnet den Mund. Sie hat Atemnot. Sie verspürt Lust, José zu beißen (sie haben behauptet, ich sei nackt auf der Bühne des Stadttheaters erschienen, alle Welt habe auf mein Haar gesehen, ich habe mich meiner schwarzen Haare geschämt, ich glaubte, nur ich hätte welche, daher habe ich die anderen Mädchen so inständig gebeten, sie sollen mir ihre zeigen, und selbst als sie mir sie zeigten, wollte ich es nicht glauben, ich meinte ich sei besonders, die Haare seien häßlich, ich würde mich nie nackt vor einem Mann ausziehen, bis ich erfuhr, daß die Männer das auch haben, und daß das Haar von beiden sich trifft, wenn man es tut, ich würde es nie im Leben tun). Sie verspürt Verlangen zu weinen, immerzu zu weinen, weil etwas so Gutes unten an ihr geschieht, aber es ist nichts, was mit ihr, Rosa, zu tun hat, es ist nichts, was sie gewünscht hat, es geschieht wie ein Preis (? Preis wofür, was habe ich getan, ich habe nie etwas getan, dieser Genuß geschieht am falschen Fleck, an der falschen Frau, es ist zu gut für mich).

. Genieße, Schätzchen, genieße mit mir. Komm, Schatz, komm.

(Alle sagen das gleiche, wenn sie einen wegstecken. Die gleichen Dinge)

. Komm, Rosa, ich warte auf dich. Komm, komm.

(? Woher weiß ich nur die Dinge, die sie sagen. Oder weiß ich es wirklich. Ich will fort, für immer, fort von diesem Bett, weit fort von diesem Pint, fort von diesem Schreien, ganz nahe zu diesem Schreien, schrei mir ins Ohr, lutsch mich ganz, friß mein Arschloch, stell dir vor, ich würde sowas laut sagen, was würde er hinterher denken, mein eigener Mann. Scheißhure, das würde er sagen, er will, daß ich genieße, damit er mich hinterher fertigmachen kann, mich beleidigen kann, sonstwas von mir denken kann, von meiner Mutter, Sohneinerhure von einem Schwanz, von dem ich gevögelt, durchgezogen, gepimpert, gefickt werden will, ein Pint von der Größe eines Lastwagens, der alles abschabt, ein Kran, der den Genuß aus mir herausreißt, nur ein Kran, denn man braucht viel

Kraft, wenn ich aufhörte zu denken und ließe ihn rein und raus, rein und raus, wenn ich nur das geschehen ließe, wenn ich schrie, Pint, Pint, Pimmel, Riemen, Rute

/ Der Penis besteht im wesentlichen aus drei von Haut umhüllten röhrenförmigen Massen aus erektilem Gewebe / schön, scharf, mehr, hart, hart, steck ihn rein

/ Das Corpus cavernosum und die Schwellkörper sind von einer derben Membran aus dichtem Bindegewebe, der Tunica albuginea, umhüllt / nicht anhalten, anhalten, anhalten, ich kann nicht fertigwerden, du kannst das nicht mit mir machen, ich mag dich, halte, ich möchte ja so gerne

... you go away, in a summer day, of you go away ...

Männliche Geschlechtsorgane

Hoden oder Geschlechtsdrüsen – Hodensack – Nebenhoden – Samenleiter – Samenblase, Ductus ejaculatorius – Samenstrang – Ductus deferens – Prostata – Cowpersche Drüse – Harnröhre – Penis (Schwellkörper, Wurzel, Körper, Eichel, Vorhaut) – Sperma oder Samen.

... if you go away ...

Laregueduva, trgogfr tocococo, prumprumprum, deguereídi, gdreuuijjui, juuuuiooio, schickschick fickfick, viuvufg, möschen, möserich, kicherficker, rickerschlicker, grun, grun, rigirigir, girigirigirigirtroertirietrogrtuschinfigtyuoiriijjnagrerrrerrrdohtuio.

? War's schön, Schätzchen, hast du's genossen.

? Ich.

. Ja, du.

(? Er will mich fassen. Jetzt ist's so weit)

? Sag, Schatz, war's schön.

. Ach, bin ich müde.

(? Wie soll ich's sagen)

. Los, sag's doch. Sonst mach ich mir Sorgen.

. Sowas sowas.

? War's gut.

. Achachach.

(? Was soll ich sagen, was soll ich sagen)

... but if you stay ...

Nun schlug José auf Rosa ein.

Zuerst mit dem Handrücken / wie sein Vater es mit ihm machte / . Er schlug sie ins Gesicht, auf den Hintern und auf die Schenkel. Schlug sie auf die Brüste, auf den Bauch.

Dann schlug José sie mit seinem Gürtel. Und Rosa stöhnte, schrie, sprang auf, rannte durchs Zimmer, pißte sich voll. Der heiße Urin lief an ihren Beinen herunter und sie weinte und José schlug zu und Rosa rannte umher und der Urin lief und der Gürtel hinterließ Striemen und José lächelte und Rosa lächelte und José legte sich auf dem Fußboden auf sie und vögelte sie und fühlte ihre nassen Schenkel. Und zog ihn raus und leckte Rosa ab, leckte ihre erkaltete Pisse ab. Und fickte sie von neuem und schlug sie ins Gesicht und sie lachte und weinte und weinte und lachte, obwohl sie nicht wußte, ob sie genießen durfte oder sich beherrschen mußte, weil sie wollte und nicht wollte.

.... if you go away, in a summer day ...

... summer wine ...

Der Bagger durchlief das Tal, grub ein Loch in die rote Erde, die Bohrmaschinen drangen ein und drehten sich und kehrten voller Erde zurück und plötzlich der Lärm und das schwarze Öl steigt auf mit Gebrüll bruuuuuuuuuuuuuuuuu-mmmmmmmmmmmmmmm, all das schwarze, dicke Öl, das Tausende von Jahrhunderten unter der Erde lag, das aufsteigt und oben explodiert und sich verströmt und wie Regen auf die Erde und die Menschen fällt, die zu Tropfen zerflossene schwarze Masse, während José schreit und stöhnt und brüllt und einen Mordslärm vollführt, ? was ist das, mein Gott, was für ein scharfer Schwanz, ich will genießen, zum Teufel mit allem, zum Teufel was er denkt, nein, Schluß mit der Musik, if you go away, ich hasse Brenda Lee.

Und José ging aus ihr heraus und schlug sie nochmal. Schlug mit dem Gürtel, schlug mit dem Handrücken. Griff sich ein Buch und schlug sie mit dem Buch auf den Kopf, auf die Nase, sah, wie sie blutete, aber keine Gewalt der Welt bringt jemals eine Lösung, nicht Gewalt noch sonstwas brauche ich, was nottut und genügt ist, daß ich zu töten beginne, zu zerstören, alles in Stücke zu schlagen.

(Fast. Würde ich einen Kraftausdruck sagen, würde ich alles herausschreien, was ich weiß, ihm würde es gefallen, mir auch, er würde sehen, daß ich genieße, daß ich's brauche, es würde ein fabelhafter Fick werden)

. Laralaralaralarala, ligiligiligiligilgilgilgi, ich werde vergelten, ich werde vergelten

? Was ist denn.

. Nichts, nichts.

. Nichts, nachts, nechts, nochts nuchts.

José packte ihre Brust, biß in die braune Warze, in die großen Zitzen, fuhr mit der Zunge abwärts, glitt über den Nabel (sie hat Raquel Welshs Nabel, wie scharf meine Frau doch ist, Teufelnocheins, er gelangte zur Möse, schön rot und fett, ließ den Kopf dort wie auf einem Kopfkissen. Und schlief ein, während Rosas Hand durch sein Haar fuhr.

Er erwachte hungrig. Spürte den Geruch des Möschens neben sich. Geruch vergangener Liebe. Er war hier schon gewesen und fertig geworden, und sie war bereit, um wieder vorgenommen zu werden. Sie würde es noch viele viele Jahre sein, bis daß der Tod sie schiede. Das war der Geruch eines Ficks, der nie wiederkehren würde; das war Liebe. Keine Erinnerung an eine vergangene Vögelei, immer war eine neue in Sicht, und das war die, welche man erwartete.

(Rosas Arsch ist braun, nicht weiß, ich erinnere mich an den weißen Arsch dicht vor mir)

? Gehst du arbeiten.

. Nein.

. Dann werden sie dich entlassen.

. Zum Teufel mit ihnen.

. Dann bist du deine Stellung los.

. Wenn ich meine Stellung los bin, verbringe ich den ganzen Tag hier im Bett. Vögelnd.

. Sag sowas nicht.

? Sowas wie.

. Diese Wörter.

? Vögeln.

. Ja.

? Warum nicht.

. Das ist häßlich.

. Vögeln, ficken, durchziehen, Schwanzmöse.

. Halt den Mund.

(Sag, sag, sag mehr, sag alles)

. Sei nicht blöd.

. Wir haben geheiratet, Schätzchen, um es hübsch zu haben, um ein schönes Leben zu haben.

. Schön wie'n Schwanz.

. Nicht so bitte, nicht so bitte!

Rosa um die Mittagszeit ausgestreckt, ein Uhr, José zwischen ihren Schenkeln, um zwei wälzen sich die beiden, um drei küssen sie sich, beißen sie sich, um vier die Zungen im Mund, um fünf das braune Arschloch, das rosafarbene Löchlein, um sechs Orangensaft mit Keks, um sieben küßt er Rosas Fuß, sie küßt Josés Fuß, um acht gekochte Eier, um neun José von unten, José von oben, Rosa auf der Seite, Rosa auf dem Rücken, um zehn, und nochmal zehn, um zwanzig, um vierundzwanzig Uhr, Matetee Marke Löwe in rauhen Mengen und Käsebrote und leichte Kopfschmerzen, Josés Bauchmuskeln schmerzen, Zunge, Schenkel, Schwanz, das Möschen brennt, die Hände, die Münder, die Zehen, Erschöpfung, vierundzwanzig Stunden plus vierundzwanzig Stunden, Wiederholung, genug, wir haben's für ein ganzes Leben getrieben, nein, wir haben noch gar nichts getrieben, du wirst sehen, was noch kommt, was noch kommen kann nachdem schon alles da war (und ich bin eine Hure so wie alle anderen, ich tauge nichts, du wirst mich verlassen, weil ich alles mit mir habe machen lassen, aber ich wollte alles, ich wußte, daß es das alles gibt, ich habe es gelesen, gehört, ich habe es gemacht, nein, ich hab's nicht gemacht, war alles gelogen, ich weiß, daß man diese Dinge tut, Männerdinge).

Sechs Tage und sieben Nächte blieben sie liegen. José wollte aufstehen und ein Schild vor die Türe hängen:

Weltrekord im Vögeln – kommt und schaut euch die Hochzeitsnächte an – Sonderpreis für Brautleute und Neuvermählte – 120 Tage ohne das Bett zu verlassen

? Hättest du Mut dazu.
. Klar.
? Es vor anderen Leuten zu machen.
. Ich weiß nicht.
. Komm, nochmal, Schätzchen.
. Es reicht.
. Nur noch ein Mal.
. Kein Mal. Ich will ein Bad nehmen, ich rieche schlecht.
. Der Geruch ist gut, der macht mir einen Ständer.
. Red nicht so.
. Geh zum Teufel.
. Nein.

Poft, patf, pla, pla, pla, pla, pla, pla, aaaaiii, ai, ai, ai, halt, sprich (recht so, sprich), sprich was du willst, tu was du willst.

Sieben Uhr, Tonico und Tinoco verabschieden sich und versprechen morgen wiederzukommen.

Kursbericht: Marktpreis der Banane
Reis, gelblich
Mais

Am dritten Tage aufgefahren zum Himmel

Hinter dem Hotel steht das geschlossene Kasino. Mit dem Glücksspiel ist es aus, und das Hotel ist nichts wie ein Riesenbau mitten im Wald, ohne Lärm, ohne Betrieb. Nur mit diesen alten Leuten. Und den Weibern, die nachmittags vor dem Abendessen auf der Terrasse zusammenhocken, Turmfrisuren, Juwelen, in Zeitschriften blättern und Fotos von Astronauten begaffen. Sie rufen: Was für mutige, sympathische junge Männer. Die Astronauten grinsen mit ihren Schwachkopfgesichtern, sie grinsen auf den Umschlägen der Zeitschriften, aller Zeitschriften der Welt dieser Woche. Die alten Männer wenden die Seiten um, sehen die im Weltraum aufgenommenen Fotos von der Erde und sagen: »Diese Welt ist wirklich wahnsinnig, man stelle sich vor, zum Mond zu fahren, eine Gott vorbehaltene Sache. Gott will nicht, daß der Mensch die Erde verläßt, hier hat er den Menschen geschaffen, darum bleibe er hier.« Ich stieg die Treppen hinauf, ging in unser Zimmer im ersten Stock, Ausblick auf das Wäldchen. Rosa las Delly, hatte die Koffer mit den kleinen Bänden und Fotoromanen vollgepackt. Schaute mich nicht mal an, lag im Höschen, ihre großen Brüste zerflossen.

Am siebten Tag ruhte Gott aus

José vor dem Spiegel. Sieben Tage und sieben Nächte ohne anständige Ernährung. Die Anstrengung. Rosa fett und glatt. Er begann. Zerkratzte sich das Gesicht, bis das Blut lief. Schaute und sah das Blut und versuchte, sich stärker wundzukratzen. Die Brust, die Arme, die Beine, wohin die Nägel reichten. Haß gegen José im Spiegel. Schlug sich ins Gesicht, zerrte an seinen Ohren, gab sich einen Faustschlag auf die Nase. Wenn man was gegen sich selbst machen will, fehlt es an Kraft. Scheiße noch eins. Rosa mit ihren festen Schenkeln, einen Kratzer dicht unterm Auge, einen Schnitt. Rosa mit ihrem festen Hintern (harter kleiner Hintern, zwanzig Jahre, sowas), einen Kratzer in den eigenen Arsch, Hiebe, pflaft, plaft. Rosa, meine Frau fürs ganze Leben, Gefährtin, Möse immer offen für meinen Pimmel, den Pimmel deines Mannes, die Pflicht der Gattin, poft, poft, rrrr, Kratzer, Bisse. José (Rosa) fiel blutend hin (brünette fette Rosa), blutete auf dem Fußboden (ich hasse Rosa), wälzte sich in Krämpfen (ich liebe Rosa) und weinte (während Rosa schlief).

Warnung für die Seefahrer

Es gibt keine Warnung für die Seefahrer.

Die Einhundertundfünfzigjahrfeier

Sie wandern durch das Wäldchen, den Park, die Alleen zwischen den Quellen und dem Hotel, Becher in der Hand, literweise schwefelhaltiges Wasser, langsam, zitternd, in weißen oder blauen Bademänteln, welke Haut.

Abortinschrift
(Graffito)

An diesem einsamen Ort
jeder Tapfere vereist
jeder stöhnt in einem fort
und jeder Mutige scheißt

Traum von jeder Braut

Im Wäldchen hinter dem Hotel lagen Tennisplätze, Korbballplätze, eine Rollschuhbahn und ein Strohdach zum Boccia-Spielen. Das Kopfende des Bocciafeldes grenzte an die verlassenen Badehäuser mit ihren verfaulten Strohdächern, verstopften Klosetts, verrosteten Röhren. Ich trat mit Rosa ein. Ein winziges Fenster war vorhanden. Dann und wann kamen auf dem schmalen Waldweg rheumatische Alte zu Pferd vorbei. Ich holte Rosas Brüste hervor und spielte mit ihnen. Das mochte sie gerne, seit ihre Brüstchen gewachsen waren –

sie waren gewachsen und sie rief die kleinen Buben, damit sie sie ansahen und daran saugten und sie war zehnmal aus dem Kino geworfen worden, weil sie ihre Brüste hervorgeholt und jedem Jungen eine gegeben hatte, damit diese mit ihren wachsenden kleinen Brüsten spielten –

– die Warzen waren riesig, sie sprossen auf einer braunen Scheibe und das erregte mich maßlos. Die große braune Scheibe und die Warze, die rasch hart wurde, während sie vor Genuß sabberte.

Die Spinne sank an einem Faden von der Decke. Stieg und sank, häßlich und behaart. Wir unter der Spinne. Ich mit den erhitzten Turbinen des Pimmels. Ich brauchte bloß ihr Kleid hochzuheben und ihn hineinzustecken. Es war leicht, ihr stehend einen wegzustecken. Rosa machte die Beine breit, wie nur sie es verstand, und zog meinen Schwanz an und saugte ihn, preßte ihn und ließ ihn los. Honigsüß die Milch, die ich jeden Tag beim Schlafengehen und Erwachen zu mir nahm. Die wie der Wasserfall von Ituabu aus ihr strömte, ein Sturzbach, der über ihre Steinbeine talwärts floß. Vom ersten Tag an fand ich Rosas Wasserfall eine Touristenattraktion, die das Staatssekretariat für Tourismus hätte nutzen sollen. Mit einem großen farbigen Plakat, das den geschwollenen Hügel darstellte –

– die Mutter erlaubte nicht, daß Rosa einen Badeanzug ohne Röckchen trug, eben wegen ihres Umfangs, und weil Rosa im Schwimmbad die Attraktion für die Lausbuben war –

Ich mochte Rosa wegen ihrer fetten, gesunden Möse, denn ich mag fette, üppige, überquellende Dinge. Dinge, die man unterteilen, aufteilen, betasten, auf die man die ganze Welt stellen kann.

Die Spinne sank langsam, stieg ein wenig, ein tödliches Jo-Jo. Und wir darunter, Rosa gelähmt und kaum merkend, daß ich sie heftig hernahm. Ich spürte, daß etwas nicht stimmte, aber ich machte weiter. Es war nicht richtig, aber ich hörte nicht auf, obwohl ich verwundert war, daß zwischen Rosa und mir etwas schiefging. Wir waren vom ersten Tag an aufeinander abgestimmt[1], weil keiner von beiden Bedenken hatte oder Ekel oder etwas anormal fand.[2] War man auf dem Spielfeld, so um zu spielen, und in diesem Spiel gab es keine Regeln, wie es auch für das Leben keine Regeln geben kann. Wir trafen es immer richtig, denn für uns war alles recht, auch, daß die Welt aus den Fugen ginge. Manchmal schrie sie: Platze, Schatz, laß alles platzen, und uns dazu. Was bei mir nicht stimmte, war, daß ich aus dem Rhythmus kam. Der Rhythmus war der der Spinne. Langsam stieg und sank

1 Eine Lüge Josés. Sie kamen immer nur schwer zurecht.

2 Rosa war voller Voreingenommenheiten, fand alles anormal und brauchte lange, bis sie die Dinge annahm.

sie, und das war der Takt des Orts. Jetzt begann ich langsam zu reiben, ging ganz heraus, um von neuem in den tiefen Brunnen zu tauchen, der eine Drehstrompumpe forderte, um alles herauszuziehen. Und während ich tauchte, begann Rosa zu seufzen und den Kopf zu verdrehen. Sie wand ihn und ich konnte sie nicht küssen, denn ich mochte es, zum Schluß gleichzeitig zu küssen. Rosa vergaß die Spinne und verknotete sich ganz mit mir und scharrte mit den Füßen auf dem Grund und riß das Moos ab. Und aus dem abgerissenen Moos drang der Geruch von feuchter Erde, von fauligem Laub, Krippengeruch – der Domkrippen, aber wir beide bildeten stehend auch eine Krippe. Einfach, aus zwei Menschen wurden alle anderen, wir selbst, Bethlehem, der Stern, die Spinne, ich brachte Rosa meine Gabe, die größte, die ich geben kann. Die Spinne über ihrem Kopf, der sich vor Genuß windet. Sie beißt sich in die Hände, um nicht zu schreien, es hat nie eine Frau gegeben, die so gerne wie sie fickte – jedenfalls nicht unter denen, die ich gekannt habe, und meine Erfahrung beschränkt sich auf zwei Frauen, die mich mochten und auf zweihundert eigener Erfindung. Rosa sah die Spinne sinken, während ich rammelte, langsam, zum Rhythmus der Spinne. Ich hielt inne in Erwartung, daß sie wieder stieg, um weiterzumachen, aber die Spinne sank weiter über Rosas Gesicht. Sie schrie, ich stieß ihn ganz hinein, sie schrie wieder, vermengte Angst und Vergnügen, riß sich von mir los, während ich gleichzeitig fertig wurde und zu Boden fiel, und was aus mir herauskam in weißen Spritzerchen, fiel auf sie, während die Spinne gleichzeitig sehr rasch sank und den Faden aus sich löste. Rosa packte nicht einmal ihr Höschen und rannte fort.

Gedanke des Tages: Verliere eine Minute im Leben, doch verliere nicht das Leben in einer Minute.

Glücklicherweise sorgen sie für mich

Rosa kam aus dem Umkleideraum im weißen Bikini und wollte die Matte in der Sonne auf dem Rasen ausbreiten.

. Meine Dame, wollen Sie bitte mitkommen.

? Mitkommen wohin.

. In den Kontrollraum.

José blickte den Inspektor in der kakigelben Uniform, den schwarzen Ledergamaschen und mit einem MBÜ-Zeichen an.

Moralisch-Bürgerliche-Überwachung, eine katholisch-protestantisch-spiritistisch-baptistisch-rechtgläubig-jüdisch-mormonisch-adventistische Vereinigung, Beratungsstelle der Regierung in Angelegenheiten der Moralität.

? Was gibt es denn zu beanstanden.

. Der Bikini.

? Na und.

. Das geht nicht mehr.

? Geht nicht mehr.

. Seit dem 10. Eine Frau, die ihren Körper zeigt, lädt zur Laszivität, zur Lüsternheit ein.

? Was ist denn das, wollte Rosa wissen.

. Das eben ist es. Erstens Bußzahlung, dann Gefängnis.

. Nur das nicht!

? Übrigens, sind Sie verheiratet.

. Sind wir.

? Haben Sie Bescheinigungen, standesamtliche und kirchliche Heiratsurkunde, Erklärung von zwölf Zeugen, Genehmigung der Eltern, Erklärung des Polizeibezirks, daß Sie aus freiem Willen geheiratet haben und nicht, weil Sie vorher Geschlechtsverkehr gehabt hatten.

Bruchteile des täglichen Melodramas

. Eine von A. de Carvalho vorgenommene Untersuchung ergibt, daß die Unterhaltung der Streitkräfte pro Person kostet:
$ 9.10 in Argentinien, $ 18.53 in Portugal, $ 24.60 in Italien, $ 31.12 in Cuba, $ 75.52 in der Schweiz, $ 79.45 in England und

$ 327.25 in den Vereinigten Staaten.

. Was geht das mich an.

»Sie murmelte: Oh! Das ist mir gleich! Ist mir völlig gleichgültig!«

Wie konnte er von solch nichtigen Dingen reden angesichts des furchtbaren Schmerzes, der auf ihrem in heiße Tränen gebadeten Antlitz zutagetrat? Ihre Empfindsamkeit empörte sich. Sie tat ein paar Schritte rückwärts und fragte mit kaum verhohlener Kälte: »

Die Vergangenheit von M. Delly (*Les ombres*)

Groß, schlank, weißliche Haut, 22 Jahre alt, erzählte Esmeralda Claudino, wie ihr Bruder Aparecido ermordet wurde:

– Es war elf Uhr, als drei Männer in der Bar auf ihn zutraten und ihn um eine Zigarette baten. Er besaß keine, weil er Nichtraucher ist, und schon schlugen sie auf ihn ein. Er verlor das Bewußtsein, ich brachte ihn zur Ersten Hilfestation des Städtchens, dort verschwand mein Bruder, und niemand weiß, wo er geblieben ist.

Spätnachrichten

– Regine, die in der Nähe war, nahm sanft ihre leicht verkrampfte Hand.

– Liebe arme Freundin! Wir verstehen, daß deine Großmutter dich mit großer Strenge behandelt . . .

Anabelles Lippen preßten sich zusammen und öffneten sich dann in einem ironischen Lächeln.

Seele in Blüte von M. Delly (*La Jeune Fille Emmurrée*)

– Ach nein, nein, ihr, die ihr liebt, ihr, die ihr euch um das Glück der anderen sorgt, könnt nicht ermessen, wie mein Leben ist. Mein Leben! Seit dreizehn Jahren allein, immer allein.

Ihre Stimme wurde erstickt, und sie zitterte ein wenig. Auf ihrem bebenden Antlitz erschien ein Ausdruck stechenden Schmerzes.

– Meine arme Freundin! wiederholte Regine.«

Neueste Nachrichten

. Sie hieß Djanira. Sie wohnte in Natal, Rio Grande do Norte, und war Hausangestellte. Eines Tages war ihre Herrschaft befremdet.

– Hör mal, findest du nicht, daß Djanira arg derb spricht?

Fortan traten männliche Züge an ihr stärker hervor, und nach einem Monat zweifelte niemand mehr daran; Djanira war ein Mann.

So gelangte der Fall in die chirurgische Klinik. Es ging darum, Djanira zu operieren. Die nun Djanilson wurde.

– In einem Monat wird Djanilson imstande sein, männliche Geschlechtsfunktionen auszuüben und eine Familie zu gründen, erklärte der Chefarzt.

Das vergoldete Elend von M. Delly (*Une misère dorée*)

»Die mit fast mönchischer Schlichtheit gekleidete Gräfin wirkte unablässig ermüdet; sie war sichtlich vorzeitig gealtert, doch in ihrem Blick lag ein Zug von eigenartiger Energie, und Marísia, die sie beobachtete, gewann stets den Eindruck, daß ein unbeugsamer Wille sie aufrechthielt und ihren zarten Körper beseelte. Die Kinder schienen mit ihren Lehrern befreundet, soweit es ihre Standesvorurteile erlaubten. Guntram und insbesondere Helena erlebten Augenblicke der Vertraulichkeit, die Marísia hoffen ließen, eines Tages in die jungen Herzen dringen zu können, die sie edel und gut wähnte.«

. Mit einem Mittagessen wurde die V. Weltwoche des Armen eröffnet. Behörden, Geladene aus In- und Ausland nahmen an dem im Barackendorf veranstalteten Mittagessen teil, mit dem die Woche des Armen und die Diskussion der Fragen über das Elend des Menschen in der Welt eröffnet werden sollte. Das Menü bestand aus Krabbenmayonnaise, Fischfilet, Brathähnchen, Pariser Rouladen, Kalbsbraten und Fruchteis.

. Mein Schatz, gehe eine Versicherung ein. Sie ist deine Garantie, viele Männer schließen eine Versicherung ab, welche die Zukunft ihrer Frauen sicherstellt.

Jeden Samstag gehen José und Rosa in den Klub 23. Mai.

Nachmittags ging sie zum Frisör

Familien mit mehr als zehn Kindern erhalten staatliche Vergün-

und ließ sich das Haar toupieren und mit Spray befestigen.

. Mein Schatz, tu etwas Pomade aufs Haar. Ich mag den Geruch von Pomade.

Sie hatte eine Flasche mitgebracht.

Sie tanzen. José tanzt trotz seines Beins gut. Er hat eine Tanzschule besucht.

? Willst du lieber im Gewühl tanzen.

. Nein, ist nicht mehr nötig. Die Leute sollen mich ruhig sehen. Ich weiß, daß ich mich nicht zu verstecken brauche.

José glaubte an sich. Ein Hinkebein, das sich überwand.[1]

. Schiele nicht immer nach den jungen Dingern.

. Ich schiele ja gar nicht.

. Und wie.

. Nein.

. Ich will hier weg.

Eifersuchtsszenen. Die Samstage gehen vorüber, José läßt sie vorübergehen, zum Teufel mit dem Leben. Es gab eine Zeit, da José etwas tun wollte. Von dem er nicht wußte, was es war. Er verbrachte seine Tage angstvoll, stechender Schmerz in der Brust, sein Kopf platzte. Stundenlang hockte er an derselben Stelle, ohne einen Schritt zu tun, aus Angst, vorwärts zu gehen, aus Angst, rückwärts zu gehen, stur wie ein Standbild.

/ Batista, wir müssen diesen Jungen untersuchen /

. Noch einen Cuba Libre.

. Hast schon genug getrunken.

. Überhaupt nicht.

stigungen: freie Fahrt in den städtischen Omnibussen und Vorortzügen

Eine Antipillentechnik wird eingeführt: dem Wasser der städtischen Wasserreservoire wird ein Mittel beigemischt, welches die Wirkung der Pille neutralisiert.

1 Er sollte seine Geschichte an DAS BESTE des Readers' Digest senden.

. Du hast viel getrunken.

. Nein.

. Ich möchte nach Hause.

Tägliche Saufereien

? Wohin wird José gehen.

/ José, welch hübscher Name, der Schutzherr der Heiligen Familie, Josef, der nach Ägypten floh, was für hübsche Namen haben Sie Ihren Kindern gegeben /

Sie tanzten, tanzten, Rosa bat Schluß zu machen, der Tag graute, sie tanzten auf der Straße.

Tanzten und sangen / im Regen /

? Warum singst du, José.

Eines Tages sang er vierundzwanzig Stunden lang, eingeschlossen im Zimmer der Pension. Rosa ging weg, man schlug die Tür ein, er sang, auf dem Bett liegend. Er verlor die Stimme, konnte eine Woche lange nicht sprechen.

. Ich möchte ein Häuschen, das mir gehört. Das uns gehört. Das ich sehr hübsch einrichte. Wozu haben wir denn geheiratet, wozu. Neulich hat Papa geschrieben und gefragt, ob wir umgezogen sind, sie wollen einen Sonntag mit uns verbringen.

Sonntag mit Schwiegervater und Schwiegermutter; es fehlten nur noch die Kinder

/ ? Werden wir bald Enkel bekommen / Enkelchen /

Picknicksonntag an der Landstraße, an den gelben und schwarzen Kiosken, welche die Regierung gebaut hat. Tischtuch, Brathuhn, Zuckerrohrschnaps mit Zitronensaft, Brot, dann Mittagsruhe im Schatten des lichten Buschwalds,

es lebe der Sonntag, der Friede, das Land aaaaaaaaaaaaaaaaaaaaaaaaaaaaa, Hurenscheiße das alles! ! ! ! ! !

Gedanke des Tages: Wer heimführt, wünscht sich ein Heim.

Album der Zeitungsausschnitte

Das Zimmer ist gelb, aber nicht von der schwachen Pensionsbeleuchtung. José hält sich am Bett fest, um nicht ohnmächtig zu werden. Rosa schneidet Bilder aus Zeitschriften aus und klebt sie, Fotos und Liedertexte, eines nach dem anderen in ein braunes Album. José riecht Kotgeruch, nur eine Sekunde, und sieht, wie alles in Flammen aufgeht.

Und nun pißt er auf das Album. Rosa mit der Schere in der Hand, bereit, seinen Pint abzuschneiden, feuerrot vor Zorn, gelb (? Wieder das Gelb, ich hatte doch aufgehört damit, Schluß gemacht). Klick-klick-klick-klick, du weißt nicht, was passiert ist, ich habe ihn nur nicht abgeschnitten, weil dein Pint hübsch ist, er ist der hübscheste, den ich je gesehen habe (? Dann hast du also andere gesehen).

. Tu das nicht mehr, Rosa, tu's nicht mehr.

? Was denn.

. Sammle nicht mehr diese Leute. Um Himmels willen, sammle das Zeug nicht mehr. Sonst schlag ich dich tot.

. Pfuuuuuuuuuuuu / Furzgeräusch mit dem Mund /

Plaft, plaft, ploft, pakatum, pakatum, pimba, pimba, pimba, plaft, ploft.

. Du Sohneinerhündin, ich fahre heim.

. Geh, Scheißhurediedichgeworfen hat, Scheißschwanz, Scheißkuh.

. Ich fahre morgen heim.

. Fahr heute.

. Heute nicht. Zu Hause gibt's keinen Fernseher.

Gedanke

Ein Bandit liefert sich nicht aus. Schießt sich mit einer silbernen Kugel tot. Die Schwadron will ihn aber vorher erwischen.

Bericht für die Behörde

Die Schlucht ist geschlossen worden. Polizeiliche Untersuchung. Haus für Haus, Gasse für Gasse, Loch für Loch. Nach Verstecken wurde geforscht, Falltüren, Geheimtüren, Tunnels. Repressionsmiliz in Zusammenarbeit mit der Strafschwadron. Die Schwadron war nicht mehr die Geheimorganisation, die mordete und den Zeitungen den Ort des Verbrechens durchtelefonierte. Nach der Reportage in *Life* bekam sie einen festen Sitz, Sonderwagen, Uniformen voller Chromlitzen, hohe Stiefel, Kepis. Am Kragen prangten die Initialen STSCH. Sie hatte Macht und war niemandem gegenüber verantwortlich.

. Alle aufstehen. Alle an die Wand. Undzwardallliii!

Átila ließ das Queue los, Zé rannte und der Held schaute. Da waren noch Schlauochse, Nelly Leichtmöse, Orlando Furioso, Klopfspecht und der Radmensch. Spielten gerade *Leben*, ein verbotenes Spiel wie alle Spiele des Landes (Revolutionäre Regierungsbestimmung 467) mit Ausnahme von Fußball, der jedoch in langen Hosen gespielt werden sollte, um die Moral der zuschauenden Frauen nicht zu beleidigen. Die Schlucht war nie von Polizeistreifen durchsucht worden, sie war ein Touristenunternehmen, die Polizei verdiente hier Geld, die Schwadron desgleichen, alle Politiker. Daher gab es das Himmelsbillard, das größte der Welt, mit dreitausendzweihundert Tischen. Größer als das Billard und seine Belustigungen war nur noch der Himmel (für den, der ihn erreichte).

Die Schwadron fragte nach den Dokumenten, welche die Bestimmung 7.89796 von einem jeden forderte: Kennkarte, Wählerausweis, Berufsausweis, Leumundszeugnis, Polizeiliches Führungszeugnis, Meldeschein, Schulzeugnisse, Gesundheitspaß (Impfscheine über Gelbfieber, Blattern, Malaria, BCG), Mitgliedsausweis der Religionsgemeinschaften (jeder sollte eine haben, gleich welche; im Land existierten zur Auswahl 65746), Einkommenssteuerbeleg, Familiengesittung, Landeshilfe, Altenhilfe. Pflichtsteuer zur Erhaltung von Schulen, Kirchen, Heer, Regierungsparteien, Bescheinigung für Gute Verwendung des Gehalts, Lebensversicherung. Bescheinigung für Sexuelle Selbstbeherrschung.

> Schließlich wurde José zum Polizeirevier geführt. Es fehlte ein Dokument: Schulbesuch der Kinder.

. Aber ich habe keine Kinder.

. Aber Sie sind doch verheiratet.

. Aber die Zeit hat noch nicht ausgereicht, Kinder zu haben.

? Hat Ihre Frau die Pille genommen.

. Das hat sie.

. Das ist verboten.

(Ankurbelungsbestimmung für die Zunahme der Familie der Nation, No 7896576)

? Und nun.

. Zwei Monate Freiheitsentzug für jeden.

Im Gefängnis traf José einen zu lebenslänglicher Haft verurteilten Mann, der angeklagt war, seinen Sohn getötet zu haben.[1] Sie kamen ins Gespräch über Alltägliches.

? Die Lage ist ziemlich brenzlig, wie.

. Ja.

Oder sie sprachen nicht. Nach Verbüßung seiner Strafe holte José Rosa im Frauengefängnis ab, dann gingen sie nach Hause.

Und vögelten.

. Ich habe im Knast gevögelt.

? Du, wie denn.

. Es war eine Frau da, die Frauen liebte. Ich hab's mit ihr getrieben.

? Hast du's gemocht.

(Gelogen, ich habe gar nicht gevögelt. Das Weib hat mich beschwatzen wollen, beschwatzen, aber ich hab ihr eine geklebt)

Et in pax

. Die Leute, mit denen du arbeitest. Ich schäme mich ihretwegen. Ich kann nicht sagen, wo mein Mann arbeitet. Ich kann nicht stolz auf dich sein. Ich kann's nicht. Meine Freundinnen reden von ihren Männern, von ihren Gehältern, von ihren Beförderungen. Ihre Männer haben gute Anstellungen in der Bank, in Läden, in Büros. Sie sprechen von deren Plänen. Und wir – wir haben keine Pläne, wir haben kein

1 ? Sollte das Carlos Lopes sein.

Leben, wir haben nichts. Du lebst vergraben in dem Saustall dort, im Müll der Welt. In der Scheiße, das ist es, in der Scheiße.

José schlug sie mit seinen Handrücken

. Müll, Müll sind die Leute dort auf der Straße. Müll und Scheiße sind die normalen Leute.

Rosa gab José einen Fußtritt zwischen die Beine.

. Du solltest dir eine anständigere Stellung besorgen. Und deiner Familie Sicherheit geben.

Wieder ein Schlag mit dem Handrücken. Die Finger in die Augen.

. Sicherheit, hör zu, hau ab mit deinem Hurenscheißhaufen von Sicherheit, von Freundinnen und von deiner Familie.

Rosa schlug José mit der Faust auf den Mund.

. Red mir nicht von meiner Familie. Die Familie ist mir etwas Heiliges.

(Heilige Familie)

Faustschläge und Fußtritte, Püffe, Kniestöße, José mit dem Gürtel, Rosa mit dem Schuh.

. Hör zu, alte Schlampe, etwas muß ich dir sagen. Mir gefällt's dort, dort geh ich nicht weg, es sind gute Leute, es sind Leute.

. Sie, oder ich!

. Sie.

. Dann bleiben wir alle zusammen.

Sie schlugen sich noch zwei Stunden. Dann legten sie sich erschöpft schlafen.

Regierungsnachrichten

Trommelwirbel. Der Ausrufer stieg auf das Podest.

In den Städten stand an jedem Kilometer ein Podest, auf dem die Ausrufer *Öffentliche Bekanntmachungen* verkündeten. Die Regierung verwendete auch das Fernsehen, den Rundfunk, die Werbeagenturen / Alle begierig, sich mit dem Regierungskurs gut zu stellen. Der Präsident hatte den Eigentümern und Leitern der Agenturen ein Essen gegeben. Gegen Ende des

Essens verlangte er, daß sie stramm standen. Sie standen stramm und lächelten: Was für ein Witzbold. Pa, pa, pa, pa, pa. Stramm stehen, stramm stehen. Dann forderte der Präsident, daß sie seinen Stiefel küßten. Stellt euch vor, ein unverbesserlicher Witzbold! Einfach zu amüsant. Schön, nur zum Spaß wollen wir ihn küssen, los, ist ja nur ein Ulk. Du zuerst, nein, geh du. Nein, zuerst kommt der mit der größten Agentur. Und nun traten die Chefs der nordamerikanischen Agenturen vor und bückten sich anmutig und küßten die Stiefelspitze des Präsidenten. Und so einer nach dem anderen. Bis die Reihe an die oberste Spitze der ausländischen Geschäftsinteressen im Land kam. Er bückte sich, und als er den blankgewichsten Stiefel sah, küßte er ihn, biß hinein, warf sich auf den Fußboden und bat, er möge auf ihn treten.

Die Regierung verwendete auch die Zeitungen, die Plakatwände.

Sie fand allerdings, daß eine unmittelbare, ansprechende Kommunikation nottäte. Der Präsident liebte die alten Hollywood-Filme. Er war ein Fan von Errol Flynn und Douglas Fairbanks Jr., sein Lieblingsfilm war *Robin Hood*. Er erinnerte sich daran, daß in diesen Filmen immer der Ausrufer, der Herold des Königs Proklamationen an das Volk verkündete.

Der Ausrufer gab bekannt:

Wertgeschätztes Volk. Mögen die Segnungen Gottes, des allmächtigen Herrn, auf euch niederfallen. In der Absicht, unnötige Kosten und den Luxus zu bekämpfen, in der Absicht, dem Land allgültige Gleichheit zu spenden und mit dem Ziel, Neid, Groll und Haß unter Brüdern auszumerzen, hat die Regierung in Übereinstimmung mit den Schuhfabriken beschlossen, daß von heute ab für die gesamte Nation nur noch ein Schuhtyp für Männer und Frauen hergestellt wird. Geschlossen, glatt und nur in der so diskreten und so schönen Farbe Schwarz erhältlich.

Unabhängige Versicherungsgesellschaft.

Arztpraxis: die Untersuchung muß privat vorgenommen werden, ohne daß der Agent oder ein Dritter anwesend ist.

Untersuchen, ob bei den Vorfahren, auf unmittelbarem oder angeheiratetem Wege Schwindsucht aufgetreten ist, Syphilis, bösartige Geschwülste, Gicht, Diabetes, Alkoholismus, Nerven- oder Geisteskrankheiten.

Familiengeschichte
Alter – Todesursache – Dauer der letzten Krankheit
Großvater väterlicherseits
Großmutter väterlicherseits
Großvater mütterlicherseits
Großmutter mütterlicherseits
Vater
Mutter
Brüder
Schwestern
Ehegatte

? Welche Krankheiten haben Sie seit Ihrer Kindheit gehabt.

? Haben Sie Geschlechtskrankheiten gehabt; welche, und wie lange haben sie gedauert.

? Hatten Sie oder haben Sie Syphilis.

? In welchem Jahr wurden Sie angesteckt.

? Haben Sie gelegentlich Brustbein- oder Schienbeinbeschwerden.

? Hat die Gattin des Versicherten Fehlgeburten gehabt.

? Haben Sie sich chirurgischen Eingriffen unterzogen.

? Leiden Sie an Husten.

? Haben Sie blutigen Auswurf gehabt.

? Wie ist der Stuhlgang.

? Haben Sie Störungen beim Urinieren.

? Urinieren Sie häufig während der Nacht.

? Leiden Sie an Hämorrhoiden.

? Haben Sie mit Schwindsüchtigen zusammengelebt.

? Rauchen Sie / Geben Sie Ihren Tagesverbrauch an Zigarren oder Zigaretten an / .
? Ist die Milz unter dem Rippenbogen tastbar.
? Sind Analfisteln vorhanden.
? Sind statische oder dynamische Ataxien vorhanden.

José beantwortete 180 Fragen

? Nur das, Herr Doktor.
. Vorläufig nur das.
? Darf ich eine Frage stellen.
. Gewiß.
? Warum lecken Sie sich nicht selber am Arsch.

(Ende der klinischen Untersuchung Josés)

Lieber sterben,
lieber leiden
als euch verletzen

Stets in Weiß. Die Schürze, die sie im *Drehrestaurant* trug. Sie trug sie Tag und Nacht, und José dachte an Rosa wie an etwas Weißes. Und das erregte ihn. Weiß, Brünette in Weiß.

. Los, gehen wir zum Aufmarsch.
. Du meinst wohl, ein Aufmarsch macht mir Spaß.
. Schätzchen, wir müssen gehen.
. Ich geh nicht.
. Das fällt auf.
. Dann geh du. Und nimm meine Karte mit.
. Das nutzt nichts, du mußt gehen.

Die Flagge war am Fenster befestigt. Eine wegen des Nationalfeiertags zum Gelegenheitspreis im Papierwarenladen erstandene Plastikflagge.

Mitbürger,
in jedem von euch muß der Bürgersinn lebendig sein. Wir

müssen unser Vaterland lieben. Du, ich, wir alle müssen die Nationalflagge lieben und ehren. Erweisen wir uns ihrer würdig. Hänge am Tag des Vaterlandes eine Flagge aus deinem Fenster und erscheine bei den Festlichkeiten.

. Geben Sie mir eine Fahne.

? Große oder kleine.

. Hören Sie, ich habe um eine gebeten.

. Sie müssen zwei mitnehmen.

. Wozu.

. Eine für's Haus, eine für den Aufmarsch.

? Ich und Aufmarsch.

. Sie müssen gehen. Heilige Bestimmung No 7.

. Hab ich gar nicht gewußt.

. Die Mitteilung ist mit dem damaligen Steuerbescheid gekommen.

. Ich habe meinen gar nicht angeschaut, ich schau mir nie das Scheißzeug an. Es kommt so vieles. Rosa kümmert sich darum.

Feiertage: Tag des Vaterlandes, Tag des Soldaten, Tag der Proklamation der Republik, Geburtstag des Präsidenten, Geburtstag der Frau des Präsidenten, Geburtstag der Maskotte-Ziege des 11. Regiments, Tag der Kriegshelden.

Aufmärsche, Stunden um Stunden. Das nach der Größe aufgestellte, von der Spezialpolizei der Miliz bewachte Volk wohnt dem Aufmarsch bei und klatscht Beifall. José, 1.70 Meter, und Rosa, 1.50 Meter, wurden getrennt. In den Taschen die Teilnehmerpässe. Abgestempelt.

/ Nicht abgestempelte Teilnehmerpässe bringen Geldstrafen ein, Haft von zehn Tagen bis zu einem Monat, Verbot, das Land zu verlassen, die Unmöglichkeit, eine Stellung zu bekommen / .

José ist müde, er war bis spät in der Schlucht. Als die Soldaten vorbeimarschierten und eine Gruppe pfiff, pfiff er mit. Die Repressionsschwadron schwärmte aus, knüppelte, verhaftete und sammelte die Aufmarschpässe ein. Ein eingesammelter Paß wird nie zurückgegeben. Das Leben schrumpfte zu nichts. José rannte. Wartete zu Hause auf Rosa, Rosa kam nicht.

Vorbereitungen auf die erhabene Mission

. Ich mag ihn, mag ihn mächtig.

Ermelinda, 56 Jahre, mag Malevil, Student, 21, der im Zimmer gegenüber von José und Rosa wohnt. Malevil ist Josés Freund. Da die Hochschulen vom Heer besetzt sind, hat Malevil nichts zu tun. Rosa erwartet ein Kind. Fett und schlaff. Stets in der weißen Restaurantschürze, schmuddeliges Haar, die Augen von der Samstagsschminke verschmiert / Jeden Samstag ist der Tag der Pizza mit Bier / und sie zieht die ganze Woche nicht ihre Hawaiisandalen von den Füßen.

Praktischer Führer der Modernen Mutter, zehn Bände. Ein Fettmops mit blondem Haar, grüner Brille, Pfeife, klopfte an ihre Tür, verkaufte ihr die Sammlung / Duda Barreto, der fürchterlichste Verkäufer von Gesammelten Bänden für schwangere Frauen; I. Verkäuferpreis des Verlags /. Rosa kaufte alles, was Verkäufer anboten.

Ausstattung für das erwartete Kind, für seine ersten Lebenstage, für die Entwicklung des Säuglings,

Tangos, Boleros, M. Delly,

Milchernährung, allgemeine Richtlinien für die Ernährung, Diätetika und die Zusammenarbeit zwischen Arzt und Mutter,

»Als der Lichthof ihn erreichte, gewann Madel, als sie ihn genauer sah, den Eindruck, einer überwältigenden geistigen und seelischen Kraft gegenüberzustehen. Eine unglaubliche innere Kraft mußte die Seele jenes Mannes beherrschen und beleben.«

. Rosa, ich habe schon alle gelesen.

. Ich beende gerade dieses.

? Gut.

. Herrlich, ich liebe diese Bücher abgöttisch.

»Sie sprachen lange über Bargenac, die Großeltern, die Nisses. In Bernardos Blick leuchtete tiefe Ergriffenheit. Madel fühlte, daß die beiden Wesen, ohne daß sie mit ihnen sprach, vom Leiden ihrer Seele wußten, von der Einsamkeit ihres Herzens, das sich im Elternhaus gegen Christi Gesetz auflehnte. Dann und wann verfielen sie in Stillschweigen, so als seien sie in tiefe Betrachtung versunken.«

Rosa weinte. Ermelinda weinte in Gedanken an Malevil.

Es behandelt auch das Kind, seine körperliche Entwicklung, Einzelheiten betreffs der Ernährung, der Hygiene, der Spielsachen, der Gymnastik: zweiter Band des *Praktischer Führer der Modernen Mutter.*

? Schätzchen, wie soll es heißen.

. Hab noch nicht dran gedacht.

? Du hast nicht an unseren Sohn gedacht.

. Ich habe an ihn gedacht, aber nicht an den Namen.

? (Ob ich einen Sohn will)

. Du mußt daran denken.

. Lassen wir ihn doch ohne Namen.

? Wie denn das.

. Er soll ohne Namen sein. Wenn er heranwächst, kann er sich einen wählen.

(Ich zum Beispiel bin nicht gerne José. Ich würde gerne Hermano heißen, Hannibal, Caius Gracchus, Marlon, Harry, Charles, Francis, Nero, Pascal, Leonel, Gazagumba, Metiolato, Viamit, Jadithe, Hepavitan, Hydrocortison, Calciumchlorid, Ästhet, Vatikan, Pentagon, Capelo, Porro, Chácaro, Sarapui, irgendeiner dieser schönen, wohlklingenden Namen, mit denen man gerne gerufen sein möchte)

? Bist du durchgedreht.

. Nein, ich finde die Idee sogar sehr gut. Das Kind wächst heran, und wenn der Tag kommt, entscheidet es: ich will Bragantina heißen, Bragilla, Mercia, Josefa, was auch immer. Du wirst sehen, unser Kind wird es uns danken.

Alles geht besser mit Coca-Cola

Die Messe dauerte ich blieb auf meiner Bank sitzen erbrach Hostie und alles Meine Mutter hysterisch wegen meines Erbrechens »Seht die geweihte Hostie« Der Priester hieß die Marienkinder und den Herz-Jesu-Verein vor dem Erbrochenen niederknien Man entzündete eine Kerze / weiß so weiß / Kam der Küster mit Lappen Eimer Schieber Wischte das geweihte Erbrochene weg Trug den Eimer in die Taufkapelle Der Priester sprach Gebete Man schüttete das Erbrochene in das Becken wohin geht das Weihwasser nachdem es auf die Köpfe der Kinder geträufelt wurde Es war alles gelb Jetzt mußte ich Pipi machen und suchte das Klosett aber Kirchen haben kein Klosett.

Unterhaltung im Taxi

Malevil hat eine Anstellung in einem Nachtlokal der Schlucht gefunden:

? Was gibt's Neues.

. Ich gehe in die States.

. Ein Monat Arbeit und schon eine Reise!

? Glück, was. Will Tonbänder besorgen. Wir müssen die Musik unseres Landes auf den neuesten Stand bringen.

Wer liebt wird blind sieht nichts

Katapim, katapam, pukutum, plaft, plaft.

? Sicherheit, was. Scheißkuh, geh du und versichere dich.

Pa, pa, pa, pa, pa, pa, pa.

(Ich liebe dich, ich bete dich an)

. Geh du eine Versicherung für deinen Vater ein, für den Filhodenser.

Rosa bezog Prügel. Lächelt befriedigt. Jetzt beißt sie José, stößt mit dem Kopf gegen seine Brust. José lächelt befriedigt. Sie schlagen sich, wälzen sich. Schreien. Fallen aufs Bett, auf den Fußboden, stehen auf, hauen das Zimmer kurz und klein. José und Rosa sind verliebt

»Dank eines guten Heeres hat der bescheidenste Bürger nicht nur Ruhe zu Hause, er wird auch überall, wohin seine Interessen ihn führen, geachtet«: Manuel Du Gradé de Cavalerie a l'usage des Sous-officiers, Brigadiers et Élèves Brigadiers, Paris, Siècle XIX.

Jahresende: José

»Ich finde den letzten Tag des Jahres, nur weil er der letzte ist, nicht traurig, auch nicht, weil ich fröhliche Menschen sehe und ich nicht fröhlich bin. Ich bin traurig, weil ich nichts vorhabe und zum Silvesterrennen gehe. Was für ein scheißblöder Zeitvertreib, einen Mann rennen zu sehen«[1]

Rosa:

Seit Tagen habe ich Kopfschmerzen und das Gefühl, daß ich irgend etwas erfahren werde. Es ist, als läge mir ein Wort auf der Zunge, und das Wort will nicht heraus. Man hat solche Beklemmung und ist verrückt darauf, das Wort auszuspucken. Man möchte kotzen, rennen, schreien. Der Schmerz fängt an, wenn José heimkommt. Ich bin fast sicher, daß er Dinge vor mir geheimhält. Vielleicht ist es auch ganz anders. Möglich, daß er

Dieses Ehepaar wird sich noch umbringen / Eines schönen Tages hole ich die Polizei und mache Schluß damit / Los, Malevil, steig ihnen aufs Dach, du bist doch ein Freund von ihnen / Wie kann die Ärmste mit so einem Ehemann glücklich sein / Er arbeitet am scheußlichsten Ort von der Welt, voll von anormalem Gesindel, von Banditen / Die Regierung muß damit Schluß machen / Das ist es / Gehen wir zur Polizei / Diese Menschen müssen lernen wie Menschen zu leben.

nichts dergleichen geheimhält, und José weiß gar nicht, daß etwas mit ihm geschehen wird.

1 ? Traurig, was. Wenn es dir aber gefallen hat, kannst du es weitersagen.

JOSÉ

Ich mag sie nicht besonders. Ich bin ganz sicher. Ich will weg und kann nicht. Ich denke immer: heute mach ich Schluß. Wenn ich nach Hause komme, rede ich ein bißchen und merke, daß das Gegenteil der Fall ist. Sie lacht, das mag ich; sie sagt dummes Zeug, ich lache über das dumme Zeug; sie küßt mich, ich mag ihren Kuß; und ich vergesse, daß ich nach Hause ging, um endgültig mit ihr zu brechen, weil ich die Gewißheit habe, daß sie nicht die Frau ist, die ich brauche oder mag. In ihrem Kopf ist eine Röhre. Und die stimmt sich auf meinen Kopf ein. Da ist was Sonderbares, wirklich, es ist nicht nur Liebe, nein

MALEVIL:

Malevil ist der erste Fall der Welt von Auferstehung. Malevil hat zehn Jahre tiefgekühlt verbracht. Als sein Körper in die Tiefkühltruhe kam, schwebte er wegen einer nichterkannten Krankheit am Rande des Todes. Er wurde in der Klinik aufbewahrt. Mittlerweile starben seine Eltern bei einem Verkehrsunfall, die Verwandten vergeudeten ihr hinterlassenes Vermögen und vergaßen Malevil. Eines Tages tauten die Ärzte seinen Körper auf, operierten Malevil und er kehrte ins Leben zurück. Die Zeitungen berichteten ausführlich darüber, sein Name erschien in allen wissenschaftlichen Zeitschriften, die Wissenschaft des Landes wurde gerühmt / Europa verneigte sich ./ Zwei Dinge: Malevil erinnerte sich an nichts aus seinem früheren Leben und konnte fortan weder Eisgekühltes noch glühend Heißes noch Gemüse essen. Eine Zeitlang war sein Spitzname der Auferstandene. Nach einiger Zeit geriet er in Vergessenheit, es kamen die Gehirntransplantationen, die Ärzte hielten andere Neuigkeiten bereit.[1]

1 Das jedenfalls hat Átila José erzählt.

Tatsächlich hatte die mittlerweile weltberühmte Schlucht den ganzen Norden und Osten der Stadt besetzt. Hundert Straßen führten in sie hinein, zweihundert führten aus ihr hinaus. Jedes Haus besaß eine Leuchtreklame, eine Attraktion. Die Anormalen kamen, mieteten ein Haus, beuteten sich selber aus. Die, welche in der Schlucht begonnen hatten, verloren den Überblick. Sie sahen, wie die Attraktionen ins Fernsehen gelangten. Die besten gingen allmählich fort, wie der Zwergsänger oder die parfümierte Beutelratte, das vierhundert Jahre alte Huhn, die Frau mit dem Kaninchengesicht. Es kamen andere, neue, sie kamen aus dem Land. Aus ganz Amerika. José hatte nie gedacht, daß dies Amerika sein könnte. Bis eines Tages, von der Ankunft des normalen Menschen an, Leute einzutreffen begannen, die keine Neuigkeit zu bieten hatten. Das heißt, sie waren nicht anormal, hatten keine Verkrüppelungen, waren keine Ungeheuer. Sie waren nur Kranke, Ausgehungerte, Unterernährte, arme Schlucker, kinderreiche Familien. Und die Anormalen packten ihre Koffer, gingen in die Stadt, zogen in andere Städte, und zwar mit ihren Familien, ihren gleichfalls anormalen Kindern, eine neue Sippe wuchs heran. Die Anormalen verließen die Stadt. Jedes Mal, wenn ein Anormaler mit seiner Familie kleiner Ungeheuer in einen Stadtteil umzog, zeigten die eingesessenen, traditionellen und ehrbaren Familien sie bei der Polizei an, suchten dem neuen Nachbarn zu schaden, schlugen ihm die Fenster ein, schlugen nachts Lärm, machten ihm das Leben zur Hölle. Dann zogen sie fort. Und die Anormalen begannen, nunmehr leere Wohnviertel zu bewohnen und machten sich nichts daraus. Und schon kamen andere aus der Schlucht oder vom Norden oder vom Süden oder aus irgendeinem Land des Kontinents. Manchmal besetzten sie ganze Städte und lösten einen Exodus aus, die Landstraßen waren mit Autos verstopft, mit Möbelwagen, es gab Verkehrsstockungen wie in Kriegszeiten. Und es war eine Kriegszeit.

. Schätzchen, gib mir zehn Cruzeiros.

? Schon wieder.

? Wer weiß, vielleicht werden wir reich.

. Geh mir doch mit diesen Ketten. Jede Woche eine neue.

? Meinst du, ich habe Geld für solche Marotten.

? Und das Haus, Schätzchen.

? Geht's uns so nicht gut.

. Keineswegs.

? Willst du mir sagen, warum nicht.

. Das weißt du doch. Hat man schon Leute heiraten und keine Wohnung haben sehen. Ich möchte mein eigenes Haus besorgen, meine eigenen Betten machen, meine eigene Küche putzen.

. Du hast mein voriges Leben gekannt, du weißt, daß ich mir nichts aus diesen Dingen mache.

. Du mußt dich ändern. Das ist kein Leben, du brauchst mehr Pflege.

. Ach, mach dich nicht so wichtig.

. Du mußt dein Familienleben organisieren.

. Quatsch, ich bin vor meiner Familie geflohen, das ist eine Scheiße.

. Red nicht so.

Plfaft, plaft, plaft.

Das Gebet lautet folgendermaßen: »Ich vertraue mit all meinen Kräften auf Gott, daß er mich vom schlechten Weg abbringt. In Ihn lege ich meine ganze Zuversicht.« Vorsicht, das ist keine Spielerei. Behalten Sie nicht diesen Durchdruck. Stecken Sie ihn in einen Umschlag mit zehn Cruzeiros und schicken Sie ihn an neun Ihrer Freunde. Es müssen neun sein. Tun Sie das innerhalb 72 Stunden. Dieses Gebet ist bereits viermal um die Welt gereist und hat viel Glück gebracht. Herr Roger Karman ist Millionär geworden, gleich nachdem er die Kette versandt hatte. Herr Demétrio Letera starb durch eine Explosion, als er die Kette durchbrach.

. Schlag nur zu, heute mach ich nicht schlapp. Los. Ich nicht. Ich will mein Häuschen, schön weiß, und hübsch, damit ich meine Freundinnen empfangen kann.

? Du willst Freundinnen haben.

. Die anderen Kellnerinnen fragen mich immer: Rosa, wann können wir mal bei dir zu Hause ein Bierchen trinken. Ich möchte meine Freundinnen einladen, und du kannst deine Freunde nach Hause bringen.

? Hurenscheiße, soll das ein Leben sein.

Er verschloß die Büchse mit dem Deckel, von neuem jedoch enttäuscht.
? Was suchst du denn die ganze Zeit.
José fand es nicht.
(Ich bezweifle, daß es sie gibt)
Aber es gab sie.

SPEZIELL FÜR DIREKTOREN DIE IHRE ROUTINE UNTERBRECHEN WOLLEN: WIR BIETEN IHNEN DEN DIENST UNSERER COMPUTER ZUM PREIS EINES GEHALTS: BUCHFÜHRUNG, KONTOKORRENT, RÜCKLAGEN, LOHNLISTEN.

? Zé, was ist das für ein Foto.

. Ein altes Foto. Gehörte meinem Vater.

? Besaß dein Vater Fotos von nackten Weibern.

. Ja, dieses besaß er.

? Wozu.

. Es gefiel ihm. Es gefiel ihm sehr. Er schaute es dauernd an.

. Sonderbar, eine nackte Frau ohne Kopf.

Im Hintergrund ein Ofen. Die nackte Frau stand an der Tür, den Kopf zurückgeneigt. Der Körper erleuchtet, das Gesicht vom Schatten verschluckt. Als hätte man ihr den Kopf abgehackt.

José hatte gehört, die Comuns seien in einem ferngelegenen Stadtteil aufgetaucht. Maschinengewehr in der Faust, überfielen sie Banken, Panzerwagen, Industriewerke.

Er hörte die Leute sagen, sie hülfen einem, wenn man Hilfe bräuchte. Gäben einem Geld, brächten Arzneien, besorgten einem Ärzte.[1]

? Gê. Gê heilt Kranke in unserer Welt.

Gedanke des Tages: Echte Nächstenliebe beginnt zu Hause.

Unterhaltung im Taxi:

. Anfangs, wissen Sie, habe ich nichts von Börsenkursen verstanden, aber mit der Zeit lernt man. Es reicht, um was auf die Seite zu legen.

? Was machen Sie.

. Ich bin Tischler.

? Spekulieren Sie allein an der Börse.

. Nein, ich habe fünfundzwanzig Genossen.

? Wieviel verdienen Sie im Monat.

. Fünfhundert neue.

? Bleibt was übrig.

. Ich erübrige 20, um an der Börse zu spekulieren.

? Reicht das.

. Jetzt schon. Ich versteh mich drauf. Und es kommt was dabei raus.

? Wirklich.

. Schauen Sie. Die Aktien der Hauptbank haben sich in einem Jahr um 674 Prozent valorisiert. Belgische Hüttenwerke um 157,3. Es kommt drauf an, daß man Aktien verschiedener Gesellschaften kauft.

? Wie viele Kinder haben Sie.

. Sechs.

? Wann stehen Sie auf.

. Um vier, damit ich um sieben da bin.

? Seit wieviel Jahren arbeiten Sie schon.

. Einundzwanzig.

1 Romantisches Bild begleitet sagenhafte Helden.

tau t
k
send s
ü
c e

Wer heimführt wünscht sich ein Heim

? Ein Heim. Vorzüglich, also zur Sache! Sie werden ein erstklassiges Haus kaufen. Eines der besten.

Der Mann im Straßenanzug (Kaufen Sie einen Anzug und gewinnen Sie eine Hose, einen Schlüsselbund und nehmen Sie an einer Reise teil). Redegewandt, einschmeichelnd, lächelnd, süßlich, widerwärtig.

(Werbewirksam). José setzte sich, der Stuhl war niedrig, der Mann am Schreibtisch blickte von oben nach unten.

. Wir haben sensationelle Angebote. Mit allen Vergünstigungen. Geringer Anzahlung. Großen Zahlungserleichterungen. Wie Sie wissen, sorgt unsere Organisation für das Wohl der Familie. So wie Sie haben uns zwanzigtausend Personen aufgesucht. Aber (lange Pause, Lächeln, der Finger zeigt auf José. Freuen Sie sich, Sie, José, Du bist einer der Erkorenen, einer der unter den zwanzigtausend Personen Auserwählten) unsere Auswahlkriterien sind streng, sorgfältig, unerbittlich, sie wenden sich nur an die Besten unter den Besten. Daher der Ruf unserer Firma. Sie genießt das Vertrauen des Volkes. Der Regierung. Der Großbanken. Der Bau- und Wohngenossenschaft, das offizielle Organ, zu gegebener Stunde durch die festentschlossene Tat unseres ehrwürdigen Herrn Präsidenten geschaffen. Aber wie wir schon sagten (neue Pause, derselbe deutende Finger, Lächeln, Pomadenfrisur, Geruch von Acqua Velva, glatte Gesichtshaut, perfekte Rasur – dank dieser Crème können Sie sich sogar mit dem Beil rasieren): Sie sind hier, weil Sie ausgewählt wurden. Ich beneide Sie. Ich, ich persönlich wollte Ihnen aus eigenem Antrieb diese Neuigkeit übermitteln. Ich würde gerne – ? wissen Sie was –

die Freude empfinden, die Sie in diesem Augenblick empfinden müssen. Das vor Freude pochende, bebende Herz. ? Dennoch, wissen Sie, daß ich diese Freude in mir fühle (Pause, kontemplative, nachdenkliche Miene, 7. Regel des Firmenhandbuchs). Ich fühle diese Freude, weil ich Ihnen Glück vermitteln kann. Freilich nicht ich persönlich. Sondern meine Gesellschaft. Und ich bin meine Gesellschaft.

(Auswahl: Unterzeichnete Dokumente, Fragebögen, Bilder-Test, finanzielle Lage, Religion, politische Einstellung, Eignungsbescheinigung, Meldeschein, Weltanschauungsbescheinigung, Arbeitsbescheinigung, vier Zeugenunterschriften, ? »Warum wollen Sie ein Haus kaufen«, ? »Was halten Sie von der Bau- und Wohngenossenschaft der Regierung«, ? »Was ist Ihr Alter, Familienstand, Ihre Nationalität, Ihre Hautfarbe (erklären Sie: schwarz oder weiß; Mulatte, braun, brünett und Ähnliches gehören zur Farbe Schwarz), Wählerausweis, Impfscheine, ärztliche Bescheinigungen.)

Ich habe bestanden. Das heißt, ich habe diese ganze Scheiße nur für die Auswahl durchgestanden. Genau wie bei der Reifeprüfung. Eine riesengroße Scheiße. Prüfung. Ich habe bestanden. Ich war überzählig. Seither bestand ich und war überzählig. Bei dem nächsten Überschuß sollen sie zum Teufel gehen. Ich machte mich davon. Sollte ich hier wieder in der Überzahl sein, schlage ich dem Kerl den Schädel ein.

. Sie sind für die Endphase bereit. Nun ist alles leicht. Außerordentlich leicht. Die Genossenschaft wurde für Ihr Wohlergehen gegründet. Nun müssen wir uns mit Ihren Papieren beschäftigen. Lesen Sie diese Faltblätter. All das müssen Sie wissen. Alles, alles. Sollten Sie Zweifel haben, kommen Sie bitte wieder. ? Wollen Sie zuerst die Häuser sehen. Persönlich, wenn Sie mir eine Meinung gestatten, würde ich darauf verzichten. Sie brauchen sie nicht zu sehen. Hier an der Wand sind die Fotos. Dort drüben die Baupläne. Sie können nach dem Grundriß Ihr fix und fertiges Haus wählen. Nehmen Sie sich Zeit und wählen Sie in aller Ruhe.

Die Grundrisse sind alle gleich. Ohne Unterschied. Dreihundert Seiten, zehn Grundrisse pro Seite. Genau gleich. Der

Mann der Gesellschaft ungeduldig. José musterte Grundriß nach Grundriß. Er bat um ein Lineal und maß. Er bat um ein Blatt Papier und stellte Berechnungen auf. Er wählte den vorletzten Grundriß.

Schön, das werden wir gleich bearbeiten.

? Was muß ich tun.

? Haben sie schon eine Finanzierung.

. Noch nicht. Ich werde mich sofort darum kümmern.

. Schön. Dazu habe ich Folgendes zu sagen. Finanzierung läßt sich auf mehrere Arten erreichen. Durch den Spar- und Darlehensverband oder durch die Gesellschaft für Immobilienkredite. Die gesetzliche Mindestfinanzierung beträgt 400 Mindestgehälter für ein Immobilienobjekt, dessen Wert nicht 500 Mindestgehälter übersteigt. Sie können sich aber auch an eine öffentliche Institution wie die Sparkasse wenden. Dort beträgt die gesetzliche Finanzierung 20 Mindestgehälter für ein Immobilienobjekt, das nicht 400 Mindestgehälter übersteigt.

. Aha, weiß schon, weiß schon, weiß schon.

. In jedem Fall hängt die Finanzierung vom Familieneinkommen ab. Die Familie, die ein geringeres Einkommen hat, kann eine Finanzierung bekommen, die einem 20%igen Beitrag des Einkommens entspricht. Die mehr verdienende Familie kann bis zu 30% bekommen. Sagen wir: wenn Sie und Ihre Angehörigen 500 Cruzeiros im Monat verdienen, muß die Finanzierung so kalkuliert werden, daß die Monatszahlung zwischen 100 und 125 Cruzeiros beträgt. Und so weiter, damit Sie Ihren Kauf ohne das geringste Opfer mit Ihren eigenen Zahlungsmöglichkeiten tätigen können.

José wählte den vorletzten Grundriß.

. Eine wirklich sehr gute Wahl, es macht Spaß, jemandem zu verkaufen, der so gut zu wählen versteht. Ich bin sehr froh über Ihre Entscheidung. Eloy, stets zu Ihren Diensten. Und verzeihen Sie bitte, wenn ich nicht ganz Ihren Erwartungen entsprach. Wir hoffen immer mit Ihrem Vertrauen rechnen zu können. Ich bedanke mich für Ihren geschätzten Auftrag. Lassen Sie uns am Tag des Abschlusses ein Glas Bier zusammen trinken. (Bla, bla, bla. Bis bald und auf Wiedersehen)

Ein eigenes Haus. Ein Häuschen nur für uns zwei. Mein Schatz, wie schön. Ich habe immer von einem Häuschen geträumt. Und das Kinderzimmer. Laß mal sehen. Allerliebst. Wir malen es hellblau an und die Fenster dunkelblau. Und Kacheln an die Wände. Ach, das muß ich Dona Conceição erzählen. Sie wird vor Neid sterben. Warte, mein Schatz, warte nur ein Augenblickchen.

Rosa rannte durch die Pension. Von Zimmer zu Zimmer. José blickte ihr nach: in Pantoffeln, Lockenwickler im Haar, weißes Kopftuch darüber. Sie erinnerte sich daran, daß es Samstag war, sie wollte ausgehen, ins Zentrum, einen Film anschauen / wenn es Sarita Montiel gab, um so besser /, eine Pizza essen, ein Glas Bier trinken. Dann, auf dem Heimweg, würde sie Säckchen mit geröstetem Kürbissamen kaufen, Cajunüsse, Mandelschokolade und syrische Süßigkeiten. Der Nachttisch des Zimmers ist voller Säckchen. Samstags füllt sie ihren Bestand auf. Abends futtert sie und liest M. Delly.

. Ich will mir das Bügeleisen ausleihen und ein Kleid bügeln. Heute abend feiern wir.

Rosa machte sich ans Bügeln / 2 Cruzeiros Miete für das Bügeleisen / . José prüfte die Faltblätter der Wohngenossenschaft.

»Achtung, Bleistift und Papier in die Hand. Wenn Sie wollen, versammeln Sie die Familie. Um zu ermitteln, welchen Anteil Ihres Einkommens Sie für den Kauf eines Eigenheims erübrigen können. Der erste Schritt ist, Monats- oder Jahreseinkommen und -ausgaben gegenüberzustellen.«

Gedanke des Tages

? Aber Teufel noch eins, wozu will ich ein Eigenheim? Wofür brauchen wir all das ? Warum trenne ich mich nicht von dieser Frau ? Warum schlage ich sie nicht tot. Ich trenne mich nicht von ihr, schlage sie auch nicht tot. Jedes Mal, wenn ich ihre Knie sehe, jedes Mal, wenn sie stöhnt, schamvoll / lustvoll im Bett stöhnt, weiß ich, daß ich mich nicht von ihr trenne. Wenn ich sie verließe, bekäme ich keine andere. Und wenn Rosa ein Eigenheim will, einen Haarfön oder Scheiße in Dosen, kaufe ich es ihr, das ist die pure Wahrheit. Und ich werde nicht mit mir selber hadern und mir auch keine Frage stellen. So ist das und fertig

Drei Tage lang dachte er nach.

An den drei darauffolgenden meditierte er.

Weitere drei harter Überlegungen.

Schließlich: Geld, o Geld. ? Wo ist das Geld.

Geld ist nicht vorhanden.

Es ist vorhanden. Irgendwo.

Wo? In Sparkassen, Banken, Investmentfirmen, Entwicklungsunternehmen. An tausend Stellen, in Geldschränken. Für die anderen.

? Warum wird dieses Geld nicht unter alle auf der Welt verteilt. Es reichte für alle, überreichlich.

Blödian, was bist du blöd, Zé Gonçalves. Sogar dein Name ist blöd. Verteilen. Ah, ah, i, i, i, i, ik, ik, ik. Da kann ich nur weinen.

Wenn ich kein Geld habe. Wenn ich keine Stellung habe, in der ich Geld verdienen kann. Dann stehle ich es. Kinderleicht. Stehle ich mir es und fertig.

Ah welche Wahnsinnslust
dies organisierte Leben

Sie sind geeignet, aber kommen Sie ein anderes Mal wieder. Interviews, Tests. José stellt sich an, dreizehn Stunden in der Schlange rund um den Häuserblock. Die Schlangen werden länger. Die Zeitungen: Arbeitslosigkeit, Politik der Einschränkungen. Industrie und Handel stellen niemand ein, entlassen dagegen.

Interviewer des TV: ? Warum gibt es nicht mehr freie Stellen.

Der Industrielle: Das ist nicht unsere Schuld, uns steht das Wasser bis zum Hals, die Banken finanzieren nicht, die Regierung gibt keine Anleihen, es gibt neue Steuern, Produktionsgebühren, den Hilfsfonds zur Bekämpfung des Kommunismus innerhalb der Kirche, die Mitgliedsbeiträge für die Ligas zur Verteidigung der Demokratie, der Moral, des Bürgersinns, die hohen Auslagen für Flaggen, Aufkleber für Autos mit Bürgerparolen wie Liebe Dein Vaterland oder verlasse es, die etc, etc, etc, etc, etc, etc, etc, etc, etc.[1]

Almosen, Bettler, Hunger, überall auftauchende Straßenverkäufer. Redebegabte Anwälte verkaufen Leucht-Jo-Jos, Kordelmäuse, Kragenstäbchen, Kugelschreiber (3 für 1000), Säckchen mit Zitronen (1 Dutzend für 50 Centavos), Heiligenbildchen, Luftballons, Feuerzeuge, hausgemachte Süßwaren, Parfums, verbotene Bücher, Schlüsselringe, Socken, Ringe, Brillen, Abzeichen, Kaleidoskope, Kartoffelschälapparate, Lineale, Bleistifte, Radiergummis. Ärzte verkaufen Wimpel von Haustür zu Haustür. Agronome waschen Windschutzscheiben von Autos auf den Parkplätzen. Architekten helfen als Berater bei Barackenbauten in den Armenvierteln.

Die Schlangen vor dem Fürsorgeamt wachsen. Jede Nacht Händel in den Herbergen, unter den Viadukten, Brücken, vor den Hochhauseingängen, vor den Kirchenportalen / die Stärkeren besetzen die Plätze und verkaufen sie den Schwächeren für eine Zigarette, einen Arschfick, einen Schnaps, und schon kommen die Priester mit der Polizei: raus, raus aus dem Gotteshaus, ihr Krämer / , wegen einer Schlafstelle.

Bettler, Stromer, Arbeitslose, ganze Horden kehren den Müll der Stadt, aller Städte um. In die Häuser wird eingebrochen, Diebe werden gefaßt, während sie Speisekammern, Kaufläden und von Polizeikommandos bewachte Supermärkte ausräubern. Alle Welt will ins Kittchen, wo man wenigstens nicht vor Hunger verreckt.

Ein Paar, das einen Bachrand abgraste, überfiel grasende Kumpane mit Bissen.

Angestellte werden entlassen. Entlassene ermorden ihre Chefs.

Die Priester beten und flehen: Liebe Söhne, vertraut auf Gott und Gott wird euch ernähren.

1 Von der Zensur gekürztes Interview, Interviewter verhaftet.

Information

Gutbewaffnete Soldaten haben Polizeischutz der Banken in der Nordzone übernommen. Ihre Waffen sind: Maschinengewehre INA, Kaliber 45; Weitschußgewehre, Kaliber 22; Revolver Taurus, Kaliber 38; Bomben mit moralischer Wirkung und Tränengasbomben.

Kleine und grosse Anleihen

acht Uhr abends / Straßen / die Tore des Stadions geöffnet / eingeschaltete Lampen / die Grasnarbe verschwunden, die Erde umgewühlt: die Dränage des Rasens wird erneuert / ein Wagen fährt vorbei / zehn Minuten später ein zweiter / Treppen verbinden die unteren und oberen Straßen / große Häuser, Herrenhäuser / geschlossen: Türen, Fenster, Tore / Niemand / ein Neger begießt die Pflanzen, Geruch feuchter Erde / ein Lieferwagen fährt mit quietschenden Reifen um die Ecke / alter Garten, Rosenbeete, Chrysanthemen, Margeriten, Zinnien, Löwenmaul, Buchs, Kugellampen inmitten der Blumen / weibliche Hausangestellte flirten / geschlossene Häuser / Schilder: 1936.

. Raus mit dem Zaster! Wird's bald!

Die Spielzeugpistole ins Gesicht des Kerls. Der Kerl war aus seinem *Galaxie* ausgestiegen und wollte ihn in die Garage stellen. José hat die Haltung eines, der sich mit einem Freund unterhalten will.

. Los, den Zaster, los schon. Und zwar alles.

Der Mann, ein Fünfzigjähriger, verfallenes Gesicht, zieht die schwarzlederne Brieftasche (Ich hasse Brieftaschen, hätte ich einen richtigen Revolver bei mir, ich würde den Kerl umlegen, nur weil er eine Brieftasche benutzt). Der Mann öffnete die Brieftasche, zog Zehnerscheine heraus. Zwei Bündel. Händigte sie aus. Zeigte die leere Brieftasche. José packte sie, zog die persönlichen Unterlagen heraus, Kennkarte, Kreditscheine, Bankausweise.

. Die Dokumente nicht. Geben Sie mir bitte meine Dokumente zurück. Das Geld können Sie behalten.

? Haben Sie noch mehr. Ich glaube, Sie haben noch mehr Geld bei sich. Wenn Sie welches haben, geben Sie es mir, dann gebe ich Ihnen Ihre Papiere zurück.

José verzerrte den Mund, als wolle er ausspucken. Die Mundfäule störte ihn. Sie tat es immer, wenn er nervös wurde. Der Überfallene starrte ihm ins Gesicht, als versuche er sich seine Züge einzuprägen.[1] José nutzte die Gelegenheit und spuckte ihm ins Auge.

. Los, das Geld.

Der Überfallene steckte die Hand in die Gesäßtasche und zog ein Päckchen hervor.

. Und den Rest, wird's bald. Ich will alles.

. Aus.

José zerriß einen der Ausweise. Der Mann ging an das Handschuhfach und holte ein zweites Päckchen hervor.[2]

Dann hieb der Mann mit der Hand auf die Autohupe und hupte anhaltend. José schlug dem Mann mit seinem Revolver ins verfallene Gesicht, aber die Plastikwaffe verletzte ihn nicht. José rannte fort, der Mann rannte hinterher. José blieb stehen, riß ein Tor auf, verschwand in einem anderen Haus, rannte durch den Hinterhof, kletterte über eine Mauer, kam aus dem Nachbarhaus heraus und machte kehrt, Richtung Straße. Er sah den Mann mit einer Gruppe von Leuten reden. Alle gingen in das Haus. José sprang in den *Galaxie* und fuhr los.[3]

Ergebnis des Überfalls

Bargeld aus der Brieftasche	$	210.00
Bargeld aus der Backentasche	$	150.00
Bargeld aus dem Handschuhfach	$	700.00
Summe	$	1.060.00

Am nächsten Tag ging José auf eine Bank und eröffnete ein Konto, von der Werbekampagne Gebrauch machend: *De-*

1 Für die Personenbeschreibung.

2 Die stinkreichen Kerle hinterziehen die Einkommensteuer, sagenhaft.

3 Unglaublich die Leichtigkeit, mit der man in diesen Tagen stehlen kann. Und an den anderen.

poniere dein Geld – Die Bank ist der einzige sichere Ort – Die Banken haben die kleinen Ungeheuer ausgemerzt. Er kaufte eine Zeitung, der Mann hatte den Diebstahl angezeigt, den Angreifer aber nicht erkannt. José war befriedigt (Lieber erst im Alter von über fünfundzwanzig zu stehlen anfangen, wenn man einen kühleren Kopf hat). Normen Josés, nach den bei verschiedenen Überfällen gesammelten Erfahrungen aufgestellt:

1) Tag für Tag eine Reihe von aufeinanderfolgenden Diebstählen an benachbarten Orten durchführen, dann plötzlich die Richtung wechseln, einen einzigen Diebstahl begehen, dann von neuem wechseln.

2) Verhüten, daß das Opfer dein Gesicht zu deutlich sehen kann.

3) Tricks verwenden: so tun, als hinktest du.

4) Wie ein Asthmatiker atmen.

5) Einen trockenen Husten haben.

6) So tun, als sähest du schlecht; das gestohlene Geld nahe vors Gesicht halten.

7) Worte auf Spanisch, Caray, Laplata dazwischen mischen.

8) Dauernd ausspucken.

9) Hohe Absätze tragen.

10) Gut angezogen gehen, oder wenn du schlecht angezogen bist, mehrere Tage hintereinander ein auffallendes, dann wieder ein anderes Zubehör tragen.

11) Ein paar Tage pausieren, dann wieder anfangen, von neuem unterbrechen, dann zwei Tage Tätigkeit, darauf einen Monat Waffenruhe.

12) Das Geld stets deponieren. Das Konto bewegen. Sich mit dem Geschäftsführer anfreunden. Um ein Darlehen bitten. Rechtzeitig zurückzahlen. Immer deponieren.

Wen es interessiert: New York (UPI) – Die Bankräuber machen von der Technologie Gebrauch, um Kassenschränke zu knacken. Ein für Bau- und Reparaturarbeit verwendetes, Schweißbrenner benanntes Werkzeug, das in jedem Fachgeschäft zu haben ist und Temperaturen zwischen 2.500 und 5.000 Grad Celsius erzeugt, wird neuerdings von Dieben verwendet; mit diesem Gerät bohren sie in 10 Minuten Löcher von 5 Zentimeter Durchmesser in ein Meter dickes Eisen oder Stahl. Angesichts dieses, übrigens preiswerten, neuen, jedem Dieb zur Verfügung stehenden Hilfsmittels verhehlt die Polizei nicht ihre Besorgnis, insbesondere weil die Alarmsysteme durch den Apparat lahmgelegt werden können.

Ergebnis neuer Überfälle: Josés Memorandum

Fahrer in der Rua Bresser	$	34.10
Frau, die aus der Bank kam	$	100.00
Schlechtgekleideter Herr in der Av. Paulista	$	23.00
Wohnung des Türken, der kein Portugiesisch spricht	$	3.000.00
Diverse (Verkehrspolizist, reiche Jungens etc.)	$	350.00
Übertrag	$	1.060.00
Summe	$	4.567.00

Bemerkung: Ich bin zu dem Schluß gekommen, daß beim Überfallen von Frauen größte Vorsicht geboten ist. Die als ehrbar geltenden schreien los; die als Huren geltenden tragen ein Rasiermesser in der Tasche und lassen sich nicht einschüchtern (Hoffentlich finden sie nicht Sonjas Leiche)

Wen es interessieren mag: Die Militärs, Bankdirektoren und Vertreter der Polizeibehörden, die der Vorführung der kugelsicheren amerikanischen Westen beiwohnten, haben die Veranstaltung verwirrt verlassen: eine von dem Maschinengewehr Marke *Ina* abgefeuerte Kugel durchschlug die Vorführpuppe. Gleichzeitig wurde die Effizienz der Weste Marke *Army-Vest*, die aus Stahl ist, 13 Kilo wiegt und von den nordamerikanischen Elitetruppen in Vietnam getragen wurde, unter Beweis gestellt.

Hände hoch / Alle ins Badezimmer / der Überfall hat

begonnen / Maschinengewehre in der Faust / erschrockene Bankangestellte / Papiergeld / Münzgeld / Bankräuber setzen über die Schaltertische / Herzen in Panik / Wir sind keine Subversiven / ? Was seid ihr dann / ? Wie soll man drei Mulatten identifizieren / Auf der Suche nach dem geheimnisvollen Wagenbesitzer / Geld in die Taschen / Das Volk in die Badezimmer / Hände runter: Sie könnten ruhig etwas höflicher sein.

Der zehnte.

(Es wird schwieriger. Immer schwieriger. Kein Mensch läuft mehr mit Geld auf der Straße herum. Alle Welt stiehlt, die Konkurrenz ist groß. Es sollte nur stehlen, wer es wirklich nötig hat. Aber, du wirst's sehen, jedermann hat es nötig. Neulich beschloß ich, einen Taxichauffeur zu überfallen. Als ich einstieg und die Straße nannte, eine ziemlich entlegene Straße, öffnete der das Handschuhfach, zog den Revolver, legte ihn neben sich. Auf dem Boden lag griffbereit eine Eisenstange. Ich hielt es für gegeben, mich auf nichts einzulassen, der Mann hatte zwei strategische Spiegel angebracht, beobachtete jede meiner Bewegungen. Ich fing ein höfliches Gespräch mit ihm an, um seine Aufmerksamkeit abzulenken, er ging nicht darauf ein. Er erzählte mir, er sei zweimal von elegant aussehenden Männern überfallen worden, einer habe sich als Bankangestellter ausgegeben, der andere wollte Lehrer sein – ? Ob das stimmte ?.)

Zehn Uhr abends. José in der Unterführung. Biegt in eine Allee ein, geht am alten Straßenbahnbahnhof vorüber, alte Huren – Strolche – Absteigequartiere – Reifengeschäfte – Autozubehör – Tanzschule mit grüner Tür – Fußballplatz, auf dem Soldaten dribbeln, er hört Weiber hinter rissigen Türen locken: komm, komm, komm, schmutzige Bars – Rekruten aus dem Hinterland, ein Busbahnhof und Fässer mit schwarzem Öl – moderne Backsteinkapelle – Mauern mit Aufschriften: Ankleben von Plakaten verboten – Nieder mit dem Imperialismus – Einfrieren von Löhnen tötet den Arbeiter, parkende Autos – Haus mit geöffneten Fenstern – Pappkoffer auf den Kleiderschränken mit Spiegeltüren – Polizisten – Schaufenster mit Tausenden von Autoreifen (*es war Krieg, ich acht Jahre alt, ich ließ einen Gummiring kreisen, bis ein Mann von der Stadtverwaltung kam und sagte, ich müsse meinen Ring abgeben, meinen Gummiball, alles was wir an Gummi im Haus hätten, wegen des Krieges, ich würde damit die Soldaten unterstützen, ich wollte keine Soldaten unterstützen, wollte auch keinen Krieg*), weißer Schuppen – Glastüren – stellt Modell des im Bau befindlichen Wohngebäudes aus (Erleichterungen über Erleichterungen, kaufen Sie Ihr Apartamento).

Aus einem Klub tönten die Klänge einer Sambaschule. Jetzt hieß es warten. Um zehn mußte der Mann mit dem Paket kommen. Seit zwei Wochen stieg er dem Kassier vom Tierlotto nach. Um drei Uhr nachmittags ging der aus, fuhr im immer selben Taxi Chevrolet 38, schwarz, die vereinbarten Stellen ab. Die Losverkäufer kennen den Wagen, der nur am Straßenrand hält; der Zahler fragt: ? Sind Sie frei. Wenn der Zahler nichts fragt, ist dicke Luft, die Polizei in der Nähe, und der Wagen fährt weiter. Wenn der Kassier fertig kassiert hat, fährt er zum Quartier, dreistöckiges Gemäuer, polizeiwidrig, weil ungenehmigter Bau, bewohnt von bettelarmen Familien und Gaunern, die hier ihren Unterschlupf haben. Der Kassier entläßt den Fahrer zwischen 10.30 Uhr und elf Uhr, steigt in den dritten Stock hinauf und schließt die Tür hinter sich ab. Dort verbringt er bei eingeschaltetem Licht etwa zwei Stunden, dann verläßt er das Haus ohne das Geringste in der Hand.

Auf der Straße nahm der Mann seinen Bus, José stieg mit ein und stieg beim Wasserpark aus. Der Kassier fuhr im Bus weiter. Tierkotgeruch kommt vom Park, Tierausstellung. José nahm einen Bus zurück. Aß ein Goiabaeis (Eigene Herstellung, die beste, hausgemachte Eismasse) und fuhr zum Quartier. Schlafende Stromer am Straßenrand, ein Betrunkener kotzte, Kinder wühlten in den Mülleimern, ein Polizist pißte, während seine Freundin wartete, an einer Ecke fing ein Wagen Feuer, drumherum Gaffer, die den Fahrer drinnen sehen wollten, eine Hundemeute bellte. José stieg die Treppe hinauf. Gewaschen mit Pisse, Erbrochenem, Schnaps. Ohne ein Licht. Alle Behausungen offen – Lüftungsversuch. Kinder greinen, Hühner gackern auf den Stufen. Leute auf einem Haufen – alle Nachbarn sind zusammengeströmt – in einem Raum vor dem Fernseher (ÜBER SATELLIT): Die Astronauten kommen auf dem Mond an – die Erde lose im Raum – Mondsteine – die Spuren der Astronautenfüße im Mondstaub – die Stille – die silbrigen Anzüge – die Abwesenheit von Luft-Wind – die undeutlichen Bilder – im Himmel kreiste der andere Astronaut.

José steht vor der Tür (Ich stehe auf einem Punkt der Erde, die auf dem Bildschirm erscheint. Was für eine Riesenlüge, die Erde existiert nicht, ich existiere nicht, nichts existiert, alles Einbildung. Ich habe die Lust verloren zu stehlen, habe die Lust zu allem verloren, will alles aus mir hinauskotzen, Magen, Lunge, Milz, Leber, Eingeweide, Nieren, Harnblase, Bauchspeicheldrüse, Drüsen. Alles ausleeren und den trockenen, dürren Gipsmond verschlucken)

DER ASTRONAUT LIEST DIE BIBEL

(Man kann es nicht deutlich sehen, es gibt zwei Flächen, eine schwarze und eine weiße, die weiße ist der Boden des Lichts, die schwarze ist der Himmel, und die beiden Männer hüpfen herum und für uns hier unten ist es kaum vorstellbar, daß die beiden

Tausende von Kilometern weit weg sind in einer anderen Welt. Ich komme mir sehr merkwürdig vor, so als habe nichts die geringste Bedeutung. Oder aber als habe alles eine erhöhte Bedeutung. Diese Männer sind nicht allein, sie reden mit der Erde, was sie tun, wird von einer Billion Augenpaaren verfolgt. Die Unermeßlichkeit, ohne einen einzigen Menschen. Jetzt weiß ich, daß etwas passiert. Daß sich etwas verändert. Müßte passieren, es ist aber nicht möglich.)

Die Übertragung brach ab (STÖRUNG), Weiber kreischten, jemand sang einen Bolero, Meringe hier, Meringe da im Cachumbambê, im Cachumbambá. Im obersten Stockwerk zog José einen Draht aus der Tasche. Führte ihn behutsam in das Schloß ein. Als fahre er mit dem Finger in ein Fötzchen und die Tür ging auf wie eine Frau, welche die Beine öffnet und José trat ein, ängstlich, leicht nervös, elektrisiert. Trat ins Finstere. Angespornt von dem, was er suchte, ohne zu wissen, ob er es finden würde, wie ein von den Scheidenhäutchen angesaugter Pimmel, der hineinglitt und hüpfte und sich regte / und plötzlich spürte er ein gelbes Wetterleuchten, als würden tausend gelbe Blitze verschossen und es war nur eine Sekunde lang und die Lust zu stehlen kehrte zurück und auch zu morden und eine Bombe hochgehen und die blaue Erde in tausend Scherben durch die Luft fliegen zu lassen, die Splitter würden im Weltall zerstäuben und in ihre Planetenbahn einschwingen und selbst wenn die Erde in Stücke geht, bleiben in ihren Stücken noch genügend Leute übrig oder Stücke von Leuten, und diese Leute oder das Stück von Leuten wird sich fortpflanzen und es wird nicht eine, sondern tausend blaue Erden geben, mit Leuten oder Stücken von Leuten bevölkert.

José schaltete das Licht ein: Schränke, Kisten, Zeitungen bis zur Decke, Kassenschrank, darauf ein Liter saure Milch, Eierschalen, Heiligenstatuette, Ölgemälde, ein Glas mit Henkel in einer Flüssigkeit schwimmend, gebrauchte Pariser, Starmix mit einem Rest brauner Fruchtmasse darin, Schallplatten 78. José warf den Stapel Zeitungen auf den Fußboden, fand das Loch in der Wand, da stand ein Telefon, er hob den Hörer auf, das Amtszeichen ertönte (Hier schließen sie Wetten ab). Er notierte die Telefonnummer, wechselte die Schallplatte, ließ Bienvenido Granda *Angst* singen, warf die übrigen Zeitungen auf den Fußboden, fand schweinische Fotos, Schlüpfer, eine rote Holzkonsole, Vaselin (Kein Geld hier, Scheißhurendreck!). Dann erinnerte er sich an die Filme, die er gesehen hatte und zwei Bücher der Gelben Kollektion und suchte den Fußboden ab (Wieder einmal ahmt das Leben die Kunst nach). Ein Brett war lose und das Geldpaket darunter (Diese Leute, die im Tierlotto spielen, spielen nur niedrig und mit altem Geld). Er schloß die Tür und ließ das Grammophon laufen.

Vor der Pensionstür kamen die vier näher.

. Los, Freundchen! Raus mit der Sprache.

Es waren vier bullenstarke Typen. Was wollten sie? Wer waren sie?

. Wir sind dir von dort nachgestiegen. Wollten deinen Bau kennenlernen.

. Was für ein Bau? (Wer waren sie, wer waren sie nur?)

. Diesen da. Einen feinen Dreh hast du dir da ausgedacht! (Ih, ih, und nun und jetzt, was wollen die nur?)

. Her mit dir, Freundchen.

Ein Wagen parkte nahebei, ein *Volks* (das Leben ahmt das Kino nach; Fortsetzung auf der nächsten Seite, in der nächsten Woche, zu lesen im nächsten Heft des erregenden Detektivromans)

? Wer sind wohl die vier geheimnisvollen Gestalten

BITTE SCHÖN

Ein Dienst menschlicher Solidarität: Der Mann hat sein Arschloch im Taxi vergessen und kann nicht mehr scheißen. Hohe Belohnung für den Finder. Bitte nicht mißbrauchen.

DIE BETROGENEN: SENTIMENTALES MELODRAMA

. Aber sie haben darum gebeten. Es ist das Gold zum Wohl des Landes.

. Gib doch etwas anderes, Mutter. Den Ehering nicht.

. Sie brauchen Geld, um den Kommunismus zu bekämpfen, Sohn.

. Das ist gelogen, Mutter. Der Zaster wandert in ihre Tasche.

. Welch ein Mangel an Vertrauen. Gott steh mir bei. Wenn die Priester bitten, brauchen sie es wirklich.

. Dann gib's, Mutter. Gib deinen Ehering her.

OFFIZIELLE BESTIMMUNG

Der Ausrufer verkündete: Von heute an dürfen Männer nur die schwarzen Taxis benutzen. Frauen nur die gelben.

MOBILMACHUNG, UM DEN WAHNSINNIG GEWORDENEN ESEL ZU FANGEN

Die Polizei rekrutiert Viehtreiber, um den wahnsinnig gewordenen Esel einzufangen. Das Tier greift die Frauen an, die ihre Wäsche im Bach des Italieners waschen wollen. Die Veterinäre behaupten, der Esel leide an der bei grasfressenden Tieren häufigen Gehirn- und Rückenmarkentzündung oder »Kreiselkrankheit«, die in einer gleichzeitigen Entzündung des Gehirns und des Rückenmarks besteht und infolge der ernstlichen Verletzung schwer heilbar ist.

. Angenehm, Herr Átila, ein guter Lassowerfer.

. Ganz meinerseits. Ich bin El Matador, ein Stierkämpfer.

Die Papiere zur Übernahme des Hauses

Der Makler übergab die Papiere. Die Sekretärin griff nach dem Kontrakt. José unterzeichnete. Es kamen noch mehr Papiere, José unterzeichnete. Fünf Stunden später verließ er das Büro.

. Sie sind glücklicher Besitzer eines Hauses im Assunção-Park, der größten und schönsten Wohnsiedlung des Landes. Nur eine aktive, dynamische Regierung wie die augenblickliche versteht das Wohnungsproblem so gut zu lösen.

Regierungsnachrichten

Die Sender haben einen Monat Zeit, um ihre Lager profaner Musik zu liquidieren. Nach Ablauf von dreißig Tagen werden nur noch sakrale Musik und vaterländische Märsche genehmigt.

Heilige Bestimmung No 5463789 j 78a

Rosa goß Selterswasser in das Glas, die Tablette sprudelte, sie hob das Glas ans Kinn: »Damit es kitzelt, das tut so gut.«

Das Selterswasser kitzelte, Rosa lachte.

. Komm.

. Ich komm nicht. Ich habe keine Lust.

. Komm.

. Nein, ich will nicht.

Plfaft, plaft, plaft.

Du Hurenbock, ich schneid dir deinen Pint ab.

. Komm her, alte Kuh. Fick mit deinem Mann.

. Ich komm nicht.

Pimba, katapim, katapam.

. Ah, ah, ha, ha, ah, ah, ha.

José holte seinen Schwanz heraus. Rosa schloß die Augen.

. Komm her, knie dich hin, los.

. Du bist pervers, verderbt, ich werde dich anzeigen.

. Los, her mit dem Ärschchen.

(Er weiß es nur nicht, aber als kleines Mädchen habe ich das Arschloch hergegeben noch und noch.)

. Nein, nein, nein,
. Los, her damit
(Ich riskiere was, wenn es klappt, es hat geklappt)[1]

Rosa bekommt ein Geschenk

Der Kombiwagen durchschneidet weiße Straßen, weiße gleiche Häuser, gleiche Masten. Ein Riesenverkehr wie bei der Nationalausstellung. Frauen redeten-gestikulierten-diskutierten-lachten-schrien-hysterische Bruthennen hocken rings um ihre Kücken. Glückliche Hausbesitzerinnen, keine Probleme mehr mit Mieten-Hauseigentümern-Kündigung-Zahlungsrückstand. Sie küßten die weißen Mauern, knieten vor den Törchen, streichelten die Wände, juchzten-lachten-sangen an den Fenstern. Kombiwagen mit Lautsprechern fuhren vorbei: Die Regierung ist glücklich über euer Glück. Bänder, bunte Fahnen, Musik. Rosa wahnsinnig aufgeregt.

? Ob unser Häuschen so hübsch ist wie die anderen.

. Sicher ist es das.

(? Warum sollte es das nicht sein, wenn alle präfabriziert sind, gleiche Modelle, Größen, Preise, gleiche Ausstattung und Bequemlichkeit)

Festival der häuslichen Freude überall. An einer Ecke warf sich eine Hausfrau zu Boden, küßte die Schwelle des Gartentors mit ausgebreiteten Armen wie ein gen Mekka gewandter betender Muselman.

. Es ist dieses.

Sagte der Makler, der einen kleinen Plan mit Zahlen und Buchstaben konsultierte.

Rosa betritt das Haus

Rosa fuhr mit der Hand über das Tor (»Schon staubig, wir müssen es putzen«), lehnte sich an die Tür (»Es ist meine, meine, meine, meine«), drehte den Schlüssel um, hinter ihr

1 Das beweist: Dialog ist nötig.

José, Rosa selig (Zufriedener Kunde), sie sieht das weißgestrichene Haus in der Sonne (Ein weißer Blitz, der dem Auge weh tut), Fenster schimmern, billige Ölfarbe, das Haus makellos, strahlend, zufrieden wie ein Werbefachmann mit blankgewichsten Schuhen, der schmalzig-beflissen ein Inserat verkaufen will, das Haus bietet sich Rosa an, läßt sich durchwandern, Rosas Vergnügen und des Hauses Vergnügen, Geruch nach frischer Farbe, gescheuerter Fußboden, Lack, Terpentin. José drückt das Tor auf, willkommen, das Haus ist klein aber das Herz ist groß, das Haus ist aus Stein und das Heim aus Liebe und Zärtlichkeit, der Mann bin ich aber wer befiehlt ist meine Frau, Gott behüte mein Heim, José (beginnt sich zu übergeben).

Es ist Krieg, und José muss dem Bombenregen standhalten

? Brauchen Sie nicht einen automatischen Starmix mit Plastikbecher, den Sie vom zehnten Stock hinunterwerfen können und der nicht zerbricht, weil er aus dem gleichen Plastik besteht, das für die Kabinen der nordamerikanischen Raumraketen verwendet wird.
? Wollen Sie nicht eine bildschöne Mahagoni-Möbeleinrichtung erwerben, klassischer Stil, sehr würdevoll, hervorragende Qualität.
? Wollen Sie nicht eine zweimotorige Waschmaschine kaufen, die alles in nur vier Minuten bewältigt.
? Wollen Sie nicht einen elektronischen Besteckkasten kaufen.

Was ist denn das

. Voll des Tags, leer des Nachts.
. Ich weiß nicht.
. Der Schuh.
. Sie arbeiten zusammen, treffen sich aber nie.
. Wagenräder.

Danksagung
An das liebe Jesulein
von Prag
Für die erwiesene Gnade
Yolanda

Rosa stieg zum gelben Platz hinauf, lange Schlange vor dem kleinen Markt, dem einzigen in der ganzen Siedlung: einer für viertausend Häuser.

. Jetzt werde ich Geld verdienen.

. Ihre Zeitschrift kaufe ich.

. Ich werde sie an Bahnhöfen verkaufen, auf Fußballplätzen, in Kinofoyers. Das Volk liebt Rätselraten.

. Das gefällt mir, das kauf ich.

Malevil, Notizbuch in der Hand, sammelt den lieben langen Tag in den Stadtvierteln Rätsel für seine Zeitschrift.

Von links bin ich der Mensch
der einen Erdteil bewohnt,
von rechts bin ich das
was die Erde belohnt.[1]

Riesige Plakatwände auf dem Marktplatz, den Straßen, den Bauplätzen, auf jedem freien Stück Raum.

Mit dem Wägelchen voller Dosen fühlte Rosa einen Stich im Kopf. Die Kassiererin hat sich geirrt und zu wenig herausgegeben.[2] Rosa trat auf den Gelben Platz.[3]

Rosa suchte ein Verkehrsmittel, einen Bus, ein Taxi, irgend etwas. Sie sah nur Frauen / die gackerten / Freundschaften schlossen, Nachbarin mit Nachbarin.

»Kommt zum Heiligtum der Nächstenliebe«[4]

1 Neger-Regen.

2 Sie hat sich nicht geirrt, sie hat es absichtlich getan.

3 Die Wohnsiedlung plante für die Zukunft laut Präsidentenanordnung Plätze in verschiedenen Farben anzulegen und den Stadtteil nach sozialen Schichten aufzuteilen.

4 Das Heiligtum der Nächstenliebe verlangte von den Gläubigen ein

Kein Wagen, nichts. Außerdem starke Kopfschmerzen.

»Kommst du zum Heiligtum, wirst du dich erleichtert fühlen.«

Die Frauen lächelten ihr verschwörerisch zu.

»Komm Bruder und empfange das Licht aus der Höhe.«

Ein Lieferwagen mit Lautsprecher fuhr über den Platz. Paraguayische Harfenmusik. Am Mikrofon schrie ein Mann mit feuriger Stimme und Schaum vor dem Mund: »Es ist Zeit nachzudenken, Bruder. Jetzt oder nie. Das ist die letzte Chance. Kommt. Laßt euer Tagwerk Tagwerk sein, zündet eine Kerze an und eure Gebete werden mit den Rundfunkwellen in Gottes nächste Nähe aufsteigen und eure Ängste, eure Nöte, eure Bitten emportragen.«

Rosa blieb auf dem Gelben Platz stehen. Ihr Blick trübte sich, fast wäre sie vornüber gefallen. Ein Mann sah es, hielt sie am Arm fest. Rosa wollte nach Hause. ? Wohnte sie nun im zweiten oder dritten Block. Vielleicht erinnerte sie sich noch an die Ecke. Nein, sie waren alle gleich. Kein Anhaltspunkt, ein weißes Haus neben dem anderen. Es muß im unteren Block sein. Es war nicht im unteren Block. Zehn Blocks absuchen. ? Und wenn sie eine Nachbarin wiedererkennen würde. Sie erkannte keine wieder. Leere Blocks. Sie fand sich immer in der Mitte weißer Großblocks wieder. Sie stand im Kern der Kleinstadt, die Sonne schien auf die Häuser, sie tat den Augen weh. Sie fragte, andere Frauen machten erstaunte Augen.

Eines von diesen Häusern ist meines. Sie ging hinauf, hinunter, machte Umwege, machte kehrt, drehte bei, überquerte, kreuzte, ging straßauf, ging straßab. Gehsteige aus grauem Beton, Zementsteinpflaster, ein Meter Raum für den Garten, blaue Fenster, Ein-Meter-Wände: wie ein unendlicher Spiegel, in dem die Kleinstadt sich tausendmal vervielfältigte.

Jetzt sah sie zwei Frauen: wo ist mein Haus, fragten sie. Und aus den zwei wurden zehn, eine Gruppe von zwanzig, hundert, Frauen / gackernde / schreiende-lachende-erschrockene:

Eintrittsgeld. Drinnen wurden Kerzen verkauft, Gebete, Reliquien, Weihblättchen.

bzzzzzzzz: sie murmelten: ? Und mein Häuschen? Wieviel Butter verwenden Sie? Und meine Straße? Und Gelatine, auch viel? Wo bleibt nur meine Straße? Und meine Blumentöpfe? Ich nehme Kondensmilch. Sie gingen, dann rannten sie, liefen straßauf, liefen straßab, gut schlagen im Starmix, zwei ganze Eier, zwei Eigelb, sie gingen im Kreise, stießen aufeinander, fragten, schrien, ein Suppenlöffel Cognac, eine Tasse gesiebtes Mehl, schütten Sie alle Zutaten für den Teig in den Becher des Starmix, ich habe eine Fußmatte vor meine Haustür gelegt, sehr hübsch, grasgrün, das paßt gut zum Blau aber ? wo ist denn nun mein Häuschen. Geschälte Zwiebel, grüner Pfeffer, eine aufgeschnittene Gurke, die welche an den Türen und Fenstern stehen, wollen nicht herauskommen, sie rennen, klettern auf die Dächer, sehen eine Wüste aus Dächern, rote Dächer – o sonnengesiebtes Rot, tor, tro, rto, *Gebrauchsanweisung*, schneide die Gelatinescheiben in Stücke, und die Frauen, die an den Fenstern standen, liefen ins Haus aus Angst, von dem Menschenauflauf-Labyrinth-Irrgang-ohne-Ende weggeschwemmt zu werden, und die Frauen, die gackernden-lachenden-schreienden-liefen erschrocken-aufgeregt, legen Sie den Teig in kaltes Wasser, weiße Häuser in der Sonne, kreuzendedurchkreuzte-Straßen-ein Haus-tausend-gleiche Häuser ein Leinenfaden-pro-Irrweg-närrisch-närrische: Frauen verrückte Ameisen am Ausgehtag der blinden Blattameisen, am Nachmittag auf der Suche nach ihren Häusern-Heimen-süßen Heimen. Geben Sie sechs Portionen hinein.

Die Bomben explodieren in der Nähe und treffen José

? Wollen Sie nicht einen Transistor-Element-Tonbandaufnahme-Fernseher Plattenspieler-Rundfunkgerät Galena-Sender-Empfänger und Sendertaste kaufen.

? Wollen Sie nicht einen neuen silbernen Wasserhahn zur Sterilisation von verschmutztem Wasser kaufen.

? Wollen Sie nicht einen neuen Elektro-Gas-Atom-Brennholz-Herd kaufen.

? Wollen Sie nicht einen Eisschrank kaufen, der Lebensmittel zehn Jahre lang frisch hält?

? Wollen Sie nicht die ewigen Laserlampen IPIEEEEEE, IPIAOOOOOO[1] kaufen.

/Auf jenen grünen Feldern leben fröhliche Viehtreiber, brasilianische Halbblutindios / DORT KOMMEN DIE NACHTPATROUILLEN

NACHT

Der moderne Mensch ist informiert-der Nackte hat keine Geheimnisse mehr-es lebe das Leben in der Freude-rasiere dich mit Dauerklingen-mit Philishave-die Leiche wurde ins Leichenhaus und der Verbrecher in die Untersuchungshaft geschafft-der Papst lächelt, wenn die Synode seine Autorität in Frage stellt: Die Kirche solle von einem Kollegiat regiert werden.

Pa, ein heftiger Schlag auf den Rücken.

. Ausweis, AUSWEIS.

José zeigte ihn vor. Der Soldat war fast noch ein Junge, einen Fünfzigzentimeter-Gummiknüppel in der Hand, Maschinengewehr auf der Schulter. Die Last der Waffe drückte ihn nach vorne. Er machte ein böses Gesicht, er schrie.

(Er wird seinen Spaß dabei haben)

. Los, los, LOS, LOS.

Die Operation Nordpatrouille lief wie am Schnürchen. Jungens im militärpflichtigen Alter, stolz auf ihre Autorität, geschwellt von Macht, eitel auf ihre Maschinengewehre, forsch und straffrei. Sie hatten auf die Anzeigen reagiert, die Waffen versprachen, Fahrzeuge und Prämien für Verhaftungen.

So hatten sie Malevil verhaftet. Sie waren in seine Wohnung eingebrochen, hatten Bücher in die Ecken gefeuert, einen Revolver auf das Buffet gelegt, hatten Aufnahmen gemacht, hatten Malevil Handschellen angelegt. Malevil blieb zwei Monate in Haft.

José steckte seine Papiere ein. Er zitterte. Aus Nervosität, aus Wut. Wenn sie auf einen zukamen, wußte man nie, ob die

1 Keineswegs ewig, nach zwei Jahren brennen sie aus.

Schiene unter einem lag und ob der Zug neben einem vorbei- oder über einem hinwegfuhr.

Er schlief bedrückt ein. Mitten im Schlaf krümmte er sich, schlug um sich. Rosa beschwerte sich: du gibst dauernd Fußtritte, man meint, du habest Anfälle. Er wachte mit Kopfschmerzen auf, mußte plötzlich Gymnastik treiben. Verdrehungen nach rechts, nach links, nach vorne und hinten. Er hatte Nierenschmerzen, erwachte mit steifem Hals. Einmal nachts urinierte er ins Bett.

Aus einem Gebäude wurde ein Ei auf die Straße geworfen und fiel einem Streifenmann auf den Kopf. Sofort wurde das Gebäude abgeriegelt und alle Bewohner, auch Alte und kranke Kinder, wurden festgenommen.

? Wer hat das Ei hinuntergeworfen.

Dann wurden die Genehmigungen für Rundfunk- und Fernsehstationen aufgehoben. Übrig blieben zwei Kanäle und zwei staatliche Sender. Die offiziellen Bekanntmachungen wurden um neun Uhr abends durch das Fernsehen ausgestrahlt. Ein Band wie von einer Registrierkasse zeigte an, ob der Apparat eingeschaltet oder ausgeschaltet war. Daher empfahl es sich, ihn einzuschalten, selbst wenn man nicht zuhörte. Aber es war besser, zuzuhören. Plötzlich konnten sie an der Tür klopfen, die Familie mitnehmen und sie über die letzte Bekanntmachung abhören. Wenn man es am wenigsten erwartete, sammelten sie das Band ein und lasen es ab. Wenn ein Tag fehlte:

Gefängnisstrafen von ein bis sechs Jahren, ohne Gerichtsverfahren.

Um neun Uhr abends stand das Land still, das Volk setzte sich vor seinen Fernseher, Notizblock in der Hand, und schrieb auf.

Wer keinen Fernseher besaß, schaltete das Rundfunkgerät ein. Wer weder das eine noch das andere hatte, mußte zum Nachbarn gehen, auf den Platz zur Stunde, da der Ausrufer auftrat.

Kommunikationsmittel

Es war einmal ein Stimmungsmacher,
der das Publikum begeisterte,
es war einmal ein Mann ohne Beine (Fortsetzung folgt)

Bombardierung

? Wollen Sie eine Schreibmaschine mit siebzehn Buchstabentypen kaufen.
? Wollen Sie einen Wagen mit null Kilometern kaufen.
? Wollen Sie Staatsschuldverschreibungen mit Indexklausel kaufen.
? Wollen Sie eine Fernsehversicherung abschließen.

Rosa vergeht der Appetit

Wenn Rosa keinen Hunger hat, verspürt sie kein Verlangen, mit José zu schlafen. Eines Tages verlor sie vollständig den Appetit. José telefonierte mit der Schwiegermutter. »Das ist normal, keine Sorge. Kommt alles wieder, sie war schon als Kind so, das ist eine Krise.« Der Appetit blieb eine Woche aus, dann kam er mit der Regel wieder. Und José blieb wieder eine Woche ohne. »Nein, so mach ich's nicht. Das ist zu widerlich.« Als es vorbei war, wollte sie ein paar Tage warten. Bis alles wieder sauber war. Die Hälfte ihrer Zeit verbrachte sie im Bidet und wusch sich. Sie haßte Blut, fand, das sei eine Strafe.[1] Bis zu dem Tag, an dem sie bereitwillig im Bett auf José wartete. Sie war unruhig, dachte, es sei Sünde, während sie ihn knetete, ihn schwellen sah, ihn zwischen die Lippen, ihn ganz in den Mund nahm. Und in dem Augenblick, in dem sie ihn in den Mund nahm, beruhigte sie sich, als habe dies die Kraft der Absolution. Sie mochte Josés Schweigen nicht, sie wollte, er solle sprechen, unaufhörlich sprechen. Rosa hatte eine besondere Art, die Scheidenmuskel zu bewegen. Und es war, als sei sie eine lutschende Jungfrau.

1 Wie kann man in unserem Jahrzehnt an solche Dinge denken?

José küßte den lippenrotverschmierten Mund. Und wie Rosa schrie, dieses fette Wunder.

Unbeständige Temperatur, strichweise Gewitterregen

Zeigen Sie einen Terroristen oder einen Subversiven an, und Sie bekommen einen Pluspunkt in Ihre Kennkarte. Die Punkte werden für Dienstbeförderungen, Bevorzugung bei offiziellen Bankkrediten, beim Kauf von Häusern und Apartamentos, für Zahlungserleichterungen im Kreditwesen, für Abzüge auf die Einkommensteuer, für ermäßigte Kino- und Theaterkarten veranschlagt. Wer bei der Verhaftung genügend Punkte vorweisen kann, genießt Vorteile bei der Haftunterbringung, beim Rechtsbeistand, Habeas Corpus, Sonderverpflegung. Gestern um sechs Uhr vormittags begann in den wichtigsten Hauptstädten des Landes die Erschießung der Prostituierten. Es handelt sich um eine Kampagne zur Ausrottung des Lasters, teilte das Ministerium für Volkswohlfahrt mit. Es unterstrich in einem Interview, daß dies keine unmenschliche Haltung ist, weil alle Frauen die Gelegenheit zur Regeneration und Bekehrung haben. Wenn sie sich dazu bereit finden, werden sie freigelassen und als Krankenschwestern und Sozialhelferinnen beschäftigt. Sie müssen nur einmal in der Woche beichten und kommunizieren, wobei der Priester die Kennkarte abstempeln wird, die sie alle drei Monate beim nächsten Polizeirevier vorlegen müssen. Wer sich nicht bereit erklärt, wird erschossen. Die größte Mehrheit erklärt sich nicht bereit. Daher sterben die Huren im Morgenrot. Das Gesetz, das die Prostituierten betrifft, ist umfassender: jeder, der während des Aktes mit einer von ihnen gefaßt wird, wird verhaftet und verurteilt. Wenn er verheiratet ist, wird er erschossen, weil es sich um Ehebruch handelt. Ist er Junggeselle, bekommt er zehn bis zwanzig Jahre Haft wegen Lasterhaftigkeit.

Was ist denn das

1 – Sie stillt, sie sichert.

2 – Es sind Namensschwestern,
aber verschiedener Lebensweise;
die eine dient als Arznei,
die andere dient als Speise.

3 – Es hat ein Auge, sieht aber nicht,
es hat einen Zahn, beißt aber nicht,
es hat einen Fuß, geht aber nicht.

/ Antworten auf den nächsten Seiten /

Bombensplitter über José

? Wollen Sie einen Tisch kaufen, der nichts Besonderes aufweist.

? Wollen Sie eine anatomische Matratze kaufen.

? Wollen Sie eine Blindbandbibliothek kaufen. Auf diese Weise brauchen Sie nicht zu lesen.

? Wollen Sie eine Gabel kaufen, die ohne den Gebrauch der Hände das Essen zum Munde führt.

Die Enthüllung über den Helden

. Ich halte kein Fest von Luzia Bala mehr aus.

Luzia Bala hatte zwei Schüsse abbekommen. Es wurde nie ermittelt, wer geschossen hat. Jahre hindurch sprach sie von den Schüssen und bewahrte die Kugeln auf. Zeigte sie ihren Liebhabern. Einer von ihnen steckte Luzia die Kugeln ins Arschloch. So wurde sie die Luzia-Kugel-im-Arsch. Sie veranstaltete Feste in den Häusern der anderen. Sie telefonierte, hieß den einen eine Pizza mitbringen, den andern Whisky, den dritten Coca-Cola, Eis. Luzia kannte El Matador. El

Matador kannte Átila. Átila kam auf die Idee[1], das bereits eingeweihte Haus von José und Rosa einzuweihen.

Der Weißkäse klatschte dicht neben José zu Boden. Dann mußte El Matador einem Stück Mamão ausweichen, der die Wand gelb färbte. Bohnen, Reis, Fleischstücke, ein Tortenrest. Alles flog durch die Luft. An der Küchentür stand der Held, groß, brünett, mit mexikanischem Schnauzbart, und bewarf die anderen mit Eßwaren. Als seien es Papierschlangen.

. Iiii, der Held greift wieder an. Es hat gedauert, bis er einen neuen Anfall bekam.

? Anfall von was.

. Er leidet an Heldentumsneurose. Weißt du, es gibt Leute, die Kriegsneurose haben. Er hat Heldentumsneurose.

Er erzählte: »Vor dem Putsch, der den letzten liberalen Gouverneur stürzte, war sogar der Held ein toller, talentierter Bursche. Er gehörte zu der Bande, die fabelhaft vorwärtskam. Er schrieb gut, komponierte. Er brachte ein Lied heraus, welches das Volk das ganze Jahr hindurch sang. Der Held reiste landauf landab und richtete Zentren der Volkskultur ein. Trat toll auf. Dann kam der Schlag, es gab ein wüstes Durcheinander, alle am Boden zerstört, jeder haute ab, verkroch sich, wartete, was aus dem Scheißkram werden würde. Dann kam die Nachricht: Sie hatten den Helden erschossen. Mensch Alterchen, war das ein Schock! Bis, weißt du noch, Verprügeln und Verhaften an der Tagesordnung war. Bis dahin hatten wir diese Zeit der Todesfälle, Erschießungen, Folterungen, des plötzlichen Verschwindens von Leuten noch nicht erlebt – Ah, Spanien, Portugal, Griechenland, Rußland, die Staaten, Tschechoslowakei, Algerien, Argentinien, Kolumbien, Bolivien. Erschießungen waren eine Neuheit, das ging zu weit. Plötzlich sahen alle in dem Burschen einen Helden. Es wurde von nichts anderem gesprochen. Er wurde zu einem kleinen Guevara gemacht. Ernstlich. Heute kommt einem das komisch vor, aber damals dachte jeder: Er ist unser Held. Ein Märtyrer. Eine Legende. Die kleinen Mädchen, die seine Freundinnen gewesen waren, legten Trauer an. Das war für

1 Die Dinge sind einfacher als wir sie uns vorstellen.

sie eine Ruhmeszeit. Die jungen Männer erzählten die tollsten Geschichten: der Tag, an dem der Held zu mir nach Hause kam; das Abendessen, Jungejunge, ich wußte, daß er eines gewaltsamen Todes sterben würde; du weißt, daß der Held über ganz Amerika Guerrilhas zusammenstellte: er sollte den Terrorismus leiten. Bis er eines Tages von der Bildfläche verschwand. Dann tauchte er wieder ganz groß an den Orten auf, die er häufig besucht hatte. Die Verhaftungswelle war vorüber – ich meine, die erste Phase, verstehst du – die Leute tauchten aus ihren Löchern. Schiiii, das war Monate später. Sowas, Mensch. Es war, als hätte eine Planierraupe alle plattgewalzt. So eine Enttäuschung! Das war zuviel! Ein Kerl erzählte in der Bar, was für ein Held einer der Bande gewesen war, wie er verprügelt, gefoltert, erschossen wurde, und der Kerl taucht auf. Der Held ist kein Held mehr! Wieder eine Pleite. Der Held hatte sich weit abgesetzt, sich so gut versteckt, daß ihn kein Mensch fand. Dort, wo er sich verkrochen hatte, las er nicht mal die Nachrichten. Der Held machte die Runde und suchte seine Leute auf, die Leute waren traurig, Scheißenochmal, sie waren wütend, es war eine eiskalte Dusche. Sie waren selber schuld in ihrer Scheißeinstellung, aber sie brauchten halt einen Mythos, die Leute waren romantisch. Erst jetzt läßt das nach. Und der Held spürte das. Er erfuhr die Geschichte von der Erschießung, von seiner ruhmreichen Legende. Und wollte sich umbringen, wollte sterben, wollte sich ausliefern. Und sie nannten ihn den *Held*, aber aus Hohn. Der nichtverwirklichte Held. Und er sackte ab, brachte nichts mehr zuwege, wurde gewalttätig, aggressiv und lud seine Neurosen auf die anderen ab. Zum Beispiel, den Eisschrank aufreißen und Fressalien den anderen ins Gesicht schmeißen, das kann er. Wenn er seinen Rappel bekommt, schmeißt er mit Essen.

Was ist denn das (Antworten)

1 – Mutter.
2 – Kartoffel: Abführkartoffel und Süßkartoffel.
3 – Zuckerrohr.

Bombardierung

Ihre Familie verdient es, Erdbeeren mit A & B-Milch vorgesetzt zu bekommen.

Sie brauchen einen Fotoapparat, um die glücklichen Augenblicke, die Sie erleben, festzuhalten.

Kaufen Sie einen Heizofen, kaufen Sie einen Ventilator, kaufen Sie den Entlüfter, kaufen Sie den Müllschlucker, kaufen Sie die Knetmaschine, kaufen Sie den neuen magischen Lichtschalter, der das Licht ohne die Berührung Ihrer Finger einschaltet, kaufen Sie den Fernsehapparat C & G, kaufen Sie Lampenschirme, kaufen Sie Möbel, kaufen Sie Bettwäsche, kaufen Sie Rasenmäher, kaufen Sie Besteck, kaufen Sie Badevorhänge, kaufen Sie Teppiche, kaufen Sie alles, was keinerlei Verwendungszweck hat.

Tappi. Tappi. Rasch zur Huschebahn.

Ein kurzer geselliger Besuch

. Guten Tag, meine Dame. Ich bin von der Politischen Polizei. Hier ist eine Karte. Sie und Ihr Mann müssen sie ausfüllen. Legen Sie zwei Fotos 3 x 4 bei. In dieses Plastiksäckchen müssen Sie einen Zweitschlüssel Ihres Hauses legen. Dieser braune Umschlag enthält eine Gerichtsanordnung, welche die Polizei befugt, jederzeit Ihr Haus zu betreten. Sie müssen sie sorgfältig aufbewahren. Wenn einer unserer Beamten Ihr Haus betreten muß, wird er läuten, die Befugnis verlangen und erst dann eintreten. Danke. Ah, wenn Sie die Anordnung verlieren, bekommen Sie drei Monate Haft, bevor Sie eine Zweitschrift erhalten. Schön guten Tag, meine Dame, und meine Empfehlungen an Ihren Mann. Gelobt sei.

Freie Assoziation

ich hatte Federhalter und Hefte und Radiergummis in Navegas Schreibwarenhandlung *gestohlen*, aber er schöpfte keinen Verdacht, man bat einfach »Herr Navega, spitzen Sie mir doch diesen Bleistift« und er drehte uns den Rücken und man *langte* einfach auf den Ladentisch und grapschte sich was, bis sein Schwager durch ein Loch im Regal *aufpaßte* und sah, wer es war und zur Fortschritts-Schule ging und mit der Schulleiterin *sprach*, und ich sollte mit dem Amaury *fliegen* und mußte jeden Nachmittag nachsitzen, saß in der Säulenhalle und *schaute* denen, die Pause hatten, zu und sah die kleinen Mädchen im Gänsemarsch nach Klassenschluß durch die Säulenhalle marschieren und in der Kapelle den Rosenkranz beten und wenn sie fertig waren, war der Abend *gesunken* und die Nacht brach an und erst dann ließ man mich gehen. Mein Vater unterhielt sich mit der Leiterin und meine Mutter verging vor Schande, weil ich unentgeltlich in der Schule war, sie war eine Freundin der Leiterin gewesen und die beiden hatten im Domchor gesungen und in jenen Tagen hatte ich Angst, meinen einjährigen Bruder anzusehen er hatte keine Probleme, denn er hatte ja nicht gestohlen und bereitete niemandem Schande, er würde nicht fliegen und auch nicht nachsitzen müssen in der Säulenhalle der Fortschritts-Schule, auch nicht begafft werden von den Mädchen, die aus ihren Klassenzimmern kamen und zum Samstagsrosenkranz gingen, ah wie gefiel mir die Marilene Vieira, die so hübsch war und Bilderbücher besaß.

Fakten

sie fahren zu Tal, zu Tal, Vieh in den Viehwagen, Güterzüge kommen von den Hochebenen, fliehen, die Kleider von Kupferstaub durchtränkt, mit vierzig Jahren uralte Leute, unterernährt, krank, ausgedörrt, ausgedörrte Frauen, verhungerte Kinder füllen die Einwanderungsbehörden.

. Ich heiße Juan, und möchte mit Gê sprechen.

. Gêeeeee, Juan der Peruaner ist da.

Gê und Juan geben sich die Hand / Die vereinten Amerikas, vereint werden sie siegen

Urgroßvater, Ururgroßvater von Juan auf dem Hauptplatz erschossen, er hat nicht die Unabhängigkeit von 1821 miterlebt, hat nur gekämpft.

Juan: Freund, ich grüße dich / Er drückte Gê die Hand /. Juan: ein Kreole aus Piura, vom Vater erhielt er nur einen Rat: ein Pfötchen erst vorwärts, wenn das andere fest auf dem Boden steht.

Juan: Bergmann: er schürfte Kupfer für die Cerro de Pasco: (American Company), der Vater mit 35 pensioniert, die Lungen voll von Kupferstaub, hat 25 Jahre in der Cerro Pasco gearbeitet.

GLÜCK

Wir waren verheiratet und kümmerten uns um nichts. Wir gingen spazieren, tranken Kaffee in schmutzigen übelriechenden Bars, aßen belegte Brote in schmierigen Kneipenläden. Wir starrten auf die eleganten Hotdog-Stuben, sahen die Leute, die ins Kino gingen und flanierten. Wir haßten das Kino, das falsche Gesindel, das auf der Leinwand einherstolzierte und eingeübte Sätze aufsagte. Wir sahen die Plakate und hielten die Schauspieler für Unglücksraben, die Leben lebten, die nicht ihnen gehörten, die Leiden litten, die sie nicht betrafen, die Menschen liebten, die sie nicht liebten, die sich über Dinge freuten, die sie überhaupt nicht erfreuten. Glücklich und fröhlich waren wir, Rosa und ich, die wir durch die Straßen gingen und uns um nichts sorgten. Wenn wir weit weg geraten waren, nahmen wir ein Taxi und umschlangen uns im Wagen und die Fahrer wurden ausfällig und verlangten, wir sollten aussteigen. Wir schämten uns nicht, die Welt sollte zum Teufel gehen.

Regierungsnachrichten

Die Regierung beehrt sich, der Bevölkerung mitzuteilen, sie solle sich keine Sorgen machen. Die Ereignisse sind in keiner Weise ungewöhnlich. Die Amerikaner haben um Erlaubnis gebeten, im Norden des Landes eine Militärbasis einzurichten, die ihnen den Zugang zu ganz Latindia-Amerika verschafft. Dieser Militärstützpunkt wird ein Sprungbrett für die Aktionen der neuen Hilfsallianz zugunsten der Latindio-Völker sein, ein bedeutsames Faktum, denn sie werden Dollars zahlen und damit das Devisenguthaben unseres Landes erhöhen. Die Bevölkerung möge sich beruhigen[1], es handelt sich nicht um eine Invasion, auch nicht um Gebietsübernahme, sondern nur um eine Unterstützung unserer Freunde.

Die vereinigten Amerikas, vereinigt werden sie siegen

Lied

Rakete / und die juristische Seite / der Mission / der Kosmonauten / Vor der Einverleibung / die Rakete / vom Mond zum Eigentum / vom Mond zum Gemeinsamen Eigentum / der Menschheit / und das Kind / ohne Gesicht / das Gesicht zerfressen / von Ratten zerfressen / erster Fall dieser Gattung in der neuen Hauptstadt / und die Kaninchen / Kaninchenjungen / Kaninchenalten / Rakete / was für Zigaretten geben sie / Betäubungszigaretten / Zigaretten aus Kaninchenexkrementen / Betäubungsmittel / betäubennnnnnnnnn.

Beweisaufnahme

? Warum haben Sie die Schaufenster eingeschlagen und angefangen sie auszurauben.

. Nein, Senhor. Ich war es nicht, der die Scheibe einschlug. Als ich dort hinkam, war sie bereits zerbrochen. Vollkommen zersplittert. Es war keine einzige Glasscherbe übrig. Darauf-

1 Präsident zu seinen Mitarbeitern: Wenn sie sich nicht beruhigt, drauf mit dem Gummiknüppel.

hin trat ich ein. Aber ich habe nichts gestohlen, Senhor. Ich habe nur ein paar Sachen mitgenommen. Ein paar Sachen, die ich brauchte.

? Was haben Sie mitgenommen.

. Ich habe eine Kuchenknetmaschine mitgenommen, einen Starmix, einen Brotröster und einen Haarfön.

? Backen Sie zuhause Kuchen.

. Nein, das tue ich nicht. Denn um Kuchen zu backen, braucht man Milch, Eier und Butter.

? Und der Haarfön. Warum haben Sie den mitgenommen.

. Naja, wissen Sie. Der macht so ein trockenes Windchen. Das macht mir einen Heidenspaß. An kalten Tagen kann man das warme Windchen einschalten und einen anwehen lassen.

. Sie haben gesagt, Sie hätten nicht gestohlen. Nur mitgenommen. Aber wenn Sie etwas mitgenommen haben, das Ihnen nicht gehörte, so ist das Diebstahl.

. Das heißt, daß das Ding nicht mir gehörte, das stimmt nicht, Senhor. Aber ich muß Ihnen etwas erzählen. Vor etwa einem Jahr wurde der Laden im Viertel eröffnet. Und alle Welt kaufte auf Kredit. Ich kaufte auch einen Starmix, auf den war meine Frau scharf. Ich hatte ein Inserat gesehen und das gefiel mir. Ich kaufte auch einen Fernseher, damit man sich ein wenig zerstreuen kann. Und dann kam das mit der Arbeitslosigkeit. Die Arbeitslosigkeit, in der ich mich jetzt befinde. Ich habe zwei Monate nicht bezahlt. Ich ging hin und erklärte warum. Davon wollten sie nichts wissen. Sie kamen und haben den Fernseher und den Starmix und alles mitgenommen. Und haben mir die acht Raten, die ich bezahlt hatte, nicht zurückgegeben. Nun bin ich ohne Stellung und ohne Fernseher. Darum fand ich, daß sie mir was schuldeten und ich ging hin und kassierte es ein. Ich habe aber nur genommen, was ich für richtig hielt.

. Vielen Dank, mein Freund. Es sprach Maltone, der fliegende Reporter der Equipe 2300, der vollständigsten des Rundfunks.

? Wollen wir uns ein Rennen anschauen, sagte José.

? Schon wieder. Jeden Abend Rennen, Rennen. Das ist doch stinklangweilig. Seit zehn Tagen ist keiner dabei umgekommen. Besorge mir ein anderes Programm.

. Besorg du eines. Nach elf Uhr, Alterchen, ist nichts mehr los. Nach der Sperrstunde will keiner mehr was wissen.

. Die Boys wollen es aber. Drum mag ich sie.

. Komm, gehen wir heute. Die Polizei hat gesagt, sie wird sie zusammenschlagen.

Um elf Uhr abends ertönte die Sperrstunde. Sirenen heulten in der ganzen Stadt. Wer sich nachher blicken ließe, würde verhaftet oder niedergemäht werden. Die Patrouillen fragten nicht lange. Sie schossen.

Alles wegen der Comuns: Eines Nachts ging eine Shell-Tankstelle in einem Stadtteil hoch; zehn Minuten später zertrümmerte Dynamit eine Bank; am anderen Ende wurde eine Polizeiwache überfallen, die Häftlinge wurden freigelassen, die Soldaten festgenommen, die Waffen geraubt; im selben Augenblick wurden die Wachposten mehrerer Kasernen niedergeschossen, ihre Gewehre und Maschinengewehre gestohlen; außerdem gab es Brandstiftung. Jede Nacht in einem öffentlichen Gebäude. Man wußte nie im voraus, wo Brand gelegt werden würde. Die Regierung hatte nicht genug Leute für die polizeiliche Überwachung. Niemand wollte sich für die Patrouillen der Stadtviertel anwerben lassen. Die Kasernen erhielten Briefe: Schickt eure Patrouillen und wir knallen sie nieder. Wenn nach elf Uhr sich irgendwo irgend etwas regte, wurde es beschossen.

Die Comuns hinterließen überall Flugblätter, klebten Plakate an, bepinselten Mauern. Es gab ein Zeichen, das die Gruppe identifizierte (? Gruppe oder Trupp oder Bataillon oder Heer). Es war ein kleines Zeichen mit vier Beinen.

Nach elf versammelten sich die Menschen zu Hause und spielten. Nach drei Monaten Sperrstunde hatten sich die privaten Spielkasinos verhundertfacht. In der Siedlung wurden

José und Rosa Dutzende von Malen zum Elfuhrspielchen aufgefordert. Die Bars waren kleine Hotels, wo die Kunden beliebig lange tranken und dann übernachteten. Jedes Gebäude hatte ein Hurenappartement. Eines, oder mehr als eines.

Die Boys rasten auf den neuen Pisten ohne Kreuzungen. Die Polizei schaute nur zu, tat aber nichts. Beobachtete nur. Die Boys waren Söhne von Richtern, Anwälten, Militärs, Geldmännern, Regierungsleuten. Sie sagten: Wir wollen unsere Gaudi haben. Nur Rennen fahren machte keinen Spaß. Der Spaß lag im Roulett der Viadukte über den Straßen. Eine Mannschaft fuhr, die andere hielt darüber. Wenn die Wagen näherkamen, kalkulierten die auf den Brücken die Entfernung, die Fallzeit und warfen Steine herunter, welche die Windschutzscheiben zertrümmern sollten. Das Spannungsmoment für den Fahrer: im Augenblick, wenn die Windschutzscheibe splittert, Widerstand zu leisten, den Wagen unter Kontrolle zu halten, Kaltblütigkeit zu bewahren.

Das Gesundheitsamt gibt bekannt:
Jede Nacht stirbt in der Stadt
eine Million Kakerlaken.

Tappi. Tappi. Rasch zur Huschebahn. Der Schuß ging gedämpft los.

Regierungsnachrichten

Volk, mein gutes Volk!

Der Ausrufer furzte. Er hatte einen dicken Bauch, und der verdarb seine in Jahren wirksamer Gymnastik modellierte Sportfigur. Er litt an Zirrhose und furzte viel. Der Ausrufer stand auf einer Tribüne vor dem Mikrofon. Das Mikrofon war an die auf allen Plätzen der Stadt aufgestellten Lautsprecher angeschlossen. Und übertrug auch ins Landesinnere. Über alle Rundfunkstationen. Der vernehmliche Furz wurde im ganzen Land gehört.

Volk, mein glückliches Volk!

Wisset alle! Wisset, daß wir das Volk sind, das am wenigsten in der ganzen Welt für seine Streitkräfte ausgibt! Ist das nicht eine Freude? Ist das zu wissen nicht eine Genugtuung?

Er furzte von neuem, stillschweigend.

Jeder Bürger steuert zweieinhalb Dollar im Jahr zu den Verteidigungskosten bei.

Meine guten Staatsbürger! Das ist nicht richtig. Durchaus nicht. Denn wir sind daher ein wehrloses Land. Der Gnade eines jeden ausgeliefert, der uns angreifen will.

Wisset, daß die Regierung wacht. Für uns alle. Und ein großangelegtes Verteidigungsprogramm vorbereitet. Das für jeden etwas mehr kosten wird.

Von heute ab wird jeder Bürger zehn Dollar Jahresbeitrag für die Aufrechterhaltung der Streitkräfte beisteuern.

Ein Furz wollte kommen, aber er hielt ihn an, bis er wieder an seinem Wagen angelangt war, wo er sich viermal geräuschvoll erleichterte.

Keine halben Massnahmen

Einer der Offiziere des Sittlichkeitsbataillons hielt Rosa am Arm fest, während der andere mit einem Lineal die Länge ihres Rocks maß.

? Wie erklären Sie das: er ist zwei Zentimeter kürzer als gesetzlich vorgeschrieben.

. Das muß ein Irrtum der Schneiderin gewesen sein.

? Sind Sie sicher.

. Ich habe das Maß der Verordnungen angegeben.

. Gehen wir hin.

. Die Schneiderin zeigte den Bekleidungsantrag vor.

. Ich habe es nach Maßangabe angefertigt.

. Sie wußten, daß das gegen das Gesetz ist.

. Aber der Antrag ist von der Dienststelle 1 x 6 des Öffentlichen Anstands abgestempelt.

Der Beamte notierte. Verhaftete die Schneiderin. Sie gingen

auf das Amt 1 x 6, verhafteten die Verantwortlichen. Nahmen die drei zur Sammelstelle 145 mit, wo sie als Warnung zwei Stunden lang nackt unter einer eiskalten Dusche stehen mußten.

Werbe-Information

VERSÄUMEN SIE NICHT: Der Bandit der Gelben Rose
Spannung, Gewalt, Übernatürliches: welche seltsamen Dinge geschehen auf dem Friedhof?
Lesen Sie Nachfolgendes.

MACHT DIE WELT AUF, ICH WILL EINTRETEN

Ich hielt dem Mann den Revolver vors Gesicht. Er war vor sich hingetrabt, und unter dem Lichtmast schrie ich. Er drehte sich um und sah den Revolver. Meinte, es sei ein Überfall. Hob die Hand und wartete darauf, daß ich sagen würde, was er tun solle. Ich dachte nur: So eine Scheiße. Volltreffer. Das Gesicht brach auf, das Blut rann nicht sofort. Man konnte den Riß in der Stirn sehen, die zerfetzte Haut, den gespaltenen Knochen, Gehirnmasse.[1] Jetzt floß Blut, überschwemmte das Gesicht, der Mann stürzte. Ich fühlte keine Angst. Ich schoß und schaute. Ich wußte, daß ich mich daran erinnern würde. Es war das erste Mal, ich hatte mir gelobt, genau zu beobachten. Ich blies auf dem Revolverlauf. Eine Gebärde, die ich nicht vorgehabt hatte, aber ich hatte Lust dazu und blies. Ich bin noch sehr jung

CHECK-UP

Eine Explosion, als hätte ich tausend Drogenpillen geschluckt. Die Welt sprudelte, füllte sich mit Blitzen eines so intensiven Gelb, daß ich nicht hinschauen konnte. Selbst wenn

1 José sah nichts dergleichen. Er schiß vor Angst in die Hose.

ich die Augen schloß, war das Gelb da. In mir drinnen. Nach dem Schuß machte mein Organismus einen Satz, das Herz stob davon, Blut auf 180, ich fühlte die Zehe des linken Fußes absterben.[1] Aber meine Sicht nahm zu. Ich konnte in einem Winkel von 360 Grad sehen. Das war's, was ich suchte. Der Schuß verursachte Übelkeit. Nicht im Magen. Im Kopf, und zwar in meinem Gedächtnis, in meinem Gehirnspeicher. Tief drinnen überstürzten sich die Erinnerungen. Ich vor der Leiche, ohne Vergangenheit und ohne Gegenwart.[2]

It was Fascination, I know

Ein Diplom. Nach Beendigung eines Lehrgangs bekommt man das. Nun hatte ich es. Meines zeigt den Kopf eines Mannes mit Riß, zerfetzter Haut, gespaltenem Knochen, Gehirnmasse. Ich erhielt das Diplom erst einen Monat später. Ich dachte, ob es nicht ein großer Fehler war, mich dem Lichtschein auszusetzen. Aber die Lampen in den Stadtteilen sind so schwach, daß mich niemand wiedererkennen würde.[3] Erst einen Monat später gewann ich die Ruhe eines Mannes wieder, der straflos getötet hat. Ich versuchte an den Ort zurückzukehren, wo ich den Mann getötet hatte.[4] Ich fand die Straße nicht mehr. Infolge der heimlichen Bautätigkeit haben sich die Stadtteile in ein Wirrwarr verwandelt; es gibt keinen Bebauungsplan, kein Straßennetz, nichts.

Stand up and fight

Seit zwei Tagen stehe ich auf derselben Stelle. Rosa ist zu ihrer Mutter ins Landesinnere gefahren. Ich habe keine Lust, auch nur einen Schritt zu tun. Ich möchte es, möchte mich aber nicht bewegen. Ich bewege mich nicht. Ich glaube, ich werde drei Tage so stehenbleiben.

1 Welche Zehe des linken Fußes? Das blieb unaufgeklärt.

2 Aber was soll denn das heißen?

3 Heute hängen dort Quecksilberdampflampen.

4 Der Verbrecher kehrt stets an den Ort des Verbrechens zurück. Ich will keine Ausnahme sein.

Kommunikationsmittel

Der Stimmungsmacher lächelte.
Der Mann ohne Beine war arbeitslos (Fortsetzung folgt).

Der Fortschritt der Wissenschaft

»Unser wissenschaftliches Team hat festgestellt, daß glücklichere Hühner schmackhaftere Eier legen.«

(Unterbrechen wir diese Notiz zugunsten einer offiziellen Bekanntmachung)

Unbeständige Temperatur, strichweise Gewitterregen

Es herrscht Ruhe im Land.

Der Kongreß wurde geschlossen. Verhaftung von hundert Bundestags- und Landtagsabgeordneten. Solderhöhung der Militärs. Die Polizei hat für ihre Repressionsarbeit ausländisches Gas erhalten.

Die Bücherverbrennung wird jeden Abend auf den Hauptplätzen aller Städte zum Klang religiöser Hymnen fortgesetzt.

Der Fortschritt der Wissenschaft

Abgesehen von einer Sonderkost, die sie ihnen gaben, ließen die Wissenschaftler die Hühner in der frischen Luft, wo sie, auf der Suche nach Regenwürmern oder sonstiger Nahrung, die ihnen mehr zusagte, beliebig scharrten. Das machte sie glücklicher, so daß sie Eier legten, die schmackhafter waren als die in der Hühnerfarm gelegten.

Entschuldigen Sie, mir ist etwas eingefallen

José befragt sich über die Motivation des Verbrechens. Und wenn keine vorliegt? Josés Problem ist Mangel an Klarsicht. Er vermag die Motive nicht klar zu sehen.

Aber wie wir sagten, im Gegensatz zu den Eiern, die in Hühnerställen eingesperrte Hühner legen.

Der Lautsprecher des Lieferwagens wiederholte die Bekanntmachung alle fünf Minuten. Dann hielt er auf dem Platz, und die Infanteristen organisierten die Schlange.

Es war der Tag des Huhns.

Jede Woche brachten sie den mit Hühnern gefüllten Lieferwagen und überreichten jeder Familie ein Huhn. Die Familie zog das Huhn auf. Sie verwertete die Hühnereier und konnte eines in der Woche essen.

Ernährungsfachleute waren zu dem Schluß gekommen, daß das Volk Hühner auf rationelle Weise essen müsse.

All dies war Teil des großen Plans, das Volk aus der Unterernährung zu befreien.

So gab es den Tag des Huhns,
den Tag des Salats,
den Tag der Teigwaren,
den Tag der Fleischwaren,
den Tag von Milch und Käse,
den Tag der Vitamine und Proteine[1]

Die Frau, die vor dem Sterben blickte

Er stieg nach der Frau aus dem Obus. Überholte sie, bog um die Ecke und wartete, an einen Baum geklebt.[2] Die Frau kam. José schoß. In den Hals. Die Frau fand gerade noch Zeit, sich nach ihm umzudrehen. Wieder schoß er. Schon sah er die Frau nicht mehr, nur noch einen Umriß. Er entlud den Revolver und lehnte sich an die Mauer. Langsam trat er hervor (Wenn sie mich nur verhafteten) und kehrte zur Bus-

1 Aber José haßt Eier, er haßt Gemüse, er mag nur Fleisch, blutiges, wenig gebratenes, schwach gewürztes Fleisch. Dabei kann er Fleisch nur einmal in der Woche bekommen; das ist wenig; seine Quote beim Metzger ist winzig: 300 Gramm.

2 Das hatte er im Kino gesehen, der Bandit und der junge Mann taten das.

haltestelle zurück. Dort wartete eine Alte. Eine völlig verrunzelte Schwarze. José stieg ein und fuhr bis zur Endstation. Von oben sah er die ganze Stadt (Eines Tages kam ich hier an, um die Welt zu erobern. Aber ich wußte nicht, was ich wollte und weiß es immer noch nicht, ich befinde mich in der Experimentierphase).

In amerikanischen Spionagefilmen werden Schalldämpfer gebraucht. Der Schuß macht *pfff* in einer metallischen Tonfarbe. Sehr aufregend. Im Film ist es leicht, sich einen Schalldämpfer zu beschaffen. Im wirklichen Leben ist er verboten. Ich habe alle Waffengeschäfte abgeklappert. Man wird blöd angeschaut. Will man heute einen Revolver kaufen, muß man seine Kennkarte vorlegen, polizeiliches Führungszeugnis, man wird registriert, fotografiert, tausend Dinge.

> Ganze Häuserblocks von Maschinen bedroht / Ruinen / Häuser stürzen ein, eines nach dem anderen / Betonviadukte überspannen sie / Superalleen, Luftbrücken / Um sieben Uhr morgens kauft die Japanerin Orangen am Stand / Team 7:30 Uhr / Wetter gut / Viadukt ERZ-O / Strahlenviadukt / Uferviadukt 1 / Viadukt p-12 / Kleeblatt über der Baustelle / Kleeblatt an der Einfahrt zum Grünen Haus / Kleeblatt über dem Schienenstrang / Kleeblatt in Vila Prudente / Steak mit Pommes frites und Salat / Der Bus in der Kurve neben einem Freilandfußballplatz, der Junge schießt ein Tor / Leute mit faulen Zähnen kommen herauf / kratzen sich am Sack / Tankstellen / eine kleine Krampfader am Bein / das Bein schmerzt stark / die Hitze verursachte Übelkeit / Tappi. Tappi. Rasch zur Huschebahn. Das Kind fiel hin, er schaute zu /.

José geht hinaus, José geht hinein

Er rannte durch weiße Gänge. Gänge ohne Ausgang. Beim letzten Mal war da ein Loch, wo ist das Loch? (? Warum nehmen die mich immer hier fest.) Er war taub, er hörte Rosa, plötzlich hörte er nichts mehr. Ein Fadenknäuel. Anhand des Knäuels finde ich den Ausgang. Ist unnötig, ich gelange schon hinaus, bin schon da, gelange zu meinem Treffen. Aber ich gehe ja hinein, bin schon hier gewesen, hier ist auch ein Ich. Ich mache mir selber ein Zeichen. Scher dich, Freund, hier ist keine Bleibe.

. Ich mache mir Sorgen um dich, Schätzchen. Du müßtest mal zum Arzt.

? Zu was für einem Arzt.

. Du bist wahrscheinlich überanstrengt. Du arbeitest pausenlos. Und gehst noch abends aus.

? Ich gehe aus.

. Natürlich gehst du aus.

. Gestern bin ich nicht ausgegangen.

? Wer ist dann erst vor kurzem heimgekommen.

Er schloß die Augen. Die Lider filterten gelbes Licht. Er brauchte nur die Augen zu schließen, um die Gänge zu sehen, die schwarze Alte, das Zeichen der Comuns, Rosa liegend. Teile von Rosa.

. Du hast nie zu mir gesagt: ich liebe dich.

. Aber ich liebe dich nicht.

? Warum hast du mich dann geheiratet.

. Ich vögle gern mit dir.

? Nur das.

? Ist das nicht genug.

? Meinst du, das ist genug, meinst du, eine Frau hört das gern.[1]

. Ich scheiße auf das, was Frauen gerne hören.

Tappi. Tappi. Rasch zur Huschebahn. Das Kind fiel, ins Gesicht geschossen

Regierungsnachrichten

Der Ausrufer verkündete:

Bei Gefängnisstrafe darf jedes Ehepaar von heute an nur eine bestimmte Anzahl Kinder haben. Die Anzahl wird je

1 Das ist ein Vorurteil.

nach den sozialen Umständen begrenzt sein. Das Planungsministerium wird die notwendigen Einzelheiten bekanntgeben. Jede Frau, die abtreibt, wird zu lebenslänglicher Haft verurteilt. Ärzte, die abtreiben, werden erschossen.

Reportage

Die Schlucht wurde abgebaut. Die Operation Staubkamm verhaftete Verdächtige, Verurteilte, Belastete. Alle Frauen wurden mitgenommen. Die dritte Etappe erfaßte die Spielhöllen. Die vierte machte Schluß mit den allzu anormalen Sehenswürdigkeiten[1], mit den natürlichen Mißgeburten.[2] Die fünfte fand die Schlucht leer, es durften nur noch vierfüßige Hühner ausgestellt werden, zweischwänzige Schweine und ähnliches. Die Masse der Arbeitslosen setzte sich in die Stadt ab. Und bettelte auf den Viadukten, vor den Kirchentüren, auf den Plätzen, vor den Kinos. Die Polizei kam, verhaftete, knüppelte. Verstümmelte Leichen wurden in den Flüssen gefunden. Die verstörten Andersgearteten wußten nicht wohin. Hatten niemanden, an den sie sich wenden konnten.

Der Eingeweihte

Paulo trägt Lochkarten zum Computer. Die letzten, seine Arbeitszeit ist um. Er verläßt den luftgekühlten Raum, geht durch die Kontrolle. Mitternacht, er muß sich beeilen. Sonst kann die Alte nicht mehr den *ebó*, die Opferspende machen. Den Übergang. Heute ist Einweihungstag. Als er morgens das Haus verließ, hatte didu-berê, die Schwarze Frau, die Grundlagen festgelegt. Das Schlimme ist zu dieser Stunde der Verkehr. Paulo muß zweimal umsteigen. An dem Tag, an dem er Techniker von IBM ist, wird Paulo im Taxi zurückfahren oder im eigenen Wagen. Aber Paulo beginnt seine Laufbahn als Helfer bei den Teufel-Zauberriten.

1 Allzu anormal nach Ansicht der Regierung. Die Tiere betrachteten sich als normal.

2 Vorurteil des Autors.

Ein gelber Garten auf dem Grab des Banditen

Ein Rosenstrauch wuchs
auf dem Grab des Banditen.
Wuchs und spendete gelbe
Blumen. Einen Monat später
waren es drei Rosen-
sträucher. Sie vermehrten
sich. Heute ist das Grab
ein gelber Garten.

Zeiten Josés

Als das Bild des Präsidenten in einer Wochenschau auf der Leinwand erschien, pfiff das gesamte Parkett. Das war nicht üblich, doch an jenem Tag gefiel das Bild des Vielgeliebten nicht. Und das Parkett trampelte, während der Präsident Einweihungen vornahm, die Hände von Militärs schüttelte, von Priestern, von Ministern. Die Zuschauer pfiffen während der Dauer der Wochenschau. Beim Verlassen des Lichtspielhauses wurden 578 Zuschauer wegen Mißachtung der Autorität verhaftet. Strafe: 1 Monat Gefängnis.

José 1: Ich bin wahnsinnig nervös, ich ertrage es nicht, nach Hause zu gehen, ich bleibe auf der Straße, bis ich es vor Schlaf oder Besäufnis[1] nicht mehr aushalte und ich zu dem Punkt zurückkehre, wo ich stehe. Dann weiß ich natürlich nicht mehr, wo ich bin, welcher Stadtteil es ist, das sind Viertel, von deren Existenz ich nicht einmal etwas wußte aus niederen Häusern schmalen Gassen

1 In der letzten Zeit trinkt er.

ohne Pflaster fließen die Abwässer über die Straßen Eines Tages um neun Uhr morgens fiel ich in einen Brunnen mit fauligem Wasser und bin nur nicht ertrunken weil die Bewohner meinen Kopf aus dem Wasser zogen[2] Sie brachten mich in ein Haus legten mich auf ein Sofa und als ich erwachte, war das erste, was ich sah, das Symbol der Comuns. Doch dann wurde ich schnell weggeschafft.

Als die Wochenzeitschrift, die sich stets an die augenblickliche Lage anpaßte, auf ihrem Umschlag den Präsidenten abbildete, zerrissen die Leute das Blatt, das sie an den Zeitungsständen kauften. Repressionspatrouillen in Zivil standen in der Nähe der Stände. Wenn jemand die Zeitschrift zerriß, wurde er festgenommen: 1 Monat Gefängnis.

José 2: Ich brauchte nur die Hand auszustrecken zuzupacken und den um zwei Uhr früh gottverlassenen Supermarkt in die Einkaufstasche stecken. Der Nachtwächter wird in der Toilette gefesselt und kriegt einen auf den Kopf. Die Sachen leise einpacken es können Leute auf der Straße vorbeigehen Konservendosen mit Gänseleberpastete Ölsardinen Schinken Würstchen Nestlé Kindermilch Milchmädchen Kompott Pfirsich Ananas Orangen Feigen Birnen Äpfel Erdbeeren Obst Fisch Käse Haferflocken Keks Tee Zucker Kaffee (kein Wunder, das ist eine Familie) Toilettenpapier

2 Fortan litt José an einer merkwürdigen Krankheit: sein Kopf verlor die Kraft und fiel häufig vornüber, als schliefe er stehend.

Erbsen Zwieback Waschmittel das reicht für eine Woche wenn nicht meine Hepatitis wäre die mir bis heute zu schaffen macht wäre das Überleben leichter in all dem Durcheinander ich könnte sogar Gras essen und so werde ich mich zusammenreißen und irgendeine Scheiße fressen denn eines Tages kommen sie mir doch auf den Kopf

Regierung beschloß die Comics auszuwerten Neue Personen wurden erfunden wie der Gefreite Deodato der ein magisches Bajonett besaß. Er brauchte sich nur darauf zu setzen und schon verwandelte er sich in den Super-Gefreiten, den Unterdrücker der Armen.

José 3: Wie Rosa mich haßt wenn ich sie im Taxi packe und der Fahrer hält und ausfällig wird und uns zum Aussteigen zwingt sie drehte völlig durch sprach zwei oder drei Tage nicht mit mir du bist anormal du bist ein sexuelles Monstrum dabei war ich nichts dergleichen es war normal sogar weniger als normal denn die Schlucht machte mir Sorgen und es war nicht nur die Schlucht es war mehr als das ich weiß nicht Rosa in ihrer fettigen weißen Schürze die sie nie auszog ich verstehe nicht warum sie nicht ihre Stellung verloren hat Rosa stank und ich fand mich damit ab ich mochte sogar ihren Schweißgeruch nahm alles alles hin was kam ich existierte nicht und jetzt wo ich existiere bin ich mir dessen nicht mehr sicher wenn wir uns zankten zankten wir uns wenig (? oder zankten wir uns viel) ich legte eine Platte auf die mich wahnsinnig reizte und so geriet ich leichter in Wut um sie zu verprügeln damit sie aus ihrer Apathie aufwachte in der sie lebte und sich um rein gar nichts kümmerte.

? Wer kümmert sich um rein gar nichts.

Das bist du, José.

Der Super-Gefreite Deodato bat um Versetzung in den Ruhestand. Sein Hintern sei vom Bajonett vollständig zerschnitten.

José allein im Garten der Oliveiras geht in sich

Außerhalb der Stadt lag ein Garten im französischen Stil. Der Garten der Oliveiras, einer erloschenen portugiesischen Familie. Der letzte Oliveira hatte den Garten der Regierung als Nationalpark vermacht. Während der Woche war er immer menschenleer, und José entdeckte, daß er ein geeigneter Ort zum Alleinsein war. Rings um mich existieren nicht nur Erdenmenschen. Da ist etwas, was Gestalt annehmen will. Es sind nicht die Geister der Toten. Es ist jemand, der sich mitzuteilen sucht. Aber wir haben Angst. Der Erdenmensch hat Angst vor dem eigenen Erdenmenschen, was soll er dann vom Planetenmenschen sagen. Ich möchte mich ihnen mitteilen, damit sie mich mit ihrer Kraft beschützen. Ich möchte eine fliegende Untertasse haben, Atomwaffen, Laserstrahlen, die Fähigkeit zu verschwinden. Ich hätte gerne Dr. Jessup, den Wissenschaftler aus Philadelphia, kennengelernt, der im Jahre 1943 Experimente durchführte und für Augenblicke Schiffe und Matrosen unsichtbar machte. Wir beide würden die unglaublichsten Sachen aufstellen, aber Dr. Jessup war plötzlich tot, sie haben ihn *umgelegt* oder er hat Selbstmord begangen. Ich brauche eine große Hilfe. Ich habe Angst, daß die Repressionspatrouille mich sucht, denn *gestern habe ich zwei umgelegt, das war toll auf die beiden zu schießen*, einen Revolver in jeder Hand, einen Schuß in jede Stirn, aus dem Hinterhalt. Ich fühle mich besser, wenn ich einen von den Patrouillen oder von der Polizei umlege statt auf jemand zu schießen, den ich nicht kenne. Wenn ich nur Hilfe fände. Ich brauche sie. Aber ich kann *niemand auf der Erde* vertrauen. Denn sie sind genauso wie ich und ich habe mir niemals vertraut. Ich lebe von dem Gedanken, ihnen eines Nachts zu begegnen / ? Wie komme ich auf die Idee, daß sie nur nachts erscheinen und dann an verlassenen Orten wie im Garten der Oliveiras / . Es gab eine Zeit, zu der sie in den erzhaltigen Gebieten auftauchten. Ich glaube, sie haben sich mir zu erkennen gegeben: in jener Nacht, als das Gemälde auf die Erde fiel; an den Tagen, an denen ich schlapp machte und

Rosa nicht ficken konnte; das Gefühl, daß jemand im Hause war; die gelbe Rose, die vom Tisch verschwand und der Bandit, der auf dem Regal erschien; die Lichter, die von selbst ausgingen. Das waren sie, *die mit mir sprechen wollten.* Ich außer mir vor Schrecken. Ach / Esel / wieviel Angst hatte ich in jenen Nächten und an jenen Tagen. Es war körperliche Angst; aber es war mehr; es war Unruhe, ich fühlte, daß ich viele Dinge tun konnte, die mir normalerweise nicht erreichbar waren. Aber ich brauchte den Schlüssel, der mich enthemmte und mich von mir selbst befreite. Sie kamen und sahen, daß ich gerade auf den Trip ging. Sie sahen mich *von innen*; sie traten in mich ein und aus mir hinaus; aber ich weigerte mich, mit ihnen zu sprechen. Alles ein einziges Brausen und ich voller Angst. Irdische, törichte Angst. Wie klein ich bin, mittelmäßig, scheißmies. Ich habe meine Chance verpaßt; sie sind es müde geworden, sind abgeschwirrt, haben sich mir nicht mitgeteilt, ich habe mir nicht helfen lassen.

Regierungsnachrichten

Die Ausrufer stiegen auf die Tribünen und der Hornist blies: Versammeln. Regierungsverordnungen:

Die Institution des Karneval wird von neuem erlaubt. Die offiziellen Stellen haben in Übereinstimmung mit der Heiligen Mutter Kirche[1] beschlossen:

Jeder Bürger erhält einen Ausweis (grün für die Männer, rot für die Frauen, blau für die Kinder), der von der örtlichen Pfarre beglaubigt wird. Der Pfarrer beglaubigt den Ausweis nach einem einstündigen Besuch des Allerheiligsten Altarsakraments. Dieser Ausweis berechtigt zum Einlaß bei den Karnevalsbällen. Ohne das Visum kann niemand an den Karnevalsveranstaltungen der Klubs, Nachtlokale oder Verbände teilnehmen.

Der Bürger, dessen Karnevalskostüm den Anstand verletzt, wird nicht zu den Bällen zugelassen. Annäherungen

1 Trotz der großen Spaltung hatte der konservative Flügel noch die überwiegende Macht inne und war mit der Regierung verbunden.

zwischen Mann und Frau sind nicht erlaubt; die Säle müssen getrennt sein, damit Versuchungen, Ärgernisse, Anstößigkeiten vermieden werden.

Zuwiderhandelnde werden mit Strafen von 1 Monat bis zu 12 Jahren Gefängnis belegt. In schwereren Fällen Kastration.

Lebewohl, Lebewohl

Der Wissenschaftler Hélio Borba, der verhaftet war, weil er Versuche mit künstlicher Befruchtung und der Erzeugung von Embryos in Versuchsröhren gemacht hatte, hat auf Einladung der Universität Moskau gestern das Land verlassen. Professor Borbas Arbeiten haben weltweiten Widerhall gefunden, obwohl sie in unserem Land verboten sind.

Neue Beihilfen für Josés Ausbildung

Die Frauen stellen Hostien her, Pfoten weg, Junge, deine Mutter dirigiert die Gruppe, Donnerstag nachmittags mischen die Frauen Mehl und Wasser, kneten den Teig in längliche Formen, José ißt die Reste, während er der Mutter beim Singen zuhört, ein hübscher Kolibri, Blumenküsser, flog über die Blumen eines schönen Gartens, und als er sie küßte, murmelte er, dein Kuß ist eine Lust für mich, Blumenküsser, Kolibri.

Rosas Krankheit

. Ich nehme mir einen Lieferwagen und bringe ein Faß mit Wasser.

. Laß, er kommt gleich.

. Riech doch den Gestank, Rosa, das hält niemand aus.

. Ich versprühe jeden Tag Kreolin. So schlimm stinkt es doch nicht.

Das Klosett ist voll, das Wasser schwarz, Rosa sitzt auf dem Bidet und liest M. Delly, sie wartet auf José, damit man zum Essen ausgehen kann. Rosa umhüllt von dem Fäulnisgestank, von all dem, was durch José und Rosa hindurchgegangen ist. Es war ein Teil von ihnen gewesen und war zurückgegeben worden und nun faulte und stank es. Somit gehörte es beiden, was sich dort zersetzte, während Rosa las und den Geruch einatmete, der von ihr selber kam.

21 Tage ohne Wasser

Die Nachbarin:
. Ihr geht's nicht gut, Senhor José. Auch mir nicht.
? Was ist denn heute wieder los.
. Sie hat das gelbe Huhn der Dona Cota gegessen.
? Und was ist denn da Schlimmes dabei.
. Sie hat das Huhn lebendig gegessen. Ganz und gar, Senhor José, mit Federn und allem.

22 Tage ohne Wasser

Eine andere Nachbarin:
. Senhor José, ich muß Sie warnen. Ich muß es.
? Was ist denn heute wieder los.
. Sie hat in Schlüpfer und Büstenhalter vor dem Gartentor gesessen und hat gesagt, das Haus sei voller Marsmänner. Sie hat gesagt, sie seien auf der fliegenden Untertasse gekommen. Sie seien herabgestiegen und hätten sie um Wasser gebeten. Drum ist sie rausgerannt und vor dem Gartentor sitzen geblieben und hat sich nicht um die Straßenjungens geschert, die sich auf den Gehsteig hockten und sie anstarrten. Wir müssen den Jungens eine Tracht Prügel geben, damit sie verduften und nicht hockenbleiben, um diese Unsittlichkeit anzugaffen.

(Ich muß eine Bombe in dieser Siedlung legen. Die ganze Siedlung anstecken. Ich werde all die Häuser anzünden)

28 Tage ohne Wasser

Eine andere gütige Nachbarin:

. Pa, pa, pa, pa, pa, pa, pa, pa, pa, pa.

(Dieser Geizkragen könnte doch eine von den hübschen Hausglocken anbringen lassen)[1]

? Was hat denn Rosa jetzt wieder verbrochen.

. Blablablabla, was sie getan hat, wie sie's getan hat.

31 Tage ohne Wasser

José verschwindet während einer Woche. Vom 1. bis 8. August.

Nachbarin: Hören Sie, Senhor José.

Zweite Nachbarin: Sie müssen da was unternehmen.

Dritte Nachbarin: Es ist zu Ihrem Guten.

Vierte Nachbarin: Armer Senhor José.

Und so weiter und so fort

Die Nachbarinnen unter sich[2]

. Der Mensch ist ein Schlappschwanz.

. Sie betrügt ihn. ? Wußtet ihr das.

? Warum sperrt er sie nicht ein.

? Mag er sie wirklich so gern leiden, so wie sie ist.

. Der Junge ist ein Schwächling. Sie schaltet und waltet.

. Sie ist eine Mordsschlampe.

Die Lösung

. Überlassen Sie das mir. Ich weiß, was sie braucht.

? Wer hat Sie denn geschickt, Senhora.

. Ich bin einfach gekommen. Ich wußte, daß man mich braucht. ER war's.[3]

(Ich kenne die Frau. Ich kenne sie von irgendwoher. Ich

1 Der Big-Ben-Ton in Ihrem Haus: Bell-Glocken auf Kredit.

2 Reste des täglichen Dramas.

3 Eine Nachbarin kannte die Negerin und ließ sie rufen. ER war's nicht, keine Rede. ? Wer ist ER denn, Teufel noch mal.

habe sie gesehen, hab sie zwei- oder dreimal gesehen) Eine schwarze Alte, sehr schwarz und sehr alt.

Als er im Bücherdepot wohnte und Wasser fehlte, schiß José auf ein Zeitungspapier, wickelte es zusammen und ließ es am Straßenrand liegen. Dann wartete er darauf, daß jemand es fortkickte, daß jemand es fortstieß und sich den Schuh beschmutzte.

Das Wasser war schwarz, mit Moskitos besät, und der Geruch durchdrang das ganze Haus, man konnte kaum eintreten, Rosa sah gelb aus, verschwollen, schmutzig, sie bat, er möge Dorly-Seife mitbringen, diese Seife gibt es nicht mehr, es gibt nichts mehr, mir reicht's, mein Leben mit ihr war kein Paradies, auch keine Hölle, mein Leben mit ihr war überhaupt nicht, ? warum begegnen die Menschen einander, tun sich zusammen, das ist doch sinnlos.

Begegnung mit Gê

José öffnete die Tür, der Mann trat ein. Er fragte nichts, kam einfach herein. Blickte José einen Augenblick an und machte es sich auf dem Sofa bequem. Hager, bärtig, altes Zeug am Leib. Trotz seiner Magerkeit wirkte er kräftig. Sein Blick beeindruckte José. Er war entschlossen. Eine Klinge. Wegen des Blicks hatte José geöffnet und gedacht: dieser Mann muß hereinkommen und sich ausruhen.

Rosa war im Badezimmer, und der Fäulnisgeruch lag noch im Haus wie eine Schicht Gase. Der Mann schnupperte in die Luft und schlief ein. José verspürte das Verlangen, ihm die Socken auszuziehen, solche, wie sie im Heer benutzt werden.

Der Mann erwachte spät in der Nacht. José brachte Kaffee und Brot. Der Mann gab ihm den Wunsch ein, etwas für ihn zu tun. Er würde es notfalls auch für unsereinen tun.

? Habe ich lange geschlafen.

Zwei Tage.

Seine Aussprache klang, als kenne er tausend Sprachen, spräche keine richtig und spräche sie alle gleichzeitig. Der Mann legte eine Hand auf Josés Schulter. Ruhe war in seinem erschöpften Gesicht. Seltsam diese Ruhe, diese Sicherheit. Sonst waren überall alle nur unsicher.

. Du weißt, ich bin Gê.

(Ich wußte es, wollte es mir aus Angst aber nicht zugeben)

. Herr, ich bin nicht würdig, daß du eingehest unter mein Dach.

Rosa öffnete die Badezimmertür, der Geruch strich durchs Haus und verschwand. Rosa kam, berührte Gê an der Schulter, er zuckte zusammen und fuhr herum. Lächelte.

(Sprich nur ein Wort und meine Seele ist gesund)

Gê ergriff Rosas Hand, sie wich zurück und kehrte ins Schlafzimmer zurück.

. Sie leidet an einer Krise von Willensschwäche. Du mußt sie zum Arzt, zum Psychiater bringen.

? Willensschwäche.

. Ja. Wenn der Mensch den Willen verliert, wird er apathisch. Ob er kommt oder geht, es ist ihm gleich. Es gibt willensschwache Menschen, die tagelang auf derselben Stelle stehen bleiben.

. José wollte mehr fragen. Wollte wissen, was man für Rosa tun konnte. Aber Gê verabschiedete sich und klopfte José auf die Schulter.

Im darauffolgenden Monat hörte José von Gê reden. Sein Foto war in den Zeitungen und auf den Plakaten, welche die Regierung in den Bars verteilt hatte, auf den Bahnhöfen der Bus- und Eisenbahnlinien, in Banken, Tankstellen, Kinos, Theatern, Kirchen, Billardsälen, auf Stadionportalen. Allstündlich verkündete das Fernsehen: *Steuere zum Frieden deines Landes bei – Zeige diesen Mann den Behörden an – Er hat einen Familienvater ermordet – Hat den Staatsschatz beraubt – Er predigt Subversion.*

Es war viel von den Comuns die Rede. Sie wollen die Diktatur stürzen. Bislang hatte er nie darauf geachtet.

Bereit mich aufzunehmen

José fühlte: So konnte man nicht weiterleben.

? Aber was konnte er tun.

Er versuchte einen Comun zu treffen.

? Aber wie.

Es hieß, sie lebten versteckt. Rings um die Stadt. Er durchforschte per Bus, zu Fuß, im Taxi alle Vorstädte, Buschwälder, Lagunen.

Er wußte, daß sie sich in unterirdischen Gelassen ververbargen. Unter den Straßen wie die Vietkong. Nachts tauchten sie auf und legten Bomben in Polizeiwachen, Kasernen, Häusern von Politikern, schossen auf Militärs.

? Wie soll ich die Unterschlupfe finden.

Nacht um Nacht auf den Straßen. In der Hoffnung, ein Kanaldeckel gehe auf und ein Comun steige heraus. Dann würde er eine Annäherung versuchen. Gê war sein Freund. / Er mußte es sein /

? Ob Gê sich an ihn erinnerte.

Es wurden Leute entführt und dafür wurde die Freilassung politischer Häftlinge gefordert.

? Und wenn die Comuns mich aufnehmen, bin ich dann auch für sie vorbereitet.

Eines Morgens sah José beim Erwachen an seiner Tür:

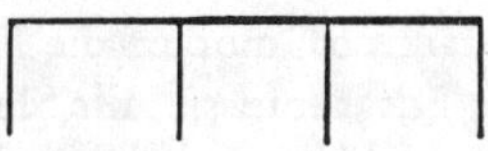

Regierungsnachrichten

Der Ausrufer gab bekannt:

Über die Stadt Luislândia, Herd der Kommunisten, wurde von 23 Uhr des gestrigen Tages an Lebensverbot verhängt. Die Regierung hat alle Vorkehrungen für die Ausführung des allgemeinen Selbstmords getroffen. In diesem Augenblick werden an alle Einwohner Pillen verteilt. Morgen wird die Stadt dem Erdboden gleichgemacht und die Erde wird mit Salz bestreut werden.

Wiederholungszwang

Nach dem Fick / der mich ermüdet hat / blieb ich liegen. Die Frau ging weg. Sie blickte auf den Revolver auf dem Tisch. Sie hatte ihn beim Eintreten nicht gesehen. Still verließ sie das Zimmer, nachdem sie das Geld erhalten hatte. Ich mag Huren, denn man kann stundenlang dableiben, ohne daß sie ein Wort sagen (solange man bezahlt). Nicht ein Wort. Oder aber sie reden endlos. Ich wollte nicht mehr weggehen. Der Mann war tot. Ich wußte nicht, wer er war. Ich hatte ihn aus der Kaserne kommen und in ein Taxi steigen sehen. Er stieg aus, das Taxi fuhr weiter, er brauchte eine Weile, bis er den Eingang zum Gebäude geöffnet hatte. Ich wartete, bis er eintrat, abschloß. Hinter ihm im Gang war Licht. Sein Umriß war deutlich in der Glasscheibe, und ich schoß auf den Umriß. Der Mann fiel. Ich stieg ins Auto und fuhr ab mit ausgeschalteten Scheinwerfern, damit niemand das Nummernschild sehen konnte. Ich wechselte das Nummernschild in der Garage. Es lohnte die Mühe, in den Innenhof des Landesverkehrsamts zu gehen und Nummernschilder alter Autos zu stehlen. Mehr als zwanzig. ? War der Mann von heute ein Militär oder Zivilist. Wer mag das wissen. Ich habe mir sein Gesicht eingeprägt, damit ich morgen die Fotos in den Zeitungen studieren kann. Ich kaufe sie alle, lese endlos, ich mag das. Bis morgen früh überlegen, ob jemand mich gesehen oder geknipst hat (oder sonstwas). Daß dies meine letzte Nacht in Freiheit sein kann (ich glaube es nicht). Daß sie mich vielleicht umlegen. ? Und wenn der Mann kein Militär war. Dann hat mir's nur halb so viel Spaß gemacht. Einen Zivilisten niederzuknallen macht mich nicht scharf. Der Mann fiel hin; tot oder nur verletzt? Natürlich tot. Ich weiß, auf welcher Höhe das Herz liegt, die Leber. Der Schuß saß, da gibt's kein Gefackel.

Er stürzte und ich bekam Lust zu einem Fick. Auf der

Stelle; wäre eine auf der Straße gestanden, ich wäre imstande gewesen, hätte sie gepackt und übergebraten. Sehr gut möglich, ich war wahnsinnig scharf. Ich lief, bis ich die kleine Mulattin fand, die den Revolver sah und nichts sagte.

Der Raupenschlepper

Die Raupen des Raupenschleppers sanken ein. Zuviel Lehm. José und Átila. Es hatte geheißen: die Kommunisten versammeln sich an einem Ort, der planiert wird. Viele Orte außerhalb der Stadt wurden planiert. Sie liefen wie verrückt. Átila lief mit, besoffen. Sie trafen nichts an, nur zwei Repressionspolizisten. José schoß. Ein Toter, ein Verletzter. Sie bestiegen den Raupenschlepper. Der niedergestreckte Mann sah die Lichter näherkommen, den Lehm spritzen. Er versuchte sich zu rühren. José sprang herunter, ließ Átila allein, und José hörte, oder glaubt, daß er das Geräusch der zerquetschten Knochen hörte, ist sich seiner Sache aber nicht sicher, weil da das Geräusch des Motors war, des Regens, des Lehms.

Reines reines Glück

(Ich habe Angst vor ihm, drum muß ich ihn töten) Der Fahrer rannte. José legte mit dem Revolver auf ihn an. Fuß auf die Bremse, der Wagen bremste, José wurde vorwärts geschleudert. Der Fahrer wollte die Waffe zücken (Messer, Knüppel oder Revolver), aber José schoß ihm in die Stirn. Reines, reines Glück. Stand up and fight, Raquel Welsh, diese Schenkel, prorrrorooooorororoo, dige-dige dum, Geld ausgeben, die Huren werden Einkommensteuer zahlen.

Instruktionen für die, welche töten wollen

Lokalisieren Sie das Objekt. Studieren Sie nicht seine Gewohnheiten, nähern Sie sich nicht seinem Hause, schließen Sie keine Freundschaften in der Nachbarschaft. Wenn die Person lokalisiert ist, gehen Sie hin und erschießen oder erdolchen Sie ihn, schlagen Sie ihm eines mit dem Knüppel über den Kopf. Auch wenn jemand in der Nähe ist, zögern Sie nicht. Töten Sie. Es ist gleich, ob Sie einen töten oder gleich zwei. Vermeiden Sie, daß man Sie identifiziert. Bewahren Sie einen kühlen Kopf. Wenn es jemand ist, den Sie hassen, so lassen Sie Zeit verstreichen, damit der Haß verraucht. Damit Sie mit klarem Kopf zur Stelle sind. Wenn die Stunde gekommen ist, nehmen Sie ein kaltes Bad, rasieren Sie sich, ziehen Sie sich gut an, prüfen Sie Ihre Waffen und gehen Sie los. Am besten mitten in die Stirn treffen. Oder wenn Sie sicher sind, nicht vorbeizuschießen, direkt aufs Herz. Es empfiehlt sich, die Waffe zu wechseln. Und auch die Technik. Herz, Nacken, Stirn, Ohr, Mund, Leber, Hoden. Keine Perversitäten / keine ausgesuchten Perversitäten /. Töten Sie, als täten sie ihm einen Gefallen.

Sie explodieren nicht in der Hand

Fünf Uhr dreißig, der Wagen explodierte, José erwachte. Er blickte aus dem Fenster, schwarzer Rauch stieg auf. Er kam herunter, das Volk lief zusammen, die Polizei stand da. Sperrte ab. Überall Fetzen von Menschen, Fetzen des Autos, Blut, Ohren, Finger, der blutige Rumpf eines Mannes, Flugblätter. Das heißt explodieren, José erbrach sich wegen des Pulvergeruchs, des verbrannten Fleischs, aus Angst, das könne ihm eines Tages passieren.

Wer sich nicht mitteilt

. Ein Abgesandter ist da, Gê.

? Ist es Livingstone. ? Ist er's.

. Ich weiß nicht.

/»Heutzutage wird nicht mehr von Waffenschmuggel gesprochen. Die kleinen Gangster sind fast vollständig aus dem Konkurrenzkampf der Riesentrusts verschwunden. Von Algerien bis nach Biafra, von Kurdistan bis Jemen, von Kolumbien bis Bolivien, von Vietnam ... bis Vietnam lassen die augenblicklichen Ereignisse ihnen nicht einen Augenblick Ruhe oder Arbeitslosigkeit.« Aus einer Reportage /

? Haben Sie die Pistole Mitchell Livingstone.

. Nein, die muß direkt gekauft werden.

? Was mache ich dann.

. Ich weiß nicht, es ist eine andere Gruppe. Ich will es auch nicht wissen.

/ Die Mitchell ist die durchschlagkräftigste Pistole der Welt (winziges Abschußgestell mit Rakete Kaliber 50) und pulverisiert den Gegner /

Zeitvertreib

Tappi. Tappi. Rasch zur Huschebahn. Der Schuß ging in den Mund, schleuderte das Kind zehn Meter weit. Aber es war nicht

Und nun sind in der Schlucht nur alte Tänzerinnen übrig, die Striptease vorführen, wobei der einzige Witz ist, daß sie alles ausziehen. Trotzdem gehen nur wenige Leute hin. Außer den Tänzerinnen gibt es ein Gorilla-Weib. Átila verbringt Stunden in dem Salon, in dem es sich zur Schau stellt und möchte mit ihm fliehen. Es ist ein Mädchen von zwanzig Jahren mit dicken glatten Schenkeln, die rote Flecken zeigen, so weiß sind sie.

. Es hat keinen Sinn mehr, hierherzukommen. Die Schlucht ist am Ende.

José wandert durch das kleine Theater / Baracke, Behelfsbühne,

Auf dem Grab des Banditen ist nicht nur eine Rose zu sehen. Jede Nacht sind zwei neue da. Der Friedhofswärter, der Nachtwache hält, hat nicht entdeckt, wer sie dort hinlegt.

? Ob jemand sie dort hinlegt.

Holzbänke, ein halbes Dutzend Spots / Hinter der Bühne eine große Fläche, voller Käfige, Künstlerzimmer für zehn Personen / wo vier hineinpaßten /, alles verwahrlost, Stromer schliefen auf den Bänken.

Tappi. Tappi. Rasch zur Huschebahn. Es war nicht das Kind. Es war der Vater. Aber der Schuß traf das Kind. Ich schoß auf den Vater, ich schoß auf das Kind. Es war nicht das Kind, nein, es war es niemals. Der Vater sah auf. Da schoß ich auch auf ihn.

Das Feuer begann im Käfig des Gorilla-Weibes. Átila rannte hinzu, um es zu retten, aber das Gorilla-Weib war schon fort und stellte sich in der Nähe des Busbahnhofs zur Schau. Vom Käfig sprang das Feuer zur Baracke über, zum Nachbarhaus / alten Häusern, verfaultes dürres Holzwerk, leicht entzündlich / zur Bar, zum alten Kino mit säuischen Filmen, zum Billardsaal, zum heimlichen Kasino, zum Hurenhaus, zu den Gästehäusern. Da war niemand mehr. Die Schlucht war ein Hohlraum innerhalb der Stadt. Ich wollte Schluß machen mit diesem Hohlraum. Mit dem draußen (? Und diesem drinnen). Das Feuer fraß um sich, die herbeigerufenen Feuerwehrleute kamen nicht, man mußte es brennen lassen. Hätte ich gewußt, daß man es brennen lassen mußte, ich hätte nichts in Brand gesteckt.

$$\frac{\text{Mensch}}{\text{Tier}} = \text{Verhältnis des Gleichgewichts}$$

Ich konnte nicht aufstehen. Ich erwachte zitternd wie Espenlaub. Völlige Leere im Kopf. Keine Erinnerung. Zittern und Eiseskälte. Die Haut kalt wie die einer Kobra. Ich lag auf dem Boden und kratzte mit den Nägeln über das Holz. Kein einziger Muskel, der nicht zitterte. Langsam gingen die Lippen auf. Ich hörte meine Zähne klappern. Der Hahn krähte. Der Schmerz, unerträglich. Ich wollte aufstehen, fiel wieder hin. Konnte meinen Körper nicht beherrschen. Ich erbrach, und als nichts mehr zum Erbrechen übrig war, kam Bitteres. Ich war von dem Gestank umgeben, während ich den Revolver hob und schoß und das Volk auf den Tribünen Beifall klatschte und schrie und die Zähne aufeinanderschlug. Ich erwachte und verspürte Lust, Gras zu fressen. Der Mund wurde mir wäßrig, als ich an grüne Weide dachte. Aber die Zähne taten mir weh und ich konnte nicht essen. Vom Badezimmer drang der Gestank fauliger Pisse.

INTERVIEW

? Die Comuns, wo sind die Comuns.
Da waren Gekreuzigte, denn dort war das Feld der Gekreuzigten.
? Comun. Kreuzige ihn.

KREUZIGE IHN, KREUZIGE IHN schrie die Menge

Dank des allgemeinen Interesses verdiente die Industrie mit Kreuzen viel Geld. Sie waren aus Eisen, einfache Kreuze mit Löchern für die Schrauben, welche die Hände durchbohrten. An Sonn- und Samstagen, an Feiertagen und Heiligentagen zog das Volk mit seinen Freßkörben aus, lagerte sich zum Picknick und sah zu, wie die Männer und Frauen starben.

In hoc signo vinces.

Freie Assoziation

Am Wasserbecken wäscht die Mutter ihre Wäsche und singt: Meister Domingos, was suchst du hier? /Ich suche eine halbe Silbermünze, eine mir und eine dir.

Wer eine Mutter hat / hat alles / wer keine Mutter hat / hat nichts.

Fährmann / guter Rudersmann / laß das Ruder kräftig gehn / deine lieben Kinderlein / freuen sich auf ein Wiedersehn.

Der Erwartete

Der Revolver nahm nicht viel Raum weg. Er trennte sich nicht mehr von ihm.

? Und wenn er anfing, auf das Völkchen loszuknallen, das zur Arbeit eilte.

? Und wenn er sich mit gezückter Waffe an eine Ecke stellte und schrie, sie sollten nicht zur Arbeit gehen. Es reicht: Arbeitsausweis, Schreibmaschine, Dokumente, Kugelschreiber, Lochkarten, Büros, Sparkassen, Ämter, Vorgesetzte, Schluß mit Produzieren, wir wollen den Antifortschritt fabrizieren, Schluß mit der alltäglich gleichen Arbeit, mit dem Ausführen von Arbeiten auf Befehl anderer. Das war's, was die Leute erwarteten, ihn, einen Führer für die Rettungsaktion Antimechanische Arbeit. (Ich muß das tun, muß das jetzt tun, schau dir bloß die Gesichter dieser Leute an, sie bitten, betteln, flehen, wenn sie Zeit hätten und wüßten, daß sie nicht zu spät kommen, sie würden zu meinen Füßen niederknien und sagen: Geh, geh zur Ecke und führe unsere Bewegung an. Heb deinen Revolver und wir alle werden dir folgen, o du Erwarteter, Erlöser der Menschen.)

Eine Ameise krabbelte an seinem weißen Hemd hinauf und gelangte zum Hals, er hob die Hand. Die Ameise blieb auf seiner Hand, schwarz, winzig. José ließ sie auf das Verdeck eines Volks gleiten. Er blieb stehen und wählte die

Ecke. Ein strategischer Punkt, wimmelnd von Menschen. Leute gingen vorüber: das Mädchen in Grün verdrehte die Augen und schielte, der fette Schnauzbart klopfte sich auf die Ohren, die verblichene vierzigjährige Blondine schürzte die Lippen, ein Kerl fingerte an seinem Pint, ein zweiter machte zwei Schritte, zwei Kehrtwendungen, zwei Schritte, zwei Kreiselbewegungen, einer trug die Aktenmappe auf dem Kopf, wieder ein anderer trug keine Hose, einer kam unbeschuht daher, nur in Socken, einer kroch auf allen vieren, noch einer schleppte vier Taschen, einer trug einen Ohrring in der Nase, einer war nackt, ein anderer kam mit Pfeil und Bogen.

Sein Volk.

Wer sucht der findet (1)

. Ich weiß, daß Gê hier vorbeigekommen ist ? Wo ist er, fragt José.

? Gê.

Man hatte einen Verdacht auf den Mann, der jeden Tag hier vorbeikam, weil man Gê suchte.

? Wer mochte es sein, ein Polizist oder ein Getreuer. Mochte es sein, wer es wollte, die Zeiten waren nicht geeignet, an irgend jemanden zu glauben. Sollte der Mann seine Suche fortsetzen.

? Warst du Gê auf den Fersen.

. Ich war es.

. Dann komm mit.

Gê trägt statt Johannisbeersaft Wein auf

Dann wurde bekannt, lief von Mund zu Mund, Geheimflugblätter berichteten es: Die Tochter eines von Gês Männern, Führer der Comuns, sollte heiraten. Er war ein bettelarmer Mann, wie die Mehrzahl von Gês Jüngern besaß er nichts. Aber das junge Mädchen wünschte sich ein Fest, denn Hochzeit ist Hochzeit, das gibt es nur einmal im Leben. Gibt es eine zweite, darf kein Fest gefeiert werden und auch sonst nichts. Im Hause des Mannes sollten sich Nachbarn, Freunde und Angehörige zusammenfinden. Es gab auch weder Wein noch Flaschen- oder Faßbier, nur Wasser und Johannisbeersaft mit kleingehacktem Eis. Und die Braut war traurig, denn je ärmer man ist, desto üppiger muß das Hochzeitsfest sein. Der Vater der Braut sagte zu Gê:

. Die Gäste haben kein Faß- und kein Flaschenbier und gar nichts.

? Waswaswas soll ich denn tun.

Gê ging ins Hinterhaus und besah sich die Eimer mit Wasser, mit Johannisbeersaft, mit Zucker. Abends holte er sich einen Jeep, klopfte an einen Weinkeller, und als der Mann öffnete, hielt er ihm den Revolver unter die Nase. Und fuhr mit drei Fässern guten Weins zurück und stellte sie an den Platz der Eimer mit Johannisbeersaft.

Damit stellte Gê seinen Charakter unter Beweis, und seine Schüler glaubten an ihn.

José denkt: das Wort ist schön. Wie schön es ist. Es ist wie Vogelgesang. Ich gehe an Kinos vorüber, nur um das Wort zu sehen. Tystnaden. Den Film habe ich nicht gesehen, es heißt, er sei langweilig. Ich gehe nicht hin. Mir ist ein Schoppen Bier lieber. Zwei große Schoppen kosten das gleiche wie ein Kinobillett. *Tystnaden.*

Satz des Tages

»Wenn das Volk kein Brot hat, esse es Isopor. Isopor ist weiß, weich, aufgeschnitten gleicht es Kasten-Brot.« Erklärung des Präsidenten.

Wer sucht der findet (II)

Sie fuhren in einem weißen *Mustang*. Betraten ein altes Gebäude im Zentrum der Stadt. Innen war das Gebäude neu hergerichtet, gelbgetüncht, die vielen Türen dunkelbraun gestrichen. Sie schlossen José in einen kahlen Raum mit zugenagelten Fenstern. Und gingen weg.

Lange danach ging das Licht aus.

Ging wieder an.

José wartete, das Licht ging aus.

Er bekam Hunger, er bekam Durst, Bedürfnis zu urinieren, sein Bauch krümmte sich.

Das Licht ging an. José erleichterte sich in einer Ecke des Raums. Ein Mann kam herein und schlug ihm wütend auf den Kopf: saubermachen, saubermachen, sofort, sofort.

? Aber wie.

. Was weiß ich, interessiert mich nicht, habe eine Wut auf den, der's weiß.

José zog das Hemd aus, wischte alles auf, hielt das kot- und urinbeschmierte Hemd in der Hand.

? Was mache ich damit.

. Was weiß ich, interessiert mich nicht, habe eine Wut auf den, der's weiß.

Das Licht ging aus.

Er bekam Hunger, Durst, sein Bauch zog sich zusammen.

José wartete, das Licht ging an. Die gelben Wände verschwammen. Er lag auf dem Fußboden, sein Rücken schmerzte. Seine Magenwände klebten aneinander. Das Licht ging aus, der Raum blieb gelb. Tage, dage, dage, dag, dum. I left my heart in San Francisco, pigirikipu, pigirikipu, Buona Sera Mrs. Campbell, die Bomben sinken aus sausenden (Tausenden) Flugzeugen und fallen wie Rieselregen, das Volk wartet, die Sirenen heulen, oooooooooooooonnnnnnnnnnnnnn, Hände begegnen sich freudig, lerne deinen Katechismus, Sohn, es war kalt, ich las das Schatzkästlein der Jugend. Ich hatte es von Nena entlehnt, einer Nachbarin, die für meine Begriffe reich war, ihr Vater arbeitete bei der Elektrizitätsgesellschaft. Es war kalt und ich schlotterte, meine Brüder schlotterten. Keiner war müde, keiner wollte es sein, das Bett war eisigkalt, keiner schlief. Jetzt kam mein Vater mit Zuckerrohrschnaps. Er füllte das Glas und hieß uns alle einen Schluck nehmen. Dann wurde es einem ein wenig warm und der Schlaf kam. Und so jeden Tag nach dem Abendessen, gluglugluglugluglu, boooooo, biiiiii, ein wenig Wärme und der Schlaf. Das war angenehm und ich lernte das Buch der Warums auswendig. Weil ja, weil nein, weil ja.

Das Licht ging an, der Raum blieb dunkel.

Der Mann soll mich wohl lehren, Hunger und Durst zu ertragen.

Es macht mich wütend, wie ein Tier auf der Suche nach Fressen auf dem Boden kriechen zu müssen.

Im Wald ohne Tiere jagen in flußlosem Ödland Wasser suchen, es gibt nur Striche, Vierecke, Rundungen, Arschlöcher, Schenkel, schwebende Spermawolken, das sind alle meine Kinder die bei den Bummelfesten auf dem Landgut des Bidets aus durchsichtigem Glas gestorben sind. Mein Gott, Teufel, alle Heiligen, alle Teufel, das ist's, Teufel, Teufel aller Tage, schau wie das Jaguarweibchen mich bespringt und ich sie bespringe in einem Doppelsprung wie auf dem Trapez des Lebens[1], sie mit offenem Mund, ich mit offenem Mund, das Jaguarweibchen schlüpft in meinen Mund, ich in den Mund des Jaguarweibchens, sie steckt in mir und ich in ihr, ein einziges Ganzes (Mensch-Tier-Tier-Mensch) und jetzt entsinne ich mich jenes Tages, an dem ich in der Autohalle stand, ich ging hinein und kam heraus. Mitten in dem gelben Jaguarmagen hasse ich das Gelbe,

mit Ausnahme des Blaßgelben in Gês Gesicht,
er kann mich befreien
von all diesen Zweifeln, die
mich bedrängen, von dieser
Unschlüssigkeit, von dieser
Reglosigkeit hier.

SO IST ES, WENN ES IHNEN SO SCHEINT

José merkte nicht, daß er in den anderen Raum gebracht wurde. Man schüttete ihm Wasser ins Gesicht.[1] Man gab ihm Wasser zu

1 So ist es in den Filmen.

1 Selbst im Delirium hat man mitunter gemeine Bilder im Kopf.

trinken.[2] Es roch nach Essen im Raum. Alles war blitzblank. Als er wieder zu sich kam, sah José einen Mann in einem Sessel von Knoll-International sitzen. José saß in einem weichen Sessel von Sérgio Bernardes. Man bot ihm eine Zigarette an. Ein Kellner in makellosem Weiß war zur Stelle, der ein Filet-Sandwich brachte, Milch und Avocado-Saft zur Wiederherstellung seiner Kräfte. Sanfte Schallplattenmusik von Jack Jones, Sinatra, Aretha Franklin. Der Mann bat um Entschuldigung, daß er über unangenehme Dinge mit ihm sprechen müsse[3], unangenehm waren der Geruch des schmutzigen Gemachs, das Licht in seinem Gesicht, der unerträgliche Durst, der unbequeme Hocker, auf dem er sitzen mußte, während er sich am liebsten hätte rückwärts fallen lassen und liegengeblieben wäre. Der Mann gab ihm Wasser zu trinken, es war Lauge, José erbrach sie und bekam Prügel. Kotgeruch war im Raum, Kot- und Schimmelgeruch in einem verriegelten Raum, der lange nicht gelüftet worden war. Von draußen drang der Klang eines lebendigen Liedchens auf der Drehleier herein. Ein Mann kam herein, der erste ging hinaus (? Ob es der erste war), der zweite blieb eine Weile, dann ging er weg und ließ

2 Unglaublich!

3 Hier tauchte José aus Benommenheit und Delirium.

José allein, es kam ein dritter (? Oder war es wieder der erste), schlug auf José ein und ging weg, zählend: eins, zwei, drei, vier, fünf, sechs, sieben, acht, neun, zehn, einhundertzwanzig. Es kehrte der erste zurück (? Oder der zweite), schrie wie ein Besessener und hämmerte auf Josés Gesicht ein, schlug ihm die Zähne aus[4] und lachte, lachte. Die Drehleier brach ab und begann von neuem mit derselben Weise. Ein Priester trat ein (? Oder ein als Priester gekleideter Mann) und sagte: Beichte, mein Sohn, beichte alles Gott unserem Herrn. José stand auf und schlug dem Priester einen mit dem Hocker über den Kopf, der stürzte hart und trocken hintenüber und sagte kein Wort.[5] José sprang ihm auf den Magen und tanzte zu der Musik. Dann setzte er sich auf das Bänkchen und wartete. Sie würden zurückkehren und den Priester rächen.

Und
plötzlich[6]
kamen sie wirklich.

? Und nun.

Es waren vier[7], groß und stark, in grünen Uniformen[8], hohen Stiefeln, rostfreiem Stahlhelm, dunkler Brille[9], schweigsam. Einer hielt José fest, der andere brachte englische Schwinger an. Zwei schauten zu, lösten sich bei der Fol-

4 ? Sind alle Polizisten Sadisten.

5 ? Wie sollte er auch.

6 Plötzlich nicht. Sie hätten schon lange kommen sollen.

7 Es mochten fünf sein, fünfzehn, gleichviel. Das sind nur Zahlen.

8 Uniform des Nationalinstituts für Repression und Inquisation: INRI

terung ab und ließen José blutüberströmt liegen. Einer von ihnen sagte: »Hinweg mit solchem von der Erde! Denn es ist nicht billig, daß er leben soll.«[10]

Dann ließen sie José frei

Anmerkung: Über diese Verhaftung und dieses Verhör Josés konnte nichts in Erfahrung gebracht werden. Es mochte die INRI sein, konnten aber auch Gês Leute sein, die ihn verdächtigten.

9 In Filmen tragen SS und Gestapo stets eine dunkle Brille.

10 Apostelgeschichte 22,22.

Schock

Rosa ist ins Krankenhaus eingeliefert worden, der Arzt hat gesagt, sie habe einen schweren Schock erlitten und werde mindestens einen Monat brauchen, bis sie wiederhergestellt sei.

Freie Assoziation

Das gelbe magere Kanarienvögelchen mit pechschwarzen Augen, am Tag, an dem meine Mutter begraben wurde, schrie mein jüngster Bruder aus dem Fenster: ? Tante, und mein Vögelchen? Die Mutter war an Arzneivergiftung gestorben, ermordet von den Ärzten.

Der Schalldämpfer

José wird einen Holländer aufsuchen, der Schalldämpfer ins Land schmuggelt. Der Holländer steht mit der Mafia in Verbindung oder mit der CIA oder auch mit Gangstern.

Was willst du, José

Er brauchte nicht mehr in Löchern und Kanaldeckeln zu suchen. Da war er nun bei Gê. Es war ein betonierter Raum mit Luftschächten in den Wänden wie in unterirdischen Gelassen. Sie waren unter der Stadt. Die Comuns hatten schmale Betontunnels gebaut, die zwei mageren Männern Raum boten. Genug, damit einer sich rasch vorwärtsbewegen konnte. Unbegreifliche Labyrinthe, die im Kreise liefen, kerzengerade Gänge, die jäh zu Ende waren, Türen, die auf zwei Gänge gingen, der rechte Gang bildete ein Viereck und lief in einen Gang aus (? denselben). Eine Tür, die auf einen Raum mit zwei Türen ging, Zickzackgänge. Nischen nach je ein paar Metern, elektrische Schlüssel, Schalttafeln (? Telefonverbindungen), Kontrolluhren. Mit einemmal begriff José: Die Comuns beherrschten die Stadt von unten. Sie hatten sich in das Verbindungsnetz eingeschlichen: Wasser, Licht, Gas, Telefon. Während fünfzehn Jahren Diktatur hatten sie gearbeitet und sich vorbereitet. Nun mußten sie fertig oder fast fertig sein.

. Ich habe von dir erfahren.

? Von mir.

. Von deinen kleinen Diebstählen, von deinen Morden.

. Ja.

? Warum.

? Warum.

. Vielleicht bist du einer der Unsrigen.

. Ich will nicht.

? Warum nicht.

. Ich weiß nicht, was ihr wollt. Ich will keine Chefs. Ich will niemand über mir. Ich will ich sein.

. Das alles heißt überhaupt nichts. Was du willst, weißt du auch nicht.

? Muß man das.

. Du bist gut, schießt gut, hast Mut, machst Amateurdummheiten und diese Dummheiten retten dich.

(Aber ich habe Angst, einer von ihnen zu sein)

Dann sagte Gê:

»Denn es verdroß mich der Ruhmredigen, da ich sah, daß es den Gottlosen so wohl ging. Denn sie sind in keiner Gefahr des Todes, sondern stehen fest wie ein Palast. Sie sind nicht im Unglück wie andere Leute und werden nicht wie andere Menschen geplagt. Darum muß ihr Trotzen köstlich Ding sein, und ihr Frevel muß wohl getan heißen. Ihre Person brüstet sich wie ein fetter Wanst; sie tun, was sie nur gedenken. Sie achten alles für nichts und reden übel davon und reden und lästern hoch her. Was sie reden, das muß vom Himmel herab geredet sein; was sie sagen, das muß gelten auf Erden. Darum fällt ihnen ihr Pöbel zu und laufen ihnen zu mit Haufen wie Wasser und sprechen: ›Was sollte Gott nach jenen fragen? Was sollte der Höchste ihrer achten?‹ Siehe, das sind die Gottlosen; die sind glückselig in der Welt und werden reich. Soll es denn umsonst sein, daß mein Herz unsträflich lebt und ich meine Hände in Unschuld wasche – und bin geplagt täglich, und meine Strafe ist alle Morgen da?«[1]

Und José, von sich selbst sprechend, antwortete Gê:

»Ihr werdet an ihm im Grunde weder Groll finden, noch Bitterkeit, auch nicht Verachtung. Die Bösen lösen in ihm nur Trauer aus und Erbarmen. Nur das Böse entflammt ihn zum Haß. Denn der Haß auf das Böse ist die Liebe zum Guten, und der Haß gegen das Böse ist göttliche Begeisterung«[2]

Und Gê, auch von sich sprechend, entgegnete in diesem Monolog zu zweit:

»In dieser so oft verletzten und so oft durchbohrten Seele ist nicht die geringste Spur von Aggressivität übrig, von Schmähungen, von Vernachlässigung, von Undank, von Verfolgung, von Verrat, von Verbannung, noch der geringste Gedanke an Vergeltung. Gott ist mein Zeuge, daß ich alles verziehen habe«[3]

Und José, fast überzeugt, schloß:

»Es gibt nichts Tragischeres als das unerbittliche Verhängnis dieses Schicksals, dessen Geschwindigkeit noch seine Strenge verschärft«[4]

1 Psalm 73, 3-14.
2, 3, 4 Rede an die Jugend, Ruy Barbosa.

Ich weiß nicht warum, heute bin ich stinkwütend über den Überfall auf die Universität. Sie haben zerschlagen, verbrannt, verprügelt, gemordet, verhaftet. Gestern und vorgestern ebenso. Und vor einem Monat. Wenn ich diese Sachen lese, kriege ich nicht mal mehr einen Ständer. Das hält kein Pint aus, wenn diese Dinge rings um uns passieren und zuschlagen, ohne uns zu treffen. Ich wollte die Welt immer fein aufgeräumt sehen, damit ich mich nicht zu empfindlich an ihr verletzte. Alles Außergewöhnliche traf mich. Plötzlich entdecke ich: wir sind es, die die Welt aufräumen nach unserer Idee. Man muß sie jeden Tag aufräumen, sie wieder einrichten, einrenken. Das bringt keine Bequemlichkeit mit sich, auch keine Sicherheit, noch Stabilität, noch Frieden. All das, was man sucht und dabei so tut, als suche man nicht; ich glaube, wir wurden geboren, um ein wenig Frieden zu stiften. Wenn wir aber Krieg haben, dann wollen wir Krieg führen, denn wenn Krieg ist, hat der Frieden keinen Sinn. Ich bin immer feige gewesen, ein Mordsfeigling, weil ich immer Angst vor den anderen gehabt habe. Eines Tages habe ich einen Faustschlag einstecken müssen und festgestellt, daß er nicht weh tat, und trotzdem habe ich meine Angst vor Keilereien behalten. Ich habe eine Stinkwut auf mich, daß ich dauernd diese scheißblöden Gedanken wälze. Seit fünf Tagen bin ich in diesem Zimmer und schaue seit fünf Tagen aus diesem Fenster, seit fünf Tagen fresse ich Wasserkeks, lutsche ich Orangen und koche mir Eier auf einem Spirituskocher, während ich darauf warte, daß der Mann aus dem Hotel gegenüber herauskommt. Aber er kommt nicht heraus, seit fünf Tagen kommt er nicht heraus. Wahrscheinlich ist er durch den Hintereingang hinausgegangen. Wie in einem Detektivfilm stehe ich in diesem scheißdreckigen Zimmer. Dort drüben ist auch das Hurenhaus, und dort drinnen ist der General mit seinem Trupp verschwunden. Nach ihm ist niemand mehr reingegangen, ich war dort, um ein Zimmer zu bekommen, ich und eine kleine Nutte, die dort auf den Strich ging. Sie haben mich nicht mal im Vestibül warten lassen, sofern das ein Vestibül ist, der enge stinkende Gang mit einer abgeblätterten Theke, wo *Sechzehn* auf Posten steht, weithin bekannter Bandit, er hat in einem Monat sechzehn Wagen gestohlen, hat für die sechzehn Wagen und andere Dinger sechzehn Jahre gekriegt, hat sich schließlich mit den Leuten finanziell geeinigt und wurde aus der Haft entlassen, jetzt schmuggelt er Stoff und spielt Portier. *Sechzehn* hat mir gesagt, daß er mir kein Zimmer geben kann, der Mann habe es verboten und er werde beobachtet. Ich habe ihn gefragt

? Aber wissen Sie denn nicht, was da drinnen vorgeht.

. Ich weiß es nicht und werde es auch nicht wissen. Werde mich nicht mit den Leuten anlegen, die haben scharfe große Schießeisen dabei.

Ich kehrte in mein Zimmer zurück und das war gut, denn es dauerte nicht lange, bis die Straße von Miliz wimmelte, die Leute festnahm. Und zwei Blaue vom CE und GC kamen in mein Zimmer herauf und verlangten meine Papiere. Sie wollten wissen, was ich treibe, während sie die Ausweise prüften, die ich ihnen vorlegte. Sie sahen die kleine Nutte bei mir, sprachen aber nicht mit ihr, sagten nur, ich solle mich vorsehen, ich weiß nicht womit. Ich sah ihnen gerade ins Gesicht, merkte mir verstohlen ihre Erkennungsmarke, denn nachdem sie mich gesehen haben, werde ich keinen von beiden am Leben lassen, versteht sich. Zum Glück haben sie das Zimmer nicht durchstöbert, sonst hätten sie den Revolver und das Gewehr mit Zielfernrohr gefunden. Dann war ich angeschissen! Fünf Tage, in dieser Zeit überlegt man sich einiges. Fünf Tage, danach hatte ich die Nase voll von der kleinen Nutte und die Nutte hatte die Nase voll von mir. Ich bin fad, rede nicht, mag nicht reden, das war immer mein Problem. Ich mag einfach nicht reden, ich halte meinen Mund, ich bin verschlossen, alles geht nach innen, bis ich platze, ich will's nicht, aber ich platze. So 'ne Scheiße, heute denke ich nur Quatsch. Und alles wegen der fünf Tage. Ich kann das Zimmer gegenüber mit dem scheißdreckigen zugezogenen Vorhang nicht mehr sehen. Hab die Nase voll von der Nutte: sie fickt nur, wenn ich den Zaster auf den Tisch lege, und macht mir einen Abschlag für die unausgefüllten Stunden. Hört Radio im Transistor und beschwert sich, auf der Straße würde sie mehr Geld verdienen.

Aber ich war entschlossen: auch sie würde sterben. Heute früh konnte ich nicht ficken, drum nahm ich das Gewehr und steckte es ihr rein. Die Nutte lachte sich dusselig, sagte, der Lauf sei kalt. Ich spielte mit ihr herum und plötzlich machte sie sich auf dem Lauf ganz naß. Wieder lachte sie und küßte das Gewehr, küßte es ganz, sagte, es sei einfach toll, weil es nie schlapp würde, besser als alle Männer zusammen, die sie gehabt hatte. Bat, ich solle ihr den kalten Lauf von neuem reinschieben, wollte, ich solle ihn ganz reinstoßen, mit Zielfernrohr und allem, sie sagte, sie sei verrückt nach dem Gewehr, dem tollen Hundling. Es fehlten noch 40 Zentimeter Lauf, und ich hatte gute Lust, ihr den ganz reinzutreiben. Die Nutte wollte wissen, warum ich die Knarre hatte und was ich eigentlich in dem Hotelzimmer triebe. Sagte, die Stadt sei voller Bewaffneter. Ich freilich sei anders, weil alle Welt einen Revolver besäße. Und nur ich hätte ein Gewehr, mit mir stimme wohl etwas nicht. Vielleicht sei ich der, welcher kreuz und quer Leute umlege. Nun bekam sie es mit der Angst, aber ich sagte, das sei alles Unsinn. Ich wohne in dem Hotel, solange ich den Markt abklappere und meine Arzneimittel verkaufe.

Ich zeigte ihr mein Arzneiköfferchen, das ich immer bei mir trage, das alles enthält, weil einer plötzlich mal treffen kann, der Schuß aber nicht tödlich ist, nur ein Streifschuß, eine bloße Verletzung und man sich selber behandeln kann.

? Weißt du, was ich neulich gesehen habe.

Und sie erzählte:

Es war mitten im Zentrum, sie kam aus einem Kino, vier Uhr nachmittags. / Zu dieser Zeit kann eine Nutte ruhig ins Kino gehen, weil sie da kaum Kundschaft verliert / Da sah sie die zwei Kerle auf einem leeren Grundstück. Die Wagen hielten und die Fahrer blickten. Die beiden, weit voneinander entfernt, gingen aufeinander zu, bis sie zwei Meter voneinander entfernt standen, zogen die Revolver und schossen. Der eine fiel, der andere machte kehrt, stieg in ein Taxi und fuhr ab. Nachdem die Leute genug gesehen hatten, gingen sie weiter, eine Ambulanz kam und eine Radiopatrouille und lasen den Toten auf. Sie betrat ein Schallplattengeschäft. Dann ging sie nach Hause, und als sie eintreten wollte, kam ich und sie ging mit mir ins Hotel. Aber sie hat längst die Nase voll, weil ich unentwegt am Fenster stehe, auf Wachposten. Und die Leute da drüben, die sich überlegen, wie sie noch einen in dieser Stadt fertigmachen. Jawohl: das war der Polizeichef, der besagte General, der Chef der Geheimpolizei, die politische Polizei, die FS (Folterspezialisten), die Bundespolizisten: *Sechzehn* hatte mir alles geflüstert. Eines schönen Tages müßte man auch den *16* umlegen. Denn schon ist man mit so einem angeschmiert, weil er sich plötzlich mit Geld nicht mehr zufrieden gibt.

Jesus, Maria und Joseph, euch befehle ich meine Seele.

Wenn das hinhaut, was ich im Kopf habe (nun fängt die kleine Nutte auch noch zu beten an, Scheiße noch eins), dann wäre ich ein gemachter Mann, das müßte einer sehen, das wäre einen Orden wert. Wenn die Sportsgeist hätten, würden sie mir dafür einen Orden verleihen. Ich kenne das Zimmer, in dem sie sind, trotzdem sitze ich in der Patsche, weil ich überhaupt nichts machen kann. Dort reinballern, entweder lege ich keinen um, oder wenn ich einen drankriege, wissen die anderen sofort, wo ich bin. Das Hotelchen hat keinen Hinterausgang, ich muß übers Dach oder raus auf die Straße und abhauen. Natürlich bin ich nicht blöd und zeige mich auf der Straße und laß mich schnappen. Übers Dach ist's mehr als kitzelig, das habe ich schon geprüft, ich müßte mehr als vier Meter weit springen, um auf ein anderes Dach zu gelangen. Und würde vielleicht durch die brüchigen Dachplatten einbrechen. Diese ganze Seite der Stadt ist baufällig. Da muß ich eben meiner kleinen Nutte wieder einen verpassen, während ich weiter überlege und eine Lösung finde (und wenn ich auf einem Dach aufs Kreuz falle und die Sprache verliere?). Wenn es eine Lösung gibt, prima, wenn nicht, habe ich Pech gehabt. Bevor ich in einer Lage wie dieser sauer werde, doch jetzt mach ich mir nichts mehr draus, lerne ich lieber zu warten und Geduld zu haben, und das ist die Masche, mich nicht anzuscheißen. Aber daß ich sauer bin wegen dieser Typen von der Bundespolizei, stimmt: ich bin sauer. Ich weiß nicht genau warum, es ist wegen allem, ich muß sie erledigen, rasch, rasch. *Ihr Sender Neue Flagge meldet sich wieder um siebzehn Uhr im Radio-Scratch mit Neuen Sportnachrichten.*

Bürgersinn

. Ihr Wagen hat weder Flagge noch Wahlspruch.
Er wurde verhaftet.
. Senhora, vor Ihren Fenstern hängen keine Flaggen.
Verhaftung.
Bis eines Tages, am Festival der Nationalfarben, überall Fahnen hingen, Liebe gläubig und stolz die Erde auf der deine Wiege stand, nie mehr im Leben findst du ein solches Land.

Der Schrei

Mutter, dein Kopf ? Wo ist er, Mutter, ich sehe ihn nicht, ich erinnere mich nicht, wo ist er, Mutter, nein, das ist nicht dein Kopf, wie gelb und häßlich der ist, Mutter, bringt mich nicht weg, bringt mich fort, bringt mich nicht, ich will es nicht sehen, ich will den Kopf meiner Mutter.

Kommunikationsmittel

Der Stimmungsmacher hatte ein breites Lächeln, eine mächtige Kompagnie für den Verkauf von Gegenständen an die Armen, er war steinreich,
Der Mann ohne Beine mußte Geld verdienen.
/? Ob es die Geschichte von Gut und Böse ist, vom schlimmen Reichen und vom guten Armen /

Die verirrte Fotografie

Rosa war zu ihren Eltern nach Hause gefahren. Sie litt an Blutungen und José war seit zwei Wochen nicht erschienen. Die Polizei drang in sein Haus ein /

Guten Tag, mein lieber Herr. Ich bin ein Patriot. Sie haben von mir gehört. Ich habe mich für das erste Erschießungskommando gemeldet. Ich will Schluß machen mit der Subversion und dem Terror und der Unsicherheit, ich will die Demokratie in diesem Land. Ich habe im Nachbarhaus seltsame Bewegungen beobachtet. Der junge Mann von nebenan ist nie zu Hause, unbekannte Leute kommen, einer bleibt ein, zwei Tage, dann geht er, seine Frau ist krank, er macht sich nichts daraus, verschwindet. Ich bin sicher, Waffen gesehen zu haben und wenn ich mich nicht täusche, so klebt auf den Plakaten ein Foto, das ihm ähnelt, das müßte überprüft werden, nur zur Entlastung. Auf Wiedersehen. Alles für unser Vaterland /

und er nahm die Bücher mit und suchte nach Waffen und Flugblättern und fand nichts außer einem Umschlag mit Fotografien in den Seiten eines Buchs. Sie zeigten die Fotografie den Nachbarn, und diese befanden: Ja, das muß er sein, etwas jünger. Zumindest sieht er ihm gleich. Und sie schickten die Fotos an Kinos, Bars, Läden, Busbahnhöfe, Eisenbahnhöfe, Polizeiwachen, Kasernen zum Aufhängen.

Taxiunterhaltung:

. Ich brauche etwas zum leben.
? Wozu denn. Du ißt und trinkst doch umsonst.
. Es ist immer gut, etwas Geld zu haben.
. Das Geld ist für eine bestimmte Sache. Es gelangt an den richtigen Ort.

Wettervorhersage

Sonntag in aller Frühe kauft man die erste Zeitung, die auf den Ständen ausliegt. El Matador hatte ein blaugedrucktes

Zeitungsblatt in der Hand: »Schon läuft das Volk im Haus des kleinen José Luís in Vila Branca zusammen, um die Musik zu hören, die aus seinem Bauch tönt, und um Gnaden zu erlangen, da doch Wunder geschehen. Der Vater von José Luís hat erklärt, daß die Musik von Posaunen und auch von Pauken herrührt, und daß die Posaunen die von Josua vor der Schlacht von Jericho sind. Viele Leute haben gesucht, aber keiner hat Drähte oder Grammophone in der Hütte gefunden.«

Zum Aufsagen

Nur wer den Terror eines geordneten Heims gekannt hat;
die Ruhe eines funktionierenden Hauses, gewaschene und gebügelte Wäsche, Essensgeruch, nirgends Staub;
jeden Tag Abendessen, Fernsehen, Schlafen, Aufwachen, Arbeit;
Sonntagsvergnügungen, Samstagsprogramme, Montagslangeweile;
Grab, Mausoleum des Lebens, kahles Feld.

Die Umzingelung des einsamen Scharfschützen

Am selben Tag, an dem das päpstliche Flugzeug eintraf und viertausend Kilo Geschenke für das Brudervolk mit dem Segen des Heiligen Vaters brachte: hallte der erste Schuß um halbzehn Uhr vormittags. Er traf eine Büroangestellte von 18 Jahren, Braut, arm[1], mit einem Dumdumgeschoß, das ihr die Brust zerriß. Es war auf einem Platz mit dem Reiterstandbild, Held der Fibel und Geschichtsstunde. Eine Radiopatrouille kam angesaust. Als die Wache heraussprang, ein Schuß. Es ging so rasch, daß die Leiche stehenblieb, ohne Kopf, mit aufgerissenem Hals. Der andere Polizist hatte keine Zeit gefunden auszusteigen. Sein Bauch platzte, seine Eingeweide flogen auf einen Ladentisch mit Ausverkaufsschlüp-

1 Das Melodrama kopiert das Leben.

fern und -büstenhaltern. Der Mann wurde am Fuß des Pferdes des Reiterstandbilds entdeckt. Er hatte einen Munitionskasten und mehrere Waffen bei sich. Das Standbild war höher als die Gebäude ringsum. Von den Schüssen barsten Fenster und Schaufenster. Zwischen neun Uhr dreißig und zehn Uhr gab es vier Tote. Um zehn Uhr dreißig kamen acht Radiopatrouillen und ein Wagen der Spezialrepression unter dem Kommando von Neco Trombada, dem größten und kräftigsten aller Polizeibeamten, Maulheld und Macher, bekannt dafür, daß er Banditen umlegte, ohne ein Wort zu fragen. Man erzählte sich (in Polizeikreisen, so daß man nichts verbürgen kann, weil es ebensogut Verleumdung oder Neid sein kann), zu Beginn seiner Laufbahn, zwanzigjährig, sei er von einem Riesenneger in einem Barackenviertel gefaßt und von ihm arschgefickt worden. Jetzt fiel er auf dem Platz ein, befehligte die Aktion, Maschinengewehr in der Faust, schrie, fuchtelte, Supermann der Polizei / Er glaubte sogar an seine Unverletzlichkeit /. Und der einsame Scharfschütze traf Neco zwischen die Beine, Neco brüllte und entlud sein Maschinengewehr in ein Unterhosengeschäft.

Niemand konnte aus Verkehrsfahrzeugen aussteigen. Der einsame Scharfschütze handelte rasch. Er schien in einem Radius von 360 Grad zu sehen. Er erlaubte dort unten keine Bewegung. Die Menschen versteckten sich in Läden, hinter Bäumen, Lichtmasten. »Terrorist«, schrien sie und schlotterten und wären am liebsten er gewesen dort oben, allmächtig, Herr über Leben und Tod aller dort unten. Verwirrung, bremsende Autos, Verkehrsstockung, Hupenkonzert, Schreie, Pfiffe, Sirenengeheul, splitternde Windschutzscheiben. Ein Lastwagen des Heeres traf ein. Der Kommandant fiel tot um, als er den Fuß auf den Kotflügel setzte. Dann riß ein waagrechter, kerzengerader Strich durch die Plane über der Karosserie, bestehend aus gleichgroßen Löchern. Die Soldaten, die mit dem Rücken zur Plane auf ihren Bänken saßen, fielen durchlöchert, einer neben dem andern, um, während die übrigen sich auf den Boden warfen und sich weigerten auszusteigen.

Um ein Uhr nachmittags kamen die Repressions-Sondertruppen, zwei Bataillons des Anti-Terror-Heeres, vier Tanks, vier Brucutus, acht Panzerwagen mit Mörsern von 4,2 Zoll[1], Raketenwerfer, 66 mm, Typ M 72, leicht: 2 Kilos.[2] Sie stellten sich unter den Befehl eines Strategie-Offiziers an strategische Punkte.[3] Während sie Stellung bezogen, fielen etliche und verwandelten sich so in Fotos für die Heldengalerien an den Wänden von Polizeiwachen, Kasernen, Körperschaften, Regierungsbezirken. Die von Jahr zu Jahr geehrt wurden.

Sie schossen, der Mann schoß zurück. Die Kugeln prallten tanzend von der Bronzestatue ab wie festliches Glockengeläut. Das Feuer der unten Postierten nahm allmählich zu, der Mann antwortete in Abständen, bedächtig, methodisch. Feuerwerfer[4] erreichten die halbe Höhe und das Standbild schien vom Feuer umlodert, der alte Held auf seinem Zelter tauchte aus dem Schlachtenfeuer. Aber der Mann schoß und die, welche mit ihren Feuerwerfern näherrückten, fielen, die anderen wichen zurück. Sie hatten Maschinengewehre, Zielfernrohrschußwaffen, Mörser.

Dann kam das Fernsehen und drehte einen Sonderfilm für das 22-Uhr-Programm, es kamen die Kameramänner und die Rundfunksender, und die Zeitungen, alle glückselig, denn das war wie Krieg ohne die Gefahren eines Krieges. Agenten der Informationsmedien stiegen auf die Gebäude und fotografierten mit Teleobjektiv den einsamen Scharfschützen, sie entwickelten die Fotos, das Fernsehen strahlte sie live aus / Unter der Schirmherrschaft von *Tomatensaft*, dem rötesten, dem Liebling der Hausfrauen / es zeigte das Foto, einen Menschen von dreißig Jahren, graumeliertes Haar, schlecht rasiert.

José war in den siebten Stock hinaufgestiegen, um langsam hinabzusteigen. Jedes Stockwerk hatte vier Apartamentos. Alle Türen standen offen. Jede Tür ging auf ein kleines Ve-

1 In Vietnam verwendet.

2 Geschenk befreundeter Regierungen.

3 Altgedienter Offizier aus Korea und Vietnam im Ruhestand, der gelegentlich als Berater für Aktionen in Latindia-Amerika ausgeliehen wird.

4 Genehmigt im einstigen Vietnam-Krieg.

stibül. Im Vestibül saßen die Huren. Zwei pro Apartamento. Es war heiß, und sie fächelten sich mit Zeitschriften, mit Fächern, mit den Händen. Das Gebäude hieß Pombal und war voll mit Leuten. Immer, wenn er dorthin ging, stieg José in den letzten Stock hinauf und ging dann hinunter. Doch ihm lag mehr daran, die Leute anzusehen, welche auf- und abstiegen, als irgendeine Frau zu vögeln. Das Gebäude roch nach Desinfektionsmitteln, nach Müll, Schweiß, kalten Bauern, Bier. Er trat mit der Mulattin vom vierten Stock ein und hörte den Lärm. Zu dieser Zeit stand der einsame Scharfschütze seit einer halben Stunde neben dem Standbild. Er trat ans Fenster. Er hätte gerne gewußt, wie Gê hierherkommen könnte, um mit ihm zu sprechen. An einer Ecke der Tür war das Zeichen, ein waagrechter Strich, vier kürzere senkrechte Striche: das Merkmal der Kommunisten (? Madalena, eine Kommunistin). Madalena stieß ihn leicht an, deutete auf den Fernsehwagen, José ging hinein. Vielleicht würde er eine Nummer schieben, bis Gê kam. Er hätte gerne gewußt, ob er trotz der von dem Verrückten vor dem Standbild angezettelten Schießerei kommen würde (? Was bezweckt er nur damit). Obgleich José das innerlich wußte. Der einsame Scharfschütze hatte nicht die geringste Chance, hatte aber ein grandioses Finale erzielt. Eine Apotheose. Er verspürte Lust, auf der Stelle in die Hände zu klatschen. Er konnte nicht zum Fenster hinausschauen, der Fernsehwagen stand da unten und strich mit Teleobjektiven über die Fassade des Gebäudes. Später würde der Informationsdienst die Fernsehfilme weitergeben und jedes Gesicht am Fenster überprüfen, jedes Gesicht in der Menge, im Versuch, Comuns zu entdecken, Terroristen, Subversive, Verbrecher. Sie veranstalteten tägliche Sitzungen. Der Fernsehdienst funktionierte. Es war besser aufzugeben, Gê würde nicht kommen.

Auf dem Platz rollte ein Schlachtplan ab. Knieende Bataillone mit dem Gewehr im Anschlag. Tankwagen mit Drei-Schuß-Mörsern 81 mm. Schwere Maschinengewehre M 2. Maschinengewehre M 60, Kaliber 7,62, Typ OTAN, 600 Schuß pro Minute, Munition in Patronengurten, auswechselbarer

Lauf, auch mit Dreifuß zu verwenden. Die anliegenden Straßen waren abgesperrt. Der Stratege gab seine Befehle durch Sprechfunkgerät durch. Es war seine erste große Mission, er wollte sie tadellos durchführen. Er gab Erklärungen an die Presse ab, sprach mit den Fernsehleuten, wurde für die Nachrichtensendungen gefilmt. Die Public-Relations-Abteilung verteilte bereits seine vervielfältigte Biographie, die Schlachten, die er in Korea, in Vietnam, bei den Volksaufständen mehrerer Länder des Mittleren Ostens gewonnen hatte, seine Teilnahme am Sechstagekrieg.

. Das Prrobleem ist, daß wirr Maschinengewehrre M 642-59 brrauchen, deutsche, sie schieesseen zweimal schnellerr als M 60.

Der einsame Scharfschütze gab seine Salven ab, ging in Deckung. Mit jeder Salve legte er einen, zwei um. Die Maschinengewehre fraßen den Sockel des Standbilds weg, die Kugeln sprangen vom Fuß des Pferdes ab. Man hatte den besten Scharfschützen geholt, damit er eine Formel erprobe, nach der eine in einem bestimmten Winkel abgefeuerte, an der Bronze abprallende Kugel den Mann im Rücken träfe.

Um zwei Uhr nachmittags suchte der Oberkommandierende der Repressionstruppen in Begleitung hoher Militärs sowie weltlicher und kirchlicher Behörden den Platz auf. Er erhob Einspruch: »Die Leute zerstören mir das Standbild unseres Nationalhelden.« Der Sockel war von Schüssen durchlöchert. Nein, weder Granaten noch sonst etwas durfte eingesetzt werden. Man dachte den Laserstrahl zu bringen, den Sockel durchzusägen, alles zugleich zu Fall zu bringen und nachher die Statue neu aufzustellen. Niemand stimmte zu.

Der Stratege wurde gereizt (? Was geht mich euer Nationalheld an, Scheiße nochmal). Er suchte nach einem Plan und fand keinen. Er war an den Buschkrieg, an den verborgenen Feind gewöhnt. Aber der Feind war da, völlig sichtbar. Er fuhr mit der Hand über sein Halsband. Es brachte Glück. Es war ein Halsband aus an einem Nylonfaden aufgezogenen Menschenohren. Getrocknete Öhrchen wie Sultaninen. Wie die Wildwest-Helden, die die Zahl ihrer Toten in den Revolverlauf einritzten, die Piloten, die im Cockpit Fähnchen aufsteckten, so hatte auch er seine Großtaten verewigt. Er wollte das Ohr des einsamen Scharfschützen. Aber er wußte nicht, wie es bekommen.

Und / fast / verfluchte er den Tag, an dem er den Anruf des Ex-Majors Allistair Wicks aus der Baker Street erhalten hatte. Der Stratege war im Zambesi-Club in London, als der Anruf ihn erreichte: Mission. In Latindia-Amerika. Nachdem es mit Vietnam aus war, gedachte der Stratege nach Afrika, Indien, irgendwohin zu gehen, wo Söldner gebraucht wurden. Vielleicht im Mittleren Osten, Ägypten, Israel. Unglaublich, der Dienst war nicht leicht. Er verstand nicht, was auf der Welt vorging. Blieb Latindia-Amerika, ulkige Idee. Der Stratege kannte sich in Antiguerrilhas im Busch aus und nahm das Angebot an: tausend Dollar im Monat, 10.000 Dollar Entschädigung im Todesfall /? An wen soll das Geld überwiesen werden / oder bei Schwerkriegsbeschädigung.

Der Stratege hatte mit Oberst Jean Schramme, dem Belgier, und dem Franzosen Bob Denard zusammengearbeitet. Viele Jahre in Afrika, zugange mit Tschombé. Kein Mensch kannte den wahren Namen des Strategen, vielleicht hatte er, an seinen Spitznamen gewöhnt, selber ihn vergessen. Er war fünfzig und hatte sein Leben mit der Waffe in der Hand im Schlachtengetümmel verbracht, in »Friedenszeiten« lebte er mit Typen zusammen, von denen er bis auf wenige Anhaltspunkte nichts wußte. Einer war ein früherer SS-Mann, ein zweiter von der Gestapo, einer von der OAS, andere von der CIA; er hatte sich mit politischen Exilierten zusammengetan, mit gescheiterten Politikern, mit Idealisten, Söldnern, Deserteuren, Guerrilheiros, Cubanern, Deutschen, Griechen, Algeriern, Afrikanern, Abenteurern: mit einer ganzen Welt des Untergrunds, der Streber, der Konjunkturritter. Er hatte Gefährten gehabt, die heute Staatschefs kleiner Nationen waren und von Amerikanern, Russen, Chinesen oder Franzosen gestützt wurden. Im selben Flugzeug, in dem der Stratege nach Latindia-Amerika gereist war, hatte er Bimns und Craig, und Delgay, und Bukuvu, verkleidet als Journalist, als Kulturattaché, als Handelsvertreter, Telekommunikationstechniker / die Regierungen Latindia-Amerikas wollten auf Farbfernsehen übergehen / kennengelernt, aber drei von ihnen waren Agenten der CIA, ein vierter gehörte zu einem ebenso obskuren wie mächtigen Regierungsorgan der Vereinigten Staaten. Es war gut zu wissen, daß sie dasselbe Reiseziel hatten, denn immer boten sich Möglichkeiten der Zusammenarbeit und folglich erhöhter Einnahmen.

Aber nun hatte er seine Entdeckung gemacht. Er war nicht für den Busch eingesetzt worden, sondern für die Stadtguerrilha, und von Städten verstand er nichts und wollte er auch nichts verstehen. Er haßte die Stadt, in der Stadt hatte er die einzigen Treffer seiner Karriere abgekriegt. In Harlem war's gewesen, verzweifelt hatte er den Negern nachgespürt, die von den Traufen herabschossen, aus den Fenstern, von den Dächern, er war mitten in die Straße gerannt und hatte gebrüllt, sie sollten doch runterkommen und wie Männer kämpfen und fast hätten sie ihm ein Ohr abgerissen, eine Schulter, einen Finger, den Fuß. Noch in derselben Nacht hatte er seinen Abschied genommen und war am nächsten Tag nach London geflogen, wild darauf, in den Dschungel zurückzukehren, und hatte Major Wicks aufgesucht und auf eine Berufung gewartet.

Man hatte ihm gesagt, in Latindia-Amerika gäbe es Urwälder, Flüsse, Indios, wilde Tiere, Moskitos, Hitze, Wasserfälle, Palmen, Musik, brünette Frauen, schnauzbärtige Männer, riesige Strohhüte, Mittagsschläfchen, Sambas, Karneval, und Frauen gäben sich den Amerikanern hin, den Engländern, Deutschen, denn sie liebten blonde, starke Männer, weil die Männer dort mager seien und krank, unterernährt und allein stürben: es wäre leicht, tausend Dollar im Monat zu verdienen.

Und jetzt sollte er einen Verrückten vom Sockel eines Standbilds verscheuchen.

Neco versicherte, er würde die Sache schaukeln. Der Kommandant wollte in diesem Fall keine Schutzpolizei dabei haben. Jetzt richteten die Brucutus ihre Sand- und Wasserstrahlen auf das Ziel. Die gepanzerten Maschinengewehre rückten vor. Die Geschosse des einsamen Scharfschützen schlugen gegen die Panzerplatten. Die Gebäude hinter dem Standbild wurden evakuiert, Scharfschützen wurden an den Fenstern postiert. Aber Schweif und Hufe des Pferdes behinderten die Sicht. Per Megaphon lenkte der Kommandant die Salven. Von Minute zu Minute kamen die Kugeln von den Seiten, von unten, die Feuerwerfer sprühten ihr Feuer hinauf, die Sandstrahlen bildeten eine dichte Wolke. Und der einsame Scharfschütze, gleichgültig gegen den Lärm, die unerträgliche Hitze, die Kugeln, mähte Polizisten nieder.

? Was nützt es, fragte Gê. Es nützt nichts. Er ist da, gibt Schüsse ab, knallt Leute nieder. Alles für nichts und wieder nichts.

. Ich verstehe es, sagte José. Es ist das einzige, was man tun kann.

. Wenn du etwas tun willst, komm mit.

. Ich habe schon daran gedacht. Aber ich glaube nicht an das, woran ihr glaubt.

. Vorläufig reicht die Wut aus. Mit der Zeit wirst du lernen, wer wir sind, es wird dir gefallen, bei uns zu sein, bei uns mitzumachen.

. Ich komme nicht mit, ich bleibe für mich. Mein Kampf ist nur meiner.

. Das ist Quatsch. Du hast nur eine Wut im Bauch. Und wenn die Wut vorüber ist, dann hat sich's. Und führt zu rein gar nichts. Alles, was man allein macht, führt zu nichts.

. Und alles, was man mit den anderen macht, führt zu nichts. Allein riskiere ich weniger. Ein Mann allein kennt sich, kennt seine Schwächen, kann allmählich seine Qualitäten kennenlernen. Es ist leichter, allein zu sein.

. Und bequemer.

. Nein, eine Gruppe bringt Probleme mit sich, Mißtrauen, Neid. Bis zu welchem Punkt sind alle auf gleiche Weise stark und mutig, das ist eine wichtige Frage. Bis zu welchem Punkt hält einer die Folter aus, ohne die anderen zu verraten. Fällt einer, fallen alle.

. Einer bleibt und macht weiter. Wenn du allein bist und fällst, ist's aus.

. Wenn ich falle, interessiert die Sache nicht mehr.

. Das ist reiner Egoismus. Du bist ein anständiger Kerl. Wir wissen, was du getan hast. Getan, einfach um es zu tun. Sinnlos. Du hättest dich nützlich machen können.

. Es ist nicht Egoismus, nein. Ein jeder ist ein Mensch. Das ist nichts Neues. Ich bin nicht hier, um originelle Sachen zu sagen. Ich wollte nur sagen, daß ich ich bin. Ich bringe es nicht fertig, wir zu sein. Es ist nicht meine Schuld. Ich bin so geboren.

. Komm, komm, red keinen Blödsinn. Man macht sich, wie man sich haben will.

. Hör zu, Gê, du wirst mich nie begreifen. Eine Gruppe ist für mich ein Kartenhaus. Bläst einer von unten, stürzt alles ein.

/ Ich kam, um Feuer über die Erde zu senden und wünschte, sie brenne längst /

Gê ging hinunter. Als Frau verkleidet, als Hure geschminkt, blonde Perücke. Er bemerkte nicht den Fernsehwagen und verschwand in der Menge.

Um drei Uhr dreißig nachmittags wurden die Polizisten, die Milizen, der Kommandant, der Stratege alle hysterisch, schrien und sammelten ihre Toten und Verwundeten ein. Der Kommandant forderte Hubschrauber an, und Minuten später umkreisten sie den Platz. Zehn Meter über dem Standbild drückten die Hubschrauberschützen auf den Abzug ihrer Maschinengewehre. Sie lagen im Rumpf der Maschine, waren kreisförmig und sprühten Kugeln wie Regen /Minigun 67,62 mm /. Sechstausend Schuß pro Minute. In wenigen Sekunden war das Pferd ohne Kopf, der Held hatte Beine und Schwert verloren. Dann, in der Sekunde, als die Maschinengewehre eine Sekunde Ruhepause einlegten, reckte sich der Scharfschütze und schoß auf die Piloten genau wie James Bond in seinen Filmen.

. Er ist mein Bruder. Ich weiß nicht, was er da oben treibt, er muß verrückt geworden sein. Übrigens ist er wirklich verrückt geworden. Ich wußte es, ich war sicher, daß dies eines Tages geschehen würde, ich hatte nicht erwartet, daß es so früh sein würde. Adamastor ist nur fünfundzwanzig Jahre alt.

Das Fernsehen, die Radiostationen, die Journalisten umstanden einen Mann mit runden Brillengläsern. Er hatte sein Foto im Fernsehen gesehen, er kam angerannt, hatte sich mit Hilfe eines Polizisten einen Weg durch die Menge gebahnt. Er war Taxichauffeur und trug abgenutztes Zeug.

. Adamastors einziger Gedanke war, im Leben zu siegen. Er sagte, eines Tages werde er jemand sein. Im Stadtviertel zweifelte niemand, daß er das erreichen werde. Er studierte, doch dann mußte er den Lehrgang abbrechen. Es war zu teuer. Und er hatte kein Geld, um seinen Studienplatz in der Universität zu bezahlen. Der Lehrgang garantierte den Studienplatz, aber er war teuer, sehr teuer. Und Adamastor mußte verzichten. Seither war er leicht bekloppt. Da und dort nahm er eine Arbeit an, hielt nirgends durch, meinte, daß keine die richtige für ihn sei. Dann fand er Arbeit in Konsortiengemeinschaften, legte sich mit der Polizei an, wurde in Kapitalanlagegesellschaften angestellt, das brachte doch Geld, jedermann wurde dabei reich. Nur nicht Adamastor. Und es wurde noch schlimmer, als seine Verlobte mit ihm Streit anfing, denn Adamastor wurde absonderlich. Aber das ist es nicht, er wollte nur im Leben siegen, hätte man ihm einen guten Wagen zugestanden, ein Haus, ein Landgütchen, eine hübsche Frau, Geld auf der Bank, all die Dinge, die den Menschen glücklich machen, er wäre eine grundanständige Seele gewesen. Aber nun wird er dort unter dem Pferd sterben.

Dann hörte man das Dröhnen des Flugzeugs und die abziehenden Panzer, die Milizen begannen, das Volk zu zerstreuen. Die Megaphone forderten auf, alle Gebäude rasch zu räumen. Um fünf Uhr nachmittags war keine Menschenseele mehr zu sehen. Das Flugzeug kam zurück. Überflog den Platz. Und blieb über dem Standbild schweben. Es kam mit jenem Summen, das man aus Filmen kennt. Nicht ein Gebäude blieb heil, nicht nur auf dem Platz, sondern auch in zahllosen Blocks ringsum. Alles erbebte. Sockel und Pferd und Reiter flogen in die Luft, blieben im Blau hängen und lösten sich auf in Zementstaub und Stein und Bronze und Knochen und Blut und Eisen. Um sieben Uhr war nichts übrig als ein riesiger Krater, während die Planierraupen der Stadtverwaltung sich anschickten, den Platz wiederherzustellen, und das Historische und Geographische Institut eine neue Statue für den Helden bestellte und der Bürgermeister sorgte für Plakate: *Neues Bauvorhaben dieser Verwaltung wird innerhalb 180 Tagen übergeben.*

Freie Assoziation

Der Sohn, den Rosa haben will, darf nicht geboren werden. Auch ich will ihn. Aber es geht nicht, ich weiß. Hier gibt es kein Heute und auch kein Morgen. Es gibt nichts, nur einige Augenblicke. Aber ein Leben ist nicht Augenblicke, es ist alles. Doch hier ist alles der morgige Tod. Verhaftung, die Unmöglichkeit, daß mein Sohn etwas wird, daß er lebt, liebt. Die Unmöglichkeit zu wachsen, zu lernen (die Schule bringt ihn um), eine Stellung zu bekommen, Kinder zu haben. Angst, meine, Rosas, die meiner Nachbarn, die allgemeine Angst. Angst, Entsetzen, Furcht.

? Was werden wir tun, wenn dieser Sohn kommt.

Kommunikationsmittel

Um 23 Uhr erscheint der Präsident wie jeden Tag im Fernsehen und unterbricht die Übertragung des Fußballspiels. Groß, helle Augen, väterliche Allüren, Gesten eines grundgütigen Großvaters, bedächtige, ruhige Stimme (Wie gut ist dieser Mensch, wie gut ist dieser Mensch, wie gut ist dieser Mensch: Bruchteile von Sekunden blitzten die Aufschriften auf der Leinwand auf: unterschwellig).

Um 23.04 Uhr hob der gute-hochherzige-liberale Präsident die rechte Hand und segnete sein Volk, das Volk des gesamten Landes (Liebe-ES). »Schlaft wohl, meine lieben Leute.« Die Bevölkerung machte das Zeichen des Kreuzes und dankte.

STOSSGEBET: Süßes Herz Mariens, errette mich (300 Tage Ablaß)

DIE ROSE IST UNBEZWINGLICH

Das Grab des Banditen mit der gelben Rose wurde abgesperrt. Niemand konnte Blumen pflücken. Den Arzneitrankherstellern wurde der Zutritt zum Friedhof untersagt. Aber die Rosensträucher wuchsen, streckten ihre Wurzeln unter den anderen Gräbern aus und sprossen auf dem ganzen Friedhof. Die Stadtverwaltung setzte Sondertrupps mit Feuer und Hacke ein. Es nutzte nichts, die Rosen blühten weiter. Das Volk behauptete, es sei das Werk Unserer Lieben Frau. Die Botaniker entdeckten, daß sie aus Plastik waren. Menschenmengen bildeten vor dem Friedhof Schlangen: Wir wollen die Rosen, schrien sie. Die Polizei kam und löste die Ansammlung mit Wasser- und Feinsandwerfern auf.

EINTAGSFLIEGEN: Vor so vielen Jahren wurde die Wachskerze entdeckt, die größte Erfindung nach der Glühbirne.

MITTEILUNG

José, du hast bereits die Antwort auf dein Problem. Jetzt brauchst du sie nur noch in die Praxis umzusetzen.[1]

DAS KIND MIT MUSIK IM BAUCH

Eines Morgens, als den erwachenden José das eigene Haus befremdete und Rosas Nähe dazu, fand er einen Zettel: »Das Kind mit Musik im Bauch ist Gês Sohn. Wir müssen ihn beschützen.«

1 Wer warnt, ist Freund.

Situation

Angst mit Taxifahrern zu reden & Angst überfallen/ermordet zu werden er las Nachrichten von ungereimten Todesfällen wegen Verwechslung von Bussen & einem Schnaps in einer Bar & einem Zusammenstoß & einem Verkehrsunfall

auf der Straße sah man jemanden auf ihn zukommen um Almosen & Auskunft zu erbitten er wurde mißtrauisch & war bereit zu reagieren oder zu fliehen.

Anzeige

In allen guten Geschäften sind bereits die Uniformen für das Volk zu haben, und zwar in den von der Regierung festgesetzten Farben in Übereinstimmung mit den sozialen Klassen und Berufen. Die Uniformen sind preiswert zu haben. Wer sie nicht gegen bar erwerben kann, kann sie durch die Sparkassen mit Regierungsfinanzierung auf Abzahlung kaufen. Dafür braucht man nur vorzuweisen: Grundbucheintragung des Hauses, Licht- und Gasrechnung, Berufsausweis, Kennkarte, Quittung für das Abhören der Regierungsnachrichten, Anmeldeschein, Polizeiliches Führungszeugnis, Leumundszeugnis, Freies-Geleit-Bescheinigung, Kreditkarte. Binnen zwei Monaten muß das ganze Volk uniformiert sein.

Bericht

(Geheimsache)

Aktionen, vermutlich vom Kommunistenführer Gê befehligt, an denen ein leicht hinkendes Individuum namens Zé (wahrscheinlich Spitzname) und ein großes Individuum mit schwarzem Schnauzbart (wahrscheinlich künstlich), genannt Held (offensichtlich Spitzname) teilgenommen haben dürften. An diesen Aktionen haben noch zwei Japaner, zwei blonde Mädchen (Perücken?) und vierzehn Individuen teilgenommen, von denen neun identifiziert wurden, weil sie bei der Polizeibehörde für Diebstahl, Totschlag und Sitten registriert sind.

/ Kommentar einer konservativen Zeitung: »Die Terroristen setzen die schlimmsten kriminellen Elemente ein, gewöhnliche Banditen, Straßenräuber, Sexualverbrecher, den Abschaum der Gesellschaft, Individuen niedrigster Moral, die hinreichend offenbaren, was sie sind und was sie darstellen« /

Liste:

1 – Mit Maschinengewehren und Revolvern bewaffnete Diebe überfallen eine Bankfiliale in *Chora Menino* und nahmen alles Geld aus dem Kassenschrank, der Angestelltenkasse und der anwesenden Einzahler mit.

/ Gês Anweisung beim Auszug zur Arbeit: Nur das Geld der Bank. Von niemand anderem /

2 – Fünf mit Maschinengewehren und Gewehren FN, Kaliber 7.62, bewaffnete Männer überfallen Geldzug und rauben mehrere Millionen. Ein Toter, das Verbrechen wird Gê zugeschrieben.

/ Kommentar des Polizeikommissars Dores, der zugleich Kommandant der Todesschwadron ist: »Das war nicht Gê. Er verwendet kein Gewehr 7.62. Aber spielt keine Rolle.«

3 – Gê oder José oder der Held oder ein drittes Element der Comuns, Ávila oder ähnlich genannt, muß der Mann sein, der bei dieser Aktion entkam:

Um einen Überfall auszuführen, stahlen fünf Männer den Aero-Willys eines Richters. Aber unterwegs begegneten sie einem Freund des Richters, dem die Gruppe verdächtig vorkam und der die Polizei benachrichtigte. Die fünf Männer betraten die Bank – nahe dem Haus des Richters –, überwältigten Bankbeamte und Kunden und bemächtigten sich des Geldes. Als sie die Bank verlassen wollten, waren sie umzingelt und leisteten mit Schußwaffen Widerstand. Sie schossen, bis ihre Munition verschossen war. Fünf Minuten später waren vier Mann tot, von 42 Kugeln durchlöchert, zerstochen und zertrampelt. Einer entkam.

Bombenanschläge:

1 / Siebtes Regiment. Dynamit. Vier Tote. Der beim Überfall benutzte Wagen von Maschinengewehrsalven durchschossen. Alle Hospitäler und Sanitätswagen werden überwacht.

/ Von Maschinengewehren bedroht wurde der berühmteste Chirurg des Landes, der Transplantationen macht, in eine Wohnung in irgendeinem Stadtteil verschleppt und gezwungen, zwei Männer zu operieren, einen von zwanzig Jahren, den anderen von etwa 45. »Wenn sie sterben, sterben Sie. Und Ihre Frau und Kinder sterben auch.« Anruf im Hause des Arztes. Seine Frau entsetzt: »Sie sind hier.« Zwei Tage später sind die Männer außer Gefahr, der Arzt wurde im Hof der 5. Polizeiwache freigelassen /

2 / Selbstgebastelte Bombe gegen Sitz der Bundespolizei. Ein Toter.

3 / Diebstahl von 75 Dynamitbananen in einem Steinbruch. /

4 / Fünf gleiche Aktionen zur gleichen Zeit: Effektenbörse, eine Zeitung, welche die Regierung verteidigte, Haus des Polizeikommissars Dores, Nordamerikanisches Konsulat, Konsulat der Tschechoslowakei. Ein Toter, im ganzen.

5 / Bombe in der neuen Gesetzgebenden Versammlung. Eingangsportal vollständig zerstört.

/ José: Nein, Gê, mit Bomben will ich nichts zu tun haben. Bei Aktionen gegen Kasernen mach ich nicht mit. Ich hab dir's bereits gesagt, Gruppenarbeit ist nichts für mich. Ich will alleine arbeiten. Gib mir Arbeit für einen Mann allein. Nicht mal gemeinsam mit meinen Freunden /.

Die prachtvolle Wiege

Ist man lange genug in Richtung Osten marschiert, gelangt man in ein unbewohntes Hochlandgebiet, das minimale Lebensbedingungen für den Menschen bietet. Dort gibt es alle

Arten der in Latindia-Amerika vorkommenden Vegetation. Peruanische Bäume. Jacarandá aus Brasilien. Zypressen aus Uruguay. Pflanzenwuchs aus Kolumbien, Guatemala, Chile, Paraguay, Bolivien, Buschland aus Mittelamerika.

Die Legenden behaupten, vor Tausenden von Jahren habe nur ein einziges Volk in Amerika gelebt. Eine dort angesiedelte große Zivilisation. Aber eines Tages versickerten die Flüsse in der Erde und wurden Sümpfe. Das Wild verschwand. Die Bäume spendeten keine Früchte mehr. Und das Überleben des Volkes war bedroht. Nun betraute der große Chef seine Unterchefs mit Missionen. Und sie zogen aus und nahmen Pflanzensamen in neue Gegenden mit, um neue Zivilisationen zu gründen. Wo es am besten war, dorthin kamen die anderen nach. Sie zogen aus und ließen sich nieder und bildeten neue Sippen. Die wuchsen. Wuchsen arm heran in reichen Ländern. Und ihre Heimat entvölkerte sich und verwilderte. In dieses Gebiet schafften die Milizen die Diebe, subversiven Mörder, Terroristen, Guerrilheiros. Und überließen sie dort ihrem Schicksal. In diesen Landgebieten Amerikas wurden Tausende von Personen begraben. Die, welche gewußt hatten, warum sie starben, und die, welche es nicht gewußt hatten. Die, welche aus bestimmtem Grund gestorben waren, hatten gewußt, daß sie sich an der Wiege des elenden, geborstenen, zerstückelten, zerfetzten Kontinents befanden. Sie würden sich mit der Erde vereinigen und vielleicht von neuem geboren werden. Neue Amerikaner für einen Kampf, der dauern würde.

Gedanke des Tages

»Granada / Land meiner Träume«

In verschiedenen Tönen

Bisher war es leicht, Tod und Revolution in den Kinos und auf Fotos und in Geschichtsbüchern zu sehen. Jetzt, José, siehst du all das aus nächster Nähe. Und der Tod ist echt, und das Blut ist wirklich, und die Revolution marschiert. Du bist mitten drin, ob du willst oder nicht. Es gibt keinen Ausweg. Du bist ein halber Feigling, halb gezähmt, halb angepaßt. Denk daran, daß fortan die Wunden wehtun werden und die Menschen deinetwegen leiden werden, so wie du ihretwegen leiden wirst. Nun, José, gibt's kein Spielen mehr mit Holzrevolvern, Hände hoch, Comeonboy, bum, bum, bum, pängpäng, nieder, denn du bist tot. Jetzt wird's ernst[1], jetzt heißt's den Kopf hinhalten, gewinnen und verlieren, versuchen, nur zu gewinnen.

Lesen Sie den Absatz in folgenden Tonfällen:
A) Predigt, mit eintöniger Stimme.
B) Ratschlag, mit ernster Stimme
C) Gebet, mit weinerlicher Stimme
D) Warnung, mit der Stimme, welche die Wahrheit kennt
E) Gute Nachricht, im Falsett

Trinke mehr Mokka

Den in einem Briefumschlag[2] erhaltenen Plänen zufolge rückten José und seine Gefährten zum Überfall ab. Die Pläne waren von Chico Süßschnabel, den die Polizei vor sechs Monaten als tot gemeldet hatte und der daher seelenruhig und ohne Angst handeln konnte, überbracht worden. Sie alle, acht an der Zahl, stiegen vor der Bank aus, traten ein, Revolver im Anschlag. Die Beamten hoben die Arme[3], der Kassier begann das Geld hervorzuholen[4] und es in den Plastikbeutel[5] zu werfen, den Átila aufhielt.

. Den Kassenschrank auf, befahl Chico.

1 José findet es langweilig, immer ernst zu spielen.
2 Klar.
3 Bankverfügung Nummer 7 des Handbuchs für Verhaltensweisen während eines Überfalls, ausschließlich für Beamte.
4 Verfügung Nummer 10.
5 Ein blitzhäßlicher Beutel mit grellem Blumenmuster. Die Industrieentwürfe für diese Art von Beuteln sind minderwertig.

. Das können wir nicht, sagte der stellvertretende Geschäftsführer.[6] Den Schlüssel hat der Geschäftsführer.

? Wo ist der Geschäftsführer.

. Kaffee trinken gegangen.

. Hurenscheißenochmal.

. Er kommt gleich wieder. Nehmen Sie doch Platz.

Die acht schafften das Personal in das Klosett. Es paßten nicht alle hinein, aber der Held gab dem Boten – dem einzigen, der noch fehlte – Fußtritte in den Hintern, und endlich ging auch der Bote hinein. Sie verschlossen die Tür und warteten auf den Geschäftsführer.

Als er kam, begrüßte Chico ihn und sagte: Überfall, schließen Sie den Kassenschrank auf.

? Geht man zu dieser Stunde Kaffee trinken, fragte José.

El Matador war nervös (den muß ich aus unseren Coups rauslassen, dachte Süßschnabel) und schmiß die Geldbündel auf den Fußboden, statt in den Beutel. Die blonde Perücke, der falsche Schnauzbart, alles war ihm lästig.

Sie zogen ab.

Noch als sie beim Abziehen waren, gelang es dem Wächter, die Klosettür aufzubrechen. Er lief zum Bankwagen, der vor dem Eingang parkte.

. Fahren Sie den Wagen dort nach.

? Wo ist der Fahrzeuganforderungsschein.

. Habe ich nicht.

. Dann kann ich nicht abfahren.

. Die Bank ist gerade ausgeraubt worden.

. Es müßten für solche Fälle immer Anforderungsscheine parat liegen.

Der Wächter machte kehrt, holte den Schein, aber die Wagen waren verschwunden.

Im Handbuch wurde nachgetragen: die Fahrer sind nach

6 In Abwesenheit des Geschäftsführers ist der stellvertretende Geschäftsführer verantwortlich. Aus dem Handbuch für Verhaltensweisen.

Überfällen befugt, ohne Anforderungsschein die Diebe zu verfolgen. Anschließend müssen sie der Hauptgeschäftsleitung eine vom Leiter der ausgeraubten Filiale unterschriebene Rechtfertigungsbescheinigung vorlegen.

Geschichte Süßschnabels, obgleich dieser nur dieses eine Mal auftritt: Im Juni, sechs Monate vor dem Überfall, fuhr ein Mann einen *Volks*, als er mit einem Lastwagen zusammenstieß. Ein Verkehrspolizist kam den Fahrern zu Hilfe, aber der Mann des *Volks* sprang schießend aus seinem Wagen und floh in einem Taxi, dessen Fahrer Schnaps getrunken hatte. Der Verkehrspolizist und ein Radiopatrouille-Mann machten sich auf die Verfolgung des Subjektes, es gab eine Schießerei, und der geflohene Mann starb. Es folgten Untersuchungen der Kriminalpolizei, und der Tote wurde als Chico, der Süßschnabel, identifiziert / er war wild auf Zuckerwatte, ein Dieb mit 56 polizeilichen Festnahmen im Alter von 29 Jahren. Der echte Chico Süßschnabel war am Leben, aber intelligent wie er war, ließ er seine Angehörigen die Leiche anfordern und unter großem Geheul beerdigen. Auf diese Weise konnte er seine Einbruchdiebstähle seelenruhig fortführen.

Interview (ohne Tonbandaufnahme)

Gê: Das ist mein Leben. Ich mag es so, möchte kein anderes. Ich habe mich daran gewöhnt, als Verfolgter zu leben. Wenn die Leute plötzlich aufhörten, mich zu verfolgen, wäre das sehr seltsam, ich müßte mich erst wieder daran gewöhnen. Versteh mich recht: Man gewöhnt sich nur an das, was man will oder hinnimmt. Versteckt leben bedeutet gar nichts. Man ist nur pausenlos auf der Hut. Im Untergrund entwickle ich meinen Sicherheitsinstinkt fünfhundertmal stärker. Das regt mich an und läßt mich nicht bequem werden. Angst hat man natürlich. Aber wenn du eine Straße überquerst oder wenn du eine Einkommensteuererhöhung erwartest oder wenn du denkst, daß dein Gehalt deine Schulden nicht decken kann, wenn du siehst, daß du kein

Dach über dem Kopf hast und nicht weißt, ob du im nächsten Jahr eines haben wirst, wenn du siehst, daß du plötzlich verhaftet und gefoltert oder erschossen werden kannst, wenn du dem Nachbarn mißtraust, dem Freund, dem Menschen, den du auf der Straße triffst und so weiter, dann hast du mehr Angst als ich. Hinzu kommt noch: mehr Angst haben die, welche unsereins verfolgen. Vergiß das nicht.

José: ? Aber würdest du nicht lieber ein ruhiges Leben führen und glücklich sein.

Gê: Zunächst einmal bin ich glücklich. Ich bin nicht traurig, ich führe keine Dramen auf, ich stürze in keine Abgründe. Dafür habe ich keine Zeit. Ernstlich: ich bin glücklich. Ich tue, was ich will und tue es so, wie ich es für richtig halte. Zähle an den Fingern auf: ? Wie viele können das heute von sich sagen. Wenn ich in meiner Todesstunde weiß, daß ich sterbe, werde ich traurig sein, denn erstens liebe ich das Leben, zweitens werde ich von etwas abgeschnitten, in dem ich immer mehr geben könnte.

José: ? Und die Gewalt, der Schmerz.

Gê: Weißt du, ich habe einen Horror vor dem Leiden. Schmerz zu erleiden. Ich habe Angst, gefoltert zu werden, wahnsinnig zu werden.

José: Sehr komisch.

/ Ende des sentimentalen Interviews zwischen José und Gê /

Der Mann der die Milchflasche hinstellte

An jenem Abend beendete Senhor Carlos Alberto Fernandes sein Abendessen, schaltete den Fernseher ein, und dieser funktionierte nicht.

. Virginia, gehen wir ins Kino.

Sie freute sich wie auf ein Fest. Seit zwanzig Jahren, als der erste Fernseher ins Haus kam, war sie nicht mehr im Kino gewesen. Virginia schwärmte fürs Kino, in ihrem letzten Film, der Reprise eines Musicals, hatte Esther Williams das Schwimmbecken in einem gelben Badeanzug durchschwommen.

Der Film hatte bereits begonnen. Eine einheimische Produktion, welche die Geschichte eines Mannes erzählte, der den Hungerrekord schlagen wollte. Auf der Leinwand ein junger Mann während eines Interviews. Er aß Sandwiches, zeigte sie dem Fakir, blickte in die Kamera, lachte und aß. Senhor Carlos Alberto Fernandes schlief ein, als er die Szene sah; er mochte einheimische Filmstreifen nicht und zog Szenen mit Untertiteln vor. Dieser Film mußte sehr alt sein, die Frauen trugen darin kurze Röcke. Er mußte aus der vor fünfzehn Jahren beendeten Zeit der Verwilderung stammen.

. Er ist's, er ist's.

? Wer.

. Der Mörder. Ich weiß noch gut. Er hatte die Milchflasche hinausgestellt, wie er es jeden Abend tat, seit zweiundzwanzig Jahren. Er stellte die Flasche ins Kästchen, und der Milchmann stellte ihm dafür frühmorgens eine volle hin. Ich hörte einen Schuß. Ich schaute. Es war vor dem Eingang des Gebäudes gegenüber. Der junge Mann aus dem Film schoß durch die Tür. In der Glasscheibe war ein Schatten. Dann blies er auf den Revolver und ging weg. Er hatte Oberst Camilo ermordet, einen grundguten, pflichtbewußten Menschen, einen Mann, der sich nie in die Politik gemischt hatte noch in sonstwas.

Beschlagnahme des Films, Verhör des Direktors: »Ich kenne den Kerl nicht, er war halt da, ein wunderliches Subjekt, spöttisch, er rannte fort, hinkte. Ja, er hinkte, ich habe ihn nie wieder gesehen.« Fotos für Presse, Fernsehen, Repressionseinheiten, Spitzel, Plakate.

ZEIGEN SIE DIESEN MANN AN – ER KÖNNTE IHRE FAMILIE ERMORDEN – ER STIFTET UNRUHE – ES IST DIE PFLICHT ALLER DIE SUBVERSIVEN ANZUZEIGEN

DIE ROSEN MIT MONDSTAUB

Es gab Krawall. Volk gegen Polizei. Viele hatten einzubrechen vermocht, hatten sich in den Gräbern verschanzt.

Mit Schlingen und Schleudern zielten sie auf die Polizisten, die unablässig schossen. Die Regierung hatte erlassen: Wer mit gelben Rosen erwischt wird, erhält eine Freiheitsstrafe von 5 bis 9 Jahren. Kommandos rückten aus und vernichteten Pflanzungen. Das Volk weinte und wurde niedergetrampelt / Man stelle sich vor, wegen gelber Rosen weinen /.

Der Rosengarten gedieh. Übersprang die Mauern und überquerte die Straße. Die Pflanzen krochen an den weißen Wänden der Gebäude hoch.

. Das hat nichts mit Gott zu tun, das ist eine Plage, verkündeten die Ausrufer.

Das Volk fand, es sei ein Zeichen des Herrn. Und es wollte diese Rosen. Wer mehr als eine ergatterte, verkaufte sie. Ein Schwarzmarkt tat sich auf. Fälschungen aus Plastik und Papier erschienen. Die Polizei verhaftete auch die Fälscher.

Regierungsmitglieder versammelten sich zur Beratung des Problems und folgerten:

Solange diese Rosen die Aufmerksamkeit des Volkes auf sich lenken, denkt es nicht an sich selbst. Wir wollen die Gelegenheit nutzen, um die Daumenschraube stärker anzuziehen. Es gibt zuviel Freiheit. Wir sollten diesen Spleen fördern.

Die Rosen vermehrten sich. Es hieß: Es ist Rosensamen vom Mars. Propheten liefen durch die Straßen und schrien:

O ihr Ungläubigen, dies ist die Strafe. Der Mensch hätte nie zum Mond fliegen dürfen. Es ist die Strafe des Herrn. Diese Rosen werden mit Mondstaub ernährt.

José fand eine gelbe Rose auf der Kommode.

? Woher stammt sie.

. Aus dem Hof. Ich hatte einen Stock.

? Weißt du nicht, daß das verboten ist.

. Ich weiß es, aber ich habe ihn vor so langer Zeit gepflanzt, und erst jetzt hat er geblüht. Er ist schön, laß ihn blühen.

Plötzlich war das ganze Zimmer gelb, und José wurde schwindelig. Er lehnte sich an die Wand und sah einen offenen tiefen Brunnen. Einen dreieckigen Brunnenschacht.

Auftritt (ein einziges Mal) Jorge von den Hosen

Jorge von den Hosen war professioneller Überzähliger. Seit sechs Jahren machte er Hochschulzulassungsprüfungen, bestand sie, bekam aber keinen Studienplatz. Sein Spitzname stammte aus seiner Kindheit. Jorge hatte nur die Hosen seines fünf Jahre älteren Bruders getragen. Und die Hosen waren ihm zu weit und zu lang. Zwei Dinge machten ihn zu einer Randfigur: überzählig zu sein und keine eigenen Hosen zu haben. Daher versuchte Jorge in den Ducal-Läden zu stehlen und wurde verhaftet. Da er nicht vorbestraft war, wurde er auf Bewährung freigelassen. Überdies wurde er gesucht, weil er Molotowcocktails in den Vorlesungssälen geworfen hatte: »Ich nicht und auch sonst niemand«, sagte er.

Aktion

Sie waren sieben: José, der Held, El Matador, Malevil, Átila, Schlag auf die Brust und Jorge von den Hosen. Sie hatten einen Land-Willys bekommen. Darin zwei Maschinengewehre, den Grundriß einer Bank und einen Plan der Straße. Kassenstunden, Stundenplan des stärksten, des schwächsten Kundenverkehrs, Ablösung der Schutzpolizisten, Ankunft des Panzerwagens / Blödsinn Panzerwagen anzugreifen, das ist doch kein amerikanischer Film / Eingang der Bank, Ortsbestimmung der Klosetts, des Kassenschranks, Hinterausgänge.

Die Aktion sollte nicht länger als einige Minuten dauern, alles sollte nach Zeitmaß ablaufen / Wir wollen unsere Uhren abstimmen /, Anführer ist der Held. Jorge von den Hosen tritt mit José und Átila ein. El Matador wacht draußen. Malevil sorgt für den Wagen, der gestohlen werden muß.

Die Pläne der Comuns waren vollständig. Vervielfältigt und klar erläutert. Sie waren aufgeteilt in:

1) Äußere Studie der Örtlichkeit
2) Innere Studie der Örtlichkeit

3) Umrißzeichnung der Bank

4) Straßenplan

5) Verkehrslage: Probleme, Ampeln, die man kennen mußte, Dauer der roten Lichter, Möglichkeiten des Entkommens

6) Kurzbeschreibung des Überfalls: eintreten, die Waffen in Anschlag bringen, sagen: Das ist ein Überfall, alle Hände hoch, die Bankbeamten ins Klosett abschieben, den Geschäftsführer ermitteln, das Geld kassieren, sich zurückziehen, keine unnötigen Schüsse abgeben, auf der Straße nicht rennen

7) Verkleidungen verwenden: das Haar blond färben, Perücken benutzen, Brillen, Schnurrbärte, falsche Zähne, erfundene Spitznamen rufen, Spanisch einstreuen, Muchacho, Hombre, Hijo de una puta, la gaita

Sie lasen, lernten auswendig, sahen sich die Bank an. Gingen mehrmals daran vorüber. Musterten die Polizisten mit ihren Maschinengewehren unter dem Arm. Sie beobachteten den Betrieb. Verglichen mit den Daten der Berichte. Alles fertig.

Zum ersten Mal rücken sie ab zu einer Gemeinschaftsaktion.

Kriiiiiiinsch, die bremsenden Reifen quietschen. Die Türen schlagen. Jorge von den Hosen springt vorne heraus, die Luger-Pistole in der Faust. Rennt auf die Bank zu. Die anderen kommen langsam nach, während Jorge die Aufmerksamkeit auf sich lenkt. Die Polizisten heben ihre Maschinengewehre. Jetzt soll Malevil mit seiner zielen und schreien: Rührt euch nicht. Aber Malevil verlor die Stimme[1] und sagte keinen Ton. Die Polizisten durchlöcherten Jorge von den Hosen. Die Kugeln ließen ihn in die Luft fliegen und völlig zerfetzt auf dem Randstein landen. Mittlerweile waren José und Átila in die Bank gelangt. Rasch verwahrten sie ihre Revolver. Holten tief Luft und traten an den Schalter. Steckten die Hand in die Tasche. Holten jeder dreißig Cruzeiros hervor und sagten zu der erschrockenen Angestellten:

Wir möchten eine Einzahlung machen.

1 Er hat sie nicht verloren. Ich glaube nicht daran. Später werdet ihr erfahren, warum.

Lektion Nummer 1
(Praktischer Unterricht)

Er stellte das Glas unter den Hahn und versuchte zu schlafen und hörte die Tropfen aufs Wasser schlagen. Er wußte, daß es eine derartige chinesische Folter gab, um einen Menschen verrückt werden zu lassen. Er mußte sich in ihr trainieren, um sie notfalls auszuhalten. Er schlief nicht und zählte die Tropfen, bis seine Nerven bis aufs Blut gereizt waren, nervös sprang er aus dem Bett und stellte das Glas beiseite, mitunter in so großer Wut, daß er in der Kochnische alles kurz und klein schlug.

Gedanke des Tages

Neun von zehn Stars ziehen noch immer Lux vor (Ex-Lever)

Vision

Blondköpfchen in Minirock, Blumenverkäufer, kleine Jungens, kleine Mädchen, in den Türen schlafend, Huren, die unauffällig in Autos steigen.

DER MANN VOM PLAKAT

Gesucht: Sie haben Familienväter ausgeraubt und ermordet : Achtung : Wenn du einen von ihnen kennst : Zeige sie dem nächsten Polizisten an

José steht vor dem Plakat mit seiner Fotografie. Ein grobkörniges Foto. Leute gehen vorüber, schauen das Plakat an, sehen José. Gehen weiter. Er geht auf einen Polizisten zu.

. Herr Wachtmeister, ich habe einen gesehen, der dem auf dem Plakat gleicht.

? Wo.

. In der Nähe des Bücherstandes.

Der Polizist blickt argwöhnisch.

? War er allein.

. Es waren zwei.

. Schi, ich glaube, die wollten Bomben legen.

. Nehmen Sie ihn fest, Scheiße nochmal.

. Tu ich. Gleich. Passen Sie hier mal kurz auf, während ich telefoniere. Der Polizist geht weg.

Ende von Josés erster Erfahrung.

Die Frage

? Herr Wachtmeister, wo ist die Rua Maria Antônia.

. Die ist weit weg.

? Verdammt, wie komme ich da nur hin. Zu dieser Zeit fährt kein Omnibus.

? Worum geht's.

. Die Mutter eines Freundes von mir ist gestorben, ich muß ihm Bescheid sagen.

. Komm, wir nehmen dich mit.

Die Radiopatrouillen nehmen José mit, der angeregt mit ihnen schwatzt über Terrorismus, Stadtklima, was für Hurensöhne die Comuns, wie.

. Besten Dank, Herr Wachtmeister.

Ende der zweiten Erfahrung.

Stoßgebet: Wer mehr vollbringt, weint weniger (500 Tage Ablaß)

Der Angeber

. Da ist er, Herr Doktor. Er sagt, er habe Informationen.

? Hat er welche.

Er nickte. Jener war der Polizeiinspektor, welcher die Anti-Terror-Operation leitete. Ein Bullenkerl mit breiten Schultern und blauen Kinderaugen.[1]

1 Die Augen sind nicht das Abbild der Seele.

? Was zahlen Sie.

. Das hängt von der Information ab.

. Sagen Sie doch in runden Zahlen.

? Bandit oder Terrorist.

. Ich glaube, da ist beides miteinander vermengt.

. Viel ist es nicht, das Budget ist erschöpft. Schauen Sie nur, was wir heute alles hereinbekommen haben. Lauter heiße Eisen, etwa hundert. Die ganze Welt scheint Geld zu brauchen.

(Scheißhurenkonkurrenz)

. Sie ist gut, ein Typ den ihr sucht. Er steht auf den Fotos der Bahnhöfe, Bars und Kinos.

. Schön, wir können dich festnehmen, die kleine Schockmaschine in Bewegung setzen und du singst, ohne das wir zahlen.

Er lachte. Lachte aus Angst und über die eigene Dummheit.

. Dreißig Dollars.

? Dreißig.

? Gut, was. Und noch in Dollars.

? Was soll ich machen. Daß es mehr wert ist, steht fest.

. Sagen Sie's.

Er ging auf das Plakat hinter dem Schreibtisch des Inspektors zu. Deutete auf José.

. Taugt nicht viel.

. Das meinen Sie. Taugt sehr viel. Er kennt Gê.

. Gê ist tot. Begraben.

. Noch ein Irrtum.

? Irrtum, ich habe an der Operation teilgenommen.

. Nach dem, was ich gehört habe, war es nicht Gê. Ihr habt einen anderen begraben.

? Welchen anderen.

. Einen anderen, der Gê gleicht. Ich habe sagen hören, daß als die Repressionspolizei die Anzeige erhielt und Gê jagte, er von einer der Frauen gewarnt wurde. Und die halten ihn versteckt. Da war in der Gruppe ein schüchternes Kerlchen, Doppelgänger von Gê, der sich erbot, an seine Stelle zu treten. Er war ein Hasenfuß, ein manisch Depressiver. Am

Boden zerstört. Hatte panische Angst vor Überfällen, Bomben, einen Mordsbammel vor allem. Nur an dem Tage hatte er Mut. Ließ sich einkreisen, ihr habt ihn totgeschlagen und dachtet, er sei Gê. Aber ihr habt nicht gesehen, daß Gê, in ein Leintuch gewickelt, entkam, auf den Schultern der Frauen.

? Woher wissen Sie das.

. Ich bin ein Freund von José, José ist ein Freund von Gê.

. Ich glaube, Sie sind mehr. Sie sind einer der Comuns.

Drei grüne Scheine blitzten in der Hand des Inspektors.

. Dreißig. Wenn wir Gê fassen, kriegen Sie 300.

. Ihr werdet viele Leute fassen. Den Átila, den Helden.

? Wer sind die.

. Gehören zu Josés Gruppe.

. Kennen wir nicht.

. Sind erst kurz dabei. Vorher waren es nur Hanswurste.

? Wann.

. Übermorgen, Sonntag. Sie werden Vila Branca abklappern, um den Kleinen mit der Musik im Bauch aufzustöbern.

? Den, von dem die Zeitungen reden.

. Sie waren hinter ihm her, aber der Kleine ist verduftet.

? Verduftet.

. Der Kleine ist der Sohn vom Gê.

? Vom Gê.

. Er war es. Er ist verschwunden. Nun wurde Josés Bande beauftragt, ihn zu suchen. Wir wissen, daß er in Vila Branca ist, irgendwo.

? Und wie gehen wir vor.

. Ich sage Ihnen Bescheid.

(Der Inspektor denkt: Für mich ist dieser José keinen Schuß Pulver wert)

? Wie.

. Er wird mit seiner Frau zusammen sein. Wenn ich in ihrer Nähe bin, gebe ich ihr einen Kuß, und dann kommt ihr rein.

(Blödsinn, wenn der Kerl sich zu der Gruppe stellt, greifen wir die ganze Bande, und ihn mit)

Dann hatte der Inspektor eine Idee.

Regierungsnachrichten

Ausschluß der Professoren, welche die Nationaluniversität zu zerstören suchen – Ersatz der Pflastersteine durch Asphalt in allen Städten; bei den letzten Aufständen benutzten die Studenten die Pflastersteine, um Barrikaden daraus zu bauen – Die Polizei hat soeben fünfzig Millionen Tonnen Antivolk-Spray gekauft zur Unterdrückung von Massenkundgebungen. Es handelt sich um einen Spray, der Übelkeit erregendes Gas versprüht: es dreht einem den Magen um und die Ohren dröhnen zum Zerspringen.

Make love, make war

(Der Krieg ist die Liebe)
? Was gibt's, Zé.
. Nichts.
? Du willst nichts mehr von mir.
.
? Hast du eine andere.
.
. Antworte.
.
? Hast du jemals daran gedacht, daß ich es mag, daß ich es brauche.
.

(Morgen habe ich einen Überfall. Mir paßt aber die Gruppenarbeit nicht. Wäre ich allein, würde ich vielleicht alles ganz prima machen können. Wenn ich einen Überfall mache, will ich auch meinen Anteil. Gê sagt: Es ist für ein politisches Ziel. Ich hab damit nichts zu tun. Ich will meinen Teil, damit ich die Sache auf meine Weise machen kann. Neulich haben die Typen den Botschafter entführt. Das ist was. Leute entführen und dafür etwas einhandeln. Das ist genial. Hinter den Kulissen regieren)
? Magst du mich nicht mehr.
. Ich weiß schon. Aber du hast ebensoviel Schuld wie ich.
.

. Red doch, um Gottes willen, rede.

.

. Wir wollten nicht, Zé. Aber dann ist's passiert. Das hat mir einen Schlag versetzt. Und dir auch.

.

? Weißt du noch. Du warst bestimmt betrunken, hattest gehascht, warst müde, angegriffen, was weiß ich.

.

. Ich weiß nicht mehr richtig. Habe alles verdrängt.

.

. Ich hab meine Strafe weg, Zé. Immer diese Kopfschmerzen, diesen Ausfluß alle drei Tage.

.

.

(Ich habe manchmal das Gefühl, daß ich schwebe. Die Schwere verliert sich, ich erhebe mich in die Luft, ein paar Zentimeter hoch. Es fängt mit einem Gefühl von Trunkenheit an. Dann verliere ich die Richtung. Und ich bin federleicht. Zwei Sekunden lang. Ich war so, nachdem ich in die Versitzgrube hineingerochen hatte)

Gedanke des Tages: Wer nicht der größte ist, muß der beste sein: Atlantic, Service: Note 10.

Schweissfüsse

Verwenden Sie Sonsock. Tilgt unverzüglich den üblen Geruch: Erhältlich in allen Drogerien.

Segen der Kapuziner

José vögelte, stand auf, spülte sich die Pulse mit frischem Wasser, ließ den Körper abkühlen und fing von vorne an, brutal, brachte die Frau zum Stöhnen, Schreien, Schreien. Dann holte er sich den Segen der Kapuzinermönche, der dem Volksglauben zufolge das Pech verscheucht und gute Geschäfte begünstigt, Gesundheit und Glück in der Liebe.

Obacht

Der gute Terrorist bewahrt nie Patronen in der Nähe auf. Vorsichtshalber.

Johnson-Baby

Einige (von Rosas Mutter) aufbewahrte Zeitungen berichten, die Wahl zum Johnson-Baby sei von Rosa gewonnen worden, die robust und rosig gewesen sei.

Regierung billigt zehn Gebote für Frauen

1 – Rocksäume auslassen
2 – Ausschnitte schließen
3 – Ärmel verlängern
4 – Nicht ausgehen
5 – Nicht an weltlichen Vergnügungen teilnehmen
6 – Keine erotischen Tänze tanzen
7 – Keine Schwimmbäder besuchen
8 – Lernen Klavier zu spielen, zu sticken, zu nähen und zu kochen
9 – Lernen Kinder zu betreuen
10 – Fromm sein

Brief an die Zeitungen

»Ich habe gerade mein Haus frisch gestrichen und sehe am darauffolgenden Tag zu meiner Trauer, daß eine Reihe von Schlagworten mit Pech daraufgeschmiert waren, fraglos von einem Gescheiterten, von einem Miesmacher, der glaubt, die Regierung mit Farbe und Pinsel stürzen zu können. Man möge Vorkehrungen treffen, denn wir Bürger können unmöglich Geld ausgeben, um Besserungen und Fortschritt herbeizuführen, wenn diese Kommunisten alles kaputtmachen.« Carlos Mueller.

Wahrnehmung

Ihr habt bemerkt, daß José bislang keinen Schuß und keine Schramme abgekriegt hat. Nicht, daß er ein Superheld wäre. Im Gegenteil, er ist ein Infraheld und geht unbemerkt vorüber, unangegriffen, verachtet.

Mangel an Vorsicht

Polizeiinspektor Dores hat die Presse einberufen, um zu erklären, daß die Banken mangels Vorsichtsmaßnahmen nichts zur Sicherheit beigetragen haben. Sie haben keine Sonderräume für hohe Einzahlungen oder Abhebungen. Die Alarmsysteme sind mangelhaft oder veraltet. Es gibt kein internes Fernsehsystem, um festzuhalten, was in der Bank passiert.

Vertraulich

Polizeiinspektor Dores, ein Extremist, hat einem Freunde erklärt: Die Banken müssen mitarbeiten. Sie sind mit der Wirtschafts- und Finanzpolitik unzufrieden und möchten das Regime stürzen, ich bin meiner Sache sicher.

Der Kleine mit der Musik im Bauch

Der Held verkündete: »Ich will diesen Jungen sehen. Ich habe eine Idee für eine Musik. Für Festivalmusik. Ich habe sogar schon den Titel: Wie ich in einen volkstümlichen Stadtteil ging und dort Elend fand und Fröhlichkeit sah. Oder Leeren Magen, aber Musik im Magen.

Unterhaltung im Taxi:

. Du warst an jenem Tag im Landesinnern, Rosa.

. Nein, das war ich nicht. Ich war zur Ersten Hilfe gegangen.

. Erste Hilfe.

. Ja, ich hatte Blutungen und verlor viel Blut.

? Und José.

. Der war verschwunden.

? Und du.

. Fast wäre ich bei der Frühgeburt gestorben. Ich habe viel Blut verloren. Erst dann fuhr ich heim. Ein Freund Josés brachte mich nach Hause.

. Einen Mann hast du!

. Man fand José Tage später zu Hause. Er lag im Wohnzimmer auf dem Fußboden, hatte sich in die Zunge gebissen, sein Kopf war ganz zerschlagen.

. Bitte setz mich an der Ecke dort ab, ich muß mir einen Büstenhalter kaufen.

Die Suche

Seit drei Tagen suchen die Gehilfen der Alten Ige-Sha die Entsandte in der ganzen Stadt. Sie wissen, daß sie ein Zeichen empfangen werden. Was sie durchsuchen mußten, haben sie bereits durchsucht. Nun sind sie in der Siedlung. Denn der Tag naht und die Entsandte (? ob es wohl eine gibt) ist im Kommen.

Lektion Nummer 1
(Wiederholung)

Er ließ das Glas unter dem Wasserhahn stehen und versuchte einzuschlafen, während er die Tropfen auf die Wasseroberfläche schlagen hörte. Er wußte, daß es eine derartige chinesische Folter gibt, die den Zweck hat, den Menschen wahnsinnig zu machen. Er mußte daher trainieren, um sie, falls nötig, auszuhalten. Er schlief nicht und zählte die Tropfen, bis seine Nerven aufs äußerste gereizt waren. Überreizt sprang er aus dem Bett und stellte das Glas so wütend weg, daß der gesamte Inhalt der Kochnische in Scherben ging.

Eskalation

Der Chef der Politischen Polizei benachrichtigte
Den Chef der Bundespolizei, und der Chef der Bundespolizei benachrichtigte
Den Chef des Supersicherheitsdienstes, und der Chef des Supersicherheitsdienstes benachrichtigte den Chef des Politischen Rats zur Abwehr von Terror und Subversion Zur einheitlichen Aufrechterhaltung der Ordnung im Land (PRATSEAOL), und dieser benachrichtigte seinerseits den Regierungspräsidenten, dieser wiederum benachrichtigte den, den es anging.
Und der, den es anging, entschied. Und nach der Entscheidung befragte er seinen Rat.
Befragte um des Befragens willen, denn der, den es anging, hatte eigene, unumstößliche, sichere, endgültige Gesetze.

Nach ratifiziertem Entscheid wurde der Regierungspräsident benachrichtigt und bestimmte:

»Alle Kinder von Vila Branca sollen am Sonntag getötet werden. Unter ihnen befindet sich der Sohn von Gê.«[1]

Kommunikationsmittel (Stammesbildung)

Als ich den Stimmungsmacher ermordete, mußte ich mich auf den Thron des Für einen Tag Meistgehaßtesten setzen. Ich ging hinter ihm her. Der Stimmungsmacher drehte sich um, ich hinkte leicht, er dachte, ich sei ein Fan. Nun ging er rascher weiter, weil er dachte, ich würde ihn um einen Gefallen bitten. Ich wußte das, denn als ich auf ihn zutrat, lächelte er und sagte: »Ich bin todmüde. Ich habe den ganzen Tag damit verbracht, Fälle für mein Programm zusammenzutragen. Ich habe über vierhundert Personen gesprochen. Ich habe zehn schlimme Fälle ausgewählt. Wenn Sie daher mit mir sprechen wollen, mein Freund, kommen Sie am Freitag vormittag zu mir.« Er sprach wie vor einer Fernsehkamera. Er lächelte sein riesiges Lächeln des Mannes, der sich im Leben

1 Das beweist: die Geschichte wiederholt sich.

durchgesetzt hat und reich geworden ist. Er lächelte noch, als ich ihn mitten in die Stirn schoß.

Tage an denen man sich fühlt / wie einer der abgereist oder gestorben ist

Sie nahmen den 7.30-Uhr-Bus. El Matador blickt Rosa an, wild darauf, sie zu vernaschen. José, stinkbesoffen, sagt zum Helden:

. Mein Leben ist wie das von Scott Fitzgerald. Tragisch, mit einer verrückten Frau.

. Sag mir nicht, du seist am Boden zerstört.

? Öde dich wohl an, wie.

. Ja, reiß dich zusammen.

. Morgen, heute hab ich keine Lust.

Der Bus fuhr über die Ringstraße. Feuerwehrmänner zogen eine geköpfte Leiche aus dem Fluß.

. Muß die Schwadron sein.

Lektion Nummer 1
(Beim Abhören der Tonbandaufnahme)

Plimpim, plim, plim, plim, plim, plim, plim, plim, plim, plim, plim, 16/50 Sekunden

Plim, plim, plim, plim, plim, plim, plim, plim, plim, plim, plim, plim, plim, plim, 32/95 Sekunden: 1 Minute und 35

Vier Stunden und zehn Minuten: plimplimplimplimplim-plimplimplimplim – plim prararaaaararaaaaa, preim, pra, krach, treim, trock, trock, trock, trock, pum, plearein, plim.

Vision

Schilder: Gesamtkosten
dieses Bauvorhabens: 2 Milliarden.
Papiersäcke – Lastwagen-
gerippe – Schlamm – Viadukte
Siedlungseinfahrten,

Umleitungen – Lastkraftwagen – Reifen-
verkaufsstände – Öl –
Abfall – Hinterhöfe –
Wir tauschen Ihnen Ihre Batterie
gegen eine neue um – Asphalt-
fabriken – Betonmischmaschinen –
buntgestreifte Lastkraftwagen,
Tropikalistische Monumente.

Schlusspunkt

In Rosas Nähe hörte das Mädchen mit rotem Gesicht und müden Augen, wie der Rundfunksprecher sagte: »Wir wollen unseren Vater im Himmel bitten, daß er Schluß macht mit allen Kriegen. Daß er Seine Hände ausstreckt und daß alle Menschen sich verstehen.«

Schlußpunkt. Der Kassierer:

. Biegen Sie in die erste links ein und Sie kommen auf dem kleinen Platz vom Maracujá heraus, suchen Sie den Laden mit Umbanda-Geräten, gehen Sie um das Haus herum und ein paar Schritte weiter, bis Sie auf eine Blechbaracke mit einem Dach aus Reklamedosen stoßen. Fragen Sie dort, die sagen Ihnen Bescheid.

Heim

Eltern und Kinder machen sich
den Abfall streitig – den Dreck
die in riesigen Haufen angeord-
neten Schmutzreste der Stadt –
Verfaultes – Aasgeier – Leute
die im Fäulnisgestank fischen –
scharren – stöbern.

BEGEGNUNG

Die Begegnung mit dem Vater des Kleinen, der Musik im Bauch hatte. Willkommen, Brüder. Kommt. Mein Haus ist das Haus der Welt, das Haus Gottes, das Haus des Geistes.

Klapperdürrer Vierziger, zwei Zähne vorne, beim Reden spuckte er. Bot José ein Coca-Cola an, doch er dankte. Rosa sagte, sie nähme ein Tubaína.

. Gutgekühltes Coca-Cola oder Catuaba-Tee, Schwester. Mehr haben wir nicht.

Sie gingen hinters Haus und redeten. Es war heiß, die Sonne brannte. Rissige Hauswände. Aus dem Haus tönte leise Musik.

. Ob die aus dem Bauch des Kleinen kommt?

. Schmu, alles Schmu, das werden wir gleich haben. Ich bin vorbereitet gekommen, sagte El Matador.

Er war aufgeregt, hochbefriedigt, schaute die anderen überlegen an.

(Ich habe diesen überlegenen Blick nie ausstehen können, dachte Rosa)

Die Barackentür war verriegelt mit Hängeschloß und Kette. Sie machten die Runde, hinten eine zweite Tür abgeschlossen, verriegelt, verrammelt. Steine, Laub, Papier, Flaschen, Holzstücke, Essensreste. Ein räudiger Köter, angekettet. Eine Deichselstange, hängende Wergsäcke, gewaschene Lee-Hose, zwei verschiedenfarbene Socken. Die Baracke auf dem Kamm einer Erhebung. Zweihundert Meter tiefer der Buschwald, der Fluß, Fabriken im Bau, fertige Fabriken, die Gegenstände für die Bevölkerung herstellten, Fabrikschlote.

. Wie diese Stadt stinkt, sagte Zé Scot.

. Hat überhaupt keine Farbe, sagte der Held.

(Der Held denkt immer, er sei originell, dachte José)

WARTEN

. Wir wollen den Kleinen sehen!

. Jetzt nicht. Er ist bei Josué. Dem großen Hauptmann. Jetzt nicht.

? Wann dann.

. In eineinhalb, zwei Stunden.

? Zwei Stunden. Was sollen wir solange machen.

? Kennt ihr die Familie.

? Was für eine Familie.

. Die Familie. Mehr kann ich nicht sagen.

. Was ist das für eine Familie, Alter. Sprich!

. Ich kann nicht. Ich kann wirklich nicht! Aber es lohnt sich. Es ist toll! Es lohnt, lohnt bestimmt!

. Nun sag schon!

. Ich sag's nicht. Weil der Vampir es nicht will. Aber geht zum Engländerkreolen. Der hilft euch weiter.

? Was ist das für ein Kreole.

. Der Engländer. Der hat dort unten einen Kramladen.

. Scheiße. Los, Leute.

. Ich geh nicht, sagte Átila.

José und El Matador waren verschwunden. In der Luft ein Lärmen von Tamburinen und Bratpfannen.

Liquidierung

Abwehrmilizen erwarben zu günstigem Preis einen Restposten Napalmbomben zur Verwendung an Weihnachten, dem 1. Mai und anderen bedeutsamen Jahrestagen.

Rauchend warte ich

Plam, plekt, prum, blein, ruuum: Maschinen, Bagger gruben Löcher. Männer wie Ameisen durchlöcherten die Erde. Sie rissen Bäume aus, rissen Häuser ab, rammten Eisenträger ein, füllten Löcher mit Eisenbeton: die Metro.

Zwei Stunden später:

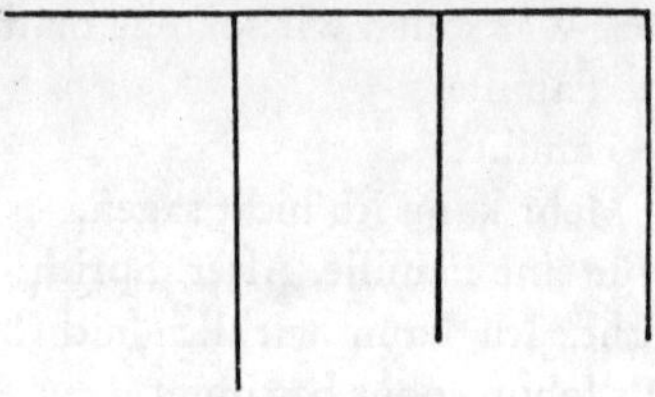

. Sieh wie sie die Bäume am Flußufer absägen. Sie zerstören die Grünflächen der Stadt, sagte Malevil.

(Malevil besitzt ausgeprägten Bürgersinn)

Asphaltdschungel – entmenschte Stadt – gierige Weltstadt – Menschenfresserin – Neurotikerhöhle – Glasgrabmal – Betonwald – die am schnellsten wachsende Stadt der Welt – die zwanzig Eisenbahnwagen ziehende Lokomotive – das größte Industriezentrum Latindia-Amerikas

Zwei Stunden später:

. Sie foppen die Leute.

? Was tun wir, warten wir oder gehen wir fort.

. Jetzt warten wir.

. Den Kleinen gibt's gar nicht.

. Sie sind mißtrauisch. Sie müssen ihn verstecken, wenn er wirklich Gês Sohn ist.

. Aber sie können ihn doch nicht mehr verstecken, wo alle Welt von der Musik im Bauch weiß.

Átila blickte Rosa an:

(Ich will dieses Weib vernaschen)

Rosa saß auf einem großen auf den Kopf gestellten Ölkanister Marke *Hausfrau*. Sie kratzte sich heftig an den Schenkeln: Moskitos.

Eine Stunde später:

Kinder spielten auf Handtrommeln, Bratpfannen, Saitenfäßchen, Reco-Recos, Dumpfpauken, Tamburinen. Sie zogen hinter freiem Gelände herum, verschwanden, zurück blieb Samba-Rhythmus.

Eine Stunde später:

. Mordshitze.

? Was habt ihr hier zu essen.

. Zervelatwurst, Brot, Goiabapaste und Zuckerrohrschnaps.

? Habt ihr Bier.

. In Dosen. Nicht gekühlt. Heute ist Sonntag, sie haben alles ausgetrunken.

Zervelatwurst, mit dem Messer in dicke Scheiben geschnitten, Moskitos[1], Fettgeruch, trockene Grieben auf einem Teller, Scheiben mit dem Geschmack von Wurstsalat, Frankfurtern, geschrumpften Pasteten.

? Was treibt ihr hier.

. Wir wollen den Kleinen mit der Musik im Bauch sehen.

. Alles Schmu, Mensch.

. Nichts dergleichen, viele Leute haben ihn gesehen.

. Der Vater des Jungen ist ein Betrüger, wir von der Vila kennen ihn.

. Mehr Zervelatwurst.

EUROPA VERNEIGT SICH

Aus dem Hospital entlassen, ging Senhor Raphael Luiz Junqueira Thomaz, der hundertste Mensch in unserem Land mit transplantiertem Herzen, zu Fuß nach Hause. Nach vier Monaten ist er bei bester Gesundheit und augenblicklich der einzige lebende Transplantierte auf der Welt.

. Mehr Zervelatwurst.

. Das ist die letzte, ich mache gleich dicht, unsere Mannschaft spielt gegen die Eintracht vom April.

1 Um ein tropisches Klima zu schaffen.

José aß alle Zervelatwurst auf und ließ sich eine Portion einpacken. Der Mann schloß die Baracke. El Matador nahm eine Flasche Zuckerrohrschnaps mit.

. Scheißhurensonntag.

. Aber den Kleinen finden wir doch.

. Ich bin schon völlig durchgedreht.

Die Gäßchen stiegen an. Teilten und unterteilten sich. Gleiche Häuser. Alles abgeschlossen. Leere Gassen. Klänge von Handtrommeln und Bratpfannen in der Luft.

STADTBILD

Auf Baracken Inschriften: Nieder mit der Regierung Tod der Strafschwadron Es lebe die Comuns Jeder tote Polizist wird gegen zwanzig tote Banditen ausgetauscht

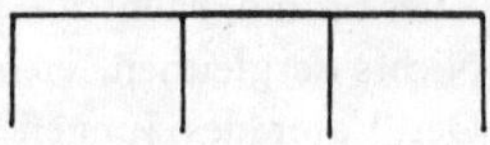

FREIE ASSOZIATION

Jener Anfall, den José auf der Hochzeitsreise im Kurbad São Pedro hatte. Er war vierundzwanzig Stunden ohne Bewußtsein, und als er zu sich kam, blickte er mich seltsam an. Dann ging er aus, wollte allein spazierengehen. Ich ging ihm nach und beobachtete ihn. Er ging zu einem Gebüsch, blickte angestrengt, machte ein Gesicht wie einer, der nicht begreift. Blickte das Gebüsch an, den Rasen.

? Wo ist der Bach.

? Was für ein Bach.

. Gestern war hier ein Bach.

. Hier ist nie ein Bach gewesen. Das langweilige Kurbad hat keinen Bach.

. Gestern bin ich hier gewesen.

. Gestern warst du ohne Bewußtsein.

Seit jenem Tag blickt José mich seltsam an. Einmal sagte

er: Du bist rein ganz verrückt. Dann fragte er nach den Alten, nach dem Verbrechen, ich sagte, es sei kein Verbrechen begangen worden.

? Oder ist ein Verbrechen begangen worden.

DIE KREOLENENGLÄNDER

Sie schritten über das Fußballfeld, kahl, löchrig, mit schiefen Torpfosten. Sie gelangten zur Kneipe. Spillerige Buben spielten mit einer festgebundenen Ratte. Und mit einer gleichfalls festgebundenen Katze. Ein Junge hielt die Schnur der Ratte, ein anderer die der Katze. Dann ließen sie gleichzeitig locker und die Ratte floh vor der Katze und die Buben regulierten ihre Schnüre.

/ Nein, José erinnerte sich nicht an seine Kindheit, auch nicht an die Zeit, als er Ratten im Kino jagte /

? Wo ist der Kreolenengländer.

. Immer gerade aus, wenn du Coca-Cola siehst, dort ist er.

Es war eine zwei Meter hohe Cocaflasche. Die Bude des Kreolen bestand aus Blechschildern, die Margarinesorten anpriesen – Öle – Biere – Fanta – Pepsi.

Der Kreole zwinkerte Rosa zu: er war gutaussehend, schlank und rank, der Mund ein Lachen, rotes Baumwollhemd mit einem Krokodil darauf.

. Nein, ich habe nie Fußball ge-

Als die Königin von England unser Land besuchte, ließ die Regierung riesige Paneele mit Gärten, hübschen Häusern, Gebäuden und Fabriken bemalen und diese vor allen Barackenhügeln und Elendsvierteln aufhängen. Aber da war ein Kreole, der die Königin unbedingt sehen wollte. Er wußte, daß der königliche Wagen vor dem Paneel seiner Siedlung vorbeifahren würde. Er übertölpelte die Polizei, welche die Armen zwang, zu Hause zu bleiben und stellte sich hinter dem Paneel auf. Genau in der Sekunde, als die Königin vorbeifuhr, durchstieß der Kreole die Leinwand mit seiner Rasierklinge und schrie: Sänkju Sänkju.

spielt, ich habe nie zu einer Samba-Schule gehört, ich war nur ein Kreole /

Fortan war er als der Kreolenengländer bekannt.

Rosa lachte ihn an.

? Haben Sie Goiabapaste.

? Marke Zima oder Fisch.

. Zima.

. Zima heißt prima. Und die Familie.

? Familie.

. Ja.

Der Kreole ging hinaus und rief den Helden.

? Wer hat euch hergeschickt.

. . .

? Der Astronaut.

. Was weiß ich.

. Wenn ihr Zima gesagt habt,
heißt das, daß ihr die Familie sehen wollt.

? Was für eine Familie.

? Geht die Kleine auch.

. Ja.

. Aber es ist ein scharfer Tobak.

(? Wird eine schöne Scheiße sein.)

. Tut nichts. Sie ist eine Hure.

. Scheißdiewandan.

Heim

Vater und Mutter waren einverstanden und nahmen Abschied von ihm Der sagte er wolle sich lieber eine Kugel durch den Kopf schießen als der Todesschwadron in die Hände zu fallen ein zwanzigjähriger Bankräuber Schrekken der Siedlung beging Selbstmord durch einen Schuß ins Ohr wobei er vorsichtig genug war sich auf eine Bank zu setzen.

. Pferd! Pferd! Hallo Pferd!

Sonne auf den Wänden. Eine Haustür ging auf, eine alte Negerin trat heraus, eine jüngere Negerin, eine blutjunge Negerin, ein weißgekleidetes Negerkind, ein rotes Pax auf der Brust, Schleier, weiße Handschuhe, geschmückte Kerze in der Hand. Dann kam ein alter Neger, ein jüngerer Neger, ein blutjunger Neger, zwei kleine Negerjungen.

? Gehen Sie schon, Dona Arminda. Au, die Kleine ist nicht übel herausstaffiert. Kommen Sie doch später zu einem Gläschen.

Die Neger gingen die Straße hinunter.

. Pferd, Pferd, Pfeeeeeerrrd.

? Bleiben wir hier, fragte Rosa.

. Ich weiß nicht.

? He, junger Mann, warten wir hier oder kommen wir gleich wieder.

. Das verdammte Pferd. Und verschwand.

Stadtbild

ein Streit brach aus einer schlug dem anderen in die Fresse und mußte dafür einen Schuß einstecken

Heroisch

. Rosa und der Held gingen die Straße hinunter. Vor ihnen traten die Neger in ein Backsteinhaus ein. Die Straße teilte sich in vier Sackgassen, die sich gleichfalls in vier krumme Sackgassen aufteilten. Wo die Straße die erste Teilung bildete, entstand ein Platz. Auf dem Platz war ein Wasserhahn.

Dona Arminda stellt Engelchen her. Sie unterhält ein Zimmer in der Stadt und verdient gut. Ein Minimum von zehn pro Tag, ohne mit der Polizei Schwierigkeiten zu bekommen, denn

Der Wasserhahn war geöffnet. In der Nähe urinierte ein Mann. Aus dem Haus vor dem Wasserhahn schaute eine Schar kleiner Mädchen zu. Auch Rosa.

Lassen Sie, wir schütteln ihn für Sie ab!

Arminda schmiert gut.

HEIM

Mein Vater ist leberkrank meine Mutter leidet an Epilepsie niemand will mir eine Stellung geben weil ich im militärdienstpflichtigen Alter bin Darum stehle ich

FIASKO

Die Straße teilte sich in vier Sackgassen, die sich in neue Sackgassen unterteilten, und die neuen Sackgassen bildeten Gäßchen. Der Laden hieß *Welche Liebe GmbH*. Der Besitzer ein zerknitterter Nordöstler. Laden mit fettigem Ladentisch.

. Bier.

? Zwei.

. Eines.

Der Held sah den jungen Mann auf dem Sack Bohnen sitzen. Schlank, zerschlissene Kleider, das Hemd an der Seite geflickt. Er glaubte ihn vage zu kennen. Der junge Mann trug einen Backenbart und den Arm in der Schlinge.

. Glaub, ich kenn dich. ? Wie heißt du.

. Journalist.

? Journalist.

. Ja.

. Nein. Ich will den Namen wissen.

. Journalist.

. Er heißt Bernardo. Aber da die Bande ihn Journalist nennt, blieb der Name an ihm hängen. Er ist halb bescheuert.

Manchmal hat er einen guten Tag. Dann ist er wieder völlig bedröpst, sagte der Nordöstler.

? Wie kommt man hier raus.

? Raus wohin.

. Auf die Ringstraße. Um einen Bus zu kriegen.

. Bus in die Stadt gibt's, man braucht nur geradeaus bis zur Gesellschaft gehen, dann links abbiegen und geradeaus weiter, bis man zum Hühnerstall vom Sandro kommt (alles geklaute Hühner). Geh um den Hühnerstall rum, geh die Treppe runter, schlag die Schwulenschneise ein, dann wieder geradeaus, und du kommst auf der Ringstraße raus, Haltestelle zweihundert Meter weiter runter.

? Schwulenschneise.

. Die Schwulen hier von der Vila gehen da alle abends hin und suchen sich ihre Kerle. Wer Schwule mag, geht dorthin und wartet.

Stadtbild

Er schoß auf die Frau und warf sie unter den Wagen und überfuhr sie er war ein Drogenhändler und die Polizei war hinter ihm her und die Schwadron setzte ihn auf die Liste.

Die Entsandten der alten Ige-Sha blieben unter dem Hochspannungsmast stehen, aus den vielen Drähten drang Summen. Vier Querbalken hielten die Drähte und die schräg scheinende Sonne warf einen waagrechten Streifen mit vier senkrechten Querlinien auf den Erdboden.

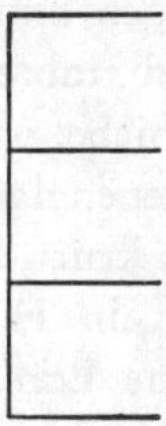

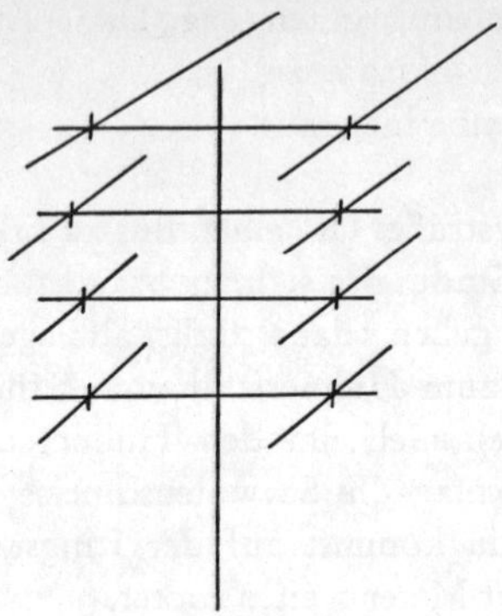

Ich habe einen schwarzen Maulesel

pokotó, pokotó, pokotó
riiinsch, riiinschschsch

. Weiß, o weiß, riiinnsch. Weißer Neger! Ooooooo, du mit der Frau. Ein massiver Schwarzbrauner rief. Er war angeschirrt, trug einen Sattelgurt, Trense im Maul. Scheuklappen. Am Hintern einen schwarzen Schweif aus echtem Pferdehaar vom Pferdeschweif. Schuhe, die Hufe mit Holzbeschlägen nachahmen sollten. In der rechten Hand eine Peitsche. Das Pferdemaul grün. Er stand nicht still und scharrte mit dem linken Fuß in der Erde.

. Der Kreolenengländer sagte, es ist alles im Lot. Es kann losgehen i riiiinsch, riiiiiinsch

Pokotó, pokotó, pokotó

Sie gingen hinter dem Pferd drein. Rosa mit Riesenaugen. Das Pferd trabte rasch den Hang hinauf. Es gab sich selber Peitschenhiebe, wieherte, trabte weiter. Trabte am Kramladen des Kreolenengländers vorbei.

Krurfr, krurf, krurf

Bekam ein Händchenvoll Zucker, ging auf allen vieren, lief in eine Ecke, knabberte an der Grasnarbe, blickte Rosa und den Helden an.

. Ah, da seid ihr! Die Familie wartet schon fix und fertig.

Laß das Pferd fressen, es kommt nach. Wenn ihr aufsitzen wollt, ist es selig.

? Wer ist das denn.

? Siehst du nicht. Es ist ein Pferd. Zahm, ganz zahm. Hin und wieder schlägt es aus oder beißt. Mehr nicht. Er meint, er sei ein Pferd. Sie haben ihm sogar einen Stall zum drinschlafen gebaut. Es läuft spazieren, überbringt Botschaften, zieht die Karren der Markthändler, läßt die Straßenjungen spazierenreiten. Und wenn Sie mir den Ausdruck verzeihen, meine Senhora. Schauen Sie, wenn ich das sage, so weil die Senhora die Familie sehen wird, und ich weiß, daß die Senhora ehrbar ist und nichts gibt auf diese Dummheiten. Das Pferd vernascht nämlich ein paar Stuten, die auf der Weide vom *Vampir* grasen dort unten bei dem Milchladen. Dort ist ein Hang, die lasterhafte Stute legt sich hin und er steckt ihr einen weg. Iiiiih, oooooooohh, iiiihhh!

? Wohin gehen wir.

? Die anderen, wohin gehen die anderen. Am Ende werden wir den berühmten Kleinen gar nicht zu sehen bekommen.

? Was ist das für eine Familie, die wir suchen.

. Was weiß ich.

Die Neger gingen unten vorüber. Alle in Weiß, Leinenanzüge Qualität 120 irisch. Hinter den Schwarzen tauchten rote Flecken auf.

Familie

Mutter erstach den Sohn mitten auf der Straße um drei Uhr nachmittags bevor er starb erbat er von der Mutter den Segen

Erneuerung die Alten

José und El Matador sahen die roten Flecken.

? Die anderen, wo sind bloß die anderen.

Sie waren auf einem kleinen Platz, von dem krumme Gäßchen ausliefen. Und in den Gäßchen lagen neue kleine Plätze, grüngelbe Häuser, ein Plakat *Bromil*, die Ankündigung eines Mannes, der einen Ochsen aß. *Freistoß zu Parada. Parada gibt ab an Eduardo. Eduardo täuscht vergebens, verliert den Ball. Paulo Henrique schießt ins Mittelfeld. Dirceu Alves springt, Kopfschuß.* José steht und blickt ins Haus hinein. Ein Radio, Holzkasten, magisches Auge übermittelte das Spiel an fette Frauen in blauen Satinkleidern, mit Perlenkette, rotem Lippenstift. Sie strecken die Zunge durch die Lippen hindurch und lassen sie blitzschnell kreisen.

. Komm, Brauner, komm.

Eine Alte sitzt mit gespreizten Beinen auf einem goldfarbenen Sitzkissen, sie keucht wie ein müder Hund mit hängender Zunge, pockennarbige Beine, die blaugeäderten Schenkel ohne Schlüpfer zeigen die halbkahle Intimität.

José blickt erregt die Alte an.

? Wie steht's, großer Brauner ? Kommst du oder kommst du nicht.

(? Soll ich mit der Alten.)

. Wenn du nicht kommst, geh mir aus dem Weg.

Die Mannschaft schoß ein Tor, sie lachten lautlos; einige zahnlos. Aus dem Haus strömte Geruch von altem, gerade erwachtem Atem von gärenden Mägen die Gase abließen langsamen an den Kleidern haftenden Fürzen von ungewaschenen Füßen von Schweiß der ohne Spray in den Achseln blieb von abgenutzten und ungewaschenen Mösen.

Eine der Frauen kotzte mitten auf ihr Kleid die anderen eilten herzu fächelten sie. José trat vom Fenster weg. Ein Mann packte ihn am Arm.

? Waren Sie da drinnen.

. Nein.

. Haben recht daran getan. Alles kranke Weiber. Ich kann Ihnen was Besseres empfehlen.

. Ich will nichts.

. *Hurensohn!* Die Alte schrie aus dem Fenster, schwenkte einen grüngelben bändergeschmückten Fächer.

. Hurensohnvampir, hau ab! Hast uns genug geschädigt!

. Der Mann spuckte die Alte an. Die Spucke flog, kam aber nicht an ihr Ziel. Die Alte spuckte den Mann an.

. Laß uns unser Geschäft machen. Wenn du's nicht magst, es gibt Leute, die es mögen. Die es nötig haben.

. Nur wenn's einer sehr nötig hat, verirrt sich einer in dein Lahmenasyl.

. Lahm ist deine Mutter.

. Kommen Sie mit mir, sagte der Mann.

José ratlos, was er tun soll. El Matador stand in der Mitte des Platzes und pfiff Nationalhymnen. El Matador schwärmte für Nationalhymnen.

. Vorsicht mit dem, mein Sohn! Größte Vorsicht!

. Kommen Sie und schauen Sie sich die Familie an.

? Welche Familie.

. Eine vorbildliche Familie! Sie wird Ihnen gefallen.

. Ich verstehe nicht recht.

. Ich übernehme die Verantwortung. Sie brauchen erst zahlen, wenn Sie sie gesehen haben. Sie können sich auf mich verlassen.

. Ich verstehe überhaupt nichts. Nichts von dem, was Sie sagen.

. Verlassen Sie sich auf mich, mein Junge. Ich bin Präsident der Gesellschaft der Freunde dieses Stadtviertels. Ein ehrlicher, anständiger Mensch.

. Politikaster, Dieb, Mörder, Lumpenhund.

. Ich lasse dich irgendwann festnehmen, Alte!

. Mach's, das bringst du fertig!

. Nein. Du wirst einfach rausgeschmissen. Wegen Immoralität. Du und all die kranken Weiber. Syphilitisches Gesocks.

. Deine Mutter ist das, Mordbube.

. Komm, mein Junge. Wir wollen uns die Familie anschauen. Gib nichts auf das Geschwätz der Alten. Wir lassen sie leben, weil sie die älteste Hure der Vila ist. Des Landes. Sie hat den gesamten Nuttenverein eingelernt, die Eltern, vielleicht auch die Großeltern.

Die roten Flecken bewegten sich. Die weiße Masse war verschwunden. José schützte die Augen gegen die Sonne. Die Flecken schienen sich mit dem Wind zu bewegen.

(? Was gibt's denn da unten.)

. Vorstellung um halb fünf.

(Der Mensch geht mir bereits auf die Nerven.)

? Halb fünf. Dann haben wir noch Zeit. Laß uns überlegen. Wenn wir uns entschließen, gehen wir. ? Wie kommt man dorthin. ? Gibt es eine Adresse.

El Matador pfiff *komm und empfang die Zärtlichkeit die unsere Jugendbrust verschließt.* Er betrachtete die Gäßchen, die sich teilten und unterteilten.

(? Wie irgendwas finden in diesem Scheißdurcheinander.)

. Tu was du tun mußt. Ich laß dich um vier abholen. Genau hier.

. In Ordnung. Ich warte hier mit ein paar Freunden. Ich glaube, sie kommen mit.

. Also dann, bis gleich. Verzeih.

José ging auf das Fenster der Alten zu. Die Dekanin hockte auf ihrem goldenen Sitzkissen und wedelte mit ihrem grüngelben Fächer. Die Frau, die gekotzt hatte, hatte sich umgezogen. Mit einem Asthmagerät saugte sie begierig die Luft ein. Ihr offener Mund zeigte ihre wackeligen, kaum noch haltenden Zähne.

. Komm, mein Sohn, komm. Aparecida! Mach die Tür auf!

Zwei Häuser weiter ging ein Tor auf, eine schwarze Japanerin kam heraus und winkte José. Sie durchschritten einen Hof mit roten Schlüsselblumen, Dahlien, Margeriten, Löwenmaul, Hortensien.

Sitten und Gebräuche

der Regierung wurde der Antrag gestellt den Strang und die Guillotine und den elektrischen Stuhl und die Gaskammer einzuführen, zusätzlich zu dem Tod durch Erschießen und Lynchjustiz

Die kleinen Mädchen blieben da, während die Erwachsenen in einen mit Kreppapier und Santa-Rosa-Palmenzweigen, Wimpeln und Kokosnußpalmblättern geschmückten Holzschuppen traten.

Die kleinen Mädchen bewegten sich auf ein Kreuz zu, die Katecheten schlugen in die Hände, die Kleinen knieten nieder, sangen *In Jesu liebe ich und leide, das Heilige Kreuz ist meine Freude*. Dann beteten sie ein Weilchen für die Seele eines bei einem Verkehrsunfall umgekommenen Mädchens, wie der Katechet sagte, aber die Jungens, die mit Átila gekommen waren, sagten, *was heißt hier Verkehrsunfall, umgekommen ist die kleine Gelegenheitshure vergewaltigt und umgelegt von der Bande vom Blinden Hahn*.

Die kleinen Mädchen ordneten ihre Kleidchen, setzten wieder eine fromme Miene auf und begannen umzukehren. Mit Ausnahme einer kleinen Schwarzen, die zurückblieb, einen Zaun umschritt und einen Busch fand.

Die kleinen Mädchen betraten einen geschmückten Schuppen. Gleich darauf kamen ein alter Neger, ein jüngerer Neger, ein junger Neger und zwei Buben heraus und blickten suchend umher.

Átila ging auf den Busch zu.

(Dort wollte das kleine Mädchen pissen.)

Es war nicht da; daher ging er bis zu dem blechdosenbedeckten Gelände zwischen zwei rot und schwarz gestrichenen Häusern weiter. Das kleine Mädchen stand mitten im Gelände im Kreise von einer Jungenschar.

Die Jungens rannten hin und her und hüpften rings um das Mädchen durch Wasserlachen. Schlammpfützen, die sein weißes Kleidchen bespritzten. Sie wollte weglaufen. Und die Buben taten, als ließen sie sie gehen, doch wenn sie in die Nähe einer Lache geriet, sprang einer hinein und der Schlamm spritzte hoch. Dann versuchten sie mit Pferdemist die auf ihre Brust gemalten roten Buchstaben *Pax* zu treffen.

. Helfen Sie mir, junger Mann!

Átila packte einen Haufen Pferdemist und warf auch auf sie. Die Buben lachten und hüpften.

. Der Priester läßt uns nicht zur Ersten Kommunion gehen, wir seien ein Lausepack ist seine ewige Leier. Der Priester mag nur kleine Mädchen. Los, wir beschmeißen den Priester mit Mist.

Mit vollen Händen liefen sie auf die Kirche los und bewarfen die Mauer. Führten einen Höllenlärm auf, Schokolade her, Schokolade her. Sie rannten rings um die Kirche und bewarfen sie mit Mist. Holten sich Händevoll und rannten zum geschmückten Schuppen. Die Frauen waren alle drinnen. Männer kamen heraus und zogen ihre Jacken aus. Die Buben bewarfen die Männer mit Mist und verschwanden in den krummen Gäßchen, die sich teilten und unterteilten.

Heim

Soldat versuchte Mädchen zu vergewaltigen und wurde von Vater Mutter Geschwistern Verwandten gelyncht

Die Familie verteidigen

Die Standarten schimmerten, die kleinen Mädchen gingen umher, die Männer mit ihren Karteikarten wurden ungeduldig.

. Hier gibt's nur Analphabeten.

. Hol dir die Unterschriftenliste der Analphabeten. Ruf Maurício, der versteht tausend verschiedene Unterschriften zu fabrizieren. Der Typ gibt seinc Anschrifl und ist einverstanden. Maurício unterschreibt. Das Geschäft ist abgeschlossen. Je mehr, desto besser. Los, rasch, die ganze Vila steht noch aus.

Die Standarten stiegen hoch. Átila spürte die Hitze, er war halb benebelt. Hunger. Die Siedlung auf der einen, der Fluß auf der anderen Seite, breit und schleimig. Ein Bagger lag still, ein dickes Rohr führte ans Ufer. Aus diesem lief dicker Schlamm, flüssiger Kot.

(? Wo bleibt bloß die Bande.)

Unterschreiben Sie hier! Los! Hier unterschreiben!

Sie kamen in einem Trupp. Seite an Seite ein junger Mann mit der roten Standarte und ein anderer mit Schreibbrett, Papierbogen, Kugelschreibern. Sie schritten steif. In grauen frischgebügelten Anzügen und dunklen Krawatten. Die Standarten mit ihren goldenen Figuren glänzten und ihre Träger wirkten so, als zögen sie ein Heer hinterdrein. Auf einem Schlachtfeld. Klein und spillerig, aber (so dachten sie) wie kräftige furchtlose Krieger.

. Unterzeichne hier, junger Mann! Gegen die kommunistische Infiltration der Kirche! So ist's recht!

Sie drängten die Leute. Der Priester, der ans Fenster des Schuppens getreten war, rief einen jeden. Und schickten ihn zu den Männern mit den Schreibbrettern.

. Geh dorthin, los!

? Wozu denn.

. Zum Unterschreiben. Wir verteidigen deine Familie.

. Ich bin Junggeselle.

Lindoral, Lindoral
lindert Schmerz und schmeckt nicht schal
Pokotó, pokotó, pokotó
riiiiiinch, riiiiiiittschsch
pokotó, pokotó
An eine Hauswand gelehnt und ohne Lust, irgendwohin zu gehen, hörte Átila dem Traben des Pferdes zu.

Das vollkommen aufgezäumte Pferd kam an ihm vorbei.

. Komm her, du da. He, komm her, Mensch! Scheiße nochmal, der muß blöd sein!

. Das Pferd blieb stehen.

? Wo ist das Haus des Kleinen mit der Musik im Bauch.

? Was krieg ich dafür.

. Geld.

. Nein.

. Also gut, Hafer.

. Das Pferd trabte weiter. Die Straße hinauf durch die Gäßchen. Átila mußte hinterherlaufen. Konnte es aber nicht einholen. Seine Beine schwankten. Das Pferd trabte seelenvergnügt und wieherte, ohne zurückzublicken. Átila tat der Fuß weh. Sein Kopf kreiselte, sein Magen war wie zugeklebt, seine Hände zuckten.

HEIM

Lesbierin ermordete Homosexuellen, den sie beschuldigte lesbisch zu sein: sie hatte ihn mit ihrer lesbischen Freundin im Bett ertappt

Sie kamen mit der Samba-Schule. Spielten Handtrommeln, Bratpfannen, Saitenfäßchen und pfiffen. Die kleinen Jungen abgerissen. Schwung und Rhythmus. Die vorne spielten nichts und tanzten nur Samba. Hüpften unter Höllengetöse an Rosa und dem Helden vorüber.

SITTEN UND GEBRÄUCHE

Das 36. Opfer der Strafschwadron: 65 Schüsse durchlöcherten den Mann, der nur mit einer Unterhose bekleidet war.

. Personalausweis, Personalausweis, Personalausweis.
Rosa und der Held zeigten ihn vor.
? Was suchen Sie hier.
. Wir wollen den Kleinen mit der Musik im Bauch sehen.
. Aha, hmhm.

Sirenengeheul. Von der Höhe aus konnte man die Gäßchen da unten sehen. Voll mit schwarz-gelben Wagen, die neuen Farben der Polizei. Es waren viele. Sie hupten, ließen ihre Sirenen aufheulen, man hörte Schüsse.

Stadtbild

Leichen häufen sich im Gerichtsmedizinischen Institut: es ist kein Platz mehr übrig; die Ärzte beschließen den Konkurs des GMI und nehmen ihren Abschied

Die Notwendigkeit der Politik

Sohn, er bestimmt hier. Die großen Tiere der Stadt unterstützen ihn. Denn etwas tut er. Das Viertel hat Geld in der Kasse. In der Kasse der Gesellschaft. Jetzt wird er Stadtverordneter. Selbst ich werde für ihn stimmen. Er ist nicht schlecht für uns. Macht Wirbel, ist aber im Grunde ein anständiger Kerl. Hat seine Zicken. Die hat alle Welt. Ich, du, diese kleinen Mädchen da.

Die (alten) kleinen Mädchen wehten sich mit alten Fächern Kühlung zu. Eine von ihnen ging hinaus und kehrte mit dem Räuchermeister Vater João zurück, sein Geruch verbreitete sich im Raum. Draußen sprühte die Sonne herab, José wurde müde. El Matador stand mitten auf dem kleinen Platz und pfiff.

? Sohn, warum gehen wir nicht ins Bett. Ich und zwei oder drei von den Kleinen hier. Wir alle werden dir die Geschichte vom Vampir erzählen. Und worauf wir uns alle verstehen, ist auch nicht übel.

(Jahrhundertealte, jahrtausendealte Erfahrung.) Sie bieten die griechischen, ägyptischen Liebesriten. Vielleicht noch Früheres, die Kunst der messalinischen Kurtisanen, die ihre Wissenschaft an den Ausschuß dieser Siedlung vergeuden.

? Worauf verstehen sich denn diese Weiber.

Mit ihren schrundigen pockennarbigen Schenkeln, mit ihren schlaffen Brüsten. Ihre Brustwarzen werden nicht mehr hart, nie mehr. Generationen haben an ihnen gelutscht, haben herausgesogen, was drinnen war. Sie sind ausgelaugt, ausgezullt, ausgezapft.

? Woran denke ich nur, Hurenscheiße. Ich intellektualisiere eine alte Nutte.

? Willst also nicht gleich. Schön, dann komm später. Ah, der Vampir. Er ist Präsident der Gesellschaft der Freunde des Viertels. Seit über zehn Jahren. Den kriegt keiner weg. Ein großer Hundesohn, dieser Kerl. Abgefeimter Dieb. Knöpft uns Zaster ab, nur damit wir in dem Haus bleiben können. Dafür unterhält er ein Nuttenhaus gleich in der Nähe. Keine über sechzehn Jahre alt. Sag mal: ? Hat er dich eingeladen, die Familie zu besuchen – hat er doch! Klar, die Familie bringt ihm Geld ein.

(Ih, ich hatte die Familie ganz vergessen.)

? Haben Sie etwas zu essen, Senhora. Oder zu trinken.

. Sandwich mit Zervelatwurst. Und Bier. Kostet aber teuer. Verstehen Sie, das ist ein Frauenhaus. Teuer, sehr teuer. Adelelma, bring ein doppeltes Sandwich.

? Und der Vampir.

. Befiehlt hier herum. Schützt Diebe, verkauft Gestohlenes, bezahlt die Polizei, damit die Polizei hier niemand verhaftet.

? Warum heißt er Vampir.

. Mein Gott, hab's vergessen! Still, er hat sich jetzt mit dem Spitznamen abgefunden. Früher schlug er noch Krach. Legte gleich einen um, sobald der Spitznamen aufkam. Das heißt, niemand konnte beweisen, daß er es war.

(El Matador unterhielt sich mit dem Typ. Voll aufgezäumt. Wie das Geschirr blitzt.)

. Als der Vampir zwanzig Jahre alt war, arbeitete er nämlich in den Kliniken. Dabei hatte er immer die Taschen voll Geld. Das begriff keiner. Bis sie es herausfanden. Der Vampir arbeitete auch in einem anderen Hospital. Einer Privatklinik, reiche Leute. Und stahl Blut aus den Kliniken. Vertauschte die Fläschchen von Menschenblut gegen Pferdeblut, Hundeblut und was es sonst so gab. Ich weiß nicht. Jedenfalls gab es einen Mordsskandal, und Vampir verschwand. Kam ein Jahr später wieder, verändert. Älter und gerissener. Die Polizei weiß, wer er ist. Kein Hahn kräht danach. Ziemlich mysteriöser Typ.

(El Matador macht mir ein Zeichen. Er sitzt auf dem Rücken des aufgezäumten Subjektes und knallt ihm mit der Peitsche auf den Hintern.)

KURZWEIL: PANES ET CIRCENSES

. Tauch von neuem, sagte der Mann.

. Es langt, Vater! Bin müde. Es reicht!

. Los, Junge. Nur noch einmal.

. Es langt, Vater! Hab Kopfschmerzen. Geh, es reicht!

. Einmal noch, Kleiner. Los!

Im Hof einer Baracke blickte ein grauhaariger Mulatte, der 40, 50 oder dreißig sein mochte, auf einen Bottich mit schmutzigem Wasser. In dem Bottich saß der magere Junge, der 12, 15, 18 oder 20 sein konnte, keuchte laut, klammerte sich an den Rand und schaute dabei seinen Vater an.

. Los, Kleiner, einmal noch. Sonst kriegst du nichts.

. Ich will nichts kriegen, Vater! Ich habe Angst.

. Was heißt hier Angst, stell dich nicht an, Kleiner! Los, tauche, ich werde zählen.

Der magere Kleine tauchte im Bottich unter. Rosa lehnte sich an den Pinienzaun. *Stinkende Marias* mit ihren fröhlichbunten Schuppenpanzern rannten an den Stämmen hoch. Der Held quetschte eine tot und behielt den Gestank an der Hand, Rosa lachte *(Stadtleute wissen nicht, was eine Stinkende Maria ist, geschieht ihnen recht).*

Der Kleine zog den Kopf aus dem Wasser und keuchte.

. Heute kann ich nicht mehr, Vater.

. Du mußt aber.

. Es geht nicht mehr, Vater! Ich sterbe! Genau wie der Zé. Genau wie der Pedro.

. Du stirbst überhaupt nicht. Ich paß schon auf. Los, noch einmal.

. Es langt, Vater! Es langt.

. Kleiner, du wirst sterben, weil ich dich totschlagen werde. ? Siehst du nicht, daß wir Geld brauchen.

. Ich weiß, Vater. Ich weiß, aber heute geht's nicht mehr.

Pokotó, pokotó, pokotó
riiiinsch, riiinnnsch

? Trainieren Sie den Kleinen, Senhor Zé.

. Ich trainiere ihn, Pferd. Aber er will nicht. Mein Sohn will mich ins Elend stoßen.

. Sie haben schon zwei umgebracht, Senhor Zé. Sie werden noch einen umbringen.

. Nein, diesmal werd ich den Preis gewinnen! Jatniel hat eine Mordspuste! Er hält fast fünfeinhalb Minuten aus.

. Fünfeinhalb Minuten ist nicht genug, Senhor Zé! Letzten Freitag hat einer 6 Minuten geschafft.

. Scheißhurensohn.

. War einer aus der Vila Gumercindo. Hatte *so* einen Brustkasten!

? Ich soll den Preis verlieren.

. Glaub schon, Senhor Zé, der Bursche vom Freitag ist kein Schlappschwanz!

. Zwei Millionen. Ich brauche die zwei Millionen. Wenn ich den Preis gewinne, hau ich hier ab.

. Lassen Sie doch den Blödsinn, Senhor Zé! Es heißt, das Fernsehen zahlt nie und nimmer. Reiner Schwindel!

. Natürlich zahlt es. Letztes Jahr hat es gezahlt. Hab den Zaster in der Hand der Dona Éle gesehen. Hier hat sie ihr Interview gegeben. Der Typ hat gezahlt, einen Schein auf den anderen! Dieses Jahr bin ich dran, Pferd.

. Riiiiiinsch, riiiiiinsch, bist überhaupt nicht dran. Wirst deinen Knirps umbringen, genau wie du die anderen beiden umgebracht hast. Ist auch recht, was. Weniger Mäuler zum Stopfen.

. Jatniel wird gewinnen, Pferd!

. Wird eine Grube an der Vierten Haltestelle gewinnen. RIIIINSCH. Pokotó, pokotó, pokotó.

DIE ENTSANDTE

Sie war in der Vila, aber niemand erkannte sie. Nicht einmal sie weiß, wer sie ist. Sie weiß auch nicht, daß sie für ein Läuterungs-Ebó erwählt werden wird. Vielleicht ist es das letzte, welches Ige-Sha durchführen wird. Denn die Mission dieser diduberê – der Negerin – ist abgeschlossen und ihr Geist muß nach Afrika zurückkehren (? Was alles geschieht in Afrika.)

Die Kreuzfahrer erreichen Jerusalem

. Aber ich muß weg, Senhora. Ich kann nicht bleiben.

. Nur eine Minute noch.

(El Matador, auf dem Kerl reitend, verschwand. Und nun die Alte!)

. Ich muß gehen. Ich habe eine Verabredung.

? Sie werden die Familie sehen, nicht. Ich schwöre, Sie werden sich die Familie ansehen!

? Die Familie.

. Wer hierherkommt, kommt, um die Familie zu sehen. Ganz natürlich. Sie ist die große Attraktion.

? Was ist denn die Familie.

Die Frau, die gekotzt hatte, machte die Beine breit und pißte auf den Fußboden. Urin, dunkel wie Coca-Cola. Die Frau war gelb.

? Und diese da. Der geht's jeden Tag schlechter, sie kann nicht mehr arbeiten.

. Ich gehe weg, Senhora.

. Ach, mein Sohn. Wie undankbar! So sind die jungen Leute. Wir führen dieses Haus seit fünfundzwanzig Jahren. Von der Mutter auf die Tochter. Eine Tradition. Alle jungen Männer dieser Vila haben hier angefangen. Seit ihrer Kinderzeit haben sie hier dem Unterricht beigewohnt. Sehen Sie nur die Vergilbte. Die gepißt hat. Sie machte immer so gerne die Beine breit und schob den Kopf der kleinen Jungen zwischen ihre Schenkel. Die Rasselbande schwärmte für sie. Alle die kleinen Gauner, die sich hier herumtreiben, haben bei uns angefangen: der Siebeneinhalb, das Fädchen, der Haschischwind, der Transistor, der Streichholz, der Wähler. Viele hat die Polizei umgebracht.

. Ich muß gehen, Dona.

. Sie sind schlecht erzogen, unsympathisch, rücksichtslos. Sie haben uns aufgehalten. Während wir uns unterhielten, hätten wir arbeiten können. An Kunden fehlt's nie.

Auf dem kleinen Platz begannen die roten Standarten einzutreffen. Sie gruppierten sich. Drei näherten sich dem Fenster des Freudenhauses.

. Bitte schön, meine Senhoras.

? Was ist denn.

. Wir sammeln Unterschriften gegen die Infiltration des Kommunismus in der Kirche, zur Verteidigung der Familie, der Tradition und des Eigentums.

. Kommt, Mädchen. Wir wollen die Kirche gegen den Kommunismus verteidigen.

. Sehr richtig. Sehr gut, Senhora.

. Was für sympathische junge Leute.

Die Alte unterzeichnete. Und schob die Liste den anderen zu. Auch sie unterschrieben.

José ging durch die Küche und suchte den Hinterausgang. Die mit den gelben Augen, die gekotzt und gepißt hatte, sah ihn.

. Halt, Sie da, warten Sie!

. Komm her, unterschreibe auch! sagte die Alte.

Der Bursche streckte José das Schreibbrett hin. Und er unterschrieb sofort, ohne zu prüfen, worum es sich handelte.

. Komm rein, Herzchen. Komm und sammle mehr Unterschriften. Adelelma, mach die Tür auf. Ruf deine Freunde, Kleiner, ruf sie herein.

José folgte Adelelma auf die Straße, die Jungen mit dem rotgoldenen Papierwimpel im Knopfloch traten ins Haus der Alten ein.

(Und nun. ? Wo ist El Matador.)

Er kam zurück.

? Wo ist der junge Mann, der Unterschriften sammelt.

Sie zeigten auf ihn. Der junge Mann stand bei einer Mulattin mit dem Gesicht eines kranken Affen. José sah das Schreibbrett auf dem Sitzkissen. Er riß die Seite mit seiner

Unterschrift ab. Der junge Mann mit dem rotgoldenen Wimpel stand auf und versetzte José einen Faustschlag aufs Auge. Der antwortete mit einem Hieb in dessen Magen. Es folgte ein Gegenschlag, José bekam einen Fußtritt ans Ohr, einen Schlag auf den Kopf, einen zweiten in den Nacken, jemand stieß seine Füße gegen seinen Brustkasten, gegen seine Nase. Er blutete. Er stürzte, er bekam Fußtritte in den Magen, zwischen die Beine. Er wurde ohnmächtig. Sie schlugen weiter auf ihn ein. Die alten Nutten schauten zu. »Wirst sehen, der ist Kommunist.« Noch immer hieben die Jungen auf ihn ein.

Pokotó, pokotó, pokotó.

Sie packten den bewußtlosen José und warfen ihn auf den leeren kleinen Platz.

Das Pferd kam näher.

Sitten und Gebräuche

Arbeiter schlug Arbeitgeber tot der keine Lohnerhöhung geben wollte und wurde vom Sicherheitsdienst der Fabrik ermordet fünf Jahre lang hatte er keine Lohnerhöhung bekommen

Der Stern weist auf die Familie

Der Held und Rosa gingen durch die Gäßchen. Ein kleiner Junge verkaufte Ziegenmilch.

? Weißt du, wo die Familie wohnt.

. Folgen Sie dem Stern.

? Welchem Stern.

. Dort unten. Sehen sie die Richtung seiner Zacken. Es ist das blaue Haus.

Die beiden gingen weiter. Der Stern bestand aus Holz und bunten Glühbirnen. Schild des *Kleinmarkt Xram.* Sie ließen sich von der Zacke des Sterns leiten und gelangten zum Haus. Dort wartete der Vampir.

STADTBILD

Strolche schießen auf die fliegende Untertasse, die auf einem Bauplatz gelandet ist: sie meinten, es sei die verkleidete Polizei.

WENN DIE PFERDE ZITTERN

. Das Pferd wollte dich mitnehmen, und hat dich stehenlassen.

. Es sah eine Stute auf einem Hof. Es hat mich abgeworfen.

José und El Matador bogen in das erste Sträßchen ein. Je weiter sie gingen, desto ferner klang das Spiel der Handtrommeln, das ihnen zu folgen schien. Die Gäßchen teilten und unterteilten sich. Die Orientierung war schwierig. Sie gelangten auf einen Fußballplatz. Zerrissene Netze schaukelten, ein Feld voller Tümpel und Schlamm. Ein kleiner Junge stand mitten auf dem Platz und schiß. José rief ihn, der Kleine rannte weg.

Pokotó, pokotó, pokotó
Rinnnsch, riiiiinsch, rinsch.

. Sitzt auf. Ihr beiden.

? Wir beide.

. Ihr beide.

Sie bestiegen das Pferd. Es war schwierig, oben zu bleiben. Das Pferd war stark und stieg rasch den Hang hinauf. Plötzlich warf es sich in eine Senke. Zitterte.

? Was ist los.

. Die Schwadron. Wenn die uns fassen, sind wir verratzt. Sie kommen jeden Sonntagnachmittag. Machen eine Razzia. Letzten Sonntag haben sie sechs umgelegt. Auf der Straße, vor allen Leuten. Früher mordeten sie noch versteckt. Später krähte kein Hahn mehr danach. Sie kommen, knallen nieder und fort sind sie. Die hiesige Polizei schützt sie. Brenzlig, kann ich nur sagen, äußerst brenzlig, Mensch, Bandit zu sein ist kein Geschäft mehr. Bandit legt Bandit um, die Polizei legt Bandit um, riiiiiinsch, iuuuuummm, iummmmm.

Die Männer waren verschwunden. Pferd stieg aus der Senke. Schwitzte und zitterte, spuckte und furzte Grasgeruch.

. Und jetzt geht ihr allein weiter.

. Ich möchte fort, sagte Zé.

. Ja, wir haben die Nase voll, sagte El Matador.

Wettervorhersage

/ oder Huldigung und Dank an Ernesto Cardenal /
»Der Mann der an der Macht ist / Der ordengeschmückte feiste Herrschende / lacht und glaubt er wird niemals sterben / und weiß nicht daß es wie bei jenen Tieren ist / verurteilt am Festtag zu sterben.«

Früh krümmt sich, was ein Gürkchen werden will

Sie stiegen in großen Gruppen bergan:

die Repressionsmilizen in weißen Stahlhelmen;

die Todesschwadronen in grauen Anzügen;

die Kreuzfahrer der Demokratie mit schimmernden roten Standarten;

die Verteidiger der Tradition in weißen Hosen und mit blauen Bändern um den Hals;

die Paladine der Familie mit roten Bändern und in schwarzen Anzügen.

Sie stiegen bergan. Ein jeder trug in der Hand:

Revolver,

Gewehre (Restposten aus dem Koreakrieg, ein Geschenk befreundeter Nation),

Maschinengewehre (neu, Kriegsspende der Verbündeten Nationen),

Bajonette (stolze Stahlindustrie der Nation),

Dolche.

Die Operation war einfach. Die ganze Vila wurde umstellt. Alle Ausgänge und vermutlichen Ausgänge. Lastkraftwagen waren zur Stelle, Jeeps, Personenkraftwagen, Busse, Panzerwagen, Maschinengewehre Punkt 50, Bazookas. Wie die Umzinglung einer mittelalterlichen Stadt, Kriegslager, die belagerte Stadt muß sterben oder sich übergeben, Mauern, Gräben, Leitern, Kessel mit kochendem Öl. Nur daß die Stadt bereits eingenommen war.

In Gruppen hielten sie vor den Türen.

? Haben Sie Kinder im Haus.

. Haben wir.

? Wie alt.

. Ein Jahr.

. Bringen Sie's raus.

Das Kind wurde von einem Paladin hochgehoben, während der Kreuzritter zielsicher sein Herz durchbohrte. Genau so sicher, wie der erfahrene Waldbauer sein Schweinchen absticht. Ohne daß es kurz quieckt.

Sie gaben das Kind den Eltern zurück und klopften an die nächste Tür. Und so erhob sich am Sonntagnachmittag lautes Wehgeschrei.

Und alle Schreie verschmolzen zu einem. Aus zweihundert bluttriefenden Häusern stieg an jenem Sonntagnachmittag Wehklagen.

Wollen ist nicht Können

Rosa rannte, die Männer rannten. Sie schlug Haken, flüchtete in Sackgassen, kehrte um, lief in neue Sackgassen. Die Gäßchen stiegen ab und auf, die Aussicht auf die ferne Stadt war verschwunden und mit ihr das Gefühl der Sicherheit. Alle Häuser gleich, sie rannte, die Männer rannten auch. Ein Platz, die Männer kamen an, sie setzte über einen Zaun, das Gelände fiel ab, sie verlor das Gleichgewicht, stürzte auf ein Barackendach, rollte zu Boden.

Rosa rannte, die Männer rannten schneller. Einer packte sie am Hals. Sie blieb stehen. Der Mann ließ sie los.

? Was wollt ihr.

Die Männer lachten. Und Rosa lachte mit.

. Komm mit, Kleine.

. Ich komm nicht mit.

(? Sie wollen mich doch nicht vernaschen)

. Komm mit dorthin.

Ein Hieb ins Gesicht. Noch einer, sie biß sich auf die Zunge, das Blut bildete Schleim im Mund. Noch ein Hieb auf die Nase, Schmerz, Blut strömte und verklebte ihr Hemd, schwärzte alles. Aber bevor es dunkel wurde, neuer Hieb, und der löschte den (guten) Gestank des Flusses, der ganz nah sein mußte, Summen im Ohr.

(Mutter! Sie bringen mich um)

Bevor alles verlosch, fühlte sie, wie sie aufs Gesicht fiel. Ihr Gesicht lag in Grasbüscheln. Gleich daneben hatte jemand geschissen, es roch nach faulendem Kot.

Fertigmachen

Paulo trug Lochkarten zum Computer. Die letzten, seine Arbeitszeit war herum. Er verläßt den luftgekühlten Raum und geht durch die Kontrolle. Es ist Mitternacht, er muß sich beeilen. Sonst kann die Alte nicht den Übergang vornehmen. Heute ist Tag des Ebó, Opfertag. Als er morgens wegging, waren die Grundlinien fertig, die Alte vorbereitet. Man muß vor dem Schlagen dasein. Die Schwierigkeit nachts ist das Verkehrsmittel. Sobald Paulo Techniker von IBM ist, fährt er im Taxi hin oder kauft sich einen Wagen. Aber Paulo ist ganz am Anfang seiner Laufbahn. Bei IBM und bei der alten Ige-Sha.

Die Flucht nach Ägypten

José erinnert sich nur an den Mann mit dem Hammer, der ein Schild festnagelt.

. Wenn sie die Familie sehen wollten – damit ist es vorbei.

? Vorbei.

. Die Polizei ist dazwischengefahren. Die Familie ist geflohen. Vater, Mutter, Kinder. Sie sind in einem Karren abgehauen, haben alles mitgenommen, sogar die Leinwand der Baracke.

? Wo sind sie hin.

(»Ich weiß nicht, was die Familie war. Was sie machte. Was mich interessiert, ist, wohin sie gegangen ist«)

. In die Vila Ägypten. Eine Stadt, zweihundert Kilometer von hier. Aber das schaffen sie wohl nicht mehr.

? Was denn nur.

. Die vereinte Vögelei.

? Vereinte

. Der vereinten Familie. Damit haben sie viel Geld verdient.

Nun lief Rosa los und José sah Männer um die Ecke biegen. Rennend. Hinter ihr her. Auch José lief los.

Evoé

Sie machte Ja mit dem Kopf. Sie hatte den Itá von Xangô – den Stein des Donnergottes – als rein und echt geprüft. Es dankte der Oba-Ol-Orun, der Gott. Paulo, Chef der Adaquadéocoré, der Gehilfen der Ige-Sha, antwortete mit einem Ja. Sie brachten das dicke brünette Mädchen hinein und legten es auf einen weißen Operationstisch, ein Geschenk der Jünger. Für den Ebó, den Gegenzauber des Teufels. Sehr gut.

Sprung auf der Erde

José mußte rennen. Wegrennen aus der Stadt, aus der Welt. Jetzt konnte er es. Wenn er lief ohne anzuhalten, würde ihm vielleicht ein Sprung in den Raum gelingen. Er wollte aufsteigen, in die Mondbahn gelangen und sie nicht mehr verlassen. Die Erde war unmöglich, das Leben nicht mehr lebenswert. Auf den Mond gelangen und sehen, daß er grau war, aus Ton, tot. Aber die Erde war töter als der Mond. Und wenn die Erde blau wirkte, war das gelogen. Kreise ziehen. Dabei die Erde von fern, fern sehen. José und alle Menschen, kreisend in der Planetenbahn. Rund um die Erde.

Ein jeder, kreisend, mit seinem eigenen Leben, ohne zu landen. Tote Astromenschen im Raum, kreisend.

Freie Assoziation

der weiße Hintern und der gelbe Hintern, der weiße Hintern vergilbend, der Geruch der Hintern, das gelbe gelbe dicke Weiß immer dicker, alles füllend, auslaufend, in den Fluß laufend, ins Meer, das Meer füllt das Bett, der Leib vom Meer umhüllt, sie geht unter, man muß sie retten, aber mir ekelt vor ihr, wie meine Hände ins Bettmeer stecken und sie herausholen, wenn das Meer nach Abwässern riecht, ich kann Fieber haben und dann stirbt sie durch meine Schuld, wegen meiner Angst, ins Meer zu gehen und sie aus dem Meerbett zu ziehen.

Besame, Besame Mucho

José stand am Rotedogue-Ausschank. Átila sah die Wagen fortfahren, blinkende Blaulichter, Hupen: Festtag. José fühlte Schwindel, den Modergeruch des Lochs, er schloß die Augen, und Rosa an seiner Seite suchte den Brunnengrund, da war etwas auf dem Grund. José wußte: es gehörte ihm. Er hatte vergessen, was es war, aber es war etwas, was er gemacht oder geschaffen oder sehr geschätzt hatte und nun existierte es nicht mehr.

Man schlug ihm auf die Schulter. Er öffnete die Augen, es war Malevil.

? Alles in Ordnung, Alterchen.

. Alles

. Ich habe einen Scheißhunger.

José sah acht Mann näherkommen.

José wird verhaftet – I

Sie aßen noch, als sie die acht Männer näherkommen sahen mit Maschinengewehren, Revolvern, eineinhalb Meter langen

Knüppeln. Rosa klammerte sich an José. Malevil hatte den achten gesagt: Ich gehe auf den Typ zu, klopfe ihm auf die Schulter und frage: ? Alles in Ordnung, Alterchen.

José wird verhaftet – II

Malevil hatte zu den achten gesagt: Ich gehe auf den Typ zu, klopfe ihm auf die Schulter und frage: ? Alles in Ordnung, Alterchen. Dann verhaftet ihr den Typ. Es ist José.

Malevil kam näher.

. Heda, Leute, ich hab mich verirrt.

Ging auf Rosa zu und küßte sie auf die Wange.

? Was gibt's, Malevil, fragte José.

Darüber kamen die acht näher und nahmen José fest. Átila zog den Revolver, schoß, hieb einem von den achten das Ohr ab. Dann sagte José zu Átila: Blödsinn, Alter. Wir sind verratzt. Und ihr habt damit überhaupt nichts zu tun. Die kamen fröhlich rein, wollten nur Spaß haben. ? Und du, José, warum bist du da. Der Mensch ohne Ohr wollte Átila umbringen. José sagte: Das mußte geschehen, Alterchen. Was geschehen muß, geschieht. Ich hätte Gê um Hilfe bitten können und er wäre mit zwölf Bataillonen Comuns gekommen. Aber es sollte nicht sein.[1]

Überlegung

José: Eine Scheiße. Nichts. Das ist das Ende. Genug, ich hätte fliehen müssen. Aber ich klopfe nur Sprüche. Mit Grüngelb hab ich mich angeschissen.

Was eingeht und was ausgeht

Rennend hat José gelbe Augen und Salzgeschmack im Mund. Rennend merkt er, daß die Sträßchen und Sackgassen der Vila sein Körper sind, so wie er ihn an jenem Nachmittag in der Baracke des Menschen projiziert gesehen hatte. Sträßchen, in die er nicht einzutreten vermag, obwohl er darinnen

1 Ich habe diese Anpassung Josés nie verstanden. Er hebt keinen Strohhalm, nicht einmal um zu leben. Oder er lenkt nur ab.

ist, und aus denen er nicht hinauszugehen vermag, obwohl er will. Sträßchen, Sackgassen, Gäßchen, Hohlwege, die er nicht verstehen kann. Ein Labyrinth. Drinnen sein und hinauswollen. Wie an jenem Tag, an dem er / durch die verbotene Tür schritt / und sich hinausgehen sah. Denn der da bin ich, José. Zwei. Einer, ich selbst, der aus mir hinaustritt. Der andere ich selbst, der in mich hineintritt. Der eine und der andere wohnen zusammen. Einer, der den anderen verweigert. Getrennt. Getrennte Betten, derselbe Körper. Wer von beiden mehr Ich ist, weiß ich nicht. Ich gehe immer wieder hinein und hinaus. Ich gehe, doch wenn ich gehe, sehe ich mich zurückkehren. Wer zurückkehrt, will den, der hinausgeht, daran hindern. Wer hinausgeht, will nicht, daß der, welcher geht, hereinkommt. Ich möchte mich einen Augenblick ohne den einen und den anderen fühlen. Leer. Dieser Augenblick kann der meines Todes sein. Nicht, daß der eine und der andere einander entgegengesetzt wären.

Unterhaltung im Taxi:

. Verflixt, José, halt keine großen Reden, komm mir nicht mit dieser Predigt. Mein Leben ist meines und ich mache damit, was mir gefällt. Ich will nichts machen. Gar nichts. Ich will mein Leben verplempern. Genau das. Verplempern. Einfach so dahinmuffen ohne was zu tun. Das Leben vorüberziehen sehen. Es soll mich im Arsch lecken. Ich verliere meine Zeit, werde alt, und genau das will ich. Zeit verlieren, sterben, mich am Arsch lecken. Was ist das für eine Manie von euch und den Leuten da. Etwas machen müssen, etwas aufbauen wollen. Ich bin kein Maurer, um was zu bauen.

ÜBERFALL: ? UND DER AUSGANG

Die Wände der bepinselten Unterschlupfe: Die Strafschwadron kommt – Bandit hat ausgespielt – Nieder mit den Kommunisten – Es lebe die Regierung – Nieder mit den Syndikalisten.

Blutflecken, Fingerabdrücke auf den Mauern, Zeichnungen von Totenköpfen.

Vor den Inschriften lachten das Negerlein, der nervöse Weiße und ein Japaner.

. Den Zaster, Alterchen, raus mit dem Zaster.

. Ich hab keinen.

(Hab wirklich keinen.)

Ein Schlag, ein englischer Schwinger ins Gesicht.

. Den Zaster, Weißer. Spiel nicht den Dickkopf!

Noch ein Schlag, krachende Zähne, El Matador schmeckt die Splitter, Blutgemisch, Schleim bildet sich im Mund. Und der andere zertrümmert ihm das Nasenbein, Schmerz, Blut rinnt und verklebt ihm das Hemd, und alles wird schwarz. Aber bevor es dunkel wird, der neue Schlag, der die Geräusche der Welt löscht, die Ohren summen.

Bevor alles verlöscht, fühlte er, daß er auf eine weiche Matratze fiel. Starker Asphaltgeruch. Und die Matratze umfing El Matador wie eine Umarmung. Und er fühlte sich beschützt und war erleichtert. Und konnte schlafen.

Das Licht des Itá von Xangô

Als die Männer kamen, sahen sie das Licht des Steins. Der Ring spiegelte das Licht des Lampenmasten. Sie rochen den Fäulnisgestank des Kots und dachten: Da war sie, fertig für den Gegenzauber, betäubt. Der Ring war ein Itá von Xangô: ein Ring aus einem Stein der heiligen Barbara. Die Neger dachten: Sie hat viel Glück gehabt ihr ganzes Leben. Und sie hat es noch. Sie ist die Entsandte und alles ist für sie bereitgehalten. Die Steine der heiligen Barbara: fallen im starken Regen und Donnergetöse. Dringen sieben Faden tief in die Erde und kehren sieben Jahre später an die Erdoberfläche zurück. Wer einen findet, ist begnadet.

Seit langem haben wir dich auf dem Kieker und suchen dich ohne Unterlaß die Spitzel sagen und telefonieren und geben Hinweise die Männer sind hier aber die Männer tauchten nie auf denn die Männer sind nur du und den suchten wir bis eines Tages einer von unseren Bullen das Geheimnis lüftete und entdeckte wer du warst und wir's nicht kapierten denn du hast weder Schneid noch Geschick es sei denn daß du zu den Hurensöhnen von Subversiven gehörst wir stellten dir nach seltsam es vergeht Monat um Monat ohne daß du was tust was uns Veranlassung gibt dich in flagranti zu erwischen du legst dich mit niemand an klaust nicht schlägst keinen tot und als wir bereits aufgeben wollten sagt uns ein prima Spitzel du seist es doch und stecktest in der Terrorgeschichte was für ein Hurensohn dachte ich der steckt mit den Scheißkommunisten unter einer Decke wirst sehen den fassen wir und die anderen gleich mit und wir untersuchten die Typen die du umgelegt hast aber die Typen hatten mit nichts etwas zu tun und noch weniger mit dir wie an jenem Tag als du einen Typ in die Schnauze geschossen hast und abhautest und ins Kino gingst und das Lustspiel sahst und fast gestorben bist vor Lachen und wir von dir wissen wollten ob du ein Verrückter warst der sich herumtrieb und einfach die Leute umlegte und er war gar nicht verrückt noch sonstwas und erinnerst du dich an den Dicken mit dem Schnauzbart der in der Bar von Trufô dem Franzosen wohnte der Hasch verkaufte und wir wußten daß du den umgelegt hast und wir konnten dich nicht zu fassen kriegen weil du ein seifenglatter Fisch bist das war dein Spitzname bei der Polizei ohne daß wir dein Gesicht kannten und wie du warst aber wir überließen den Fall der Bundespolizei weil wir dachten das ist ein Fall für sie wegen dem Oberst den du umgelegt hast und dann für die Soldaten von der Militärpolizei und einen Anbringer der für uns arbeitete und viel anbrachte und auch wegen einem Inspektor der Schwadron und einem Typ der den Antikommunismus leitete denn ihr seid eine Scheißhurensohnbande ich möchte dir am liebsten deine Fresse mit Fußtritten zermatschen bevor ich dich zusammenknalle ich will dir die Hölle heiß machen dir die Nase mit Faustschlägen flachwalzen du weißt daß du fünfzig Oliven vor den Latz geknallt kriegst um dir das Fell zu durchlöchern wie ein Sieb und die erste kriegst du vom Chef mitten ins Auge eine 45er und der wird dir den Dez durchwalken damit hinten alle Melasse rauskommt mit deinem Banditengrips von einem Hurensohnkommunisten.

GEDANKE DES TAGES: Unterentwickeltes Land, was nicht gar.
Besuchen Sie den Automobilsalon

DIE NICHT-VOLLSTRECKUNG

. Halt's Maul, Gerippe.

Und der redet ohne aufzuhören. Und redet weiter, als der Chef ihn das Maul halten heißt, er hat volles glattes Haar und einen Mittelscheitel. Das Gerippe. Er bibbert, sein Mund verzerrt sich, die Worte kommen verstümmelt, als wollten sie alle zu gleicher Zeit herausströmen.

. Halt's Maul, Maul halten, sage ich, Maul.

. Lassen Sie ihn reden, Chef, er hat nur Mut, wenn er redet.

Sie werden mich totschlagen. Ich habe Angst. Ich friere. Ich dürfte keine Angst haben. So mußte es kommen, einer mußte mich zu fassen kriegen. Ich kann immer nur denken: sie werden mich totschlagen. Aber ich will nicht sterben. Auf keinen Fall. Vorher dachte ich: was werde ich in der Minute denken, wenn sie mich schnappen. Ich denke nichts, ich habe nur Angst. Wenn ich wenigstens gleich weg wäre. Aber sie werden mich foltern. Werden wollen, daß ich was sage. Was ich nicht mal weiß. Nicht mal ergründen konnte. Gerippe besabbelt sich, will losschlagen. Man braucht nur ihre Fressen anschauen, diese acht Schwachköpfe. Blicke von Kerlen, die auf ihren Orgasmus warten. Mit Knarren, Revolvern, Flinten, Patronengurten über dem Brustkasten wie eine Schärpe:

Miß Gewalt, Miß Mord, Miß Blut, Miß Folter, Miß Todesröcheln, Miß Auspeitschen, Miß Verstümmeln, Miß Henker.

? Hat meine Gewalt was genützt.

Sie hat genützt. Ausspucken muß man statt den Katarrh runterschlucken und sich vergiften. Dem ins Auge und ins Maul spucken, der einen tottreten will. Wechselgeld herausgeben. Nichts schuldig bleiben. Was ich getan habe, geschah, um nicht zu ersticken, um schreien zu können. Eine Minute für mich und die Ewigkeit für die da. Ich habe 130 Jahre gelebt, Mutter. Das war es, *die Rettung, mein Sohn, deine Seele retten,* das sagtest du, umgeben von Kerzen und Weihrauch und Blumen und Heiligen. Ich habe 130 Jahre im Angesicht eines jeden Menschen gelebt, auf den ich mit dem Revolver zielte.

VERKOPPLUNG MIT DEM DÄMON (Gegenzauber des Teufels)

Earth orbit insertion get 00-11-53
cdt 08-43 A.M.

Das Gebiet rings um die Abschußplattform ist vollständig evakuiert und die Sicherheitstests beginnen.

Brüllen Stöhnen Pfiffe Schreie Fußgetrappel Händeklatschen Kerzen Schnaps Schweiß Weihrauchkessel. Rosas Füße und Hände sind gefesselt. In dem durchräucherten Raum bückt sich die alte Negerin und bläst Rauch in ihre Augen, in ihre Nase, Ohren und den Mund. Rosa schloß die Augen, hörte Gewinsel und leichtes Geflüster, Wind im Röhricht. *Sie rannte und der Siedler rannte hinterher der Wind war schneidend und der Siedler bekam einen Schuß in den Nacken, er stürzte blutüberströmt und sie sagte es niemand und fortan war sie sicher, sie war beschützt, ihr Körper war verschlossen.*

Apogäum

Am Tag ihrer Geburt lief die Hebamme mit Rosa im Arm

zum Haus der Emerenciana, die aus ihrem Mund, aus ihrer Nase und ihren Ohren das Böse sog, welches das Böse anzieht. Und spuckte alles in die Kupfertruhe.

Regressive Zählung

Wo es schon rote Pitangas gab und ein Spatzenei und ein Gebet der heiligen Agathe ohne ungleiche Linien. Als die Alte in die Zigarre bläst, erinnert sich Rosa an jenen Tag – sie war seit zwölf Stunden auf der Welt – wissend, daß Emerenciana die Truhe zum Bach der Hörigkeit getragen hatte, damit das Wasser sie zum großen Fluß und der Fluß sie zum Meer entführe, dem großen Vater, und damit das Meer Rosas Leben und Geist bewahre.

Preliminary check-out

Rosa fühlte eine schwielige Hand über ihr Gesicht streichen. Sie öffnete die Augen, verwirrt gewahrte sie eine große Volksmenge ringsum, dazu Geschrei, Klatschen, Pfeifen, Brüllen, Stöhnen und Zischen. Das kam aus Lautsprechern. Das Volk war still, saß auf Bänken an der Wand und ließ die Mitte frei für die Zeremonie.
Die Lautsprecher verstummten.
Rosa war schläfrig, sie vermochte die Augen nicht offen zu halten. Hier war es gut, sie wäre am liebsten ihr ganzes Leben hier geblieben. (? Die anderen, wo sind die anderen. ? Und José, was sucht er hier.) Die Alte hatte ein Gesicht wie aus schwarzem Seifenstein. Sie trat zurück, kam näher, tanzte, trank aus einer Flasche, schwenkte einen Eisenstab mit vier Querholmen – vollbehängt mit Ketten, Medaillen, Kreuzen, Monden, Sonnen, Sternen, Zackenkreisen, Dreiecken, Blechblättern, Zimbeln, Nägeln, Kugeln, Schrauben, Metallreifen, kleinen Bildern, verchromten Muttern, Schrauben, Klammern, Bierflaschendeckeln, Zähnen, Glasreifen, haargefüllten Plastikbeuteln.

Rosa sah, daß auf einem anderen Tisch ein nacktes kleines

Mädchen angeschnürt lag. Der ganze Körper war beschmiert mit Blut, das aus kleinen, gleichgroßen Schnitten quoll. Die Alte brach ihr Tanzen ab und brachte eine bauchige Glasflasche / wie man sie früher in Bars voller Bonbons sah. / Sie öffnete sie vor Rosa. Es war nichts darin. Die Alte schüttelte die Ketten und blieb reglos stehen. Die Teilnehmer begannen zu stöhnen und mit eintönigen Stimmen zu flüstern:

A orêrê aiê orixá iomam

ia, ochê Egbêji orêrê, aiê – In der Welt ist für Gott nichts verborgen –

Dumpfes Raunen, Wortgemengsel, halbverschluckte, einander durchdringende Buchstaben (? Was tue ich nur hier). Rosa war ergeben, sie empfand sich wie ein Sack Zement, der lastend und willenlos auf dem Tisch lag, nichts als Neugierde.

In einer Ecke stand ein kleiner brünetter Knabe auf / seine Schönheit berückte sie /. Er hatte glattes glänzendes Haar und seine blauen Augen leuchteten in dem trüben Licht des von Vierziger-Glühbirnen erleuchteten Raums: A orêrê aiê orixá iomam. Der kleine Junge trat näher und legte die Hand auf Rosas Bauch. Ihre Muskeln zogen sich zusammen und sie sah, wie ihre Eingeweide durcheinandergerieten. Sie schämte sich. (Einfach so loszuscheißen. Aber das war seine Schuld. Ich möchte, daß er sich auf mich legt.) Der Junge ließ die Hand auf ihrem Bauch liegen, bis ihre Gedärme sich ganz entleert hatten. Sie fühlte sich leer und spürte nur noch den müden Muskelschmerz. Die Hand glitt tiefer, und Rosas Blase entleerte sich. Dann schob die Hand sich zum Magen hoch, und sie begann zu erbrechen. Die Übelkeit war schmerzhaft, und sie beschmutzte sich über und über. Die Alte trat näher und küßte den Jungen auf den Mund. Er legte die Hände auf Rosas Lungen und sie merkte, daß alle Luft entwich. Sie erstickte fast. Die Alte blies in die Zigarre und der Rauch drang in Rosa ein. Sie verlor das Bewußtsein.

Atetu, cadê olônã – ein mächtiges Gottesgebet

Sie kam wieder zu sich. Der Knabe hatte die Hand auf ihr Herz gelegt, und das Herz schlug stürmisch. Nun trat er zurück und sagte:

. Du bist fertig, bereit, rein, bist dein.

Die Schallplatte tönte wieder, die Menschen umtanzten Rosa stöhnend, sich drehend, betend, sich schlagend, sich gegenseitig geißelnd, die Füße nachziehend, weinend, zischend, murmelnd, mit den Köpfen nickend, nach links spuckend. Das kleine blutüberströmte Mädchen hob den Kopf. Es hatte weitaufgerissene Augen. Es war, als hätte es sich furchtbar erschreckt und wäre daraufhin gestorben und sein Gesicht erstarrte im angstvollen Ausdruck eines Menschen, der zu begreifen sucht. Es war hübsch, mager und bleich. (? Die Gruppe, wo ist nur die Gruppe.)

Die Alte mit der Zigarre brachte eine Flasche Coca-Cola, Familiengröße, angefüllt mit einer grünlichen Flüssigkeit, und besprühte Rosa. Ekelerregender Geruch. Ihre Übelkeit kehrte wieder. Die Alte hielt ihr die Flasche an den Mund. Wollte, sie solle trinken. Zwang sie. Rosa wandte das Gesicht ab / das kleine Mädchen neben ihr ahmte angstvoll ihre Gebärden nach /. Sie weigerte sich. Zwei Männer in Blau mit roten und grünen Knöpfen kamen.

Es beginnt die Versorgung des Kommando- und Dienstmoduls

Die Alte berührte Rosas Kopf. Schmerz durchstieß ihren Körper bis zu den Fingerspitzen und verharrte dort. Die Männer in Blau rissen ihren Kopf zurück und die Alte schüttete die grüne Flüssigkeit in ihre Kehle. Sie war dickflüssig, übelriechend, schmeckte aber nicht schlecht. Rosa erkannte Anis, Aloe, Sellerie /, es war aber auch Steinbrecher darin, Raute, Manguava und Gabirobablätter /.

Die beiden Männer verschwanden. Das Grammophon wurde abgestellt. Die Lichter wurden ausgeschaltet, nur eine Kerze in einem mit undurchsichtigem roten Papier überzogenen Glas blieb brennen.

Die Teilnehmer setzten sich, die Alte kam näher, eine Blechdose in der Hand. Drinnen lag eine gelbe Frucht. Sie bot sie Rosa an.

? Ofé Agum. Willst du essen.

Rosa schaute nur.

. Echô aguá. Gut. Echô ocô. Gute Frucht. Gut. Frucht vom Feld.

Es war eine gelbe Quitte. ? Und was war wohl darin. Rosa fühlte ihren Kopf leicht und leichter.

4, 3, 2, 1, 0

Rosa schwebte. Losgelöst sah sie die Alte in ihrer wirklichen Gestalt: schwarzes Holz, glatt und glänzend, poliert: jahrhundertealtes Jacarandá aus Bahia. Auf dem schwarzen glatten Stamm saß Rosas Vater, zur Rechten Gottvaters. Da war auch José; und José war ein blauer Frosch genau wie an dem Tag, als er im Kurbad São Pedro den Anfall bekam. Rosa schwebte über dem Tisch und ein Körper lag unter ihr. Dem ihren ähnlich. Rosa hatte die Schwerkraft verloren und sah, daß die Menschen ringsum sich verwandelt hatten in: Steine, Tiere, Blumen, Eisen, Kristalle, Wasser, Feuerherde, Papier, Münzen, Gold, Silber, Lehm, Sterne, Glühbirnen, Essensgerichte. Der Raum hatte sich erweitert, Wände wichen zurück und versanken im Ungefähr, die Decke stieg und sank und kreiste rings um den schwarzen Stamm, auf dem José und ihr Vater thronten.

00h02m: Die Besatzungsmitglieder beginnen ihre Ruhepause

Kinin kan nbelódo	Was an der Quelle ist,
irê irêninje ô irê	ist gut und hat gute Wirkung.

Rosa stieg und sank, sie sah die Sterne glänzen, den Mond, dann die Sonne, die brennenden Glühbirnen, sie sah auch die Erde kreisen, immer kleiner werdend, und sie sah Sonne und Mond und Erde zusammen, und es war weder Nacht, noch Tag, weder Tag, noch Nacht.

José unter der Beleuchtung schoß auf den Mann und blickte umher und blies auf den Revolver und wollte weg und blieb vor dem Spiegel stehen und rieb sich.

Kurskorrektur, Überprüfung der gesamten Apparaturen

Die Kristalle voller Widerspiegelungen, und der Frosch machte das Maul auf, aber es kam kein Ton heraus. Der Jacarandá platzte, als wolle er in Stücke gehen und wurde immer glatter, Rosa wollte absteigen und am Stamm herabgleiten.

Obá-ol-orun: und die Teilnehmer sagten: Gott, König, Herr, Herrscher des Himmels. Omulu, Omulu. Omulu, der Teufel ist Finsternis / Gott /

Umofé, OMULU, Ofé, Obá-ol-orun

Die Steine dunkelten, die Decke war der Himmel, der Himmel dunkelte es war vier Uhr nachmittags und sie ging und ging bis sie zu dem viereckigen Gebäude voller Gitter gelangte und die Gitter waren voll von erhenkten Männern die spuckten und schimpften und das Gebäude stand auf endlosem Brachland. Der Raum dunkelte. Der Himmel dunkelte und neben einem Gitterstab sah sie den Mann auf sie blicken aber Rosa wandte ihm den Rücken zu.

Jetzt war sie an der Decke gefangen und einer der Steine da unten war quadratisch, voller Markierungen, als seien es Fensterchen, aber der Stein war zu weit weg und sie fühlte sich zu schwer, um herabzusteigen und näher hinzuschauen, es war so gut, da oben zu sein

Teufel ist das Gute
Gott ist das Böse
Teufel ist die Liebe
Gott ist der Haß
Teufel ist die Güte
Gott ist die Bosheit
Glück
Unglück
Überfluß
Elend und Hunger
Frieden
Krieg

Sie fiel, der Frosch öffnete das Maul, das blaue Gesicht

des Froschs, das Licht im Gesicht des Mannes, dessen, der ihr von den Gittern her zugerufen hatte, José beim Überfall, der Fahrer angstvoll und José mit dem Revolver zielend und José noch angstvoller und der Fahrer bremst, José vorwärts geschleudert und sehend daß er sterben wird stemmt die Hände gegen die Windschutzscheibe und Angst viel Angst mehr als Angst jetzt wird der Fahrer ihn töten aber José konnte noch vorher schießen

Onicá orxagui guannaigê êranexl
Oni cá odolorã, coninge aracutã
Atetú, cadê olônã

Die Polizei klopfte an die Tür und ihre Mutter und ihr Vater hatten die Tochter im Wochenbett besuchen wollen, aber es hatte kein Wochenbett gegeben und während ihre Mutter öffnete, ging die Polizei von Zimmer zu Zimmer und untersuchte alles und Rosa sagte er habe nichts getan und der Wachtmeister sagte, wenn er es nicht war wer war es dann und warum war dann sein Gesicht auf den Plakaten und weder die Mutter noch der Vater und noch weniger Rosa wußten, daß sein Gesicht auf den Plakaten war und wenn es so ist, was hat er denn dann getan, ich bin nicht hier um irgend etwas zu erklären, ihr lügt nur und wollt nicht mit der Polizei zusammenarbeiten, denn er hat Läden überfallen und Leute umgebracht und ein Mädchen entjungfert und Bomben geschmissen und Soldaten ermordet und Kirchengeld gestohlen und sich als Papst verkleidet und Banken überfallen Banken Banken Banken Sparkassen Finanzierungsgesellschaften Panzerwagen, nein nein gelogen er ist verreist und selbst wenn er ewig lang am Leben wäre sagte der Alte der ein besonnener Mensch war hätte er nicht all das tun können und das wird ihm nun einfach zur Last gelegt, nein er ist überhaupt nicht verreist er ist versteckt und der Wachtmeister hob Rosas Kleid auf und das ihrer Mutter.

. Komm runter Tochter.

Die Blumen welkten und sie wollte nicht sie waren schön

und verloren die Farbe und wurden aschgrau und weiß und die Kristalle wuchsen, verschluckten die Tiere, die Steine wuchsen und die Tiere erschienen im Innern der Kristalle, Lichtblitze durchschossen die Luft wie ein Gewitter, das Wirbel bildete, sie hüllten Rosa vollständig ein

. Ich rufe die Macht des Ködersteins an. Die ganze Macht des Ködersteinpaars.

Die Alte schritt zu einer Ecke des Hauses, zu einem sehr dunklen Schrank. Dem entnahm sie einen Holzkasten; darin lag ein zweites Kästchen; und noch drei weitere; bis sie ein kleines Holzetui in der Hand hielt. In ihm war ein Paar völlig gleicher Steine. Die Alte kehrte zu Rosa zurück.

Die Lichtblitze durchschossen Rosas Körper und schienen aus zwei winzigkleinen Steinquellen zu kommen. Die Quellen waren auf dem glatten schwarzen Stein. Der Frosch war verschwunden. An seiner Stelle war ein riesiger gelber Fleck.

. Sei gut, kinin kan nebelódo, irê irêninjê ô irê, was an der Quelle ist, ist gut und hat gute Wirkung, und der Teufel fahre aus ihr heraus und komme her und lasse unsere Jungfrau in Ruhe, um diesen mit Schändlichkeiten befleckten Leib, ihr Haus, zu bewohnen.

Alles begann sich zu schütteln, die welken Blumen schienen vom Wind berührt und neigten sich zu Boden, die Steine, die Kristalle, die Tiere begannen zu kreisen, vom Wirbelwind getrieben, wieder dunkelte es, und Rosa empfand sich schwer

Die ganze Vila blickte auf sie, wie sie vor ihrem Haus stand, während sie sich bemühte von der Tür das unheilvoll drohende Zeichen abzureißen, das die Polizei angezogen hatte José predigte für einen Mann am Kreuz und als der Mann zu sterben schien nahm er ihn vom Kreuz ab und wickelte ihn in Leintücher und trug ihn zu einer Kiste und warf den Mann hinein und hörte die Beatles singen carry that weight und sie sah die Kiste voller Männer einige lebendig andere tot wieder andere vermodert und sie sah Malevil auf José zugehen und ihn umarmen

Lärm rauschte auf, den sie nicht ertragen konnte und Rosa versuchte sich die Ohren zuzuhalten, aber ihre Hände durchdrangen ihren Kopf und sie war in der Tiefe des Steins eingeschlossen und konnte nichts sehen, sie fühlte, daß man ein Loch in ihr Gehirn bohrte und etwas Weiches hineinsteckte und das Ding löste sich auf und nahm ihren Körper weg und er gehörte nicht mehr ihr. Und der Stein stieß sie aus.

Die Pferde liefen die Hufe schlugen auf die Pflastersteine und sprühten Funken morgens und nachmittags und morgens machte der Vater Kaffee und wartete bis José in die Schule ging

Rosa kehrte in den Raum zurück in ein zartes weiches gelbes Häutchen verwandelt und José packte die Katzen am Schwanz und schlenkerte sie mit einer so besonderen Technik gegen die Wand daß der Kopf der Katze an die Mauer prallte und die Katze sofort tot war

Sie flog und die Welt blieb zurück und die Stadt schwand und Rosa flog über die Felder, oberhalb der Sonne

Kontrolle (17h23m): *»Die Verkopplung soll den Flugplänen gemäß in zehn Minuten stattfinden.«*

Durch Satans Macht soll der Bewohner sich dieser von Itá von Xangô – vom Stein des Donnergottes – auserwählten Eingeweihten annehmen und auf meinen Befehl ausgehen.

Rosa sah den Wind. Sie fühlte ihn nicht: sie sah ihn. Ein Gesamtbild aus durchsichtigen Strängen, die auf einer grenzenlosen Matte automatisch und unablässig vorwärtstrieben. Die Luft wanderte und der Wind bewirkte, daß Rosa durch jenen nicht enden wollenden Raum lief. Sie fühlte sich schwer.

José lag auf einem Hügel aus bewaffneten Männern in der Sonne

Bis unerträgliche Angst von ihr Besitz ergriff. So daß Rosa sich zerreißen wollte, carry that weight, und sie explodierte. Rosa: gelbe Wolke, sie zerriß in eine Million Stücke, die durch den Raum entflogen. Rosa: zerteilt und ganz in jedem Teilstück. Tausende von Tropfen, die auf die Erde fielen

Die Pferde erhoben sich und José fiel auf die Pferdefüße und sein Kopf spaltete sich. Pferde auf den Weiden und die gelbrosa Tropfen auf ihnen und die Pferde fleckten sich gelb und liefen geschwind. Rosa zerteilt auf den Rücken von Hunderten von Pferden, die wieherten und sprangen, Rosa fiel in Tropfen, Gewitterstürme verschlammten die Erde. Sie drang hinein und spürte ringsum die heiße, erstickende Erde. Tauchte tief und fand Steine, Wurzeln, Würmer. Bis sie sich auflöste. Von neuem mit der Erde verschmolzen. Im Erdinnern herrschte Friede, Freude, Schweigen, keine Angst, Furcht, Erinnerung. Tief unten fiel der TropfenRosa in den Samen, und der Samen verschluckte den gelben Tropfen, schloß sich und schickte sich an zu keimen.

Die Nicht-Vollstreckung (ii)

Jetzt möchte ich in die Hand scheißen und es den acht Männern ins Gesicht schmeißen damit sie sehen wie gut es schmeckt Scheiße zu fressen. Die Scheiße die ich / alle Welt / dauernd aus deren Hand esse.

. Lehn ihn an die Wand, dann geht's gleich, er braucht viel zu lang.

Der erste fuhr heiß an seinem Ohr vorbei. Wie ein Spieß. Und wenn die Kugeln mich treffen ? was werde ich dann fühlen.

Allen wurde Adum – Maiskuchen – gereicht. Die Teilnehmer nahmen nichts wegen der Zwiebel-und-Krabbentunke. Igê-Sha, die Alte, aß zwei.

Die Nicht-Vollstreckung (iii)

Hätte ich Hasch, wäre alles einfach. Ich muß nachdenken. Über alles, was ich kann. Um nicht diese acht zu sehen.

Einer tritt näher. José bekommt einen Faustschlag auf den Arm. Zwei, einen ganzen Berg. Er hält die Augen geschlossen. Öffnet sie. Der Mann ist nicht nähergekommen. Die acht stehen an derselben Stelle mit gezückten Waffen. Sie schießen. José sieht Blut, wo die Schläge niedergesaust sind. Nichts tut weh. Nur Schlaffheit kommt. Ein neuer Schuß. Jetzt fühlt José einen Fußtritt und fällt. Versucht Halt zu finden, spürt aber nur die Leere des Hangs. Er fühlt seinen Arm abfallen. José glaubt bewußtlos zu werden.

Er fällt in den Bach. Im Wasser erwacht er. Dort oben schießen die Männer. Sie richten Blendlaternen auf ihn. José bleibt regungslos, er weiß, daß er am Leben bleiben kann. Die Männer löschen die Lampen. Sie steigen herab, zum Gnadenschuß. Und nun! José schleppt sich fort. Er will leben. Das Laternenlicht trifft seinen Kopf und bleibt darauf haften, während die Kugeln die Äste zerfetzen und von den Steinen abprallen / ah, die Cowboy-Filme, die Sonntagsnachmittagsvorstellungen im *Füralle* und im *Odeon*, die kleinen Mädchen kommen und gehen, die Liebespärchen, die Nichtverliebten, plim, pliiiiiiiiiim, der flüchtige junge Mann /.

José sieht den Bach enden und von einem Zementrohr verschluckt werden. Klammheimlich kriecht er in das Rohr, merkt wie es abwärts geht, spürt einen stinkenden Windzug, sieht aber etwas. Irgendwo gibt es einen Ausgang.

? Gibt es ihn.

Liebevolles Gedenken

Igê-Sha, die Alte, war elf Jahre als ihr Vater sie nach Lagos mitnahm und dort einem Mann überließ, der ihr Ehemann werden sollte. Igê-Shas Mann war Heizer auf einem englischen Schiff gewesen, dann ging er an Land und war einer der ersten, der im Dorf Abeokuta eine Baumwollentkernungsmaschine besaß. Es heißt, er sei ein Verwandter und Freund von Alfa Cyprian Akinosho Taïru, dem Häuptling der Abeokuta gewesen, und habe den Ehrentitel Morope de Aké besessen. Alfa lehrte ihn, dem Neumond Geld zu zeigen, damit in seinem Hause es nie an Geld fehlen solle und so hatte Igê-Sha ein behagliches Leben, bis ihr Ehemann in Amerika die Zeitung *Wasu* vertrieb.

Der Chef der POPO / Politische Polizei / an den Chef der BUPO / Bundespolizei:

»In Beantwortung Ihres vertraulichen CI vom 31. des laufenden Monats teile ich mit, daß kein Gefangener in Zellen dieser Abteilung seit dem Antritt der neuen Regierung gefoltert wurde. Alle Häftlinge sind gut behandelt worden. Der einzige Nachteil ist die minimale Zahl der Zellen für die große Menge der Inhaftierten. Mit freundlichen Grüßen«

a)

Einzelheit: man beachte den Satz »in Zellen . . . gefoltert« Tatsächlich wurde in Zellen nicht gefoltert. Dafür war ein besonderer Raum vorhanden.

Der Chef der BUPO an den Chef der SUPO (Supersicherheitspolizei):

»Die Zeitungen, die Folterungen in der POPO denunziert haben, sind zu schließen und zu verklagen.«

Ironische Frage, die ich sicherlich nicht dem Chef der BUPO stellen werde:

? Wozu sie verklagen.

Der Chef der POPO an Inspektor Dores:

»Treten Sie langsam, die Situation ist heikel. Es heißt, eine internationale Kommission will die Folterungen im Land untersuchen.«

Inspektor Dores:

»Scheiße Eile Internationale Kommission! In meine Polizeiwache kommt kein Gringo herein.«

Inspektor Dores an den Geheimpolizist Zärtlich:

»Vermindern Sie den Druck des Ofens. Nur noch eine Tracht Prügel täglich für die Insassen.«

Anmerkung: Zärtlich tritt nächstens ins Rampenlicht.

Befehl an die Gefängniswärter, Vernehmer, Polizisten, Teilnehmer an allen Antiterroristen- und Antikommunisten-Operationen:

»Kleine Flamme.«

Tschem, Tschem TSCHEM
pam
Trotz des Lärms hörte sie die Schreie.
Schu, schi, fuuuu
Schu, schi, fuuuu
Und das Händeklatschen. Es war, als sei sie in der Nähe eines großen Theatersaals. Händeklatschen und Schreie.
Pam, Pam, Pam, PAm, PAm, PAM, PAM, PAM
schikeschi, schikeschi, schikeschi, schikeschi
Sie heulten. Menschliches und tierisches Heulen. Rings um die Hütte, Höhle, Kate, Kaue, Baracke / konnte Rosa nichts sehen, aber es gab:
riesige Bogenlampen, Scheinwerfer, Seeleuchten, Quecksilberdampflampen.
Es war taghell.
Pam, PIM, pim, pim, pim, fuuuuuuuuu
Truuuuuuufiiiiii, Truuuuuuufiiiii, Schuuuummmmmmm
kokokokokkokokokookokokokokokokokook

P A M

ah, ah, ah, ah, ah, aaaaaaaaaaaaaaaiii
Der Schrei war der eigene. Frauenschrei. Schmerzensschrei. Er durchstieß die Luft. Durchstieß Rosa und ihre Wände (? Wo bin ich) und hallte draußen an den Maschinen wider. Die gelben Maschinen die jenseits der Bretterzäune arbeiteten (? Was tue ich hier, gefesselt). An den Bretterzäunen hingen Schilder:

LANDKREISVERWALTUNG
BAUVORHABEN DER METRO
BAUZEIT: 5 Jahre

Bum, bum, bum, bum, bum, bum, bum, bum, bum, bum, bum, bum.
Arbeitende Motoren; Kompressoren, Betonmaschinen; Bohrmaschinen, Traktoren, Generatoren, Lastkräne, Luftinjekto-

ren, Mischmaschinen, Winden, Schaufeln, Elektrosägen; Pfiffe.

Rings um das Loch lag die Vila / Hütten, Baracken, Buden aus Blech, Holz, Pappkarton: dann begann Vila Branca /. Männer in farbigen Helmen / gelb, rot, blau, grün und weiß / schleppten Baupläne, Handkarren, Spitzhacken, Hämmer, sie sägten Bretter durch, bogen Eisenteile um, lenkten Maschinen. Die gigantische Pfahlramme ließ die Erde in rhythmischem

PAM P A M P A M

erheben.

Hütten erbebten, schaukelten, das Blechdach erzitterte und schüttelte alles, was darauf lag: Steine, Holzstücke, Ziegel, Glas, Kisten, Eisenteile, Blechbüchsen

Schuschi, schuschi, schuschi, schuschi, schuschi, schuschi

Regressive Zählung

Dampf

Die Pfahlramme hämmerte

Ein überdimensionaler Bagger, Urweltier, baggerte, baggerte, baggerte

und warf tonnenweise Erde auf die Kippladen

Uh, u, u, u, u, uaiaiiiiiiaiii i i i iaia iiiii, ai, Hand, aiiii

Der Schrei, der gleiche Schrei, das Stöhnen, schneidendes Skalpell. Die Schreie kamen aus dem anderen Raum. Rosa wollte nicht die Augen öffnen. Benommen vom Weihrauch und den Räucherfässern

Pam

Schem, scheeeeeeeeeeeem, scheeeeeeeeeeeeeeeeeeeemm

Fu, fu, fu, fu, fu, fu

Neben Rosas Ohr flüstert die Alte, Beré:

Das gerufene Nützliche / hauchte die Alte / ist berufen die Last zu tragen. Es gibt Zeichen, die du lesen mußt / hauchte die Alte von neuem /.

Rosa sah durch den Rauch den viermal durchschnittenen

Mast. Die vier Etappen des Lebens, vorher, während, nachher und nach dem Nachher.

Zzzzzzzzzzzzzzzzzzzzzzzzzzzzzzzz

Sie hörte auch Schnarchen in der Nähe. Es mochte aber auch ein Geräusch von draußen sein, so viele Geräusche waren zu hören.

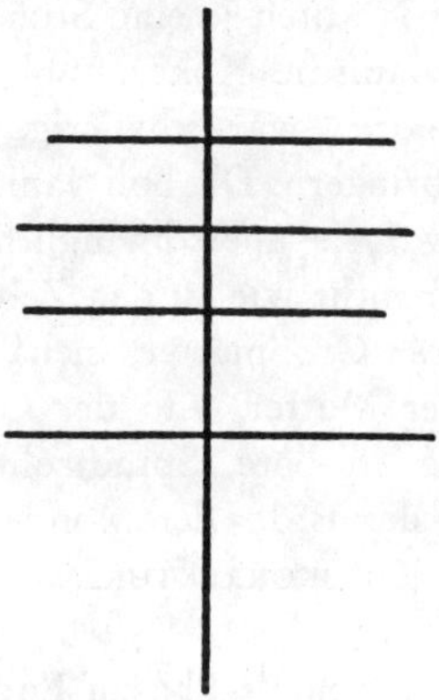

PRELIMINARY CHECK-OUT GET HR MIN SEC 53:54:00

Sie fühlte eine Hand über ihr Gesicht fahren, eine schwielige Hand. Sie öffnete die Augen, verstört. Angewidert. Angewidert. Erschöpft. Eingeschüchtert. Die Alte: Beré, Frau, ogofá, 120 Jahre alt / mehr als zwanzig Jahre, man weiß es nicht /. Stumm, Zigarre im Mund, mächtig viel Rauch ausstoßend, mit langen Beinen, hochgewachsen, warf sie rasch euo, einen Blick auf die ocoré-adaquadé, die kleinen Gehilfen. Es waren zwei / einer war Paulo, der Watu, Eingeweihter im Gegenzauber, blau gekleidet, Messan-Alter, 50 Jahre, vorbereitet für den Teufelsgegenzauber, rein, aguá, gut, und odará, tapfer. Sie, beré ogofá, die Frau von 120 Jahren hatte sie vor Jahren gewählt. Seit Xangô von Itá, der mächtige Gott, entdeckt worden war. Die beiden ocoré-adequadá, sehr klein, warteten gespannt, odjus, mit weitoffenen Augen.

A orêrê aiê orixá ioman ia, ochê Egbêjee orêrê, aiê — In der Welt ist für Gott nichts verborgen.

Rosa aß die Feldquitte, zwei Stunden in der Kokosmilch einer fünfzehn Meter hohen Kokospalme gekocht. Gekocht in Wasser mit Dimba, einer Heilpflanze, mit Weinrebenholz und einem maigeborenen Hühnerherz, etwas Kava, einer orientalischen Pflanze, die nur drei Personen besaßen. Die Quitte war an zwei Nächten je eine Stunde gekocht worden. Dann heiß in bolivianische Kokosnußblätter gewickelt. Die Kokosnuß zu beschaffen war schwierig, die Polizei wollte Geld von den Überbringern. Die bolivianischen Grenztruppen wollten Geld. So war sie unerschwinglich teuer als Teufelsgegenzauber. Es war nicht wie zu den Zeiten der Großmutter der beré ogofá. Ihrer Großmutter, meuá messan meuá, 900 Jahre alt. Und ihrer Mutter, und der Großmutter der Urgroßmutter, sie alle eru-beré, Sprachrohre von abáol-orun, Gott des Himmels, der Erde, der Monde und Sterne, Herrscher des Guten. KURSKORREKTUREN, ÜBERPRÜFUNG DER GESAMTEN APPARATUR.

Vor allem ging der Teufels-Ebó zu Ende. Die, welche zerstritten waren, den guten Dämon aber in sich trugen, wollten ihn behalten und frei sein. Beré-ogofá, Igê-sha ging nicht gerne drunten in die Stadt, allzu olu-lilá, eine zu große Stadt für sie. Nicht wegen des Alters, denn ogofá war jung und ihre Beine waren fest wie mancher ocoré-adaquadé sie nicht besaß. Die Alte hatte nämlich besondere Empfangsorgane für die zerstrittenen Teufel in den anderen, und sie bekam eine Gänsehaut über und über, fühlte Schwindelanfälle, ihr eru, ihr Mund verbitterte sich, wenn sie den schwarzen Teufel spürte. Der böse Teufel, der aus lauter Bosheit ärgerte und die Leute schwindelig machte, ihnen Unglück brachte und sie zu seiner Belustigung zu Bosheiten anstachelte. Der böse Teufel kannte die Alte und verwirrte sie, damit sie fortgehe, keinen Gegenzauber, keine ebó mache, um den guten Dämon zu bringen, jenen, den die Welt brauchte.

Die Alte verabscheute die Stadt, weil sie voller Teufel war, Tausende von ihnen waren in den Menschen und Häusern eingekapselt und höhlten die Leute aus, ohne daß sie entwurzelt waren. Es war ein Beelzebubkarneval. Sie gelangte zum ori – zum Sehen –: aufmerksam, besonnen, maßvoll, sicher. Jene sprangen auf den Gehsteigen dahin, krochen wie die adjó, die Schlange, tückisch, begleiteten die Leute, hüpften aus den Fenstern, gingen vom einen ulé, Haus, zum anderen, vollführten mit ihrem Blindengeschrei einen Hexensabbat, denn sie sind wie Fledermäuse, blind, aber voller Instinkt, Hinterlist, Durchtriebenheit. Es war ein Höllenlärmfest, die Teufelchen mit Körpern, körperlosen Antikörpern, schnekkenrankend auf Schultern, Nacken, Köpfen, in Taschen, Mündern, auf Füßen, Händen, an Apparate geklebt: Teufel, Teufelchen, Sammlung von Gedanken und Wünschen der Leute, die da gingen, ohne zu merken, was sie taten und wie sie (die Teufel) sie ausnutzten.

Die olu-lilá war verloren. Die Stadt, welche beré-beré-ogofá, die alte Uralte nicht verstehen konnte. Und zu denken, daß es der ogofá über hundert waren: viele Jahre für einen Comun, nicht eine beré wie sie. In der olu-lilá gab es viel Rauch, Lärm, Menschen, Autos, Maschinen, Hochhäuser, Schaufenster, lauter glänzende ohukuá, Licht. Alles beherrscht. Igê-Sha fühlte sich zerrissen, unfähig, das sie beherrschende Übel sich selber auszureißen. Es war von den Leuten so stark gewünscht, daß nichts es entfernen konnte, nicht einmal ein riesiger Ebó. Ein Ebó für die Stadt würde viel Blut fordern, ein Wasserfall, der über die olu-lilá hereinbräche; ein Gewitterregen aus dem frischen, reinen Blut von Erwählten, die das Zeichen am Knie trügen und Xangôs Stein. Oru, Nacht. Oru-didu, schwarze Nacht. Von lange her. Oru-didu der Meditation. Oba-ol-orun, Gott der Herrscher, hat gesagt: jemand muß auf die Suche nach Zwillingen mit meinem Zeichen gehen. Es gibt viele von ihnen, die miteinander in Verbindung stehen. Um sie über der Stadt zu opfern. Die Tochter wird beraten werden, wenn sie im olu-lilá ist, die den ebó haben muß, damit das Menschengeschlecht gerettet wird und neue Menschen von neuem eine andere Menschenwelt erschaffen.

Man werde einen Kreis um die Stadt ziehen müssen, und in

diesem Kreis, 434 Meter einer vom anderen entfernt, werden die Erwählten gekreuzigt werden: ohne Herz, Nieren, Leber, ohne Blase und Nebenniere. Nach ihrer Kreuzigung würden sie zerstückelt und ihre Stücke würden den Hunden vorgeworfen werden, die in die Stadt getrieben würden, damit sie deren Blut von Brücke zu Brücke in alle Himmelsrichtungen durch die Straßen trügen. Wo immer ein Blutstropfen fiele, wäre alles geläutert, und zwar durch mehr als zwei Jahrhunderte hindurch.

LUNAR ORBIT INSERTION

Oguá lê, oguá lê – gute Nacht, gute Nacht

Igê-Sha ging in den Innenhof. Unter der Raute stand der Krug: aus altem Porzellan, er hatte der Großmutter ihrer Großmutter gehört, er war mit ihr aus dem weit entfernten schwarzen Land gekommen. Er hatte einer Königin gehört – ? ob die Großmutter Sklavin dieser betörenden schwarzen Negerin gewesen war, die eine Stadt besessen hatte, so groß wie diese olu-lilá –, und sie hatte aus ihm getrunken und sich mit seiner Hilfe gewaschen. Aus welchem Ort, aus welchem Land, das weiß Igê-Sha nicht. Der Krug war in die Hände der Mutter der Großmutter gelangt, für die Großmutter, für ihre Mutter. In einem Winkel des Krugs klebte noch ein Flecken trockenen Bluts des Großvaters, der in der Fluchtsiedlung von Palmares von Speerspitzen durchbohrt gestorben war – ? oder war er auf der Flucht ereilt worden.

Nicht identifizierte Stimmen: Ich erhöhe den Druck in der Kapsel.

Jetzt war der Krug voll mit gutem grünem umi, Wasser, gemischt mit Pipiwurzel und Mohrenkraut. Er hatte vier Nächte unter der Raute Nachttau empfangen. Gutes umi, gutes Wasser, sagte die Alte. Alles ganz sauber. Igê-Sha schüttete das umi des Krugs in eine Coca-Cola-Flasche. Sie spürte keinen Wind. Wenn es windete, würde es schwierig

sein. Der Wind bringt die omodê-orum, die Engel des Herrn, Feinde der Dämonen, denn es war deretwegen, die besser waren als die Teufel im Angesicht Gottes / Igê-Sha zog die Teufel vor, die sich erhoben hatten, und wenn man sich erhebt, so gegen etwas, das nicht gut ist, die Teufel waren die ersten Rebellen, die ersten der ersten /. Wenn es windet, geht der Teufel aus dem Körper, in dem er ist, nicht zum starken Zwilling über, der ihn bereitwillig erwartet. Igê-Sha brachte die Flasche ihrer Jungfrau zum Trinken – ? und wenn sie keine Jungfrau war. Aber sie hatte keinen Besitzring eines Mannes, so war sie Jungfrau: stark, gesund, pausbackiges gutes Gesicht, gutgeformter aruó, Kopf, ôco, Vorbereitungsfeld, um jedweden omulu, böse Gottheit, zu empfangen. Zu empfangen, um ihn auszusäen, in Übereinstimmung mit der Operation. Glattes erun, Haar. Die Alte strich über das kleine Mädchen. Diese Jungfrau war die Erwartete, geeignet, um den Samen in die Welt zu setzen. Vor zwanzig Jahren hatte sie in ihrer Befragung die Offenbarung empfangen: sie solle sich eilen, die Zwillinge waren geboren worden, einer, damit der Teufel wachse und gedeihe, der andere, damit er empfangen und weitergeben könne. Sie werden zum richtigen Zeitpunkt, Tag und Stundenplan ihr gehören. Starke Zwillinge, ein gutes Feld um oga, um Wohnung des Teufels zu sein. Omulu braucht viel Fleisch für seine Söhne und Untertanen. Sie werden nach drei oiô, Tagen, ohne Wind erscheinen. An einem erst stillen, dann schrecklich lärmenden Tag. Umi unter den Rauten; zwei, drei Tage, Jungfrau in der Küche und Zeichen am Knie.
Sie bedienten alle mit Adum, dem Maiskuchen. Die Teilnehmer rührten es wegen der Zwiebel-und-Krabbentunke nicht an. Igê-Sha, die Alte, aß zwei.

Es kommt aber die Zeit, dass wer euch tötet,
wird meinen, er tue Gott einen Dienst daran.
Johannes, 16, 2

Zimmerleute nagelten Bretter auf die Karosserie des Lastkraftwagens. Eilends. Der kleine Junge schaute zu. Als sie fertig waren, sahen die Lastkraftwagen aus, als gehörten sie zur Heeresverwaltung. Damit wäre es leicht, aus der Kaserne Waffen zu entwenden. Oder um sie für die Enteignung von Banken zu verwenden.

José kehrte von der Sicherungsinspektion zurück. Er hatte die Alarmsysteme eingerichtet: an Lianen aufgehängte, mit Kieselsteinen gefüllte Blechdosen. Er hatte geholfen, Pfähle anzuspitzen, die vor laubgetarnten Stämmen eingerammt werden sollten. Ein Zusammenprall sollte den Betreffenden mit der Brust auf die Pfähle schleudern.

Die Zimmerleute mischten die Farbe. Pedro, Gês Stellvertreter, mischte die Farbstoffe, um das verwaschene Grün der Militärfahrzeuge zu gewinnen. Der kleine Junge sah zu und ein Mann sagte: »Scher dich, geh, sonst kriegst du noch einen ab.« Der Kleine wich nicht von der Stelle.

. Viel mußt du jetzt lernen, José.

. Ich weiß genug.

. Gar nichts weißt du. Was du allein und ziellos getan hast, ist keinen Schuß Pulver wert. Es hat nur zu einem gedient. Du bist angeschwärzt. Zunächst müssen wir für dich neue Papiere besorgen und ein neues Gesicht.

Als er aus dem Rohr herauskam, war José zuerst nach Hause gegangen. Ganz automatisch. Als er dort ankam und Gê und vier Männer sah, dachte er: vielleicht wartet die Polizei auf mich.

. Du dienst mir nur durch deinen Mut, durch deinen Zorn. Im übrigen bist du ein Amateur, der zunächst einmal eine gute Ausbildung erhalten muß.

(? Und wenn ich ihn nach der Geschichte seines Todes fragte. Es heißt, Gê sei tot. Nein, nach dem, der an seiner Stelle gestorben ist. Nach den Frauen, die nachts seinen in Tücher gehüllten Leichnam suchten.)

Sie waren zur selben Stunde zum Landhaus gegangen.

Müde und zerschlagen, wollte José schlafen, aber Gê ließ ihn nicht. In einem gestohlenen *Volks* bogen sie in die Landstraße ein. José döste ein, sein Kopf fiel vornüber, er saß in einem Plastikballon, überflog damit Spanien und wollte den Ballon nicht verlassen, drunten schossen Leute herauf, der Ballon bekam ein Loch, und pfeifend entwich die Luft.

Er war in einem Innenhof aus Backsteinfliesen vor einem *verschlossenen* Haus und pflanzte Bananenstauden, weil er die Beine eingebüßt hatte.

Er war auf einem Kohlenrost gefesselt, während Soldaten Tunke über ihn gossen und den Spieß drehten. Das Feuer war nicht übel, nur das Öl und der Pfeffer machten ihm zu schaffen.

An einer Schranke hielt der Eisenbahnwärter sie an, José wartete, als der Wärter sich bückte, warf José die Säure, die er in der Hand hielt. Die Säure zerfraß das Gesicht des Eisenbahners, Gê fuhr los.

An einer Schranke hielt der Eisenbahnwärter den Wagen an, José wartete, als der Wärter sich bückte, verspürte José gute Lust, ihm das Joghurtglas ins Gesicht zu schmeißen, das er nervös in der Hand preßte. Der Wächter gab den Wagen frei, und Gê fuhr los.

Die gestohlenen Lastkraftwagen wurden getarnt. Da war ein großer Obstgarten, und José verbrachte den zweiten Tag damit, daß er Orangen auslutschte.

. Dies wird die erste Entführung sein, aber du wirst nur den Aufpasser machen, sonst nichts. Wir brauchen dich als Beobachter.

. Ich will aber mitmachen.

. Du wirst noch rechtzeitig mitmachen. Warte, bis es so weit ist.

Dialog ist nicht Kommunikation

Zwischen zwei von Gês Guerrilheiros:

. Ich traue dem Typ nicht, komisch, für mich gehört er zur Polizei.

? Warum hat sich Gê mit ihm eingelassen.

? Wer weiß.

? Hast du gesehen, daß Gê den Typ nicht zum Schießstand mitgenommen hat. ? Hast du gesehen, daß der Typ nichts von dem Landhaus gesehen hat.

. Du wirst sehen, er will den Typ auf die Probe stellen.

Training

. Nein, du wirst nicht beim Camarga trainieren. Der gehört nicht zu dieser Zelle. Ich weiß nichts von ihm, nur was die Zeitungen sagen, aber das glaube ich nicht. Du wirst sterben, ohne bestimmte Dinge über die Guerrilhas, die Gruppen, die Ziele zu kennen. Wichtig ist eines: die Ziele deiner Gruppe zu erfüllen. Da ist dein Trainer. Der zweite Trainer.

Der zweite Trainer hat einen starren Blick. Anscheinend hat der Haß seine Augen gelähmt. Sie glänzen und man meint daher, daß er ein entschlossener Mensch ist. Er nennt sich Carlos Lopes, man weiß von ihm nur, daß man sich auf ihn verlassen kann. Als ich zu Gê sagte, daß ich den Leuten nicht über den Weg traue und daß ich Angst vor Gruppenarbeit habe, meinte er: Das haben alle. Scheiße, Freund, wir alle haben einen Bauch, einen Arsch, einen Magen wie die anderen. Nur daß die anderen eines nicht haben, was wir haben: die Idee. Und der Idee helfen wir mit Hasch nach.

Jetzt fiel's mir ein. Sie brauchten Hasch. Ich habe das nie gebraucht. Nun erinnerte ich mich daran, daß ich anfangs mehr Mut hatte. Denn zu Anfang hatte ich mehr Haß, ich war blinder, ich stürzte mich in die Chose. Sich hineinstürzen wäre für diese Männer glatter Selbstmord. Sich hineinstürzen wäre überstürztes Handeln. Überstürzung und Ungeduld sind der Tod. Das steht im Minilehrbuch, der Photokopie eines Buches, das Gê eines Nachmittags mitbrachte. Ich bin nie Richtlinien und Dienstvorschriften gefolgt, sagte José. Ich will davon nichts wissen. Wenn du in einer Gruppe leben willst, mußt du die Richtlinien fürs Überleben lernen. Sonst stirbst du, sagte Gê. Dann ziehe ich, glaube ich, vor zu sterben, antwortete José. Wenn ich da bin, wo ich bin, so, weil ich lieber sterbe. Ich habe schon lange gelebt und mich an Minilehrbücher gehalten.

Die Gruppe war in der Etappe. Alle mit Gê verbundenen Gruppen hatten sich mit ihren Geräten auf Landgüter, Apartamentos, Häuser zurückgezogen. Der Augenblick war ungünstig für Aktionen. Das Heer, die Abwehrmilizen und alle angeheuerten Organisationen waren zur Offensive übergegangen.

Dann traf ich den Mexikaner wieder. Vor der Bar in Santana, wo wir morgens hingingen. Er war Radiomechaniker und reparierte Transistoren. Er erkannte mich dank seines Gedächtnisses. Er fotografierte alles und verstaute es in seinem Gedächtnis. Er besitzt das Gedächtnis eines Computers, sagte Gê. Er war der, welcher Banken und Straßen für die Aktionen »fotografierte«. Immer in glänzender Verfassung und vom Tequilla gut eingeheizt. Darin bewies die Gruppe ihre gute Organisation. Tequilla kam aus Mexiko durch das Geheimnetz.

Der Mexikaner schwor, sein Vater und sein Großvater hätten mit Pancho Villa gekämpft, in Emiliano Zapatas Gruppe sei ein Onkel von ihm gewesen / ah, ich habe den Film mit Marlon Brando und Jean Peters gesehen (? oder war es Susan Peters), der hat mir sehr gut gefallen, ich war nur traurig, als sie ihn auf so hinterhältige Weise umbrachten /. Er schwor, er stamme aus einer Familie, die nur Revolutionäre gezählt habe, nur deswegen habe er auswandern müssen, sonst hätten sie ihn garantiert in Mexiko umgelegt. Aber wenn sie dich hier schnappen, werden sie dich jedenfalls umlegen, sagte José. Er ließ sich nicht ins Bockshorn jagen: zumindest ist hier was los, und das macht mir Spaß. Dort oben steht alles still. Hier unten ist wenigstens dicke Luft. Der letzte anständige Krawall in Mexiko war in dem idiotischen Film mit Brigitte Bardot / der Film mag idiotisch sein, die Brigitte aber nicht, sagte José /. Der Mexikaner sagte einverstanden, und sie sprachen von Brigitte, von Raquel Welsh, von Maria Félix und Libertad Lamarque, von Ninon Sevilha und Maria Antonieta Pons, den Göttinnen des Rumba und des Mambo und des Cha-Cha-Cha, und von den dicken Beinen der beiden, den Tänzen und José erzählte, daß er mit einer Bande von Straßenjungens ins Kino gegangen sei und sie einen Wettbewerb veranstaltet hätten, wer von ihnen zuerst fertig würde /. Der Mexikaner sprach von Trotzki / , und wie sein Vater ihn in Mexiko kennengelernt habe, bevor sie ihn ermordet hatten.

Gegen Ende der ersten Woche kam ein Lieferwagen an. Ein Mann mit verbundenen Augen stieg aus. Drei Tage später fuhren sie mit dem Mann fort. José hörte sie sagen, »sie wollten den Botschafter zurückgeben«. José hatte gelernt, keine Fragen zu stellen. Auch wenn er es täte, würde keiner antworten. Sie waren zusammengeschweißt, und doch war es, als ob ein jeder allein sei, keiner existierte für den anderen.

Gê verschwand ein, zwei Tage, kam mit Lastkraftwagen und Wagen zurück, die Wagen wurden gestrichen, die Nummernschilder ausgetauscht, Pakete wurden entladen. Das nächstemal war der Hauptmann an der Reihe. Bis eines Tages der Hauptmann nicht zurückkehrte.

José ging an der hochgeschlossenen Zedernumfriedung entlang. Da sah er die mit einem Eisengriff versehene Zementplatte, die frischgeschnittene Orangenzweige tarnten.

(Ich kenne doch diese Platte, ich kenne diese Stelle. Unmöglich, ich bin doch nie hier gewesen. Ich weiß, daß hier die Grube ist, ich habe sie hier Leute reinschmeißen sehen.)

Er stand und schaute. Er müßte sie öffnen, aber er durfte nicht. Trat näher (? und wenn sie sich nicht öffnen läßt). Er zog mit Macht, die Platte war schwer. Bog die Zweige beiseite, steckte ein Holz in eine Spalte. Er mußte dort hineinsehen.

Aussage von Carlos Lopes

»er war in derselben Zelle und erzählte mir. Erzählte, aber nur zu Anfang. Dann schluckte er ein Stück seiner Zunge. Er sagte mir: Anfangs schmerzen die Schocks. Sie zerren an den Muskeln des ganzen Körpers. Dann gewöhnen sich die Muskeln daran. Man muß es nur aushalten und darf nicht verrückt werden, bevor der Körper sich daran gewöhnt. Ich bewunderte den Typ. Ich wäre längst gestorben, verrückt geworden, hätte Selbstmord begangen wie der Priester.[1] Ich hätte mir nie vorstellen können, daß eines Tages sowas passiert. Ich habe die Hoffnung, mir einen von den Typen zu schnappen. Der Typ hat mir nie seinen Namen gesagt. Sie nannten ihn Crato. Er stammte aus dem Nordosten, ein Knochengestell, ein tollkühner Hurensohn. Einfach toll. Sie holten ihn nachts aus der Zelle, morgens kam er zurück mit ausgeschlagenen Zähnen, blutüberströmt. Er konnte nicht mehr gehen, seine Sohlen waren rohes Fleisch. Von Nadeln zerstochen. Er sagte keinen Ton, ich wußte, sie würden ihn umbringen, aber der Typ machte nicht den Mund auf. Saß den ganzen Tag in der Zelle, angstschlotternd vor dem, was sie nachts mit ihm machen würden. Jeden Tag erfanden sie eine neue Masche. Erfanden sie nicht. Wandten sie an. Sie waren Berufsschläger. Einer der Vernehmer, der übelste von allen, sagte: »Ich lasse meinen Magen zu Hause, denn mein Magen verträgt keinen Kommunisten, und dann muß ich kotzen. Abends küsse ich meine Frau und gehe zur Arbeit. Morgens, wenn ich heimkomme, wasche ich mich von Kopf bis Fuß, spüle den Mund, desinfiziere ihn, putze mir die Zähne. Denn ich habe mit einem Kommunisten gesprochen, und dann wird mein Mund angesteckt. An dieser Ara-Stange will ich alle Hurensöhne von Terroristen, jeden Subversiven, jeden Kommunen aufhängen, der mir über den Weg läuft. Nur so kann ich meinen Kindern, meiner Frau, meinen Freunden in die Augen sehen. Nur so kann ich sonntags zur Messe gehen.« Dieser Vernehmer hat den Selbstmord des Priesters provoziert. Der, den sie vertuschten. Dann kam es heraus. Der durchgeschmuggelte Brief des Priesters kam in die ausländische Presse. Eines Tages führten sie den Menschen zur Ara-Stange. »Los, raus mit der Sprache: Namen, Unter-

1 Irrtum von Carlos Lopes. Der Priester versuchte, Selbstmord zu begehen, starb aber nicht.

schlupfe, Pläne. Los, wir geben dir die letzte Chance.« Der Vernehmer flehte mit zusammengelegten Händen. Crato hing nackt und still, die elektrischen Drähte berührten seine Hoden. Hoden, Schwanz, Arschloch, alles rohes Fleisch. Sie fuhren mit der Rasierklinge über seinen Körper, ritzten haardünne Schnitte, Blut quoll. Schütteten Lauge darauf, dann eiskaltes Wasser. Der Vernehmer weinte: »Um der Liebe Gottes willen, es tut mir weh, ich will das nicht machen. Sei gut zu mir, mach sowas nicht mit mir, du hast kein Recht darauf.« Sie holten seine Frau und seine drei Kinder in den Raum. Das jüngste war vier Monate alt. »Nenne Namen, Unterschlupfe, Pläne.« Crato, stumm. Er konnte nicht reden, er hatte keine Zunge mehr. Sie zogen die Frau aus. Zogen sie durch, an Ort und Stelle. Sechs handfeste Kerle. Legten sie vor ihm aufs Kreuz, verlustierten sich an ihr, schlugen sie. »Los, singe, jetzt oder nie.« Crato sagte nichts, sie schalteten alle nur möglichen Drähte ein, im Ohr, in der Nase, im Mund, an den Fingern, steckten einen Draht in die Harnröhre. Sie waren besessen, sie schrien wie einer, der eine Frau vögelt. Sie packten den vier Monate alten Säugling, gaben ihm einen Schock, das Kind heulte los. Sie gaben ihm einen zweiten, das Kind starb, schwarz verbrannt. Die Frau schrie und wurde auf der Stelle verrückt. »Wir schlagen deine Familie tot und du machst's Maul nicht auf. Bist eine echte Hurensau.« Sie hieben auf die anderen Kinder ein. Dann schalteten sie die Drähte ein. Töteten Crato durch elektrischen Strom. Als hätte er eine Hochspannungsleitung berührt. Fast fiel er auseinander. Sie ließen ihn verschwinden mitsamt Frau, Kindern und allem.«

Zittre doch nicht so, José.
? Wieviel hältst du aus.
Denn jetzt ist das Spiel zu Ende.

? Aber sag mir eines, Gê. ? Willst du die Macht.

. Nein, José, ich will die Macht nicht. Das habe ich bereits hundertmal gesagt.

? Warum dann all das.

. Schau her, José. Vielleicht ist das, was ich tue, eine Formel der Macht. Ich weiß nicht. Ich existiere, und sie wissen, daß ich sie überwache. Sobald sie die Daumenschraube um einen kleinen Ruck anziehen, lasse ich eine Bombe hochgehen, lege irgend jemand Wichtiges um, setze einen Überfall in Szene.

? Und dann.

. Dann denken sie zweimal nach, bevor sie auf den Knopf drücken.

. Aber sie tun es doch.

. Aber sie machen sich dabei in die Hose.

. Aber sie tun's doch, Scheißenocheins. Dann ist es doch witzlos.

. Es ist nicht witzlos. Sie sind nervös, haben keine Ruhe. Durch den Terror kann ich Forderungen stellen.

. Sie werden dich schnappen.

. Solange sie mich nicht schnappen, setze ich den Drillbohrer an. Jetzt beginnen wir mit der großen Eskalation.

? Was für eine große Eskalation.

Vertraulich

Präsident: Ausführen, was ich angeordnet habe! Wir selber werden die Diplomaten entführen. Dann verweigern wir den geforderten Austausch. Später befreien wir die Diplomaten. Das schwächt das Image der Comuns und sie verlieren Punkte. Wenn es sich um den Diplomaten eines kleinen Landes handelt, der uns kein Kopfzerbrechen bereitet, können wir ihn sogar töten, um die Festigkeit unserer Entschlüsse zu beweisen.

Minister: ? Und wenn die OEA interveniert.

Präsident: Sie hat keine Kraft, sie kann nichts unternehmen, sie existiert nicht, ich weiß nicht mal, was OEA heißt, es interessiert mich nicht, hier kommt keiner rein.

Chef der POPO: Das ist also der Plan. Sie decken mich.

Präsident: Ich decke Sie.

(Ich decke überhaupt nichts)

Chef der POPO: Alles geschehe nach Eurem Worte.

Gedanke des Tages: Ich möchte die Gewißheit haben, daß einer mir die Gewißheit gibt, daß Gê gewiß ist, daß dies der richtige Weg ist. Es muß eine Stufe sein, um zu etwas Besserem zu gelangen. Wenn alles in die Luft fliegt, würde man von neuem beginnen.

Lebewohl, Lebewohl

Haroldo Limeira reiste nach Frankreich, wo er seine Arbeiten am Radargerät mit waagrechter Sicht fortsetzen will. Die Abreise des Wissenschaftlers hatte eine komische Seite, denn seine Freunde mußten ihn vor seinem Hausbesitzer schützen, der / noch auf dem Flugplatz / eine Jahresmiete kassieren wollte.

Rückkehr

Nach einer Woche kehrte Gê ins Lager zurück.

Rosa kehrt zur Erde zurück: Sie war Erde

Sie brachten die pummelige, fette Brünette. Zogen sie aus. Die Alte prüfte sie, ihr Fleisch war fest. Es kam der zweite Gehilfe, der jüngere, schabte der Kleinen das Haar, fesselte sie mit einem Strick, der 47 Tage auf dem Grund eines jahrhundertealten Brunnens gelegen hatte.

Die Schallplatte begann von neuem und ihr Ton vermischte sich mit dem Laut des Windes, der Tiere, der Schreie, des

Froschgequakes, der Autohupen, der Fabriksirenen, des Glockengeläuts, des Hausglockenschrillens, der Pfahlrammen, der Straßenmaschinen, der Steinbrecher. Der Ton wurde lauter, die Leute warfen sich auf den Fußboden, wälzten sich, schlugen aufeinander ein, überfielen einander, küßten einander, verknoteten sich ineinander, nahmen die Lage von Embryos im Mutterleib an.

Die Gehilfen brachten große, alte, halbblinde Spiegel herbei. Verkleideten den ganzen Raum damit und der Raum wurde größer, vervielfältigte sich, die Menge vermehrte sich. Die Alte handhabte die Stricke, sprach Wörter: und die Stricke hoben Rosa auf einen anderen Tisch, auf jenen, auf dem die magere Kleine um sich schlug mit schäumendem Mund, mit durchbohrtem Leib, blutbedeckt.

PAM, PAM, PAM, PAM

Krooooo, krooo, riiimmmm

Die Geräusche der Metro wurden lauter und leiser – Sägen, Rammpfähle, Planierraupen, Betonmaschinen, Lastkraftwagen.

Als die Brünette über der anderen hing, gab die Alte Leine und Rosa sank herab, bis sie drei Handbreit vom Leib des mageren Mädchens entfernt war. Auf dem Dach arbeiteten die Gehilfen fieberhaft und rissen einen Teil der Dachplatten ab. Der milchige Himmel erschien. Das Haus stand auf der Höhe eines Hangs, leicht geneigt. Durch die Öffnung des Dachs sah man die Stadt, die Lichtreklamen, die riesige Uhr, eine riesige Coca-Cola-Reklame, die unablässig Erfrischungen versprühte.

grum, grum, grum, grum, grum, grum

deing, deing, deing, deing, deing

schi, schi, schi, schi, schi, schi, schi, schi, schi

Die Alte ließ Leine, Rosa sank, bis ihr Körper neben dem des mageren Mädchens lag. Mit einemmal lief die Nadel in derselben Rille der Platte und der Ton des Negertanzes dehnte sich endlos.

oh, oh, oh, oh, oh, oh

PAM

ium, ium, ium, ium, ium

. Hol auf, Teufel.

ouuuuuiuuuuuuiuiuiuiiu

Pam

Pam, Pam, Pam, P a m, P a m

Die Alte legte die Zigarre weg, ging zu einem Schrank, holte einen Holzkasten heraus; aus ihm einen zweiten und aus diesem weitere drei, bis sie ein kleines silbernes Etui in der Hand hielt. In dem Etui lagen zwei gleiche Steine, ein Paar. Sie trat wieder an die Brünette heran. Die Flaschenzüge drehten sich, Rosa stieg und sank und beschrieb Kehren, berührte die magere Kleine und stieg von neuem. Die Gehilfen, der Ältere und der Jüngere, brachten die Dolche. Paulo Watu war der von Igê-Shas Finger Erwählte. Und er

grub ihn in Rosas Fuß,
er ließ den Flaschenzug kreisen,
grub ihn in eines der Augen,
ließ den Flaschenzug kreisen,
grub ihn in das andere,
ließ kreisen
in den Nabel, in die Schenkel,
ließ kreisen

in den Kopf, bohrte,

in die Brüste, in den Bauch, in die Hinterbacken, in die Geschlechtsteile, in die Knie, in die Schienbeine, in die Zehen,

in den ganzen Körper, er machte Löcher, aus denen das Blut lief und auf die magere Kleine tropfte und das Blut vermischte sich mit dem Blut und drang in die Löcher des Körpers der anderen

bis Rosa ein an Stricken hängendes Fleischstück war

Die Alte prüfte die toten Augen, das tote Herz, die toten Lungen

. Fertig

Die Gehilfen zogen die Brünette aus den Stricken und legten sie auf den Operationstisch. Die Alte schnitt ein Stück vom Schenkel ab, ein kleines Stück und begann es zu kauen. Die Teilnehmer kamen mit begehrlichen Blicken näher und ließen sie lange auf dem blutigen Fleisch haften, das die zahnfleischlose Alte aussog. Die Gehilfen schnitten Stückchen aus den Armen, den Brüsten, dem Bauch. Und gaben sie allen anderen weiter, die langsam aßen und vom Adum darauf legten.

Die Gehilfen schnitten Rosa ganz und gar auf, nun paßte sie in zwei Plastikeimer. Von Knochen befreit wie ein Suppenhuhn. Die Alte nahm einen Eimer hoch. Sie war noch sehr stark, so stark wie ihre Großeltern, Feldsklaven, gewesen waren. Die Handlanger ergriffen den anderen Eimer. Alle verließen den Raum. Sie gingen durch die Sträßchen. Die Metro-Baustellen lagen still, es war drei Uhr morgens.

Sie marschierten in unordentlichen Reihen. Das Herz der Kleinen in den Händen der Alten, die leise stöhnte. An einer gelben Planierraupe blieb die Alte stehen. Einer der Handlanger öffnete den Deckel des Öltanks, und sie warf Rosas Herz hinein. Dann deutete sie auf die aufgewühlte Erde und die Gehilfen gruben mit ihren Schäufelchen die Erde auf, gruben und vergruben im Erdloch Rosas Stückchen. Die Beerdigung dauerte eine Stunde. Warfen alles in die Löcher, wo die Metro gebaut wurde. Bei Tagesanbruch kehrten sie um.

Nach ihrer Rückkehr boten Sie allen Adum an. Die Gehilfen nahmen nichts wegen der Zwiebel-und-Krabben-Würze. Die alte Igê-Sha aß zweimal.

Würdige Behandlung, wie jeder Bürger sie verdient

Unterhaltung zwischen Gefangenenwärter und Vernehmer:

»Kein Problem, Alterchen, wir wissen, wie man's machen muß, ohne daß Spuren bleiben.«

»Schon, aber du mußt vorsichtig vorgehen.«

»Was heißt hier vorsichtig, wir haben hier zu sagen, die Regierung ist auf unserer Seite, die anderen können uns am Arsch lecken.«

Technik Nummer 1 wurde von den Folterern ausgeführt, als sie Átila in die Dunkelzelle sperrten. Die Seitenwände, die Verschalung und der Fußboden waren schwarz, kein Lichtstrahl drang ein.

Grund: Schwarz gräbt sich in die Netzhaut ein, führt zu völliger Entkräftung und zerstört die Widerstandskraft des Menschen, der mehr als eine Woche eingeschlossen ist.

. Also erzähle.

? Erzählen was.

. Alles, alles.

? Alles was.

. Die Pläne, wo sind die Verstecke, die Waffen, wer sind deine Kumpane.

? Was für Pläne, was für Waffen, was für Verstecke.

. Scheiß nochmal, Kleiner, bisher bist du ungeschoren geblieben. Von jetzt an wird die Sache anders.

. Ich weiß von nichts.

? Wer war dein Chef.

? Chef, was für ein Chef denn.

. Du hattest doch einen Chef, der dir Anweisungen gab.

. Ich weiß nicht, ich war immer mit José zusammen.

? José.

Sie prüften die Plakate.

? Ist der's.

Der Fotografierte war José sehr ähnlich.

. Ja.

. Los, rede.

? Reden was.

So ging es eine Stunde, denn Zärtlich war geduldig. Daher sein Spitzname. Er war freundlich, solange er verhörte, er versuchte den Gefangenen in Widersprüchen zu verheddern, sprach gefällig, machte Wortspiele. Zärtlich war nur in einem unerbittlich: er setzte dem Häftling eine bestimmte Frist zum Anfangen. Wenn er dann nicht auspackte, wandte er seine Methoden an.

Átila sagte nichts. Er wußte nichts, außer, daß er José bei den Überfällen begleitet hatte. Er hatte ihn begleitet, nur um ihn zu begleiten. Er war arbeitslos und mußte leben. Zärtlich starb fast vor Lachen. Als die Frist um war, wurde Átila in die Zelle geführt, in der Musik in höchster Lautstärke dröhnte. Aus den Zellen drang Stöhnen. Mitten in der Nacht brachte der Gefängniswärter einen Menschen herein. Student, 21 Jahre, verdächtigt, an einer Entführung beteiligt gewesen zu sein. Am folgenden Tag versuchte Átila mit dem Jungen zu sprechen. Der sprach nicht. Átila ließ nicht locker, doch der andere war wie verstört und verdrehte die Augen. Gegen Abend gab Átila es auf. Verzog sich in seine Ecke. Jetzt machte der junge Mann den Mund auf. Er hatte die Zunge aufgegessen. Er weinte die ganze Nacht und versuchte sich gegen Morgen mit dem Laken zu erhängen. Átila ließ es nicht zu. Der Gefängniswärter kam und nahm den Studenten mit.

Átila steht auf zwei umgekippten Wachsdosen nackt vor Zärtlich. Man hat ihm auf die aufgehaltenen Hände je ein Telefonbuch gelegt. Er trägt sie schon ein paar Minuten und glaubt, es gut aushalten zu können.

Acht Minuten, Átila ließ die Hände sinken, die Telefonbücher fielen herunter. Jetzt schaltete Zärtlich an den Zehen / dem großen und dem kleinen Zeh / zwei Drähte ein, damit der Strom nicht zum Herzen ging / und drehte die Kurbel eines Telefonmagnets, Átila brüllte. Zärtlich hieß ihn wieder die Arme ausstrecken und legte die Telefonbücher auf seine Handflächen.

. Sobald du den Arm sinken läßt, kriegst du einen Schock. Du wirst hier sterben, aber reden wirst du.

. Sterben, genau. Wie schön zu sterben, dachte Átila gegen Ende der ersten Stunde / erste Stunde, Tag, Woche, Monat, Jahr, Jahrhundert, Scheißhurenbock / .

. Los, in die Zelle mit dir. Weiß nicht, warum ich so gut zu dir bin.

Im Raum dröhnte immer noch die Musik. Die Zelle war leer. Im Gang war Stille, bis die Gefängniswärter die Gefangenen hindurchführten und Stöhnen, Heulen, Schreie auf den Steinfliesen widerhallten (? Wo bin ich nur).

Unterhaltung zwischen zwei Geheimpolizisten:

»Ich bin nicht sicher, aber nach dem, was ich gehört habe, hat die Schwadron den Zé in die Finger gekriegt und hat ihn verschwinden lassen. Wirst sehen, sie haben ihn ins Jenseits spediert.«

»Wenn der Chef der SUPO das rauskriegt, läßt der die Schwadron umlegen.«

»Stimmt, die haben Krach miteinander.«

»Klar, alle wollen sich die wichtigen Gefangenen schnappen. Das bringt Beförderung ein.«

Drei Zellengenossen für Átila. Einer starb um Mittag, man hatte ihm das linke Auge ausgerissen. Átila hatte einen wakkelnden Zahn. Zärtlichs Hand war zentnerschwer. Gefängniswärter gingen im Flur auf und ab. Eine Winchester in der Faust, hielten sie Wache. Die Zelle hat ein hochgelegenes Fenster, doch Átila reichte nicht so hoch hinauf. Gelbliches Licht fällt herein, unaufhörlich rinnt ein Wasserfaden herunter.

(? Wo ist José, die Bande.)

Erst nachts wurde der Mensch geholt, der gestorben war. Átila reagierte nicht, machte sich nichts daraus (Seltsam, was da mit mir passiert). Er reinigte die Latrine, aß das schmutzige Wasser mit Bohnen und Brot, das ihm in einer Toddy-Dose gebracht wurde und wartete auf die Stunde, da er Zärtlich vorgeführt würde. Er würde vor Angst sterben, wenn er den Raum betrat und sah, was ihm bevorstand.

(Warum schlagen sie mich nicht endlich tot. Wenn ich wüßte, was sie wissen wollen, würde ich auspacken. Es gibt keinen, der nicht auspackt. Aber ich weiß nichts, bin ja nur mit Zé losgegangen, hatte keine andere Lebensmöglichkeit.)

Sie hängten Átila an der Ara-Stange auf. Umwickelten seine Handgelenke mit Tüchern und banden die Hände dicht zusammen. Hießen Átila sich mit um die Knie geschlungenen Armen hinhocken. Sie steckten einen dicken Spatenschaft zwischen die Kniegelenke und die verschnürten Handgelenke. Stützten den Spatenschaft durch zwei Stühle. Ließen ihn ein paar Minuten so, zogen ihn dann heraus. Kein Mensch sprach ein Wort. Átila glaubte nach ein paar Minuten zu ersticken. Die Luft ging ihm aus, das Blut stieg ihm zu Kopf.

Etwa dreißigmal postierten sie den Spatenstiel und zogen ihn wieder fort, bis Átila das Bewußtsein verlor. Am nächsten Tag, noch immer gefesselt, erwachte er in der Zelle. Er war allein. Hoch oben das gelbliche Licht des Fensters (? Was ist wohl draußen für Wetter). Er fragte den Zellenwärter. Der antwortete: Heiß. Deine Kumpane sind bereits alle erschossen worden. Sie wurden alle geschnappt. Heute in der Früh wurden sie erschossen. Schade, daß du geschlafen hast, hättest zuschauen können. Sie schissen sich in die Hose, baten um Gnade, pißten sich naß. Es sind lauter Hosenscheißer wie du. Wenn's so weit ist, sind es Scheißfeiglinge.

Átila weinte.

Unterhaltung des Präsidenten mit dem Chef des Staatssicherheitsdienstes:

»Hören Sie, unser Image im Ausland ist nicht sonderlich gut. Die sagen, wir seien Diktatoren, wir hätten ein Terrorregime. Schauen Sie sich die Liste der Folterungen und Gefolterten an.«

»Herr Präsident, unser Regime hat viele Feinde. Diese Listen sind die reine Lüge, die reine Verleumdung. Kein Mensch wird gefoltert. Kein Mensch ist gestorben.«

»Diese französische Zeitung hier spricht davon, daß wir den schwangeren Frauen den Bauch aufschlitzen.«

»Lügen, nichts als Lügen. Eben deshalb brauchen wir Zensur, Druck, Überwachung, Kontrolle. Damit unser Image nicht verfälscht wird.«

»Also gut, mein Lieber, drehen Sie den Hahn zu.«

Der Präsident denkt / sagt aber nicht /: Wir müssen foltern, massakrieren, töten und Schluß machen mit unseren Feinden.

Der Chef des Staatssicherheitsdienstes denkt / sagt aber nicht /: Dieser Präsident ist ein Trottel, wer hier bestimmt, bin ich, wer mich nicht mag, der nehme sich lieber in acht. Anruf des Präsidenten beim Justizminister:

»Dementieren Sie in einer Presseerklärung Folter und politische Morde. Sagen Sie, eine Untersuchung sei eingeleitet worden.«

Aiiiiiiiiiiiiiiiiiiiiiiiiiiiiiiiiiiiiiiiiiiiiiiiiiiiiiiiiiiiiiiiiiiiiiiiiiiiiiiiiiiiiiiiii

Spiesschen: Foltertechnik, die in einer leichten Abwandlung der Ara-Stange besteht. Der Gefangene wird wie üblich an der Ara-Stange angebracht. Nur daß unter ihm Zeitungsblätter angezündet werden.

Átila wurde mit Rückenverbrennungen ersten Grades in seine Zelle eingeliefert.

Durch den Gang wurden elf bei einer Razzia zusammengetriebene Studenten geführt. Jeden Tag neue Gefangene. Jeden Tag werden durch die Gänge zwei, drei Leichen befördert. Das Musikzimmer funktioniert ohne Unterlaß, höchste Lautstärke, uralte Sänger / mir träumte du seiest so schön / und neue Sänger und gute Sänger und schlechte Sänger und dann Paukenwirbel und tropfendes Wasser, tropfend, plim, plim, plim, plim, plim, plim, plim, plim.

. Morgen kommst du frei.

Aber es war nicht morgen. Sie rasierten ihm den Kopf kahl, ritzten riesige Schnitte in die Kopfhaut und ließen das Blut rinnen. Dann brachte Zärtlich eine Petroleumbüchse voller Fäkalien und Urin und zwei Männer packten Átila, tunkten seinen Kopf in die Büchse und hielten ihn dabei fest.

Und sie tauchten ihn hinein, zogen ihn heraus, tauchten ihn hinein und zogen ihn heraus.

Tauchten ihn hinein, zogen ihn heraus, tauchten ihn hinein. Rein, raus, rein, raus, reinraus, atme, raus, atme, rein, raurei, raurei, raurei, raurei, rei, rei, reis, scheiß, reisch, tscheich, tschei, schischischischschschschschschischschschi

Lungen voller Scheiße.

Aber Zärtlich findet, daß Átila noch nicht sterben soll. Vielleicht weiß er alles und wurde fürs Aushalten trainiert. Zärtlich hat in der Polizeischule gelernt, daß es Training für Stadt- und Landguerrilhas gibt. Átila ist zäh, er packt tatsächlich nicht aus. Wenn er nicht auspackt, wird er sterben, das ist die Offizielle Bestimmung 768 der Repressionskapitel der Richtlinien und Verfügungen.

Jetzt war der Gestank in Átila drinnen, in seiner Nase, in seinem Mund, im Magen und er übergab sich und als er nichts mehr zu übergeben hatte, stürzte er sich auf Zärtlich, wenn er Glück hätte, könnte er ihn umbringen. Zwei Milizmänner kamen herein und streckten Átila mit Karateschlägen nieder. Ohnmächtig wurde er in die Zelle geschleppt.

? Wie lange kann ein Mensch widerstehen. Solange er will, dachte Átila, als er sah, wie er die fürchterlichen Schmerzen aushielt. Denn er wollte nicht sterben. Selbst wenn man keine Kraft mehr hat, hat man noch Willen. Doch er wollte nichts mehr abkriegen, wollte nicht Maniküre aushalten müssen / Stacheln unter den Nägeln / auch nicht »Knallfrösche« / Revolverschüsse dicht am Ohr, von denen das Trommelfell platzte wie bei den beiden, die gestern in der Zelle gewesen waren.

Unterhaltung in der Redaktion:

»Es heißt, es seien mittlerweile 15tausend politische Gefangene.«

»Ich habe etwas von 18 gehört.«

»Mir haben sie zehn gesagt.«

»Zweitausend sind dabei hops gegangen.«

»Ein Gewerkschaftsführer, der fliehen konnte, hat erzählt, allein in der BUPO hätten sie über 500 umgelegt. Man kann sich ausrechnen, wie viele es im übrigen Land sein müssen.«

»Dürften rund dreitausend sein.«

Anmerkung: Wo es raucht, ist Feuer.

Zärtlich reichte Átila den Hörer:

. Telefon für dich.

Mechanisch griff Átila nach dem Hörer. Es hätte ein Telefon, eine Kanone, eine Lokomotive sein können, er unterschied nichts mehr. Zärtlich half ihm, den Hörer ans Ohr zu halten. Átila hörte nur das Besetztzeichen. Er hielt den Hörer und wartete. Zärtlich hielt ihm einen zweiten Hörer ans andere Ohr. Klebte ihm mit Leukoplast beide Hörer rund um den Kopf fest. Die Hörer hafteten dicht an seinen Ohren und gaben nur das Besetztzeichen, pum, pum, pum, pum, pum, pum, pum, pum, pum, pum, pum, pum, pum,

pum,

pum,

pum,

zwanzig Minuten: Átila fiel in Ohnmacht.

? Wirst du auspacken.

? Packst du aus oder nicht.

. Los, erzähle alles.

. Und hör auf zu wiederholen, was ich sage.

Zärtlich ging, um zu Mittag zu essen. Er war wild darauf, Filet mit Pommes frites und Eiermaniokmehl zu verputzen. Wenn er vormittags Folterdienst hatte, war Zärtlich froh, denn das war appetitanregend. Selbst wenn er vor dem Mittagessen nichts zu tun hatte, wanderte er durch die Polizeiwache und schaute sich um. Seit geraumer Zeit war der Dienst unheimlich anstrengend, Überstunden, Extradienst waren an der Tagesordnung. Früher war alles ruhig und bequem gewesen. Zärtlich hatte nur mit Taschendieben, Autoknackern, Haschischhändlern, dem einen oder anderen Mörder zu tun gehabt. Burschen, die bei ›Spießfinger‹ und ›Brustritzer‹ sofort auspackten. Jetzt waren die meisten dieser Typen nicht zu fassen, sie machten das Maul nicht auf, schmissen Bomben / Zärtlich hatte eine Heidenangst, einen Schuß abzubekommen, die Burschen zogen den Schwanz ein, die Regie-

rung mußte unbedingt diesem ganzen Comunsgeschmeiß aufs Dach steigen, bevor die Schluß machten mit der Regierung, mit der ganzen Welt / während sie Banken überfielen, Waffen aus Kasernen stahlen (? Was wollen die eigentlich, Scheißenocheins.).
Operation Glutasche:
Wer gehen konnte, ging; wer nicht mehr konnte, kroch; wer am Boden zerstört war, wurde geschleppt. Auf der Piste draußen bis zum bauchigen Flugzeug, fertig zum Start. Átila kroch.[1]

GESTERN NACHT GESTERN NACHT

TRÄUMTE ICH VON DIR

WIE HERRLICH WIE SCHÖN

Gê und José:

. Wir werden Diplomaten entführen und Gegenleistungen fordern.

? Und wenn sie unsere Bedingungen nicht annehmen.

. Dann ermorden wir Diplomaten und schaffen damit internationale Spannungen.

? Aber wenn sie den Braten riechen und sehen, daß es nur Taktik ist und sie keine Spannungen schaffen.

. Dann ist das Problem, wer noch bereit sein wird, Botschafter, Konsul zu sein. Wenn sie ein anderes Spiel wollen, spielen wir mit. Zum Beispiel die Ermordung von Diplomaten. Es wird nicht viele Leute geben, die ihren Hals riskieren wollen.

. Das wird Unterdrückungsmaßnahmen zur Folge haben, Gewalttätigkeit.

1 Was mit Átila passiert ist, läßt sich nicht genau rekonstruieren, da die Zeugenaussagen über die Tatsachen verwirrend und widersprüchlich sind, manche allzu fantasievoll. Wir wollen daher alle Fantastereien ausschalten und absichtlich nur einen rohen nüchternen Bericht vorlegen. Wir haben auch Übertreibungen gestrichen, welche die Tatsachen unglaubwürdig machen könnten.

. Sie üben seit langem Gewalt, es ist gut, mit gleicher Münze heimzuzahlen.

. Das heißt Krieg.

. Wir haben bereits Krieg.

. Du hast hundert Mann gegen Kanonen, Maschinengewehre, Tanks, Bomben, internationales Geld, trainierte Truppen, Verpflegung, Unterstützung von allen Seiten.

. Wir wissen nicht, wer sie sind, sie wissen nicht, wer wir sind. Wir sabotieren, wir werfen Bomben. Alles im Dunkeln, das ist unser Vorteil.

? Wohin soll das führen.

(Wohin wohin. Ich weiß nicht, ob das der Weg ist, vielleicht gehe ich über meiner Unentschlossenheit drauf, ohne es zu wissen. Und mehr denn je muß man den Kopf auf dem rechten Fleck haben, muß man Bescheid wissen, erkennen, handeln.)

Liebevolle Erinnerung

Es war eine ähnliche Grube mit Zementdeckel Wasserdepot der Vila und José hatte dem Mann eine über den Kopf gehauen und als er den Deckel aufhob drang der Gestank modernder Leichen herauf und José wußte nicht, ob er die anderen Menschen da hineingeworfen hatte und der Mann war von der Polizei ein Folterknecht obgleich das José gleichgültig war, die Comuns hatten darum gebeten und er war dem Auftrag nachgekommen weil man den Leuten zu Gefallen sein muß und die Grube war der Brunnen und sein Wasser spiegelte sein eigenes und Rosas Gesicht und sein eigenes Gesicht betrachtete ihn selbst so als trete José im Augenblick ein da er austrete und José dachte ob er Rosa hineinwerfen solle wegen des Kindes das auf dem Grund lag.

Die Welt hinters Licht führen[1]

Der Präsident ließ den Oberkommandierenden der Abwehrstreitkräfte kommen:

– Lassen Sie die Gefängnisse säubern. Verstecken oder

töten Sie die Gefangenen. Beschaffen Sie subversive Elemente, die zur Kollaboration bereit sind und Erklärungen zu unseren Gunsten unterzeichnen. Füllen Sie die Hospitäler mit unseren Leuten und lassen Sie verbreiten, es seien von Terroristen Verwundete.

Monate später erhielt die UNO folgende amtliche Mitteilung:

UNSERE GEFÄNGNISSE STEHEN JEDER INTERNATIONALEN KOMMISSION OFFEN, DAMIT SIE DIE LÜGENHAFTIGKEIT DER NACHRICHTEN FESTSTELLEN KANN, WELCHE DIESE NATION IM AUSLAND VERLEUMDEN. WIR SIND EIN GUTES VOLK, FRIEDLICH, JEDER GEWALTTAT ABHOLD UND DEMOKRATISCH.

GÊ ZU JOSÉ:

. In einer Zeit wie dieser muß man stahlhart sein.[2]

HEILIGE BESTIMMUNGEN

»Von heute an muß jedes Fahrzeug eine Landesfahne zeigen und einen Aufkleber mit einem Lobspruch auf unsere Regierung oder unser Land. Jeder Wagen ohne Wahlspruch wird beschlagnahmt und sein Besitzer sechs Monate inhaftiert.«[3]

/ Geheimes Flugblatt: Vorsicht bei der Verteilung, überzeugt euch davon daß

1 Alcides, mein Freund, sagt: Man kann die Welt nur täuschen, wenn die Welt getäuscht werden will.

2 Das ist ein Satz aus *Revolte*, einem alten Film mit Errol Flynn, der den Kampf der Norweger gegen die Nazi-Diktatur zeigt.

3 Ein Oberst fabrizierte Flaggen und Wahlsprüche: er wurde Millionär.

der andere vertrauenswürdig ist. Seid auf der Hut vor Spitzeln /

Zeugenaussage

/ Rasche Bleistiftnotiz /

»Sie legten einen Draht auf meine Zunge und mein Mund explodierte und füllte sich mit etwas Übelschmeckendem und das wollte durch meine Kehle herunterrutschen und mich ersticken und es war reines Feuer und Asche und Scheiße und Blut und Erde und zertrümmerte Zähne, alles auf ein Mal. Du wirst die Hölle kennenlernen, sagte der Leutnant, Sergeant, Hauptmann, was weiß ich. Glaub nicht, daß du hier lebend wieder rauskommst, denn wir werden dir das Kreuz brechen, an dir wird kein Knochen heilbleiben, mach dich darauf gefaßt. Es war nachts, sie ließen mich in einer kalten Backsteinzelle liegen voller Kakerlaken und Ameisen, möchte wissen, woher all die Ameisen kamen. Ich schlief auf dem Fußboden, das heißt, ich schlief nicht, denn ich dachte daran, was am nächsten Tag mit mir passieren würde. Die feuchte lichtlose Zelle stank nach Moderscheißekaltenbauernblutangst. Ich weiß nicht, wieviel Uhr es war, sie holten mich, ich ging durch neonbeleuchtete Gänge und hatte keine Ahnung, ob es Tag war oder Nacht. Sie führten mich in einen Raum mit Tisch, Stuhl und gleich vorne der Ara-Stange und sechs seelenruhige Typen schlugen mich mit der Faust in die Magengrube und hielten mir Telefonhörer an die Ohren, ich konnte überhaupt nichts hören, sah sie nur die Lippen bewegen, bewegen und verstand nichts und bekam wieder Prügel. Plötzlich hörten sie auf und ließen mich allein, ich setzte mich, ging umher, schlief, war ganz allein, wußte nicht wie viele Stunden oder Tage vergangen waren. Bis sie wiederkamen und mich an die Ara-Stange hängten und mir Drähte an die Füße banden, an die Hände, mir Elektroschocks gaben. Der kleine Mann drehte wütend die Magnetkurbel, rede, rede, rede, pack aus, Scheißhurenkommunist, wo sind die Verstecke, raus mit den Adressen, und die Adressen der

Pfaffen, dieser Scheißpfaffen, Tanten, du weißt doch, daß das Pfaffenvolk nichts von Weibern wissen will (?. Die Drähte an meinen Hoden, an den Fußsohlen, rede, pack aus, Scheißkot, und ich, frgstfhtry grufjutih jur itid narerad mertardstr frsgrtuiokjlo. Und jetzt wirst du erfahren, warum sie mich den gutmütigen Hans nennen, sagte der Oberst während er mir einen Draht in die Harnröhre einführte und das andere Ende in die Steckdose und ich in die Luft ging vor so starkem Schmerz, daß ich keinen mehr fühlte, ich glaubte, mein Schwanz wäre abgerissen und ich spürte ihn nicht mehr, ich dachte, ich würde nie mehr einen wegstecken können, selbst wenn ich tausend Fotzen vor mir sähe. Und der gutmütige Hans steckte mir einen Stab in den Hintern und schloß den Draht an den Magnet an und drehte die Kurbel und ich beschiß mich über und über, die Kacke lief über meine Beine und sie lachten sich halbtot und sagten, ich solle die Scheiße vom Boden auffressen, weil ich den ganzen Raum versaut hätte und der Generalkommandant versaute Säle nicht schätzte. Und ich schiß, damit ich geschissen hatte, der Schmerz der Schocks und die zitternden Muskeln, das gab mir den Rest, ukjitgfky ightyaaoirsgrt groitsgruio gruoatr areasresreaadefers dgrefregstrfnkgui krakrekrekrikrokru, leck den Boden auf Scheißkommunist, Banditenschwanz, leck mit der Zunge, wisch die Kacke weg damit der General es nicht sieht außerdem ist Scheiße gar nicht so übel, denn sie hatte keinen Geschmack und keinen Geruch, sie war wie ein Kindersüppchen und ein Sergeant schlug vor, man solle mir Pisse zu trinken geben als Beigetränk zum Mittagessen. Ich habe mir die Fresse dieses Sergeantenmännchens gemerkt, denn er hatte eine krumme Nase und eine Hurennarbe am Kinn. Ich hab das Essen auf dem Boden aufgegessen, das schon einmal durch mich hindurchgegangen ist und sie zwickten meine Ohren mit gezahnten Zangen und kniffen kniffen bis mein rechtes Ohr absprang und sie schmissen das Ohr mitten in die Scheiße und Pisse und hießen mich mein Bohnengericht aufessen und die Welt schwand von neuem und als die Welt wiederkam, wuselten Ratten und Kakerlaken auf mir herum, die Ratten leckten oder zernagten die Wunde meines Ohrs und ich schlug mich mit ihnen herum und mein ganzer Leib tat weh, und die erschrockenen Kakerlaken flogen auf und plötzlich spazierten scheißfressende Käfer herum und Ameisen (? Scheißenochmal, woher kommen die Ameisen, die mich zwicken), und das Deckenlicht brennt, Müdigkeit, ich schlafe ein, wach auf da, wach auf, das Verhör geht weiter, Blechdosen mit kaltem Wasser über mich, nein, das Verhör geht nicht weiter, wenn es tagt, wirst du erschossen, ich schaue zur Fensterluke hinauf, schaue und warte, daß es tagt (du Hurensohn, es tagt nicht, keine Angst). Und der Tag bricht an und ich schlafe, schlafe, vergesse – vergessen, bis sie mich wie wahnsinnig auf den Rükken schlugen, mit der Peitsche schlugen, sie ritten mich wie ein Pferd und einer wollte mich in den Arsch vögeln, Scheiße, Männerarsch nicht, schön dann ein Elektrodraht, das Federchen, und sie steckten mir das Federchen in den Arsch und bewegten es /Federchen: Stab mit Nadeln an der Spitze / und sie rissen mir alles auf / bis heute versucht der Lagerarzt das zu flicken, rede, beichte, die Verstecke, Namen, wer war im Haus von wem, Telefonlisten, Zusammenkünfte, pack aus, aber restlos, kreeeeeeeee, regstruij, grfareeueieol, mjhuyirofget gefuietruio, frreererrerere, aaiiiiiiii, Schwanzscheiße, Kraftausdrücke verbitt ich mir. Küsse die Nationalflagge, knie nieder und bete, beichte dem Priester, wirst erschossen, schrei, ich hab mein Vaterland verraten, ich bereue, wir werden deinen Vater umbringen, alle deine Verwandten, sieh die Knarre, anlegen, Feeeeeuuuuueeerrr, ich schlief ein, wachte auf, schlief ein, wachte auf, Ara-Pfahl, fiel in Ohnmacht, Schock, Einzelzelle, das Licht läßt mich nicht einschlafen, ich zerriß mein Hemd, machte mir eine Binde für die Augen, schlaf zehn Minuten, wach auf, schlaf-wachauf-schlaf. Du bist ein Hurensohnvomschwanz, da kann man nichts machen, nimm ein Bad, saubere Wäsche, sauberes Gesicht, iß anständig, dein Name steht auf der Liste, mußt ziemlich wichtig sein und hast nicht ausgepackt, bliebst du länger, du würdst alles ausspucken, und wie, wenn nicht der Scheißkonsul wäre, dessen Ermordung ich zugelassen habe, würdest du hier im Knast weitermuffen, langsam vermodern, kein Knochen bliebe heil, es käme nur Staub heraus, Terroristenmehl, Scheißkommune. Deine Hurenmutter.

Vorsicht, Kinder

Der kleine Junge schaute auf und der Mann sagte nochmals: »Scher dich, mach daß du weiterkommst.« Der kleine Junge ging aber nicht. Der Mann stieß den kleinen Jungen fort. Der kleine Junge heulte los. Der Mann gab ihm ein paar Püffe und der kleine Junge rannte los. Um es seiner Mutter zu sagen. Und Dona Osvaldina: »Jetzt reicht's mir, das geht zu weit. Diese Leute vom Landhaus gehen mir seit Jahren auf die Nerven. Verprügeln mir den Jungen. Das nicht!« Dona Osvaldina machte sich mit ihrem Jungen und ihrem Mann auf, um abzurechnen. Als sie in die Nähe des Zauns kamen, sahen sie die Männer beim Streichen der Lastwagen. Und die Bewaffneten. Dona Osvaldina und ihr Mann rannten davon. Liefen zum Polizeiwachtmeister Omar, erzählten ihm alles, und der Polizeiwachtmeister ging mit ihnen dorthin. Und sah. Und der Polizeiwachtmeister rief die Kommandozentrale an, und ein Hauptmann kam, es kam ein Lastwagen mit Soldaten. Sie riefen »Hände hoch!« und sahen, daß die Männer reagierten. Die Soldaten gaben Feuer.

Der Lärm und die Wut

Warte/Schaue/Höre: Ziehe von deiner Einkommensteuer 30 % für Immobilienpfandbriefe ab /Aufgemerkt: Es ist verboten, arm zu sein / Dies ist die Zeit, in der angelegtes Geld sich vermehrt / Kassiere /Halbiere/Massiere /Sieh: Der BIB läßt dich nicht im Finanzmarkt fehlgehen: er kennt den Markt / Und wenn du willst / bieten wir dir: Kredit, Vollfinanzierung und Anlagen / Mit Monatswechseln und Monatsrente / Wähle diese Anlage / Eher geht ein Kamel durch / durch den Finanzfonds / durch den Nadelfonds / als daß ein Reicher / Weicher / Schleicher / ins Himmelreich kommt / Geselle dich zu den Millionären und du wirst einer von ihnen sein: du hast irgendwelche Ersparnisse, weißt aber nicht wo, wie und wann du sie anlegen sollst: der Börsenfonds sammelt dieses Geld und / operiert mit ihm auf gleichem / reichem Fuß mit den Millionären / Millionen / Sphären / Ach ich möchte ins Himmelreich kommen / dann lege ich in der Aha-Bank an / An den lächelnden Ufern der Finanzgruppe: Wechselbriefe mit Monatsrente / Zu den Klängen von *Diese Umarmung* / Zu dir: an Senhor João da Silva Gomes und zu Senhor Anonym: beide legen ihr Geld an in Immobilienwechseln – dreifache Garantie – Börsen / Wertpapierbörsen: die Regierung bezahlt dir deinen Aktienkauf: nutze die Gelegenheit / Investiere und Reüssiere / Und lerne lerne / Geld welches sich nicht potenziert / halbiert sich / Herein, herein in einen Klub zum Geldverdienen Büro Pires Germano: er vermehrt deine Ersparnisse /Geld im Strohsack/ ? Wofür /Geld in Aktien /Aktion / Ein Mann der Aktion /Muß wissen daß / von morgen an 18 Millionen Menschen (die Arbeitskräfte des Landes) für dich arbeiten können: Biafra-Fonds: Jahrhundertealte Sicherheitstradition: Investitions- und Partizipationsfonds / Steige auf im Leben / indem du zum Zwischenstock der Avenida XI, 67 aufsteigst und zum Maklerbüro ILLB /

Durchquere keinen Trauerzug – es bringt Unglück

Bis das Feuer eingestellt wurde. Im Landhaus wurde es still und die Soldaten drangen ein und verhafteten. Verwundete, Tote. Sie fanden José / unter Drogeneinwirkung / in einer Vorratskammer. Mit dem Küchenmesser in der Hand. Als sie José festnahmen, sagte er: sie hat ein Kind getötet. Hat es getötet.

? Warum, Rosa. ? Hat sie getötet oder nicht.

Und er zerkratzte sich das Gesicht.

Die Reise zur wunderbaren Wiege

Die Hände auf dem Rücken gefesselt. Der Körper schmerzend von Schlägen. Der Blick starr. Die Angst. Dreimal stand Átila vor dem Erschießungskommando. Dreimal schossen sie, mit Platzpatronen.

Im Gänsemarsch steigen sie ins Flugzeug. Es sind zweihundert. Es ist eine Reise ins Herz Amerikas. Sie kauern übereinander gehäuft. Átila wird übel von dem Geruch von Schweiß, ungewaschenen Körpern, geronnenem Blut und Angstscheiße.

Ein Standbild für El Matador

Da es sich um einen merkwürdigen / und pittoresken Fall, wenn auch um den Tod eines Menschen handelte, kamen Zeitungen und Zeitschriften, Rundfunk und Fernsehen, registrierten, fotografierten, filmten, und berichteten folgendes:

Ein nicht identifizierter Mann muß zuviel getrunken und beschlossen haben, die Nacht auf einem Baugelände von Vila Branca in der Nähe der neuen Ringstraße zu verbringen. Als Lagerstatt wählte er ausgerechnet einen dort deponierten Teerhaufen, ohne zu merken, daß das Material noch weich war.

Der Teer gab nach und begrub den Unbekannten nach und nach. Da er aber betrunken oder verhascht war / in der Vila gibt es viele Drogensüchtige / wachte der Mensch nicht auf. Gestern vormittag sahen Fußgänger etwas Merkwürdiges: der Mann saß gewissermaßen, das rechte Bein ruhte auf dem linken Knie, der rechte Ellbogen war im Teer versunken. Sein rechter umgebogener Arm deutete darauf hin, daß er, wohl müde geworden, das Kinn in die rechte Hand gestützt hatte.

Feuerwehrleute und Polizei erschienen mit Hackmessern und Spitzhacken. Sie traten in Aktion, um die Teerschicht zu lockern, die so verhärtet war, daß sie den Unbekannten in ein Standbild verwandelt hatte. Daher war es unmöglich, den Mann aus dem Materialblock, der an seinem Körper klebte, herauszulösen.

Die Eier des silbernen Vogels (Sage)

Er liegt mit auf dem Rücken gefesselten Händen auf dem Gesicht. Atemnot. Versucht, das Gesicht umzudrehen. Er fühlt den frischen Wind am ganzen Körper.

Bruuuuuuuuuuuuuuuuuuuummmmmmmmmmmmmmmmmmmn

Der Lärm über seinem Kopf ist gleichmäßig. Eintönig.

Der Wind wird etwas wärmer. Da ist eine Glaswand. Hinter ihr nur Wolken.

Die Wand sinkt, er sieht Baumkronen. Sie bleiben in der Luft stehen.

Schan, schan, schan, schan, schan, schan, schan, schan, schan, schan, schan, schan.

Die großen Schaufeln über dem Glasdach bewegen sich langsam. Er wendet den Kopf seitwärts. Auf dem Boden liegen Leute. Jetzt lösen Soldaten einen Bärtigen in Gefängniskluft aus seinen Fesseln. Der Mann steigt eine Leiter hinunter und verschwindet in der Luft.

Wieder ist die Luft kalt.

Sie halten von neuem. Ein anderer Mann steigt auf der kleinen Strickleiter hinunter.

Wieder halten sie.

Einundzwanzigmal.

José ist übrig.

. Gib ihm eine Pille gegen Traurigkeit.

Ein gelbes Schächtelchen.

. Rühr dich, Alterchen. Los, kolonisiere. Leiste einen Dienst. Schau wieviel Land die Regierung dir schenkt.

/ Von Polen erfundene Pille: vertreibt die Traurigkeit, indem sie Nervenkrisen vermindert, wirkt in der Folge als Stimulans und verhütet Schläfrigkeit und Trägheit. Die Wissenschaftler Lesbek Krowcsynski, Ryseard Grylewski und Zoffia Shiffer./.

José steigt die Strickleiter hinunter.

Die Schaufeln, schanschanschanschanschanschanschanschan. Flinke Schaufeln.

José bleibt stehen. Gehen oder stehenbleiben: es ist das gleiche. Er schaut und sieht nichts. Es ist, als befinde er sich über einem Blatt Papier, das die Welt bedeckt. Hier rührt sich nichts. Selten, sehr selten in den letzten tausend Jahren hat sich hier etwas bewegt. Millimeter, Zehntel von Millimetern. Unmerklich regt sich der von der Hitze oder von der starken Kälte getriebene Staub. Feiner Staub, fast Pulver, feiner als der feinste Talkpuder, in Schichten. José geht und seine Füße hinterlassen tiefe Spuren. Dieser Staub ruht auf Fels. Kilometer um Kilometer Öde. Kein Laut aus den undurchdringlichen Wäldern des Nordens oder den Feldern des Südens oder den Sümpfen des Zentrums dringt hierher. Ein leicht bläuliches Ödland. Im Zentrum dieses Ödlands (José) ist die Stille vollkommen.

Am dritten Tag aufgefahren zum Himmel, auferstanden von den Toten

Die gelbe Masse, vom Nordwind getrieben, verschob sich. Trockener Wind, der das Gallert aufzulösen drohte. Die Masse wälzte sich Tausende von Kilometern weiter, immer dünner, fast schon Zellophan, während die Erde eine blaue Kugel war, wie die Astronauten erkennen konnten. Eine in weiße Wolken gehüllte Kugel, weicher, wohlschmeckender Zuckerguß (»Die Welt in der Trift, in deiner Hand wird sie Gift«). Die Masse sank, sank, schickte sich an, in die Atmosphäre einzutreten, und zwar seitlich, um nicht im Zusammenprall zu zerschellen. Und selbst bei einem Eintritt in Schrägstellung lief die gallertartige Plastikmasse Gefahr, durch Reibung in Flammen aufzugehen. Sanft drang sie ein und sank, bis sie die große gelbe Wüste bedeckte. Alles bedeckte sie und verwandelte Sand, Felsen, Kakteen in noch stärkeres Gelb. Tausende von Kilometern wanderte die Masse, ohne ein Lebewesen zu sehen. Inmitten der Unendlichkeit tauchte ein grünkroniger Baum auf und die Masse versammelte sich auf ihm. Unter dem Baum saß ein bellender Buschhund.

DER GERUCH

Átila begriff den Tod. Begraben sein war Dauer. Er bewahrte seine Sinne: Tastgefühl, Geruch, Gesicht, Gehör, Geschmack. Tod, Ohnmacht vor den Tierchen, die ihm über den bereits erdbedeckten Leib und Mund liefen. Er sah sich aufgefressen werden. Tod war auch der Geruch, der schreckliche, bittere, fürchterliche, übermäßige, lästige, unüberwindliche, unentrinnbare Geruch. Ein entsetzlicher, gräßlicher Geruch, der in ihn eindrang und aus ihm kam. Es schien ihm, als sei er in diesem Augenblick geboren worden, inmitten dieses Geruchs. Átila verfaulte. Er zerfiel und spürte den Erdgeruch des eigenen Zerfalls. Beißend, wüst, aufreizend. Der Geruch schnitt wie eine Schere durch Stoff, wie ein Skalpell bei einer Operation, wie ein Eisenbahnrad durch einen Körper, Kreissägen durch Holz, Biber, die Bäume zernagen. Sein Fleisch, zerfasert von einer Krummhaue, war so zerstückelt, zerfetzt, zerrissen, daß Átila schreien wollte. Aber seine Stimme war nicht mehr da.

Das war der Tod, das eigene Schicksal, Einsamkeit, Dunkel, ohne Hilfe, Beistand, Abhängigkeit. Tod, das war Unsicherheit, Individualität. Er hätte fliegen mögen, hätte gewünscht, der Zerfall höre auf. Je stärker der Zerfall fortschritt, desto schwächer wurde er. Als der Geruch die Grenze des Vorstellbaren erreicht hatte und über die zulässige Schranke des Schlimmen, Scheußlichen, Gewalttätigen hinaus wie eine Rakete mit der Kraft von fünfhundert Lokomotiven aufgestoben war, hatte Átilas Bewußtsein den Tiefpunkt erreicht. Viele Tage, Wochen, Monate waren vergangen. Bei diesem Fäulnis- und Zersetzungsgeruch hatte jedes Tausendstel einer Sekunde aus tausend Jahren bestanden, jede Sekunde, Minute, Stunde, jeder Tag und Monat war eine unmeßbare Zeitspanne gewesen. Átila verschwand und der Geruch (Átila) verblieb.

Bruchteile des Alltagsdramas

Verhafteter Kommunist, Knüppelhiebe, KNÜPPELHIEBE, Stock-SCHLÄGE. Dadadadadada. DA Pflaft, pleft, hau ihm in die Fresse, schlag ihm alle Zähne ein, reiß ihm die Nägel aus, brenne ihn, durchbohr ihm das Auge, schieb ihm eine Ratte ins Maul, Ätznatron ins Ohr, Rasiermesser und Lauge darüber, steck ihm Stacheldraht in den Hintern, gib ihm Elektroschocks, klemm ihm den Arsch auf, zerschlitze ihn, zerquetsche ihm die Finger, den Schwanz, trete ihm in den Magen, gib ihm literweise Bittersalz zu trinken, laß ihn seine eigene Scheiße auffressen, schneid ihm die Zunge heraus, gib ihm Schocks auf die Zunge, gib ihm eine Spritze in die Ader, gib ihm eine Injektion in den Kopf

zerfetze ihn zerreiß ihn in tau

t

send S k

c

ü

e

brich ihm Bein, Arm, Kopf, Hals, Finger, Knochen, Nase, Ohr, Herz, siehst du die Kutteln des Kommunistenschweins hurensohngehörnterhosenscheißerterroristhundekanaille,

? Sag, mein Sohn, willst du kommunizieren vor dem Sterben

.

? Kommuniziere

.

. Auf ihn, Leute

. Kommuniziere, Scheißenochmal

Zweiter Terrorist gefangen.

. Ich sag alles, schlagt mich nicht, ich sag alles

Sie schafften den zweiten Terroristen in die Zelle mit den gelben Wänden. Er fiel auf die Reste des ersten Terroristen / HAUSABBRUCH: Schutt zu verkaufen /: Blut, Pisse, Kot, Kutteln, Pansen, Herz, Knochen, Beine, Arme, Finger, Augen, Nase, Zähne, alles verstreut.

Dem zweiten Terrorist wurde ein Foto gezeigt.

? Kennst du den[1]

. Nein

? Gehört er zu deiner Gruppe

. Nein

? Aber er ist comun[2]

. Nein

? Wieso nicht

1 Das war José.

2 Die Gesetze verbieten comun mit großem C zu schreiben.

Darüber war bereits vorher gesprochen worden. Über das Foto, das Gesicht. Niemand kannte ihn[3]

? Niemand kennt ihn woher

. Aus der Zelle

? Nein

. Nein

. Dann kriegst du Prügel, damit du nicht lügst[4]

GRRRRRRRRRRRR

In jener Nacht rannte der Held. Er und Malevil nahmen ein Röhrchen Hasch, um in Kommunikation zu treten. Und hauten los. Stahlen ein Auto, überfielen eine Tankstelle und drei Fußgänger. Schossen auf die Polizisten, stahlen Waffen, griffen Wachposten einer Kaserne an, nahmen ihre Maschinenpistolen mit.

. Was für eine verrottete Welt, schrie Malevil.

. Ich will Schluß machen mit dieser ganzen Scheiße, schrie der Held.

Weil sie sterben wollten, starben sie nicht. Sie griffen an und hauten seelenruhig los. Füllten den Wagen mit Kanistern voller Benzin.

. Es wäre gut, wenn wir Gelatinose hätten. Mit der läßt sich leicht alles in Brand stecken.

. Gelatinose muß das Heer ha-

3 Die Mitglieder einer Zelle kennen nicht die der anderen. Jede Fraktion, Gruppe, Sektion, Kammer arbeitet für sich.

4 Der zweite Terrorist log nicht.

ben. Wir brauchen nur eine Kaserne zu überfallen.

. Machen wir.

. Laß uns die Stadt anstecken, Gebäude um Gebäude.

. Der größte Brand der Welt nach Rom und San Francisco.

. Aaaaaaaaaaaahaahahahah, uiuiuiuiuiuiu oooooooaaaaoooo aaaaiiiieeiaaa.

. Leicht wagen, leicht zerschlagen. Los, wir überfallen die Kaserne dort.

Nach fünfhundert Metern Kaserne

Langsam fahren

. Gas geben

Silvana Mangano in schwarzen Strümpfen in *Bitterer Reis*: Jäterinnen, an der Kasse von *Füralle*

Die Zeitungen haben ihre Auflagen durch wissenschaftliche Beilagen erhöht.

Nach zweihundert Metern Kaserne

Langsam fahren

. Immer feste drauf.

Kaserne

Halt

Mit hoher Geschwindigkeit fahren

prapraprapraprapraprapraprapraprapraprapraprapraprapraprapra-praprapraprapraprapraprap

Die Autos werden mit Maschinengewehren beschossen

(Sicherheitsbestimmung des Heeres
No 187965784653426789JI98a)

? Hat's dich erwischt

. Was weiß ich, scheeeiiissseee

. Glaub es hat mich erwischt

. Da, ein Bulle

Pla, pla, pla

. Lebt noch. Fahr zurück

Der Held mit dem Revolver. Der Verkehrspolizist steckte

die Hand in das Pistolenhalfter. Der Held schoß ihn in den Kopf, der Polizist stürzte, der Held schoß seine Waffe leer. Gab ihm zwei Fußtritte, ergriff den Revolver des Polizisten, jemand schaute zu, der Held knallte ihn nieder.

. Los, wir wollen feiern, uns den Kanal vollaufen lassen

? Ob die Polizei uns schon sucht

. Komm, wir wechseln den Wagen

Volks, DKW-Taxi.

. Scheiße und nochmal Scheiße, bislang haben wir noch nichts aufgestellt, was die Mühe lohnte.

Mustang, Kharman Ghia.

. Der ist frisiert, schau, wie er zieht.

Malevil steuerte schlecht, schaltete schlecht, reagierte langsam.

. Ich mag mich nicht heute abend.

. Ich schon lange nicht, leck mich.

. Der Brand, Mensch, das will mir nicht aus dem Kopf.

. Einen Hurenbrand, ich will einen Hurenbrand.

Impala, darin ein Pelzmantel. Malevil nahm alles Zubehör aus dem Wagen und warf es weg. Sie hielten an einer Tankstelle, kauften Benzin, bremsten an einem kleinen Platz und steckten den Wagen in Brand, schauten zu. Malevil hatte den Pelzmantel angezogen. Polizeisirene. Sie rannten. Kletterten über eine Mauer. Ein schmaler, gepflasterter Hof. Hühnergackern. Der Held versuchte über eine scherbengespickte Mauer zu setzen. Schnitt sich in den Finger.

. Hurensohn, verfluchter.

Die Hühner gackerten. Aus dem Fenster kam eine Ladung Blei. Der Schuß traf ihn am Kopf, das Blei zersplitterte ihm die Knochen, Fleisch und Haut verspritzten und blieben an der Mauer kleben. Der Mann trat vom Fenster zurück und Malevil setzte über die Mauer. Riß sich die Hände auf. Rannte. Winkte ein Taxi heran. Die Wirkung der Pillen war verraucht. Der Portier von *Le Masque* würde ihm mehr besorgen. Besorgte mehr.

Im Klosett stand eine Flasche Alkohol, damit wischte er sich übers Gesicht. Das Ensemble Blue Devils spielte. Malevil schüttete den Alkohol unter den Tisch, riß ein Streichholz an. Alle Welt rannte los. Malevil sprang auf die Bühne, während das Feuer um sich griff. Er packte die elektrische Gitarre und versuchte *Reach out* zu spielen, die Melodie, die er Merilee Rush hatte singen hören.

die literarischen bataillone sperrten die straße ab. sie drangen ins erste gebäude. stiegen in den ersten stock hinauf und betraten das erste apartamento des ersten stocks. klopften an und traten ein. schauten sich im wohnzimmer um. nahmen ein kalenderblatt mit einem mädchen im badeanzug mit. schlugen die zeitschriften auf: alle, die werbefotos enthielten mit nackten frauen, halbnackten frauen, fotos mit brüsten, schenkeln, busenausschnitten, all das beschlagnahmten sie, sie nahmen ein ölbild von der wand, auf dem eine frau mit minirock abgebildet war. dann gingen sie zu den büchern über. sie entfernten aus den borden die bereits bekannten, weil sie kraftausdrücke enthielten, anstößige szenen, anspielungen auf sex, geschlechtskrankheiten, schlüpfrige situationen. sie griffen sich die mit verdächtigen titeln. blätterten in anderen, um festzustellen, ob nicht die umschläge vertauscht waren. belegten die wohnungsinhaber mit geldstrafen in höhe von zwölf mindestgehältern, bei einer zweiten razzia würden sie verhaftet, und die wohnung würde von der re-

der hubschrauber
fliegt
über felder
und berge und
seen und
buschwald und
sümpfe.
männer mit fern-
stechern halten
ausschau

gierung beschlagnahmt werden. bei einer dritten lebenslängliche haft. sie gingen zum zweiten apartamento des ersten stocks weiter.

Die Präsenz des Rundfunkgeräts

(Hätte ich es hier, dicht an meinem Ohr, es wäre wie an jenen lustigen Abenden im Depot, umgeben von Freunden und Genossen, die auf mich einreden, Sachen erzählten und Lieder sangen und ich wäre nicht allein. Gestern kreiste der Hubschrauber sehr hoch, und als er niederging, schum, schum, schum, schum, schum, schumvrumvrum, vrum, schumschum, und die Schraubenblätter den Wind schlugen, war das ein angenehmes Geräusch.

Begriffsbestimmung des Guerrilheiro

»Wenn ein ausländischer Guerrilheiro dem Staat, in dem er agiert, in die Hände fällt, unterliegt er der ganzen Strenge der Abwehrgesetze«, ist in *Juristische Begriffsbestimmung des ausländischen Guerillero* aus der Feder des kolumbianischen Botschafters Caicedo Castilla zu lesen, eine Schrift, die noch in diesem Jahr den Abgeordneten der Interamerikanischen juristischen Kommission unterbreitet werden wird.

Stille:

Achtung,
Aufnahme

– Mein Herr. Sie waren der Vater von José Gonçalves, Mörder, Terrorist, Bankräuber. Was können Sie mir über Ihren Sohn erzählen (?)

Das Haus war verschlossen. Der Reporter klopfte abermals. Der Nachbar gab ihm Auskunft.

. Er ist umgezogen. Es ist lange her. Ging nach Aquarara.

? Wie lange.

. Bald nach dem Priesteraufstand. Er hat die Priester verteidigt. Gegen den Bischof. Er mußte weg von hier. Man hat ihn vertrieben.

? Wirklich vertrieben.

. Die Frauen waren es, die Frömmlerinnen. Sie veranstalteten einen Protestmarsch vor sein Haus. Sie riefen ihn per Telefon an. Schickten ihm Briefe. Schlugen Lärm, beschimpften ihn, schmissen Steine gegen seine Hauswände. Sehen Sie sich die Fenster an. Alles zertrümmert, wie. Die Weiber waren das. Der Ladenbesitzer verkaufte ihm nichts mehr. Hätte er ihm weiter geliefert, die anderen Familien hätten nicht mehr bei ihm gekauft. Nicht der Metzger, nicht der Milchmann, auch der Bäcker nicht. Das Leben wurde ihm zur Hölle, er mußte einfach abhauen.

Der Reporter fuhr nach Aquarara. Eine tote Stadt, leere Läden, verschlafene Verkäufer, wahnwitzige Hitze, ellenlange Straßen mit halbhoch abgesägten Baumstämmen.

(ACHTUNG, AUFNAHME)

. Ich habe nichts zu sagen. Mein Sohn war mein Sohn. Sein Leben war sein Leben. Er hat getan, was er tun wollte.

? Sie billigen also sein Vorgehen.

. Ich billige nicht und mißbillige auch nicht. Ich glaube es auch nicht. Wenn er es tun wollte, so hat er es getan.

? Tat er recht zu rauben, zu morden, zu foltern.

? Sind Sie gekommen, um mich zu interviewen oder um mich zu verurteilen.

. Zu interviewen, aber Ihr Sohn war ein Mörder und ich möchte wissen, was Sie davon halten.

. Das habe ich Ihnen bereits gesagt.

? Wissen Sie, daß er Ihre Existenz geleugnet hat. Er hat gesagt, Sie seien tot. ? Wußten Sie das.

. Ich wußte es. Er hat mich getötet, vor vielen, vielen Jahren. Ja, er hat immer mein Leben mißbilligt.[1] Er hing sehr an seiner Mutter. Er bekam einen Schock, als sie starb. Wegen der Art ihres Sterbens.

? Wie starb sie denn.

. An Krebs, Darmkrebs. Sie starb, während sie den Darm entleerte. Ihr Bett war voll mit Exkrementen. Ich habe den Geruch bis heute in der Nase. Im Schlafzimmer. José meint, ich sei daran schuld gewesen. Ich hätte sie nicht geliebt. Ich liebte sie auch nicht. Man kann nicht jemanden lieben, der beim Sterben scheißt. Sie hat ihr Leben lang auf mich geschissen. Auf José. Sie war autoritär. Moralistin. Betschwester. Ich weiß nicht, ob José seine Mutter bewunderte oder haßte. Sie war stark. Er wollte stark sein. Inwendig stark wie die Mutter. Plötzlich sah er, daß die Mutter inwendig nur Kot war.

. Wenn man Sie so reden hört, so unmenschlich und grausam, kann man verstehen, warum Ihr Sohn in die Welt zog und nur um sich ballerte.

. Dann bekam José sonderbare Anfälle. Bekam Schaum vor dem Mund, fiel auf der Straße hin. Tat sich weh. Gleich darauf erinnerte er sich an nichts mehr. José hat nie jemand morden wollen, er hat immer nur Selbstmord begehen wollen. Er wollte sich töten, er war empfindsam, religiös.

? Religiös.

. Er glaubte an Gott, an Güte und Schlechtigkeit, an Himmel und Hölle. Er hat nie ein Wort darüber verlauten lassen, aber ich weiß, daß er glaubte.[2] Er hat viel gelesen. Er kannte Die Nachfolge Christi von Anfang bis zum Ende auswendig. Ehrlich. Er ging in die Kirche. Kommunizierte. Fastete. Tat Buße.

1 ? Stimmt das. Seltsam von Josés Seite.

2 Josés Vater liebte Fantastereien. Oder er wollte den Reporter hochnehmen. Er liebte es, Menschen zu täuschen und sich und seinen Sohn in anderem Licht darzustellen.

? Wann hat er das Elternhaus verlassen

. Mit achtzehn. Er ging in die Hauptstadt, um Jura zu studieren. Dann gab er es auf. Schrieb mir, er fühlte keine Berufung für die Anwaltslaufbahn. Er hatte auch keine Berufung zum Arbeiten. Er empfand es als Vergewaltigung der menschlichen Person. Sagte: ich will nicht arbeiten, damit diese schweinische Erde vorankommt. Er fand es besser, betrunken herumzustreunen. Wie ich.

? Taten Sie das.

. Das fand er. Aber ich habe gearbeitet, und zwar viel. In Wahrheit. Arbeitete und saute herum. Das hat José von mir geerbt. Sie wissen, daß man Dinge von den Eltern erbt. Sie wissen es nicht ...

. Vererbung, die älteste Sache der Welt.

. Das habe ich geglaubt. Habe alle Sauereien auf meinen Sohn vererbt. In einem hatte er recht. Er wollte, die Welt sollte ihn am Arsch lecken. Er hat recht gehabt. Ich wollte das gleiche. Daher habe ich in meinem Beruf gesaut. Ich betrog, entstellte Fälle, präjudizierte Prozesse, brachte Reiche und Arme aus dem Konzept, Herrschende und Beherrschte.

? Sind Sie Anarchist.

. Ich nicht. Ich weiß nicht. Dem Leben gegenüber bin ich ein Hurenbock. Wie mein Sohn. Hören Sie, eines Tages war ich sehr stolz auf ihn.

. Erzählen Sie. Erzählen Sie von seiner Kindheit, von seiner Jugend.

/ ENDE DES TONBANDS, DER REPORTER HAT ES NICHT GEMERKT, ER HAT NICHT SELBST AUFGENOMMEN /

EUA EUA LAMA SABACTANI*

AUS DER NACHT RUFE ICH IN DER FOLTERKAMMER: 129. Psalm

»Aber wie zählt man im Gefängnis die Nachtstunden / Während wir gefangen sind feiern sie« (Ernesto Cardenal). Am

* EUA EUA (portugiesische Abkürzung: *E*stados *U*nidos da *A*mérica = USA) – phonetische Anspielung auf ELI ELI. (A. d. Ü.)

Morgen waren die 500tausend Hippies und Nicht-Hippies fort. Auf dem Strand waren nur die Reste der fünf Tage übrig: leere Flaschen, Dosen, Deckel, Papier, Plastikzeug, Becher, Matratzen, Stücke von Guitarren, Stricke, Präservative, Holz, Schuhe, Kleidungsstücke, Socken, Schlüpfer, Unterhosen, Haar, Halsbänder, Ringe, Geld, Obst- und Essensreste, Schallplatten, Zähne, Fingernägel, Korken, Kugelschreiber, Brillen, Gürtel, Ohrringe, Schnürsenkel, Büstenhalter, Taschenbücher, Kassetten, Messer, Dolche, Stroh, Röhrchen, Modess, Pappschachteln, Zitterglieder, Türklinken, Autoteile, Zeitschriften, Uhren, Pondscream, Zeitungen, Knöpfe, Filme, Geruch von Algen, Gekotztem, Pisse und Kot, von Getränkeresten, die in Sonne und Regen gärten, von Essensresten, die in Sonne und Regen gärten, Sperma, Haschisch, Zigaretten. Und die Sonne der Freiheit / in funkelnden Strahlen / glänzte / José, den Mund voll mit feuchtem Sand. Ohne Hemd mit verbrannter Brust. Dort hätte er bleiben mögen / ewig ausgestreckt / aber er stand auf und begann zu gehen. Ohne zu wollen, ohne zu wissen wozu. Einfach gehen / über die Ebene hin wo kein Laut ist, kein Wind, keine Bewegung /. Leere Taschen, keine Pille / und ringsum die Wüste /. Zickzackirrend im heißen Sand / darüber der Hubschrauber /. Er fiel auf den Mund / angebetete Erde / und das Wasser ging und kam über ihn / viele Male / da waren Flüsse, Wasserfälle, Moskitos, üppiges Pflanzenreich, schwebende Flaggen, Hornrufe, Reiterei, vorrückende Tanks /. Er trank salziges Wasser / Fernstecher beobachteten / und er sah den schwarzweißen Ford stehenbleiben. Aus ihm stiegen zwei blaue Riesen / Riesen aus eigener Natur /. Patrol. Marschierten in Richtung auf José, Joe, Joseph / José lief weiter und hatte das ganze Land durchquert, hatte lächelnde und reine Himmel gesehen, die ganze bunte Erde, Meere und Wälder, kein Land wie dieses /. Die blauen Riesen packten José / Police: Beach PAtrol / wie einen Sack Kartoffeln / nahmen ihn im Hubschrauber mit in die Lüfte, mannhaft, der riesige Adler nahm ihn mit in sein Nest auf den Zinnen von Amerika /. Die Riesen setzten Joseph, Joe in den Ford und fegten mit heulender Sirene durch

Miamis Straßen und warfen José in eine saubere, helle, antiseptisch reine, sterilisierte Zelle. Eine weiße schimmernde Zelle, die nach Desinfizierungsmitteln roch und nach Spülmittel, sauberer Wäsche / nach Demokratie / und José verlor das Bewußtsein, leere Taschen, keine Pille mehr / er hatte noch eine gehabt /. Erwachte und fiel in Ohnmacht: und alles war hell wie die weiße Zelle ohne Gedanken schimmernd sterilisiert hygienisiert desinfiziert.

Es war die Bekehrung: ich meine jene Nacht im Depot. Ich verliere nicht das Bewußtsein und verspüre keinen Hunger. Offenbarung. Der Körper gelähmt, der Lärm höllisch, tausend Wagen stoßen vor dem Kabarett zusammen. Die Straße verlassen und das grüngelbe Licht der Leuchtreklame ging an und aus und wuchs und ich verstand die tausend Bücher, die ich gelesen hatte. Die Leuchtreklame füllte das Depot und machte es zu grüngelblichem Gallert und ich hörte den schwermütig-rhythmischen Gesang von tausend Stimmen. »Herr, dies ist die dreimal heilige Stunde, durch Jesu glückbringende Gegenwart unter unseren elenden Seelen. Die stets offene Wunde seiner Brust erinnert ihn an die Erde und zwingt ihn sanft, auf die Klagen und Seufzer zu hören, die aus der Verbannung aufsteigen.« Klagen und Seufzer, die aus den Kellergelassen der Gefängnisse aufsteigen, aus den Folterkammern, den frischen Gräbern, dem verängstigten Volk und der Brustwunde von Gê, Artigas, Che, Simon Bolivar, Sucre, Tiradentes, Peredo, José Marti, glückbringende Gegenwart für unsere elenden Seelen, offenen Wunden, die uns, den Afrikanern entstammten Latindio-Amerikanern helfen will. Ich fühlte, und das gab mir Kraft, daß ich ein Latindio-Amerikaner war, der nichts war vor der Welt, und daß uns das Stigma bestimmt war, das die Juden durch Jahrtausende verfolgt hatte. Die Transplantation der Verfolgung, der Segregation und der Unterdrückung. Ich begriff, daß es eine neue gedemütigte, beleidigte, bespuckte Rasse geben werde, menschlicher Überrest, Kot, ausgebeutetes, verbrauchtes, nicht vorhandenes Fleisch auf nichtvorhandenen Knochen. In diesem grüngelblichen Augenblick endete ein Zyklus, der jüdische, damit ein anderer begänne, der latindio-amerikanische Zyklus. Die Schmerzen der Verzweiflung der Welt waren an uns weitergereicht. An uns, schlimmer: an die Unterentwickelten, Unterernährten, Elenden, Kranken. Vielleicht werden wir nach tausend durchlittenen Jahren wie sie sein, etwas schwer Zerstörbares, vielleicht werden wir in tausend Jahren von einem neuen Zyklus abgelöst werden. Mittlerweile strecken wir Latindio-Amerikaner, Afrikaner, Asiaten die Hände aus. Nicht um zu weinen-stöhnen, sondern um zu verstehen-organisieren. Brüder, Blut, Haut-Haut, Schwarze – nicht Schwarze, Weiße, – nicht Weiße, wer einen Stein in den Eingeweiden hat.

Die blauen Riesen vor dem Chef / Chief of police /.

– And what about that guy?

– In the cell.

– Does he have any papers? Identification?

– Nothing. Must have entered illegally. He looks like a foreigner.

– Cuban? Puertorican? Panamanian?

– How shall I know? They're all skinny, dark, black hair, sick guys.

– The Government should do something about these hidden organizations which bring in refugees. And I mean the sooner the better.

– And what about that guy, what are we gonna do with him?

. Leave him there. He looks drugged.

gggggggggeeeeeeeeeelllllbbbbblllllliiiiicccccchhhhhhhhh

wwwwweeeeeiiiiisssssssssseeeee bbbbbaaaaarrrrraaaaa ccckkkeeedddeeesss Mmmmmeeeeennnnnsssssccccchhhhheeeee nnnnn

zzzzzeeeeehhhhhnnnnn Ttttaaaaaggggeeeee bbbbbeeeee iiiii

IIIIIHHHHHMMMMM

José hhhhhaaaaattttteeeee dddddeeeeennnnn Mmmmmeeeeennnnnssssscccccchhhhheeeeennnnn vvveeerrrgggeeesssssseeenn eeeeerrrr wwwwwaaaaarrrr gggggeeeeesssss-tttttooooorrrrrbbbbeeeeennnnn gekreuzigt, erschossen, gekreuzigt, gggeeekkknnnüüüpppppeeellltt

Scharlatanerie (? wirklich der Mensch)

aaauuufff dddeeemmm Mmmmmaaaaarrrrrkkkkktttttppppp-lllllaaaaattttzzzzz

zwischen zzwweeiiii

Terroristen

Terrrrrrroooooobumbumbumbambambambambambömbcc-chhheeennn und der Mensch ssscchhhrrriiieee

der Auserwählte wird aufgerufen / und der Schrei hallte in der Zelle wider

/ und nnnnnuuuuunnnnn schrie iiinnn dddeeeerrr Zeeellleee der Mmmmmeeeeennnnnsssssccccchhhhh

DA SIND ZEICHEN FÜR DICH

aaannnntttiiissseeeppptttiiisssccchhheee, weiße, saubere, helle Zelle

weißlackiertes bleeeccchhhhhaaauuusss, und das Zeichen

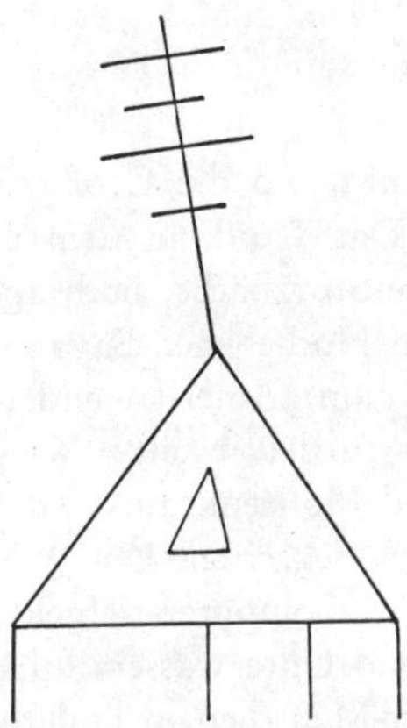

José sucht: findet:

: vier Schnitte, vier Leben,

vorher
während
während
nachher
und durch das Dreieck, das sich näherte, während er kreiste, sah er: Rosa, weiße Uniform, in der Küche. Ohne Gesicht.

Stücke von Rosa.

Zzzzzzzzzzzzzzzzzzzz: didu-berê.

Schlüssel, er erwachte, sah das Zeichen der Comuns: Zeichen für dich.

Sie öffneten die Zelle:

– Cam'in felllw (sie redeten wie die Cowboys in den Nachmittagsfilmvorstellungen im Kino *Füralle*).

Sie führten José in eine andere Zelle / josé /. Ein Gang, eine Tür, noch ein Gang, der auf zwei Gänge ging. Der rechte Gang bildete ein Viereck und mündete in einen Gang.

Zickzackgänge – ein Gang im anderen – Zellen im Gang – weiß-weiß und José ging

GRAND-FINALE

bis zu dem Punkt, wo die Großartigkeiten seines José-Landes aufhörten: Das Land, in dem du geboren wurdest-ohne reißende Flüsse-Sturzbäche, hochragende, grünende Berge noch Niederungen-Hochebenen-Savannen.

vor ihm der Raum: Amerika endete auf der Insel, wo das Kind geboren wurde, in eine Wiege gelegt aus Reis-Mohn-, Gersten- und Mohrenkrautstroh / und Ochs und Esel schauten zu, ohne zu begreifen. Und vor ihm war die Welt aus Raketen-Satelliten-Computer-tiefgekühlten Menschen aufs Wiederleben wartend-Unterwasserzivilisationen-der Ozean für die Erde erobert-Menschen in anderen Menschen wiedererweckend: transplantiert: Plastikwiederherstellungen von Zellen und Organen-die Erde als Nahrungsmittel-das Wasser als Brennstoff-Menschen mit sprechenden Tierkiemen / Höchstmaß an Kommunikation: MacLuhanluhan IIII /-keinerlei Entfernung zwischen zwei Punkten und ein neuer Freiheitsbegriff: Land der Liebe & grüne Meere & Wälder & Felder herrlich & sprießend & freundliche Wiege & ruhige Dünung & Hoffnung & der Altar UND José, Joe, Josepho, Josef sah (hörte): Der Himmel bedeckt. Verriegelt. Eine weißglühende Scheibe. Verschlossen. (Unwiederbringlich) Durch einen Deckel. Die Scheibe bildete eine Kugel. Und die Welt inwendig verschlossen. Die Scheibe: Millionen von Geschossen: Kanonen-Revolver-Gewehr-Maschinengewehr-Flintenkugeln-Raketen-Bazooka. Und er hörte den (betäubenden) Lärm und das Echo des Lärms im Innern der Feuerkugel: Motoren, Flugzeuge, Panzerwagen, Lastwagen, Tanks, Explosionen, Kommandos, vereinte Ordnung / Zielen-Feuer-Erschießen /, Schmerzens- und Freudenschreie und Gelächter und Fußtritte. Und José, Joe, Josepho, Josef sah im weißglühenden Eisen (Leinwand, Video, Fernsehen, Glas) die neue Ordnung, die Ketten, die Stummheit (endlich alle Gesten verboten), die Comuns erschossen, Gê gekreuzigt (Aber Gê, ich erinnere mich daran, war geflohen, versteckt, züchtete Hühner auf einer Farm, verkaufte Eier, Hühnermist, Eintagsküken). ? Ob sie Gê (von neuem) gefaßt haben, alle gefaßt haben, weiterhin fassen werden, bis die richtige Art gefunden ist, wie man kämpfen und organisieren muß. Die man dann auf den Kopf stellt. Und wiederum auf den Kopf stellt. Wer recht hat, wird irren, wer sich irrt, wird recht haben, wer später irrt, hat heute recht-unrecht und wer recht-unrecht hat, wird später

> ? ABER WO IST DER KOPF
> DER KOPF
> AMERIKAS
> ICH SEHE IHN NICHT

> BURN,
> BABY
> BURN

recht oder unrecht haben. Und die heißeste Scheibe, die Feuerkugel. Die Erde darinnen eingeschlossen und die Kugel stiebt davon.

&
ein Gebet ertönt
dieses tapferen Volks
das Kriege nicht scheut
aber den Frieden ersehnt

Gott, errette Amerika

Das Manuskript des 1971 beendeten Romans *Zero* wurde von vier brasilianischen Verlagen unter dem Vorwand zurückgewiesen, »Schwierigkeiten graphischer Gestaltung« verhinderten die Drucklegung. Weder des Autors Ruf als Journalist noch der Erfolg seines ersten Erzählungsbandes, *Depois do Sol* (Nach der Sonne), 1965, vermochten daran etwas zu ändern. Erst als das Mailänder Verlagshaus Feltrinelli das Buch 1974 neben Lawrence Durrell, James Baldwin und Gabriel García Márquez in seine *I Narratori*-Reihe aufnahm, erregte eine Besprechung in *Veja* (Sieh), dem brasilianischen *Spiegel*, die Aufmerksamkeit von Brasília und der brasilianischen Zensur. Plötzlich stand einer Veröffentlichung des Romans im Jahr darauf nichts mehr im Wege. Doch nach der in siebzehn Monaten verkauften zweiten Auflage wurde das Buch von der Zensur verboten. Grund: »Verstoß gegen Moral und gute Sitten«. Wäre das Verbot aus politischen Gründen erfolgt, hätte der Autor einen Prozeß anstrengen können. »Feiglinge! Aber ich ziehe vor, gegen die verordnete Landesmoral zu verstoßen als mit ihr zu paktieren. Und wenn das die guten Sitten sind, ziehe ich die ›schlechten‹ vor.« Der Autor in einem Brief.

Um *Null* zu schreiben, legte der Autor ein Archiv an: Dokumentarisches, Statistiken, Nachrichtenausschnitte, Pressepublizistisches, Plakatfotos. Mit einer Super 8 filmte er auf Straßen und Plätzen Menschen, Ansammlungen, Zwischenfälle, Polizeiaufgebote und notierte Zeugenaussagen, Kuriosa. Aus einem 800-Seiten-Konglomerat kondensierte er ein wohlangeordnetes 380-Seiten-Chaos, hinter dessen scheinbarer Neutralität eine heftige Anklage steht. In der Zerstückelung des Satzspiegels, in den auf die Buchseiten hingeworfenen Wörtern, in der Befreiung der Ausdruckssprache von linearem Ablauf und strengem Satzbau fühlt der Autor sich von São Paulos Konkreter Poesie und Filmtechnik, besonders aber von einem der beiden Stammväter des *Modernismo*, Oswald de Andrade (1890-1954), angeregt.

Der Titel *Null* bezeichnet zum einen den Kreis, der umschließt, verhaftet, erstickt, Anfang und Ende. *Null*, das Werk, prangert das physische und moralische menschliche Elend an, doch auch die »andere« Zivilisation, die importierte, verworfene, doch bereits beherrschende, die es zu durchschauen und zu nutzen gilt. *Zero* schildert Unsicherheit und Krise, es verurteilt die kleinbürgerliche Welt mit ihrem provinziellen Weltraum, ihre bereits raumlose Welt. *Zero* bezeichnet zum anderen den gescheiterten Versuch, einen prähistorisch-magischen, latindio-amerikanischen Traum wiederzugewinnen, der durch die entfesselte Entwicklung der »phantastisch-wissenschaftlichen« Großstadt für immer verloren ist: Technologische Kultur als Alptraum. Vom Grad Null auf eine imaginierte Zukunft zugehend, fordert Ignácio de Loyola Brandão den Menschen zur Tat auf.

Doch besser als jeder kritische Kommentar erläutert des Autors Auskunft auf meine Fragen wegen der in seinem Buch enthaltenen Riten-Sprache seine Intentionen bei der Konzeption von *Zero*: »Der in dem Buch geschilderte Ritus ist nicht *macumba*, auch nicht *candomblé*, er ist keiner der bei uns existierenden afro-brasilianischen Kulte. Ich möchte erklären warum. Vor fünfzehn Jahren, ich arbeitete damals als Reporter bei der paulistaner Zeitung *Última Hora*, einem volkstümlichen Blatt der linken Mitte mit hoher Auflage, das die Arbeiter und Gewerkschaften verteidigte, kamen eines Abends zwei der erfahrensten Polizeireporter in die Redaktion, bestürzt, angewidert, fast speiend. Auf meine Frage nach dem Grund ihrer Erregung sagten sie: ›Warten Sie auf die Fotos.‹ Und die Fotos kamen. Ich sah das Innere einer Baracke. Alles blutverschmiert, Wände, Tische, Stühle, Bett, Sofa, der reine Wahnsinn. Es kamen auch Großaufnahmen von Menschenstücken, obschon die Glieder nicht zu unterscheiden waren. Immerhin erkannte ich Finger, zehn Zentimeter lange Fleischstückchen, Fingernägel, Fersen. Ein Mensch war vollkommen zerfetzt worden. Die beiden Reporter erzählten, die Polizei sei auf eine Anzeige hin erschienen, hätte zwei Küchentische gefunden, Flaschenzüge, Stricke, Schnapsflaschen,

Flaschen mit seltsamem Kräutergemisch, Kerzen. Im Garten wurden kleine Erdhaufen untersucht, die gleichfalls Menschenteile enthielten, als habe jemand Menschenfleisch gesät. In der Hütte nahmen sie einen Mann fest, ein Wrack von Mensch, völlig durchgedreht. Er sagte nur: ›Der Teufel, der Teufel ist fort, trat aus ihr heraus, trat ein in einen anderen.‹ Er wurde verhaftet. Er hat seinen Verstand nie wiedergewonnen. Der Fall wurde einige Monate lang verfolgt, dann eingestellt, zu den Akten gelegt. Nie wurde ermittelt, was sich in der Hütte wirklich abgespielt hat. Welcher barbarische Ritus mochte dort zelebriert worden sein? Später beschrieb ich das Ritual, das mutmaßliche Ritual Hunderten von ›Spezialisten‹, und keiner von ihnen vermochte mir genau zu sagen, um welche Art es sich wohl gehandelt hatte. Das heißt: ob im wirklichen Leben eine Alkohol- oder Drogenorgie oder eine Art heftigster *Macumba*-Imitation gefeiert worden war. Dann begann meine Fantasie zu arbeiten und ich stellte mir eine Teufels-Transplantation vor; wenn das mit Nieren, mit dem Herzen gemacht wird, warum nicht auch mit dem Teufel? So entstand mein Teufels-*ebó*. *ebó* auf afrikanisch bedeutet Überführung, Verwandlung, das heißt: Vertauschung des Kopfes; Übertragung der Schäden eines Menschen auf einen anderen.

Ich brauche wohl kaum die Gründe für dieses umfangreiche Kapitel im Rahmen des Buches zu erklären: Es unterstreicht unsere afrikanischen Wurzeln; es bestätigt von neuem, daß in einem Land wie Brasilien, das Atomenergie herzustellen versucht, das eine Metro mit der modernsten Technologie baut, das den Computer in allen Bereichen einführt, eine ebenso unglaubliche wie wirkliche Gegenseite existiert: die Barbarei, die Primitivität, ein für die Zukunft völlig unvorbereiteter Mensch. Denn dieser Mensch ist unterentwickelt, elend, Analphabet, krank, er hat Hunger, flüchtet in Mystizismen, um Probleme, nichts als seine grundlegenden Probleme zu lösen, die das politische System für ihn lösen müßte. Dieses Kapitel offenbart die Inkohärenz, die Paradoxe, den innerhalb einer Nation wie Brasilien bestehenden ungeheuren Widerspruch.

Ich habe natürlich übertrieben, habe die Übertreibung auf die Spitze getrieben, indem ich als Gegenpol zu dem barbarischen Ritual die Stimmen der zum Mond fliegenden Astronauten eingeführt habe, Apotheose des Menschengeistes, der die Grenzen des eigenen Weltalls zu überwinden, der aus seiner Flugbahn auszubrechen sucht...«

Ignácio de Loyola Brandão – 1936, am Todestag des heiligen Ignatius von Loyola, dem 31. Juli, geboren und daher von seiner katholischen Mutter so getauft – stammt aus Araraquara, »einem verschlossenen, feindseligen Städtchen« im Hinterland von Brasiliens mächtigstem Industriestaat, »der Lokomotive São Paulo«. Er begann seine journalistische Laufbahn bei einem Provinzblatt, ging mit einundzwanzig Jahren in die Staatshauptstadt, arbeitete als Reporter; dann, während der Blütezeit des *Cinema Novo*, als Filmkritiker; später als Sekretär einer Zeitung und schließlich als Redakteur von *Planeta*, einer Kopie der französischen *Planète*. Allmählich schränkte er seine Pressearbeit ein und widmete sich in zunehmendem Maße dem literarischen Handwerk. So erschien nach seinem Erstling, dem Erzählungsband *Depois do Sol*, 1965, der Roman *Bebel que a Cidade Comeu*, 1968, und *Pega Ele, Silêncio,* Erzählungen, 1969. Nach *Null* veröffentlichte er 1976 seinen Roman *Dentes ao Sol* und *Cadeiras Proibidas*, Erzählungen; 1978 folgten ein Kinderbuch *Cães Danados* und ein Reisebericht, *Cuba de Fidel: Viagem à Ilha proibida.* Er hat auch Filmskripte geschrieben. Gegenwärtig arbeitet er an vier langen Novellen *O Presidente de China* – »erzbrasilianisch, trotz des Titels«, wie er hinzufügt. Doch in Brasilien, wie er betont, leben die wenigsten Schriftsteller von ihren Büchern: einer ist Jorge Amado, der zweite José Mauro de Vasconcellos; der dritte war Érico Veríssimo. Alle übrigen, wie die meisten Schriftsteller Lateinamerikas, benötigen einen Brotberuf. »Bedingungen einer unterentwickelten Struktur, in der Buchauflagen klein sind (drei- bis fünftausend) und mit geringen Ausnahmen kaum binnen sechs Monaten verkauft werden. Denn es gibt so gut wie keine Leser, teils infolge fehlender Lesegewohnheiten (das Unterrichtssystem ist mangelhaft), teils wegen des nach wie vor grassierenden Analphabetismus, teils wegen der hohen Buchpreise, teils mangels Buchläden (im ganzen Land gibt es kaum mehr als vierhundert, so viele wie in Buenos Aires), endlich infolge des mangelhaften Buchvertriebs. Somit hat sich in Brasilien eine Reihe von Faktoren gegen das Buch verschworen; und das herrschende System legt aus naheliegenden Gründen keinen Wert darauf, sie auszumerzen: Ein aufgeklärtes Volk ist eines, das wissen will und Forderungen stellt. Daher wird der Status quo nach Möglichkeit aufrechterhalten.«

Ignácio de Loyola Brandão rechnet sich zu jener Gruppe von Schriftstellern zwischen dreißig und fünfundvierzig Jahren, die die Kandare der diktatorischen Macht nicht stillschweigend hinnahm, sondern »rebellierte«. »Nicht umsonst wurden viele unserer Bücher verboten: mein *Zero*; José Louzeiros *Aracello Meu Amor*; *Feliz Ano Novo* von Ruben Fonseca; *Em Câmara Lenta* von Renato Tapajós«, schreibt der Autor in einem Brief vom 30. September 1978. »Wir sind Schriftsteller, die der Macht unbequem sind. Dabei beschränken wir unseren Widerstand nicht auf die Bücher. Von 1975 an, als von demokratischer Öffnung noch nicht die Rede war, zogen wir in die Fakultäten und Oberschulen des Landes und stellten uns zu Diskussionen. Unter dem Vorwand, von unserer Arbeitsweise zu sprechen, prangerten wir die vom System verankerte kulturelle Repression an. Damit will ich nicht etwa unseren Mut hervorheben, ich möchte nur für eine Gruppe oder Generation Nonkonformismus beanspruchen. Wir legen Wert auf die Feststellung, daß wir nicht stillschweigend jedes uns aufgezwungene Spiel mitmachen: *es gibt einen Widerstand.* Anfangs war es schwierig. Die Schuldirektoren, die Rektoren hatten Angst. Die Bundespolizei kam häufig zu Debatten und provozierte. Langsam begriffen die fortschrittlichen Hochschullehrer und Lehrer und kämpften – und sie kämpfen noch immer für uns. Diese Begegnungen mit Studenten und Schülern haben zur größeren Verbreitung, Bekanntmachung und Erforschung der zeitgenössischen Literatur beigetragen. Wir haben Leser gewonnen; eigenhändig verkaufen wir unsere Bücher – aus dem Köfferchen, unter dem Arm. Das ist Basisarbeit, die fortgeführt werden muß; und die Studenten helfen uns bei unserem schwersten Kampf: gegen den kulturellen Kolonialismus; statt irgendeines Bestsellers wird heute schon einmal ein brasilianischer Autor verkauft. Wenn in einiger Zeit, in ein paar Jahren, alle Schriftsteller begriffen haben, daß unsere Arbeit auf die Straße gehört, unter das Volk und nicht in den Elfenbeinturm, dann kann alles besser werden. Wir versuchen, die Gestalt des Schriftstellers zu entmystifizieren, zu zeigen, daß er ein Mensch ist wie jeder andere, nur mit mehr Sensibilität und Sehvermögen ausgestattet, mit dem Talent, zu schildern und aufzuzeigen; aber ein Mensch wie alle. Wir versuchen, die Schranken niederzureißen und den Weg zueinander zu bahnen.«

Ein Wort zur Übersetzung: Sie sucht den unmittelbaren, schmucklosen Ton des Buches, Großstadtjargon, Kraftausdrücke, Vulgarität ins Deutsche zu retten. Die im Original an der Schreibweise erkennbare Negersprache, die sich teils aus Atavismus, teils aus Analphabetismus erklärt und sich im brasilianischen Alltag durch Aussprache und gutturalen Singsang manifestiert, läßt sich nicht nachahmen, schon deshalb nicht, weil wir keine schwarze Bevölkerung haben. Auf Zuhilfenahme von Dialekten habe ich verzichtet. Eigentliche sprachliche Erfindungen in *Null* sind selten: einige Neuschöpfungen des Autors wie das aus Lateinern und Indios gebildete Latindio-Amerika; die Sprachsymbiose aus Portugiesisch und Spanisch, das Portu*ganisch*; Brandãos modisches Kürzel für Kommunisten: der (die) Comun(s). Ein Glossar bietet sich dem Leser als Verständnishilfe an.

Curt Meyer-Clason

Ara-Stange
Pau de Arara, das in allen Polizeistationen Brasiliens verwendete, gewöhnlichste Folterwerkzeug. Der am Boden hokkende Häftling muß die Arme um die unter das Kinn gezogenen Beine schlingen; dann werden seine Handgelenke aneinander gefesselt. Zwischen Kniekehlen und Armbeugen wird die Stange hindurchgesteckt und auf je eine links und rechts postierte Stuhllehne gelegt. Zunächst ist die Stellung nur unbequem; doch bald bekommt der Gefolterte Atembeschwerden, seine Muskeln schmerzen, sein Blutkreislauf stockt, seinem Gehirn entweicht Sauerstoff. Außerdem wird der Häftling geschlagen; mitunter wird Zeitungsfeuer unter ihm angezündet, genannt »der kleine Rostbraten«. Am 9. Oktober 1978 veröffentlichte erstmalig *Movimento* einen zweiseitigen Bildbericht: »Folter auf brasilianische Art. Unser Reporter führt in der Redaktion die ›Untersuchungsmethode‹ *Pau-de-Arara* (Papageienstange) vor.«

atetu, cadê, olônã
machtvolle Lobpreisung Gottes

Äthersprüher
Beim Karneval bespritzen und betäuben sich die Tänzer gegenseitig mit parfümiertem Äther

Bratpfanne
frigideira. Die Bratpfanne dient in den Samba-Schulen als Musikinstrument.

Brucutu
a) Prähistorischer Supergorilla der *Comics*; b) Polizeipanzerwagen mit Sandwasser- oder Farbwasserwerfer; der eine verletzt, der andere färbt den Manifestanten, zwecks leichterer Identifikation durch die Polizei.

CE der *GC*
CE = *Corpo Especial*, Sonderkorps; GC = *Guarda Civil*, Bürgergarde.

Comun(s)
Unübersetzbares Kürzel des Autors für *Comunista(s)* = Kommunist(en)

Cuba Libre
Freies Cuba: Mischgetränk aus Rum, Coca-Cola, Zitronenscheibe, Eis

M. Delly
französischer Hedwig Courths-Mahler

Dona Arminda stellt Engelchen her = Abtreibungen

Filhoda
Abkürzung von *Filho da puta*, Sohn einer Hure; abfälliger Name für Rosas Geburtsstadt

fünfzig Oliven vor den Latz ...
Oliven = Patronen

Guaraná
Erfrischungsgetränk aus der gleichnamigen Frucht

José allein im Garten der Oliveiras
Wortspiel. a) *Oliveira*: portugiesischer Familienname. b) Ölbaum, dann: Ölberg

Knoll International
Weltbekannte Möbelfirma

Land-Willys
Jeep, dem Land-Rover ähnlich

Lindoral, Lindoral . . .
Original: *Melhoral, melhoral / é melhor e não faz mal.* Werbevers des brasilianischen *Melhoral* = Aspirin.

Löwenbändigerinnen
Bezeichnung für die weiblichen Mitglieder des Lion's Club

Mamão
Frucht der Papaia oder Baummelone

Maria-mole
Billiges Eiweißgebäck

Meringe- - -cachumbambê
Slang-Text eines mexikanischen Bolero der fünfziger Jahre

Mit Grüngelb hab ich mich angeschissen = Anspielung auf die Farben der Nationalflagge

Palmares
Dort, im Inneren des Staates Alagoas gelegen, gründeten Mitte des achtzehnten Jahrhunderts unter Führung von Ganga Zumbi flüchtige Negersklaven, die sich der Gefängnisstrafe widersetzten, eine Kommunenrepublik, wurden aber später von Regierungstruppen niedergemetzelt.

Räuchermeister Vater João
Mythologische Gestalt der afrobrasilianischen Riten, die mit Weihrauch zu Ehren von »Heiligen«, von Gottheiten, das Haus reinigt. Meist ein alter Schwarzer, gütig oder spöttisch, der archaisches Portugiesisch mit afrikanischen Ausdrücken vermengt.

Reco-reco
Samba-Instrument, eine Art Rassel, Rätsche

Rotedogue-Ausschank
Die amerikanischen Lunch-Stuben verdrängen die traditionellen portugiesischen Bars, die belegte Brote und Kaffee verkauften. »Heute essen wir nur noch Hamburger oder Hot dog, die vor Jahren noch *cachorro quente* hießen. Bezeichnung wie *Hot-Dog, Hot-dog Manuel* oder *Hot-Dog Arpoador* (Arpoador: Treffpunkt des Rio-Strandes Ipanema) sind der Formel *Rotedogue* gewichen.« (Der Autor)

Santa Rosa-Palmen
eigentlich: Santa Rita-Palmen. 60 Zentimeter hoher Stengel, deren große Blätter mit rosafarbenen oder roten Blüten besetzt sind.

Sertão
buschbestandene Hochlandsteppe des Landesinnern

Seu
So redet das Volk den Senhor, den Herrn an.

»Sie hatten niemanden . . .«
»So ist die augenblickliche Lage. Hoch oben Korruption, nichts funktioniert im Land, die Präsidenten werden dem Volk aufgezwungen, desgleichen die Abgeordneten. Wahlkampagnen sind so gut wie unmöglich. Man kann sich nirgends über die Inflation, über die steigenden Lebenskosten beschweren; alle zwei Tage werden die Preise erhöht. Die Todesschwadronen morden weiter.« (Der Autor)

Sérgio Bernardes
gehört mit Oscar Niemeyer und Lúcio Costa zu den besten Architekten Brasiliens

»Sie platzen nicht in der Hand«
Original: »Não dão chabu«. Vom Werbespruch *Fogos Caramuru nao dão chabu*: Feuerwerkskörper Marke *Caramuru* gehen nicht vorzeitig los.

Toddy
eine Art Ovomaltine

Tubaína
Ingwerbierfarbenes, Guaraná-artiges, synthetisches Erfrischungsgetränk

Umbanda-Gerät
Instrumentarium der afrobrasilianischen Riten wie Schalen, Schüssel, Kerzen

Várzea
bebaute Flußniederung

Lateinamerikanische Literatur im Suhrkamp Verlag

»Imagination, Sensibilität, Liebenswürdigkeit, Sinnlichkeit, Melancholie, eine gewisse Religiosität und ein gewisser Stoizismus gegenüber dem Leben und dem Tode, ein tiefes Gefühl für das Jenseitige und ein nicht weniger ausgeprägter Sinn für das Hier und Jetzt … Lateinamerika ist eine Kultur.« Octavio Paz

Ciro Alegría: Die hungrigen Hunde. Roman. Deutsch von Wolfgang A. Luchting. Mit einem Nachwort von Walter Boehlich. st 447

Isabel Allende: Eva Luna. Roman. Aus dem Spanischen von Lieselotte Kolanoske. Gebunden

– Das Geisterhaus. Aus dem Spanischen von Anneliese Botond. Gebunden und st 1676

– Von Liebe und Schatten. Roman. Aus dem Spanischen von Dagmar Ploetz. Gebunden

Jorge Amado: Die Abenteuer des Kapitäns Vasco Moscoso. Roman. Aus dem brasilianischen Portugiesisch von Curt Meyer-Clason. BS 850

– Die drei Tode des Jochen Wasserbrüller. Erzählung. Aus dem brasilianischen Portugiesisch von Curt Meyer-Clason. BS 853

Reinaldo Arenas: Wahnwitzige Welt. Ein Abenteuerroman. Aus dem Spanischen von Monika López. st 1350

José María Arguedas: Die tiefen Flüsse. Roman. Aus dem Spanischen von Suzanne Heintz. st 588

Miguel Angel Asturias: Der Böse Schächer. Roman. Aus dem Spanischen und mit einem Nachwort und Anmerkungen von Ulrich Kunzmann. BS 741

– Der Spiegel der Lida Sal. Erzählungen und Legenden. Aus dem Spanischen von Wolfgang Promies. BS 720

Aus der Welt der Azteken. Die Chronik des Fray Bernardino de Sahagún. Mit einem Vorwort von Juan Rulfo. Ausgewählt und mit einem Nachwort versehen von Claus Litterscheid. Leinen

Miguel Barnet: Alle träumten von Cuba. Die Lebensgeschichte eines galicischen Auswanderers. Roman. Aus dem Spanischen von Anneliese Botond. st 1577

Der Cimarrón. Die Lebensgeschichte eines entflohenen Negersklaven aus Cuba, von ihm selbst erzählt. Nach Tonbandaufnahmen herausgegeben von Miguel Barnet. Aus dem Spanischen von Hildegard Baumgart. Gebunden und st 346

– Das Lied der Rahel. Mit einem Nachwort von Miguel Barnet. Aus dem Spanischen von Wilhelm Plackmeyer. st 966

Adolfo Bioy Casares: Die fremde Dienerin. Phantastische Erzählungen. Aus dem Spanischen von Joachim A. Frank. PhB 113. st 962

111/1/9.89

111/2/9.89

Lateinamerikanische Literatur im Suhrkamp Verlag

111/3/9.89

Lateinamerikanische Literatur im Suhrkamp Verlag

Carlos Drummond de Andrade: Gedichte. Portugiesisch und deutsch. Auswahl, Übertragung und Nachwort von Curt Meyer-Clason. BS 765

Der Frauenheld. Geschichten der Liebe aus Lateinamerika. Herausgegeben und mit einem Nachwort versehen von Michi Strausfeld. st 1296

Carlos Fuentes: Nichts als das Leben. Roman. Deutsch von Christa Wegen. st 343

Fernando Gabeira: Die Guerilleros sind müde. Aus dem brasilianischen Portugiesisch übersetzt und herausgegeben von Henry Thorau und Marina Spinu. Nachwort von Hans Füchtner. st 737

Rómulo Gallegos: Canaima. Roman. Aus dem Spanischen übertragen von Doris Deinhard. st 1639

Elena Garro: Erinnerungen an die Zukunft. Roman. Aus dem mexikanischen Spanisch von Konrad Schrögendorfer. Mit einem Nachwort von Michi Strausfeld. st 1647

Jorge Guillén: Ausgewählte Gedichte. Spanisch und deutsch. Auswahl, Übersetzung und Nachwort von Hildegard Baumgart. BS 411

Nicolás Guillén: Gedichte. Spanisch und deutsch. Auswahl und Nachwort von Dieter Reichardt. BS 786

João Guimarães Rosa: Doralda, die weiße Lilie. Roman. Aus dem brasilianischen Portugiesisch von Curt Meyer-Clason. BS 775

Ferreira Gullar: Schmutziges Gedicht. Poema Sujo. Portugiesisch und deutsch. Übertragung und Nachwort von Curt Meyer-Clason. BS 893

Felisberto Hernández: Die Hortensien. Erzählungen. Mit einem Nachwort von Julio Cortázar. Aus dem Spanischen von Anneliese Botond. BS 858

Oswaldo França Junior: Jorge, der Brasilianer. Roman. Aus dem brasilianischen Portugiesisch von Inés Koebel. es 1571

Lateinamerikaner über Europa. Herausgegeben von Curt Meyer-Clason. es 1428

José Lezama Lima: Die amerikanische Ausdruckswelt. Aus dem kubanischen Spanisch von Gerhard Poppenberg. es 1457

– Paradiso. Roman. Aus dem Spanischen von Curt Meyer-Clason unter Mitwirkung von Anneliese Botond. st 1005

Osman Lins: Avalovara. Roman. Mit einem Nachwort von Modesto Carone Netto. Aus dem Brasilianischen von Marianne Jolowicz. Leinen

– Die Königin der Kerker Griechenlands. Roman. Aus dem brasilianischen Portugiesisch von Marianne Jolowicz. Gebunden und st 1431

111/4/9.89

111/5/9.89

111/6/9.89

Lateinamerikanische Literatur
im Suhrkamp Verlag

Horacio Quiroga: Geschichten von Liebe, Irrsinn und Tod. Aus dem Spanischen von Wilfried Böhringer, Hans-Otto Dill, Astrid Schmitt und Erna Stoldt. BS 881 und st 1711

Graciliano Ramos: Karges Leben. Aus dem Brasilianischen von Willy Keller. st 667

José Revueltas: Eingelocht. Erzählungen. Aus dem Spanischen von Monika López. es 1155

Darcy Ribeiro: Wildes Utopia. Sehnsucht nach der verlorenen Unschuld. Eine Fabel. Aus dem brasilianischen Portugiesisch von Maralde Meyer-Minnemann. es 1354

João Ubaldo Ribeiro: Brasilien, Brasilien. Roman. Aus dem brasilianischen Portugiesisch von Curt Meyer-Clason und Jacob Deutsch. Leinen

– Sargento Getúlio. Roman. Aus dem brasilianischen Portugiesisch übersetzt und mit einem Nachwort versehen von Curt Meyer-Clason. es 1183

Augusto Roa Bastos: Menschensohn. Roman. Deutsch von Curt Meyer-Clason. Mit einem Nachwort von Rubén Bareiro Saguier. BS 506

Manuel Rojas: Der Sohn des Diebes. Roman. Aus dem Spanischen von Anton Maria Rothbauer. BS 829

Rose aus Asche. Spanische und spanisch-amerikanische Gedichte 1900-1950. Herausgegeben und übertragen von Erwin Walter Palm. BS 734

Der rote Mond. Phantastische Erzählungen vom Rio de la Plata. Vorwort von Adolfo Bioy Casares. PhB 213. st 1536

Manuel Scorza: Trommelwirbel für Rancas. Eine Ballade, die davon erzählt, was geschah – zehn Jahre, bevor Oberst Marruecos den zweiten Friedhof von Chinche gründete. Aus dem Spanischen von Wilhelm Plackmeyer. Gebunden und st 584

Jorge de Sena: Der wundertätige Physicus. Eine Novelle. Aus dem Portugiesischen von Curt Meyer-Clason. BS 921

Osvaldo Soriano: Das Autogramm. Roman. Aus dem Spanischen von Volker Klotsch. st 1252

– Traurig, einsam und endgültig. Auf den Spuren von Laurel und Hardy in Hollywood. Roman. Aus dem Spanischen von Heidrun Adler. Gebunden und st 928

Antônio Torres: Diese Erde. Aus dem brasilianischen Portugiesisch übertragen und mit einem Nachwort versehen von Ray-Güde Mertin. es 1382

Dalton Trevisan: Ehekrieg. Erzählungen. Aus dem brasilianischen Portugiesisch von Georg Rudolf Lind. es 1041

111/7/9.89

111/8/9.89